Scarlet
스칼렛

www.bbulmedia.com

Scarlet
스칼렛
www.bbulmedia.com

격정의 밤

격정의 밤

SCARLET ROMANCE STORY

이서한 장편 소설

Contents

프롤로그

“처음 뵙겠습니다. 이서연입니다.”

정욱은 시크한 블랙프릴 블라우스와 크림색 재킷을 입고 정중하게 고개를 숙이는 여자를 바라봤다. 단정하게 틀어 올린 머리채 아래 드러난 깨끗한 목덜미가 유난히 희고 가는 여자였다.

고개를 들자, 여자의 투명한 피부와 진한 헤이즐넛 빛깔의 눈동자가 눈에 들어왔다.

“오늘부터 부사장님 직속 비서 팀 실장으로 배정됐습니다. 잘 부탁드립니다.”

여자의 목소리는 너무 높지도, 낮지도 않았으며 깨끗한 억양은 나쁘지 않게 귀에 감겨 왔다.

“도정욱입니다. 앞으로 잘 부탁합니다.”

그가 짧게 말하며 그녀를 똑바로 응시했다.

서연은 눈앞에 서 있는 남자를 올려다봤다. 그녀 역시 작은 키가 아님에도 고개를 들어 한참 올려다봐야 할 정도로 큰 키에 깎아 놓은 조각처럼 완벽한 얼굴, 고가의 명품 슈트의 절제된 핏을 최대한 살려 주는 날렵한 몸매…….

도원그룹 후계자인 도정욱 부사장은 누가 봐도 완벽한 남자라는 것을 다시 한 번 느낄 수 있었다.

막상 눈앞에서 그를 마주 보니 그녀의 심장에 빠르게 열기가 지펴졌다. 곧게 뻗은 짙은 속눈썹이 가느다랗게 떨렸다. 서연은 자신에게 똑바로 내리박히는 검은 눈동자를 바라보며 떨리는 심장 소리를 들키지 않기 위해 숨을 들이켰다.

그리고 4년 후.

"하, 하윽……."

넥타이로 눈이 가려진 채 두 손이 들려 침대헤드에 묶인 서연이 거친 신음을 쏟아 냈다. 툭 불거진 핑크빛 젖꼭지가 팽팽하게 곤두서 있었다.

그 정점을 타액으로 번들거리게 만든 그의 혀가 끈질기게 빨아들였다. 지독히도 탐욕스러운 축축한 혀가 바짝 곤두선 유두를 뜨겁게 휘어 감았다가 쭉 빨아올리자 하얀 나신이 세차게 흔들렸다.

"아아, 정욱 씨……!"

서연이 할딱거리며 그의 이름을 불렀다.

"내 이름 부르지 말랬지."

그가 으르렁거리며 서연의 탱글한 가슴살을 세게 베어 물자 그녀의 허리가 크게 비틀어졌다.

"하악!"

서연이 진한 키스로 퉁퉁 부어오른 입술을 아찔하게 벌리며 신음을 쏟았다. 눈을 가리고 있어서인지 그녀는 평소보다 더 예민하게 반응했다. 물오른 사과처럼 윤기 나는 피부를 간질이고 깨물 때마다 서연이 자지러질 듯 몸을 비틀었다.

"제발 이것 좀…… 풀어 줘요."

서연이 숨을 몰아쉬며 묶인 팔을 바르작거리자 정욱이 물고 있던 가슴을 놔주고 고개를 들었다.

"싫다면?"

느긋한 그의 목소리에 서연이 붉게 달아오른 얼굴로 애원했다.

"기분이…… 하읏, 이상해서 그래요."

"어떤 식으로 이상한데?"

바짝 곤두선 유두를 엄지로 둥글게 쓸며 정욱이 물었다.

서연은 발갛게 달아오른 얼굴로 입술을 깨물었다. 시야가 가려져 있어 그의 얼굴을 볼 수 없었고 그래서 더 그가 주는 감각에 몰두하게 됐다. 가슴 끝을 빙글빙글 돌리는 그의 손가락이 주는 감각에 모든 신경이 집중되고 터질 듯 피가 몰려 땡땡하게 부풀었다.

"대답해."

그가 못마땅한 표정으로 핑크빛 젖꼭지를 튕겨 올렸다. 순간 서연의 몸이 크게 출렁였다.

"그, 그냥 이상해요. 아무것도 보이지 않으니까 더…… 무서워요."

서연이 헐떡이며 쏟아내듯 말하자 그의 입술 끝이 비릿하게 말려 올라갔다. 그의 입술이 천천히 유두로 내려갔다.

"무섭게 생각하지 말고 즐겨."

"아, 아읏……."

정욱이 속삭이자 서연의 몸에 힘이 바짝 들어갔다. 바르르 떨리는 유두를 입에 문 채 웅얼대듯 정욱이 말할 때마다 뜨거운 입김이 맨살에 닿았다. 그 참을 수 없는 쾌감에 그녀는 가슴을 더욱 그의 입술로 갖다 댔다.

"정욱 씨. 제발……."

정욱의 눈이 순간 험악해졌다.

"이름 부르지 말랬잖아."

"……아!"

정욱이 무섭게 으르며 몸을 일으켜 세워 그녀의 하얀 다리를 한껏 벌렸다. 다리 사이로 그가 상체를 숙이는 것이 느껴졌다. 뜨거운 입김이 그녀의 은밀한 곳에 닿자 서연의 숨이 거칠어졌다.

"거, 거긴……."

서연이 다리를 오므리려 애를 썼지만 강한 그의 손에 의해 벌어진 다리는 꼼짝도 하지 않았다. 그를 밀어내려 해도 묶인 손은 머리 위에서 흔들릴 뿐이었다. 서연은 머릿속이 깜깜해지는 것을 느꼈다.

아, 안 돼…….

마침내 뜨거운 입술이 까슬한 수풀에 닿았다.

"아아!"

그가 입술을 벌려 도톰한 속살을 물자 서연의 허리가 확 들쳐 올라갔다. 물컹한 혀가 애액으로 흠뻑 젖은 동그란 음핵을 길게 핥아 올리더니 입술로 강하게 빨아올리기 시작했다.

"아흑! 아, 안 돼요!"

왈칵 치솟는 두려움에 서연이 고개를 흔들며 몸을 비틀어 댔다. 번개 같은 쾌감이 서연의 전신을 날카롭게 할퀴었다. 집요한 그의 혀는 갈라 터진 속살을 은밀하게 핥아 내리더니 흥건한 입구를 쫍, 소리가 나도록 빨아 당겼다.

"이렇게 많이 흘리면서 왜 입으로는 다른 말을 하는 거지? 시트가 다 젖을 지경이야."

"흐읏……!"

노골적인 정욱의 말에 부끄러움을 느낄 새도 없이 폭풍 같은 쾌감이 밀려닥쳤다. 까슬한 체모에 코를 박은 채 정욱이 음핵을 이로 살짝 깨물었다.

"아학!"

서연의 허리가 튕겨질 듯 솟구쳐 올랐다. 크게 요동치는 서연의 몸을 꽉 움켜잡은 그가 멀건 애액을 흘리는 여성을 강하게 빨아들였다. 서연은 숨이 막혀 왔다. 자신의 은밀한 곳에 머리를 박고 있는 정욱의 모습을 상상하기만 해도 미칠 것만 같았다.

"제발…… 제발……."

서연이 울먹이며 애원했다.

"똑바로 말해. 뭘 원하는 거야."

"흐……읏…… 제발…… 가져 줘요. 정욱 씨……."

그녀의 애원에 정욱이 입가에 만족스런 미소를 띠우고는 몸을 일으켜 세웠다. 그의 팔에서 벗어나자 반사적으로 오므리는 날씬한 다리를 보고 그가 명령하듯 말했다.

"벌려."

3년의 시간 동안 그녀의 육체는 철저히 그의 지배 아래 놓였다.

01

상하이 출장을 마치고 돌아오는 공항 청사 안, 입국수속을 끝내고 앞질러 가는 정욱의 뒤를 수행원과 서연이 따라붙었다.

"업무 결과 보고서는 작성해 뒀나?"

비즈니스 슈트를 날렵하게 빼입은 정욱이 쭉 뻗은 긴 다리로 빠르게 걷는 모습에 주변의 여자들의 시선이 단숨에 모아졌다. 그 시선을 익숙하게 훑으며 서연이 대답했다.

"네. 이미 정리해서 부사장님 메일로 보내 놨으니 확인해 보시면 됩니다."

"제안서도?"

"같이 첨부했습니다."

한 치의 망설임 없이 따라오는 명료한 대답에 정욱이 서연을 힐끗 바라봤다.

검은 블라우스에 화이트 스커트와 화이트 재킷을 매치시킨 서연은 누가 봐도 시선을 빼앗길 만한 여자였다. 섬세하고 굴곡진 몸매에 작은 얼굴, 그리고 그 안에 큼직하게 박혀 있는 눈동자가 헤이즐넛처럼 풍부하고 부드러운 갈색 빛을 띠고 있어 더욱 신비한 매력을 자아 냈다.

4년째 그를 보좌하고 있는 서연은 본래 탁월한 업무능력과 세심한 배려로 금 전무가 몹시 아끼던 비서였다. 하지만 금 전무의 급작스런 건강 악화와 정욱의 본격적인 경영 참여가 겹쳐져 임원비서 출신이던 그녀가 그의 비서로 추가 이동됐다.

그 이후 지난 4년간 그녀는 단 한 번의 큰 실수 없이 모든 일을 완벽하게 처리하며 정욱의 비서실장 역할을 충실히 수행하고 있었다.

서연의 단정한 얼굴에 닿았던 정욱의 시선은 찰나에 불과한 듯 무감하게 스쳐 정면으로 옮겨 갔다. 그의 수려한 얼굴은 얼음처럼 차가운 표정을 짓고 있어 무슨 생각을 하는지 가늠하기 어려웠다.

로비를 빠져나오던 정욱이 수행원들에게 말했다.

"그만 돌아가도록 하세요. 난 내 차로 움직일 테니."

"알겠습니다."

정욱의 말에 수행원들은 허리를 숙여 인사한 뒤 돌아섰다. 서연과 둘이 남자 정욱은 그녀에게 시선 한 번 주지 않고 앞장섰다. 말을 하지 않아도 서연은 익숙하게 그의 뒤를 따랐다. 건물을 빠져나오니 빗방울이 조금씩 떨어지고 있었다.

11월의 비는 흐린 하늘과 맞물려 서늘하고 쓸쓸한 분위기를 자아냈다.

차가운 비를 맞으며 그의 뒷모습을 보며 따라 걷는 서연의 심장에 묘한 파동이 일었다. 그녀의 가느다란 발목을 지탱하고 있는 아슬아슬한 힐의 느낌처럼 그의 벌어진 넓은 어깨와 날렵한 허리, 그리고 올라붙은 힙 선이 아찔한 관능미를 풍겼다.

"타."

정욱이 차에 타며 짧게 말하자 서연도 그의 옆자리에 올랐다.

그녀가 타자마자 정욱이 거칠게 차를 출발시켰다. 어딘가 화가 난 듯 보이는 그의 굳은 옆얼굴을 서연이 조심스럽게 곁눈질로 훑었다.

정욱의 표정은 확실히 지쳐 보였다.

하긴, 힘들기도 하겠지. 4박 5일의 출장 기간 동안 타이트한 스케줄을 소화하며 연일 강도 높은 회의에 시달렸으니…….

중국에서의 일정은 제대로 잠도 자지 못할 정도로 힘든 일정이었다. 보통의 해외 출장이 그렇듯이 그는 분 단위로 시간을 쪼개 움직였고 그를 보좌하는 서연조차 숨 돌릴 틈 없는 타이트한 일정이었다.

하지만 수시로 그런 업무에 시달리는 정욱이었기에 바쁜 일정 탓이라 치부하기엔 어딘가 석연치 않은 부분이 있었다.

명백한 워커홀릭인 이 남자가 새삼스레…….

말없이 운전만 하는 그의 표정을 살피는 사이 창밖에 빗줄기가 강해졌다. 차창으로 쏟아지는 빗줄기를 바라보던 서연이 조심스레 물었다.

"기분이 안 좋으신가요?"

"……."

정욱은 대답이 없었다. 슈트를 입은 정욱이 굳은 얼굴로 운전대를 잡고 있었다. 서연이 조심스럽게 그의 옆얼굴을 훑었다. 그녀의 애처로운 시선에도 아무 말도 않는 정욱에 서연은 그저 쏟아지는 빗줄기만을 바라볼 뿐이었다.

◆

4년 전.

“처음 뵙겠습니다. 이서연입니다.”

“도정욱입니다. 앞으로 잘 부탁합니다.”

짧게 인사를 마친 그는 그녀를 관찰하듯, 혹은 평가하듯 냉정한 눈빛으로 잠시 내려 보다가 집무실로 들어갔다. 서연은 속으로 짧게 한숨을 내쉬었다. 그의 앞에서 너무 긴장을 하고 있었다는 것을 깨달았다. 온몸에 바짝 힘이 들어갈 정도로.

……역시 기억은 못 하고 있구나.

예상은 했지만 그가 자신을 전혀 기억하지 못한단 사실에 서연은 조금 씁쓸한 기분이었다. 물론 그 일이 그의 기억에 남을 정도로 임팩트 있는 일은 아니었지만 그럼에도 서운한 기분이 드는 것은 어쩔 수가 없었다.

할 수 없지.

짧은 서운함을 털어 버린 서연은 자리로 돌아와 앉았다.

이제 막 부사장으로 승진한 정욱은 본격적인 경영권 참여를 위해 움직일 것이고, 이를 위해 그를 보좌할 새로운 비서 팀이 꾸려졌다. 그리고 서연은 그 비서 팀의 실장을 맡게 되었다. 명실공히 도원그룹의 후계자인 그의 위치를 생각해 누구보다 책임감을 가져야 하는 자리였다.

서연은 허리를 곧게 세우고 앉아 노트북을 켜고 업무 진행 상황을 확인했다.

"윤희 씨. 부사장님 일정 체크한 뒤 11시부터 있을 임원회의 시간에 비서 팀도 회의를 가질 거예요. 지금 자리에 없는 최 비서님과 김 비서님께 연락해 두세요."

"알겠습니다."

비서 팀 막내 정 비서에게 전달한 서연은 곧장 일정관리를 위해 태블릿피시를 챙겨 들고 집무실로 걸어갔다. 노크를 하고 잠시 기다리는 동안 서연은 짧게 심호흡을 했다.

완벽히 표정을 지우고 문을 열고 들어가자 정욱이 거대한 마호가니 책상 앞에 앉아 있었다.

"일정 확인 괜찮으십니까?"

문을 열고 그와 시선을 맞추며 말하자 정욱이 고개를 끄덕였다.

서연은 조용히 문을 닫고 책상 쪽으로 걸어갔다.

정욱의 집무실은 전 상관인 금 전무의 집무실과 비교가 되지 않을 만큼 넓고 고급스러웠다. 새하얀 대리석으로 이루어진 넓은 공간과 블랙 앤 화이트를 기본으로 사소한 가구 하나조차 명품으로 배치한 최고급 인테리어, 그리고 고층에 위치한 그의 사무실에서 도심 전경이 한눈에 보이도록 전면 창을 설치한 구조는 이 회사의 후계자로서의 그의 위치를 단적으로 보여 주고 있었다.

서연이 책상 앞으로 다가가자 정욱의 무감한 시선이 그녀에게 향했다. 그의 서늘할 만치 냉기가 도는 검은 눈동자를 마주 보자 순간 서연은 숨을 삼켰다.

이 남자의 눈동자엔 사람을 꼼짝 못 하게 하는 힘이 있었다.

그저 아름답기 때문만이 아닌, 표현하기 어려운 관능과 동시에 잔혹한 냉기를 품은…….

서연은 표정이 흔들리지 않도록 조심하며 말했다.

"괜찮으시다면 오늘 일정 확인하기에 앞서 비서로서 몇 가지 궁금한 것을 질문 드려도 될까요?"

"필요한 일이라면 그렇게 하세요."

낮은 목소리는 지극히 사무적인 뉘앙스를 풍겼다. 그의 시선은 책상 위 모니터에 향해 있었다.

"감사합니다. 부사장님."

서연은 태블릿피시를 들고 메모를 할 준비를 한 뒤 말했다.

"개인적으로 선호하시는 커피 브랜드와 홍차 종류, 그 외에 좋아하시는 차 종류와 싫어하시는 차 종류를 말씀해 주세요."

"딱히 가리는 건 없습니다."

"음식에 있어서 알레르기나 가리는 음식이 있으십니까?"

"없습니다."

"복용하시는 약이라든가 비서로서 알아야 할 건강상의 문제가 있으십니까?"

화면을 향하고 있던 그의 시선이 그녀를 향해 천천히 들려 올라갔다. 차가운 빛을 띠고 있는 그의 검은 눈동자와 짙은 헤이즐넛빛의 눈동자가 마주쳤다.

"이 실장. 당신은 내 건강이 아니라 업무에 대한 것만 신경 쓰시면 됩니다."

정욱의 목소리는 불쾌감을 담고 있었다. 자신에 대한 개인적인 관심은 지극히 싫어하는 듯 보였다. 서연은 그의 노골적으로 불쾌한 감정을 담은 눈빛에도 단정한 미소를 지으며 말했다.

"저는 의전비서로서 부사장님의 건강적인 부분과 사적인 부분도 케어 해야 하기 때문에 여쭤 본 건데 언짢으셨다면 죄송합니다. 앞으로는 제가 그때그때 질문 드리는 걸로 할게요. 그럼 일정 부분 확인해 드리겠습니다. 오늘의 일정은……."

서연이 태블릿피시에서 스케줄 표를 열어 브리핑하자 정욱은 그녀의 얼굴을 가만히 바라봤다. 금 전무가 건강상의 문제로 일선에서 물러나며 특별히 추천했다던 말이 떠올랐다.

'분명 도움이 되는 사람일 겁니다. 이 실장 덕분에 제가 정말 편하게 일했거든요. 모든 면에서 꼼꼼하고 아주 머리가 좋은 비서니 잘 모실 겁니다. 절 믿으세요.'

……이서연이라.

날카로운 눈빛으로 서연을 훑은 정욱이 다시 모니터로 시선을 내렸다. 서연의 일정 브리핑이 끝나자 그가 말했다.

"회의 들어가기 전에 이번 신입사원들의 각각 배정된 부서와 명단 추려서 만들어 놔요. 회의시간 30분 전까지."

"작성해 뒀습니다. 프린트해 뒀으니 필요하시면 지금 가져올까요?"

정욱의 시선이 화면을 떠나 그녀에게 향했다. 그의 한쪽 눈썹이 추켜올라가 있었다.

“오늘 비서실로 배정받았다고 들었는데 언제 만들어 둔 겁니까?”

“며칠 전 부사장님 일정표를 미리 받아 둬서 준비해 뒀습니다.”

담백하게 대답하는 그녀를 정욱이 올려다보다 고개를 돌렸다.

“그럼 지금 가져오세요.”

“네.”

서연이 고개를 숙이고 몸을 돌려 문 쪽으로 걸어갔다. 여성스러운 허리라인을 살린 크림색 재킷과 펜슬 스커트 아래 검은 펌프스를 신고 있는 그녀의 길고 늘씬한 다리가 그의 시선을 잡아끌었다.

꽤 영리한 여자군.

오늘 회의는 별도의 자료가 필요하지 않은 간단한 인사회의였다.

보통의 비서였으면 회의 내용까지 미리 파악해 자료를 준비하는 일은 생각하지 못할 것이었지만 그녀는 달랐다.

“여기 있습니다.”

서연이 가지고 온 파일을 정중히 책상 위에 올려놓고 집무실을 나갔다. 정욱은 책상 위의 파일을 들어 훑었다.

그녀가 가지고 온 파일에 들어 있는 자료들은 꼼꼼하고 디테일한 것들이었다. 그저 사내인트라넷에 들어가 신입사원에 대한 명부만 작성해 온 것이 아니라 그들의 인적사항과 지향부서까지 모두 파악해 낸 자료를 보자 금 전무의 말은 거짓이 아닌 것 같았다. 아니, 오히려 기대 이상이랄까?

똑똑.

그 때 다시 노크 소리가 들리며 조심스럽게 문이 열렸다. 트레이를 든 서연이 들어와 책상 위에 커피를 내려놓으며 말했다.

"커피입니다. 입맛에 맞지 않으시다면 말씀해 주세요. 다른 것으로 내오겠습니다."

조용한 억양으로 말한 서연이 커피를 두고 집무실을 나가자 그녀가 사라지고 난 자리에 커피 향과 함께 감미로운 향이 남았다.

뭐지. 이건?

분명 아까부터 언뜻언뜻 그녀가 나타날 때마다 은은하게 맺히던 향기. 샴푸 향인 듯도 하고 향수 향인 듯도 한, 그 향은 절대 과하지 않았지만 존재감이 있었다. 떠나고 나서야 인식될 만큼 은은했지만 사라지지 않고 오래도록 남는 향.

그 향이 미묘하게 그의 심기를 건드렸다.

정욱이 미간을 좁히고 커피 잔을 들었다. 서류에 시선을 향한 채 한 모금 마시자 아주 익숙한 커피 맛이 났다. 그가 미국에서부터 늘 마시던 커피 브랜드가 분명했다.

"훗."

이것도 알아낸 건가.

정욱은 실소를 흘리며 자료를 읽어 나갔다.

회의 시간이 되자 서연이 집무실로 들어갔다.

"부사장님, 회의실로 이동하실 시간입니다."

모니터를 보고 있던 정욱이 손목시계를 확인하고 의자에서 일어섰다. 그가 일어서자 서연은 책상 위에 놔둔 파일을 들고 비켜

섰다. 정욱이 그녀를 힐끗 쳐다본 뒤 걸어가기 시작하자 서연도 그를 뒤따라갔다.

부사장실을 나와 매끈한 대리석으로 이루어진 복도를 걸어 전용 엘리베이터 앞에 섰다. 정욱은 서연의 조금 앞에 서 있을 뿐 그녀에게 시선도 주지 않았다.

그런 그의 뒷모습을 서연은 가만히 바라봤다.

짧은 순간이 지나 엘리베이터가 도착하고 정욱이 올라탄 뒤에 서연도 따라 들어가 그의 뒤에 섰다. 엘리베이터 문이 닫히고 움직이기 시작하자 서연은 조용히 숨을 삼켰다.

하아…….

나지막이 숨을 뱉은 서연의 심장이 요동치기 시작했다.

정욱의 옆에 있으면 반사적으로 심장이 반응했다. 그건 분명 비서로서 하는 반응이 아니었다. 그 사실을 숨기려 거울처럼 반들거리는 엘리베이터 문에만 시선을 뒀지만 심장의 열기는 점차 정도를 더해 갔다.

지금까지 얼마나 많은 여자들이 이런 감정을 느꼈을까…….

얼마나 많은 여자들이 숨을 삼켰을까.

이 매혹적인 남자 옆에서.

자신의 반응이 유별난 건 아닐 거라고, 대부분의 여자들이 이 남자 옆에서 그런 마음을 억누르고 지냈을 거라 생각하며 서연은 전광판의 숫자가 바뀌는 것만 가만히 응시하고 있었다.

띵!

도착했다는 알림음과 함께 엘리베이터가 곧 멈춰 섰다. 엘리베이터에서 내리자 대회의실로 들어가는 복도에 서 있던 임원들이

일사분란하게 인사를 했다.

"안녕하십니까. 부사장님."

"아이고, 부사장님 아니십니까. 오랜만에 뵙습니다."

정중하게, 혹은 과장된 인사들을 익숙하게 받으며 걸어가는 정욱의 뒤에서 서연은 그가 이 회사의 황태자라는 것을 다시 실감했다. 상무에서 부사장으로 직급이 바뀌는 순간부터 그의 위치는 확고부동한 후계자로 자리매김한 것이다.

모든 임원들이 착석하자 회의가 시작됐다.

"이번 3/4분기 실적은 전 분기와 동일한 성장세를 보이고 있습니다. 목표치와는 근사한 차이를 보이고 있어 새 플랜이 필요할 것 같진 않으나 앞서 말한 대형유통 시장의 확장과 해외 발주의 단가 문제가 이 회의의 주요 안건입니다. 그리고 따로 다루어야 할 쟁점은 최근 휴대폰 쪽의 잇따른 소송 문제입니다. 우선 화면의 내용을 보시면……."

회의가 진행되는 동안 정욱은 전반적인 내용을 주도했고, 서연은 그의 옆에 앉아 자료들을 화면으로 송출하고 회의 내용을 기록했다.

서연은 정욱과 임원들의 표정을 가만히 지켜봤다.

그의 중저음의 차분한 목소리는 사람들에게 안정감을 심어 주고 단호한 눈빛과 자신감 있는 표정은 신뢰를 얻기 용이했다. 오랜 기간에 걸친 제왕교육의 효과일 수도 있지만 서연이 보기엔 그가 가지고 있는 타고난 능력의 비중이 커 보였다.

이 사람을 보좌하는 동안 사소한 실수도 있어선 안 돼.

서연은 마음속으로 결심을 확고히 했다.

제왕으로서의 정욱을 완벽하게 보좌하는 일은 비서로서의 자신에게 주어진 임무였다. 자신의 사소한 실수로 이 남자의 커리어에 흠집을 낼 수는 없었다.

정욱은 완벽한 워커홀릭이었다.

그를 보좌한 지 며칠이 채 지나지 않아 서연은 그가 심각한 워커홀릭이라는 것을 깨달았다. 늘 지나치게 늦게 퇴근했으며 그 이후의 집에서도, 이동하는 차 안에서도 정욱은 늘 일을 끼고 살았다.

정욱이 퇴근하기 전에는 비서들도 퇴근할 수 없는 경우가 많아 서연은 자신이 책임을 총괄하고 나머지 비서들은 일정시간 이후엔 퇴근시켰다. 그녀 혼자 비서실에 남아 집무실 안에서 일에 집중해 있는 그에게 필요한 것들을 챙겼으며 그 외의 업무들도 소화해 냈다.

그날도 정욱은 늦게까지 집무실에 남아 있었고 서연은 비서실에서 회의에 필요한 자료를 준비하고 있었다.

인터폰이 울리자 서연이 얼른 받았다.

"네. 부사장님."

— 커피 부탁해요.

"알겠습니다."

서연은 인터폰을 내려놓으며 화면에 떠 있는 시간을 확인했다. 새벽 1시가 지난 시간. 어제도, 그제도 정욱은 이 시간까지 남아 있었다.

서연의 미간이 찌푸려졌다.

안 되겠어.

그녀는 고개를 저으며 서랍에서 준비해 둔 것을 꺼내 탕비실로 들어갔다.

집무실로 들어간 서연이 그의 책상 위에 조용히 커피를 내려놓으며 말했다.

“너무 무리하시는 것 같습니다. 시간이 늦었는데 오늘은 그만 퇴근하시는 게 좋지 않을까요?”

“걱정할 것 없습니다.”

서연이 조심스럽게 건넨 말에도 정욱은 시선조차 그녀에게 두지 않고 대답했다. 화이트 셔츠의 제일 윗 단추를 푸르고 소매를 걷어 올린 채 화면을 노려보는 정욱은 완벽히 업무 생각에만 몰두해 있는 모습이었다.

“…….”

서연은 더 말하지 않고 집무실을 나왔다.

그녀가 집무실에서 나간 다음에야 정욱이 커피를 들어 올리기 위해 손을 뻗었다. 그 때 그의 시야에 커피 잔 옆에 작은 병이 하나 놓여 있는 것이 보였다. 그가 미간을 좁히고 그것을 잡아 확인했다. 안에는 작은 알약들이 들어 있었고, 겉에는 이것의 효능에 대해 적혀 있었다.

……영양제?

그녀가 놓고 간 것이 영양제라는 것을 확인한 정욱은 한쪽 눈썹을 치켜 올리고 잠시 그것을 바라봤다.

“완벽한 비서라.”

정욱이 낮게 중얼거리며 영양제 병을 서랍에 넣어 버리고 무감한 시선을 다시 화면으로 돌렸다.

한참 후 정욱이 포멀한 슈트에 잘 어울리는 짙은 갈색의 발마칸 코트를 걸친 채 집무실에서 나왔다. 그가 나오자 서연이 자리에서 일어섰다.

그녀가 일어서는 모습을 보고 정욱이 멈칫했다. 그러더니 매끈한 이마를 구기며 손목시계를 확인했다. 3시에 가까운 시간.

정욱이 서연을 향해 걸어오며 말했다.

"나 때문에 이 시간까지 남아 있을 필요는 없습니다. 굳이 이 실장이 필요한 일이라면 내가 미리 지시를 할 테니 내일부터는 다른 비서들과 같이 일찍 퇴근하도록 해요."

"알겠습니다. 조심히 들어가세요."

서연이 그에게 인사하자 정욱이 고개를 끄덕이고 부사장실을 나섰다.

하지만 다음 날도, 또 다음 날도 서연은 그가 퇴근할 때까지 그 자리를 지키고 있었다.

정욱은 조용히 그의 책상 위에 커피를 놔주는 서연에게 말했다.

"내가 한 말, 이해 못 했습니까?"

불쾌한 표정을 짓는 그를 내려다보며 서연이 차분하게 말했다.

"부사장님 때문이 아니라 제 일 때문이니 신경 쓰시지 마세요."

한쪽 눈썹을 추켜올린 채 그녀를 올려다보는 정욱에게 가볍게 고개를 숙인 서연이 트레이를 들고 나갔다.

"하."

그녀의 일이 이 시간까지 남아서 할 일은 아님을 뻔히 알고 있는 정욱은 실소를 흘렸다. 그 때 그의 눈에 커피 옆에 무언가 놓여 있는 것이 보였다.

이번엔 뭐야?

정욱이 손을 뻗어 확인해 보니 스틱형 비타민제였다.

"……."

정욱은 미간을 좁히고 비타민제를 가만히 바라보다 그것도 서랍 안에 넣었다. 서랍 안에는 아직 열지 않은 영양제가 있었다.

정욱은 커피를 마시며 다시 일에 집중했다.

서연이 정욱의 의전비서가 된 지 한 달이 지났다.

새로운 비서 팀의 체계도 어느 정도 잡히고 정욱의 업무 스타일과 개인적인 취향도 대부분 파악할 정도로 서연은 그를 밀착 보좌했다. 그의 모든 일정과 사적인 스케줄까지 비서실장으로서의 서연의 관리 아래 있었다.

아침 일찍 출근한 서연은 그가 회사에 도착하자 집무실로 따라 들어간 뒤 말했다.

"오늘 스케줄 변동 사항이 있습니다."

짙은 그레이 톤의 슈트를 입은 정욱을 따라 걸어가며 서연이 말하자 그가 책상 위에 가죽 브리프 케이스를 내려놓으며 말했다.

"뭡니까."

"회장님께서 오늘 오찬을 함께하자는 연락을 하셨습니다."

그녀의 말에 정욱의 고개가 돌려졌다. 그의 표정에 불쾌한 기색이 서려 있었다.

"……다른 건?"

"오늘 오후 미국 지사의 이한웅 담당이사께서 보고할 것이 있다고 급히 귀국하신 상태입니다. 비어 있는 3시부터 4시 사이에 1시간가량 면담을 요청한 상태이고, 해중 물산의 정 회장님께서 주최하시는 선상파티가 이번 주 금요일에 잡혀 있습니다."

"그게 이번 주 금요일이었던가."

의자에 우아하게 앉으며 정욱이 말했다. 그의 미간은 못마땅한 듯 좁혀져 있었다. 서연은 그의 단정한 이마가 찌푸려져 있는 모습을 의아스럽게 바라봤다. 무언가 생각에 잠긴 듯 책상 위에 고정되어 있던 그의 서늘한 시선이 곧 그녀에게 향했다.

차가운 그의 표정과 마주치자 서연은 가슴속에 찌르르한 통증이 느껴졌다.

"알겠습니다. 나가 보세요."

"네. 차를 준비하겠습니다."

서연이 얼른 표정을 정비하고 고개를 숙인 뒤 집무실을 나섰다.

집무실에서 나온 서연은 탕비실로 빠르게 걸어갔다. 커피머신의 버튼을 누른 그녀가 작게 한숨을 내쉬었다.

"하아……."

업무가 바빠도 그의 모든 차는 최대한 자신이 내가는 것으로 하고 있었다. 그가 본래 있던 상무실의 비서에게 연락해 그의 커피 취향과 각종 기호들을 초반에 알아 둘 수 있었다. 그 외에 업무적인 부분도, 그의 사소한 취향이나 음식 취향들도 하나하나 알아 갈 수 있었다.

하지만 도정욱이라는 남자에게는 한 걸음도 가까워지지 못한 기분이었다.

비서로서 자신이 알아야 되는 한계와 사적인 감정으로 알고 싶은 지점은 차이가 있었다. 자신도 모르게 그에 대한 욕심이 커져가고 그걸 그가 알게 될까 봐 불안한 마음도 동시에 커졌다.

들키면 안 돼.

진한 커피가 담긴 정갈한 잔을 바라보며 서연이 속으로 생각했다. 이런 지극히 사적인 감정을 그에게 들킨다면 비서로서의 자신의 자리도 위태로워진다.

서연은 표정을 갈무리하고 트레이 위에 커피 잔을 조심스럽게 올린 채 탕비실을 나섰다. 집무실에 노크를 한 뒤 들어가자 그의 표정은 아직 굳어 있었다. 평소에도 온기라곤 느껴지지 않는 표정이지만 지금의 그는 더욱 차가운 얼굴이었다.

왜 이런 표정이 된 걸까…….

서연은 머릿속으로 이 남자의 표정이 차가워지는 순간을 떠올리려 기억을 더듬으며 그에게 다가갔다.

딸까닥.

잔을 내려놓을 때 문득 그의 얼굴이 차가워진 순간이 떠올랐다. 분명 그의 아버지인 도 회장과의 오찬 약속을 알리는 순간부터였다. 그러고 보니 그를 보좌한 한 달간 임원회의 말고는 그가 개인적으로 회장을 만나지 않았다는 것을 깨달았다.

사이가 안 좋나?

평소 소문에 관심도 없지만 특별히 다른 소문을 들은 적은 없기에 그가 아버지와 어떤 관계인지는 알지 못했다.

짧은 순간 그의 표정을 살핀 서연은 커피 잔을 내려 두고 집무실을 나왔다. 그는 미간을 좁힌 채 모니터에만 시선을 두고 있었다.

정욱이 별관 3층으로 올라가 예약된 룸으로 들어서자 도 회장이 앉아 있었다.

"늦었습니다."

정중히 고개를 숙이는 정욱에게 도 회장이 말했다.

"내가 시간이 나 빨리 온 것이니 개의치 말고 어서 앉거라."

"네."

정욱이 맞은편에 앉자 정갈한 다기 잔에 담긴 차를 마시고 있던 도 회장이 문 앞에 대기하고 있던 여자에게 고개를 끄덕였다.

"그럼 식사 올리겠습니다."

다소곳하게 허리를 숙이며 말한 여자가 살짝 문을 닫고 나갔다. 도 회장은 찻잔을 천천히 내려 두고 맞은편에 앉은 정욱을 바라봤다. 국내 재계를 좌지우지하는 대기업 회장다운 연륜과 중후한 분위기를 풍기는 도 회장은 풍채는 있지만 정욱과 많이 닮은 모습이었다.

"어떻게 된 아들 녀석이 같은 회사에 있으면서도 이렇게 따로 불러내지 않으면 통 얼굴 볼 수가 없단 말이냐."

눈을 가늘게 뜨고 핀잔을 주는 도 회장에게 정욱이 곧은 자세로 앉아 대답했다.

"죄송합니다. 업무가 많이 바빴습니다."

"늘 하는 소리, 지겹지도 않은 게냐?"

"죄송합니다."

친근하게 대화를 풀어 가려는 도 회장의 노력과는 상관없이 돌아오는 정욱의 대답은 형식적이라 느껴질 만큼 건조했다.

원, 딱딱한 녀석 같으니.

도 회장은 아쉬운 듯 입맛을 다시며 다시 입을 열었다.

“아직 만나는 사람은 없고?”

“네. 아직 없습니다.”

“그럼…….”

“실례합니다.”

도 회장이 말을 꺼내려는데 방문이 드르륵 열리고 그들 사이에 자리 잡은 테이블 위로 음식들이 차례차례 놓였다. 도 회장은 서빙하는 직원이 방을 나가자 말을 이었다.

“네 앞으로 들어오는 혼처가 많다. 마땅히 생각하는 사람 없으면 한번 만나 보면 좋을 것 같구나. 내 듣기론 참한 아이도 많아.”

“아직은 결혼 생각 없습니다.”

정욱이 잘라 말하자 도 회장이 혀를 끌끌 찼다.

“네 지금 이십 대도 아니고, 서른을 훌쩍 넘긴 녀석이 아직도 그 소리만 반복하고 있으면 어째? 평생 혼자 살 생각이냐?”

“결혼이 쉽게 결정할 문제는 아니라고 생각합니다. 신중히 생각해 보고 결정하겠습니다.”

정욱의 강경한 거부에 도 회장은 잠시 말을 멈췄다. 입을 다물고 찻잔에 차를 따르는 도 회장의 표정이 착잡했다.

……내 업보지.

정욱은 어릴 때도 감정 표현이 풍부한 성격은 아니었으나 제 어미가 그리된 후로 완전히 마음을 닫고 아비에게 선을 그었다.

어린 아들의 마음의 상처를 생각하면 그럴 수 있을 거라고 생각하면서도, 나이가 들어도 좀체 가까워지지 않는 정욱을 보며 내심 서운한 것도 사실이었다.

자신도 남들처럼 아들과 여행도 다니고 이런저런 일들을 함께 하고 싶은데 정욱은 일절 그런 틈을 내보이지 않고 있으니 서운한 마음은 커지고 있었다. 하지만 그것보다 더, 정욱이 이리 차가운 성정이 된 것이 자신의 탓인 것만 같아 미안한 마음이 컸다.

차를 한 모금 마시고 내려놓은 도 회장이 아들의 얼굴을 보며 말했다.

"그래. 네 생각이 그렇다면 할 수 없지. 그래도 네 나이도 있고 하니 앞으로는 조금 더 진지하게 생각해 보도록 해라."

"알겠습니다."

"그럼 일단 먹자."

"네."

짧게 대답한 정욱이 도 회장이 먼저 수저를 들어 올리는 것을 기다려 식사를 시작했다. 도 회장은 정갈하게 식사를 하는 정욱의 모습을 바라봤다.

강 상무가 닦달한 선 자리이긴 했지만 정욱이 원치 않는다면 그 역시 더 말을 꺼낼 생각은 없었다. 하지만 정욱이 아직까지 결혼에 회의적인 모습을 보이는 데에 원죄감을 느끼는 한편, 초조함을 느끼고 있었다.

이대로 있다가 영영 혼자 살기라도 하면 아비로서 죽는 날 어찌 편히 눈을 감는단 말인가.

……시기를 봐서 다시 말을 꺼내 봐야겠군.

도 회장은 그렇게 생각하며 씁쓸한 표정으로 식사를 이어 나갔다.

회사로 돌아온 정욱은 그날도 자정이 다 되어 가는 시간까지 남아 업무를 보고 있었다. 서연 역시 비서실에 앉아 업무를 보다가 잠시 키보드에서 손을 떼고 생각에 잠겼다.

돌아온 그에게 차를 내주기 위해 집무실에 들어갔던 서연은 그의 표정을 슬쩍 살폈었다. 싸늘한 표정은 여전했다. 아니, 오히려 도 회장을 만나고 온 후로 더욱 표정이 냉랭해진 듯 보였다.

그와 도 회장은 무슨 사이일까.

서연은 궁금했지만 티 내지 않고 조용히 그가 필요한 것만 챙겨 줬다. 정욱이 사적인 말을 늘어놓는 타입도 아니며 필요 이상의 대화를 하는 타입도 아니기에 궁금하다 한들 해소될 수도 없었다.

정욱이 지시했던 자료 파일이 완성되자 서연이 집무실에 노크했다. 잠시 기다린 뒤 문을 여니 정욱이 평소처럼 책상 앞에 앉아 있지 않고, 넓은 전면 창 앞에 비스듬히 걸터앉아 있었다.

서연은 순간 숨을 삼켰다.

불야성 같은 창밖의 야경을 배경으로 앉아 있는 그의 옆모습은 숨이 막힐 정도로 아름다웠다. 셔츠의 소매를 걷어 올려 단단한 가슴 위에서 팔짱을 낀 채로 창밖을 내려다보던 그가 고개를 돌렸다.

잠시 넋을 놓고 보고 있던 서연은 돌연 느껴지는 그의 시선에 재빠르게 들어온 용무를 말했다.

"말씀하신 자료입니다."

서연은 얼른 표정을 정리하고 말한 뒤 그에게 다가가 파일을 건넸다. 그는 그녀에게서 시선을 돌리지 않은 채 파일을 건네받았다. 그의 싸늘한 시선에 떨리는 가슴을 들키지 않으려 애써 태연한 척 서연이 돌아서는데, 정욱이 그녀를 불렀다.

"이 실장."

"네. 부사장님."

서연이 몸을 돌려 그를 바라보자 정욱이 걸터앉은 상태에서 그녀를 응시했다. 검은 그의 눈동자가 흔들림 없이 서연을 향해 있었다. 그의 표정은 조금 피곤한 듯도 보였고 지쳐 있는 듯도 보였지만 시선만큼은 그녀를 휘어 감을 만큼 강했다.

그의 집요한 시선에 서연의 손끝이 가느다랗게 떨려 왔다. 그녀를 가만히 바라보던 정욱이 입을 열었다.

"영양제와 비타민, 고마워요."

그의 낮은 목소리에 서연의 심장이 요동치기 시작했다. 하지만 전혀 표정엔 드러내지 않은 채 부드러운 미소를 지었다.

"뭘요. 비서로서 당연한 일을 했을 뿐인데요."

그녀가 다시 몸을 돌려 문을 열고 집무실을 나왔다.

'고마워요.'

생각지도 못한 그의 감사 표현에 서연은 집무실을 나와서도 심장의 고동이 가라앉지를 않았다. 약간 붉어진 뺨을 손등으로 톡톡 두드린 서연은 모니터 화면 안에 집중하려 애썼다.

집무실 안에서 정욱은 여전히 창밖을 바라보고 있었다.

그의 시선은 어두운 밤을 밝혔다 점멸되는 무수한 불빛들을 향해 있었지만 그의 머릿속은 다른 생각을 하고 있었다.

어느 순간부턴가 늘 자신의 곁에 있는 여자.

조용히 그의 곁을 오갈 때마다 정신을 흩뜨려 놓을 정도로 매혹적인 향기를 남기고 가는 여자에 대해…….

점차 시간이 지날수록 서연의 향기는 짙어졌다. 그의 내부에서 짙어지는 그녀의 향기를 느끼며 정욱은 억지로 그 향기를 떨치려 노력하고 있었다.

스스로 그런 노력을 한다는 인식은 없었지만 시시때때로 그의 머릿속으로 침투하는 그녀에 대한 생각을 밀어내려 애를 쓰는 시간이 늘어가고 있었다.

그녀는 그저 완벽한 비서일 뿐이라 생각하면서도 그녀가 베푸는 사소한 배려나 친절 하나하나가 자신의 가슴속에 깊숙이 박히고 있었다. 특히 그녀의 풍부한 헤이즐넛빛 눈동자와 마주칠 때면 심장의 고동이 마치 자신의 것이 아닌 듯 강해지곤 했다. 마치 무언가를 원하고 갈구하듯…….

이서연을 원한다?

"……헛소리."

정욱이 짧게 헛웃음 치고는 창밖의 불빛에 시선을 뒀다. 정욱의 검은 눈동자가 어떤 열기로 서서히 진해지고 있었다.

해중 물산에서 주관하는 선상파티 날이 되었다.

서연은 금 전무를 오래 보좌했기 때문에 선상파티에도 여러 번 참석해 본 적이 있었다. 선상파티가 벌어지는 호화크루즈 앞에 도착하자 이미 주차장은 고가의 차들로 가득 차 있었다. 재계의 높은 위치에 있는 정 회장이 여는 파티에는 이참에 얼굴이라도 비치려는 신흥 재벌들과 이미 자기들만의 커넥션을 만든 정 · 재계 인사들로 북적거렸다.

서연은 약속된 장소에서 정욱을 기다렸다.

오후에 골프장에서 사장단과 약속이 있던 그였기에 함께 오지 않고 이곳에서 만나기로 한 상태였다. 서연이 크루즈 입구로 향하는 드레스를 입은 화려한 여자들을 바라보며 조금 걱정스러운 시선으로 자신의 옷차림을 훑었다.

괜찮을까.

그를 보좌하는 첫 사교장이라 옷차림에도 특별히 신경 썼지만 도원그룹 후계자인 그의 옆에 서기 적당한 옷차림인지 자신이 없었다. 아니, 그 남자 옆에선 아무리 화려한 드레스를 입어도 부족해 보일 것만 같았다.

무리를 해서라도 좀 더 신경을 썼어야 됐는데…….

서연이 입술을 깨물고 은은한 펄이 들어간 짙은 퍼플색의 자신의 드레스를 훑어보다가 고개를 들었을 때, 저 멀리 그가 차에서 내리는 모습이 보였다.

세상에…….

그의 모습을 본 서연의 눈이 흔들렸다.

브리티시스타일의 견고한 남성미를 살린 블랙 슈트를 입고 브라운 옥스퍼드 드레스슈즈를 신은 정욱은 차에서 내리는 순간 모든 이들의 시선을 빼앗았다. 그가 주변을 한 바퀴 시선으로 훑은 뒤 자신을 발견하자 서연은 숨을 삼켰다.

그는 그녀에게 빠르게 걸어왔다.

정욱이 눈앞에 서자 서연은 얼른 정신을 차리고 그에게 인사했다.

"오셨어요. 부사장님."

"올라가죠."

"네."

그가 매너 있게 파트너인 서연의 허리에 부드럽게 손을 올리자 서연은 그의 손이 닿은 곳에 뜨거운 열기가 모이는 것이 느껴졌다.

이건 일일 뿐이야. 정신 차려.

서연이 쿵쿵거리는 심장을 손바닥으로 지그시 내리누르며 걸어가자 그가 그녀의 옆에서 낮게 물었다.

"정 이사로부터 보고서는 들어왔습니까?"

"퇴근 전에 연락해 보니 오늘은 힘들 것 같으니 월요일까지 올린다고 하셨습니다."

"흠. 그렇군요."

정욱이 짧게 대답하고 그녀를 이끌고 계단을 올라갔다.

서연은 태연한 얼굴을 유지하려 애쓰며 그를 따라 걸어갔다. 크루즈 갑판에 마련된 선상파티장에는 사람들이 많았다. 고급스러운 조명이 사방을 밝히고 있었고 은은한 음악이 흐르는 가운데 향기로운 칵테일과 보기 좋은 핑거푸드가 테이블 위에 놓여 있었다.

몇몇은 테이블을 둘러싸고 앉아 이야기를 나누기도 했고, 사람들이 서 있는 곳을 돌아다니며 인사를 하는 사람들도 있었다.

그 때 정욱과 서연이 갑판 위로 올라오자 사람들의 시선이 그들에게 한순간에 집중됐다. 걸어 다니는 조각상 같은 매혹적인 정욱과 눈부신 하얀 피부에 강렬한 퍼플색상 드레스를 입은 서연은 이 자리의 누구보다 시선을 끌었다.

여성스러운 라인을 살려 주는 실루엣에 발목을 감싸는 롱 드레스지만 허벅지 옆쪽으로 길게 터진 디자인은 고혹적인 관능미를 풍기게 했다. 그녀가 걸을 때마다 드레스 사이 날씬한 다리의 하얀 살이 아슬아슬하게 보였다.

쏟아지는 시선을 받으며 정욱이 무감한 시선으로 걸어가자 직원이 얼른 다가와 칵테일 잔을 건넸다.

"고마워요."

서연도 잔을 하나 집어 들고 미소 지었다. 그녀의 미소에 남자 직원이 홀린 듯한 표정을 짓는 것을 정욱이 서늘한 시선으로 내려다봤다.

정욱이 다가오는 사람들과 이야기를 나누는 동안 서연은 그의 수행 비서로서 곁을 지켰다. 파트너와 함께 파티에 참석한 사람들도 있었고 정욱처럼 비서를 대동한 사람도 있었지만 누구도 그녀만큼 은은한 아름다움을 자아내진 못했다.

그와 대화를 나누는 남자들의 시선이 수시로 자신에게 향했지만 서연은 눈치채지 못하고 있었다. 그 시선을 감지하는 건 정욱이었다. 그녀에게 남자의 시선이 닿을 때마다 정욱의 시선 끝이 날카로워졌다.

하지만 서연은 그런 것을 전혀 느끼지 못했다. 그녀는 오로지 그에게 향하는 여자들의 시선만을 감지했다.

"정욱 씨. 오랜만이에요."

육감적인 몸매의 강렬한 붉은색 드레스를 입은 여자가 정욱에게 다가왔다.

"미국에서 돌아왔다는 소리는 들었는데 만날 기회가 없었네요. 그동안 잘 지냈어요?"

여자는 친밀한 미소를 지으며 그에게 말을 걸고 있었지만 정욱은 별다른 반응을 보이지 않았다. 그저 차가운 눈빛으로 여자를 내려다보고 있을 뿐. 그의 싸늘한 반응에 여자의 얼굴이 붉어졌다.

"여어, 도정욱 아니야?"

그 때 다른 사람들이 다가오자 정욱은 미련 없이 여자에게서 몸을 돌렸다. 여자는 몹시 자존심이 상했는지 그를 향해 항의를 하려 입술을 달싹였지만, 정욱의 관심은 이미 다른 이들을 향한 채였다.

서연은 그런 그를 보고 속으로 안도하고 있었다. 그리고 그가 그녀를 무시해서 다행이라고 느낀 순간, 서연은 자신의 안도감에 흠칫 놀랐다.

욕심을 내고 있어.

자신은 분명 욕심을 내고 있었다.

도정욱이라는 남자에게…….

"부사장님. 저는 저쪽에서 잠시 바람 좀 쐬고 있을게요."

그에게 몰려 있던 사람들이 돌아간 틈을 타 서연이 그에게 조심스럽게 말하자 정욱이 시선을 내렸다.

"피곤한가?"

"칵테일을 조금 많이 마셨나 봐요. 잠깐 바람 좀 쐬면 나아질 것 같아요."

"그럼 그렇게 하도록."

"네. 그럼 잠시……."

서연이 흐리게 미소 지은 뒤 난간이 있는 끝 쪽으로 다가갔다. 그곳은 사람들이 거의 없어 한적했다. 난간을 잡고 선 채로 어지럽게 울리는 사람들의 목소리를 배경음악 삼아 바다를 바라봤다.

금 전무님이 그의 비서로 자신을 추천하겠다고 했을 때 받아들이지 말았어야 했을까? 이렇게 스스로의 감정도 컨트롤하기 힘들 정도로 공과 사를 구분 못 할 줄 알았다면 그게 나았을 수도 있었겠지.

바보같이…… 난 그저 비서일 뿐인데.

서연이 지그시 입술을 깨물었다.

정욱을 향한 마음이 처음 생겼던 곳도 선상파티였다. 그는 기억하지 못하고 있지만 그녀는 기억했다.

처음으로 드레스를 입고 호화 선상파티에 참석했던 날.

그날은 하필이면 지독한 몸살과 지나친 긴장으로 인해 숨도 쉬지 못할 정도였다. 그래도 금 전무에게 누를 끼칠 수는 없어 억지로 웃음은 지으며 그를 보좌했다. 쌀쌀한 날씨에 얇은 드레스를 입고 있어 몸 컨디션은 최악으로 떨어졌다.

어떡하지?

시간이 갈수록 상태는 호전되지 않고 더욱 안 좋아졌다. 눈앞이

어질어질하고 열에 들떠 주변이 흐릿해지기 시작하자 당황스러움이 밀려들었다. 금 전무는 조금 앞에서 연신 사람들과 떠들며 인사를 나누고 있었다. 자신의 상황을 내색하고 싶지 않은 마음과 어떻게든 이 상황을 버텨 내야 한다는 마음으로 버텼지만 식은땀이 줄줄 흐르고 입술이 바짝 말라 갔다.

안 되겠어.

서 있는 것조차 어지러워 다리가 후들거리기 시작하자 어딘가에서 잠시 쉬고 와야겠다고 금 전무에게 말하려는 순간, 갑자기 눈앞이 아찔해지더니 하늘이 빙그르르 돌았다.

"앗……."

그 때, 뒤에서 강한 팔이 단단히 붙잡는 것이 느껴졌다.

누, 누가…….

올려다보니 조각 같은 아름다운 이목구비를 가진 남자가 내려다보고 있었다. 열에 들떴기 때문인지, 아니면 그의 얼굴이 비현실적일 정도로 수려했기 때문인지 정확히는 알 수 없었지만 정신이 더욱 아득해지는 기분이었다.

"이 비서, 괜찮나?"

놀란 금 전무의 목소리를 듣고서야 정신을 차렸다.

이런, 금 전무님 앞에서 이런 추태를 보이다니…….

황망한 심정으로 몸을 일으키려는데 그 남자가 잡은 팔에 힘을 주며 물었다.

"괜찮습니까?"

"괜찮……아요. 잠시 어지러워서……."

겨우 대답하자 그 남자가 움직이지 못하게 잡은 채로 옆에 있는 직원에게 말했다.

"이 여자분, 환자니까 룸에 눕힐 수 있도록 준비시켜요."

"알겠습니다. 상무님."

상무?

그가 이 회사의 후계자로 얼마 전 미국에서 돌아왔다는 상무라는 걸 그때 알았다. 그의 옆에 서 있던 금 전무가 걱정스럽게 말했다.

"아니 몸이 안 좋으면 말을 해야지 이렇게 될 때까지 참은 거야? 바보같이 어쩌면 그리도 미련한 게야? 일단 상무님 말대로 안으로 들어가서 쉬고, 기사 대기시켜 놓을 테니 기력 차리는 대로 병원 가 봐. 알았나?"

"죄송해요. 저 때문에."

"쓸데없는 소리 하지 말고 얼른 들어가서 누워. 열이 펄펄 끓는데. 아, 그럴 게 아니라 차라리 의사를 이곳으로 불러 주는 게 낫겠어?"

혼미한 의식 사이에서도 금 전무의 친절에 무척 고마움을 느꼈다. 눈물까지 왈칵 고이자, 부모님이 돌아가신 지 오래된 이후 이런 친절에 너무나 목말라 있었다는 것을 깨달았다.

"아뇨. 그러실 거 없어요. 정말 그 정도는 아니에요. 잠깐 쉬면 나아질 테니 염려 마세요. 전무님."

걱정하지 말라는 뜻으로 억지로 미소를 지어 보이자 금 전무가 걱정스러운 표정을 지우지 못하고 말했다.

"그럼 어서 내려가 봐."

"네. 알겠…… 앗."

몸을 일으키려는데 그 남자가 그대로 안아 올렸다. 깜짝 놀라 당황스러운 표정을 짓고 있는데 그는 그대로 직원을 따라 성큼성큼 걸어가고 있었다.

"혼, 혼자 걸을 수 있어요. 괜찮습니다."

"몸에 기운이 하나도 없다는 걸 모르는 것 같군요. 이곳은 업무차 온 곳이고, 그곳에서 내 회사 직원이 눈앞에서 쓰러진 모습을 본 이상 간과하긴 힘듭니다."

그의 목소리는 낮고 사무적이었지만 그의 팔은 강했고 단단한 가슴은 생각보다 무척 넓었다. 그 너른 품에 안긴 채로 계단을 내려가게 되자 온몸에 넘실거리는 열이 얼굴로 확 몰리는 느낌이었다.

흐린 시선을 억지로 들어 그 남자의 얼굴을 가만히 바라봤다.

엉망인 몸 상태 때문일까?

강한 이 남자의 팔이 무척이나 안심이 됐다. 마치 모든 위험에서 지켜주는 안전한 보호막처럼.

"……감사합니다. 상무님."

더 이상 거부를 할 수가 없어 작게 말하자 그가 계단을 내려가며 시선을 내렸다. 눈이 마주치는 순간, 머릿속의 열기 때문인지 그의 검은 눈동자에 빠져드는 기분이 들었다.

"얼굴이 붉은데, 상태가 많이 안 좋습니까?"

"아뇨. 조금 쉬면 괜찮아질 거예요. 걱정 마세요."

그가 잠시 내려다보더니 고개를 들고 조명이 켜진 복도를 지나 직원이 안내한 선실로 들어갔다. 침대 위에 내려지는 순간 그의 얼굴이 가까워지자 본능적으로 숨을 삼켰다.

남자다운 진한 향기…….

그와 무척 잘 어울리는, 머스크 계열의 남성적인 이미지의 향수가 머릿속을 어지럽혔다.

"이곳에서 쉬다가 상태가 더 안 좋아진다면 직원에게 말해요. 의사를 불러 줄 테니."

"감사합니다."

그가 짧게 고개를 끄덕이고는 직원과 함께 선실을 나갔다. 문이 닫힌 뒤에도 한동안 문을 바라보다가 침대 위에 누웠다. 열이 오르고 있었다. 가슴을 뜨겁게 일렁이게 만드는 열기가…….

눈을 감자 그 남자의 향기가 머릿속을 부유하기 시작했다.

"하아……."

서연이 깜깜한 밤하늘을 바라보며 한숨을 흘렸다.

그날의 일이 그에게는 하등 특별한 일도 아니겠지만 자신에게는 특별했다. 그때 그 순간 자신을 도와준 이가 그가 아닌 다른 사람이었더라면, 그래도 특별했을까……. 아니면 도정욱, 그라서 특별했을까.

그때 그의 친절은 그저 회사의 책임자로서 눈앞에서 쓰러지는 여직원에 대한 당연한 친절일지라도 그것은 온전히 그녀의 마음속으로 와 박혀서 그 후로 내내 떠나지 않았다. 회사에서 그와 마주칠 때마다 가슴이 뛰고, 회의실에 갈 때마다 혹시 그의 얼굴을 볼 수 있을까 싶어 짝사랑하는 사춘기 여학생처럼 두근거렸다.

그리고 그의 비서가 된 뒤에는 그 증상이 더욱 심해졌다. 더 이상 사춘기 소녀의 감정이라고 할 수 없을 정도로 걷잡을 수 없이 끌리기 시작했다.

도정욱…… 그 남자에게.

비서로서의 자신의 위치를 수시로 자각시켜도, 그를 볼 때마다 점점 더 커지는 마음은 감당하기 어려울 정도였다.

보답받을 수 없는 감정에 심란해진 서연은 복잡한 표정으로 갑판 위 난간 앞에 서서 검게 일렁이는 바다만 바라보고 있었다. 그때 뒤에서 문득 목소리가 들렸다.

"어? 이게 누구야. 아는 얼굴인데?"

자신의 이름을 부르는 소리에 서연이 고개를 돌렸다. 사교 파티장에서 몇 번 마주친 적이 있던 대형 증권사의 젊은 사장이었다. 그는 꽤 취한 듯 벌겋게 달아오른 얼굴로 비틀비틀 서연에게 다가왔다.

"나 알지 않아?"

그의 눈동자가 묘하게 번들거리는 것을 본 서연이 본능적으로 한 걸음 물러서며 말했다.

"뵌 적이 있는 것 같긴 한데……."

"그렇지? 내가 미인은 절대 안 잊어먹거든."

그가 기름진 미소를 지으며 서연의 바로 옆까지 다가왔다. 그가 다가오자 진한 알코올 향이 훅 끼쳐 왔다. 순간 어디선가 들었던 이 남자에 대한 안 좋은 소문이 퍼뜩 떠올랐다.

'대일증권 그 개차반 사장 있잖아. 지 부친 빽만 믿고 나대는 놈. 그놈이 여자한테 그렇게 더럽게 군대. 사교장이나 그런 데서

당한 여자들이 한둘이 아니라는군. 자기 힘 믿고 유부녀든 뭐든 안 가린대. 이 비서도 조심하는 게 좋을 거야.'

그 말이 떠오르자 서연은 빠르게 주변을 훑었다. 근처에는 아무도 없었다. 혼자 있고 싶어 어두운 곳으로 온 게 실수였다는 생각이 들었다. 이곳은 사람들이 모여 있는 곳과는 상당히 거리가 있는 곳이었다.

"누구였더라? 어디서 봤던 사이지, 우리?"

그가 서연의 허리를 아무렇지도 않게 끌어당기고는 바짝 고개를 숙이고 귓가에 속삭였다. 불쾌한 술 냄새와 귓속으로 훅 밀려드는 끈적끈적한 목소리에 서연의 피부에 오소소 소름이 돋았다.

"이거 놔주세요."

서연이 그의 팔에서 벗어나려 노력하며 말했지만 그는 놔줄 생각이 없는지 그녀의 허리를 더욱 강하게 끌어당겼다.

"앗, 왜 이러세요?"

그가 서연의 당혹스러워하는 표정을 내려다보며 입술을 비죽였다.

"왜 이러긴. 너도 나 같은 사람에게 낚이길 기대하고 이런 데 혼자 있던 거 아니었어? 그래……. 너 분명 기억이 나. 도원 쪽 비서였던가? 여기 너 같은 여자 한둘 아닌 거 알아. 다들 겉으론 도도한 척 굴지만 돈 많은 남자와 어떻게든 얽히길 기대하며 기회만 노리고 있지. 안 그래?"

그가 소름 돋는 은근한 목소리로 서연의 귓가에 노골적인 말을 속삭이자 서연의 안색이 파래지며 그에게서 멀어지려고 안간힘을 썼다.

“말 함부로 하지 마세요. 그리고 이거 놓으세요.”

“맞잖아? 솔직히 너, 전부터 내가 노리고 있었어. 내가 너처럼 하얀 피부를 좋아하거든. 그리고 이런…….”

“……!”

그의 손이 거침없이 터진 드레스 사이를 들추고 들어와 허벅지를 만지자 서연의 눈에 경악이 서렸다.

“드러내지 않는 섹시한 드레스를 좋아하지. 상상력을 자극하잖아. 안 그래?”

그가 허벅지를 주물러 대자 서연은 온몸이 굳은 채 숨도 제대로 쉬지 못했다.

“이, 이게 무슨 짓……!”

“이 실장.”

느닷없이 들려오는 낮은 목소리에 흠칫 놀란 서연이 고개를 돌렸다. 정욱이 바지 주머니에 손을 꽂은 채로 서서 서늘한 시선으로 그들을 보고 있었다.

“부사장님…….”

서연의 놀란 눈과 남자의 당황한 눈을 날카롭게 훑은 정욱이 성큼성큼 다가왔다. 정욱은 서연의 다리에 있던 남자의 손을 확 움켜잡았다.

“도, 도 사장.”

남자의 눈이 이리저리 흔들렸다. 정욱은 얼빠진 표정으로 자신을 올려보고 있는 남자를 강렬한 시선으로 노려봤다.

“제 비서에게 함부로 대한다는 건 저를 그렇게 생각하고 있다는 걸로 받아들여도 되겠습니까?"

정욱이 팔을 강하게 움켜잡고 으르자 남자의 얼굴에 식은땀이 흘렀다.

"아, 아니. 이건 오해야. 그냥 장난으로 그런 것뿐이지 그런 식으로 생각한 건 아니야. 진심으로."

남자가 비굴한 웃음을 지으며 말하자 그를 무섭게 내려다보던 정욱이 차갑게 말했다.

"이런 불쾌한 장난 한 번만 더 내 눈에 보이면, 그땐 그냥 넘어가긴 힘들 겁니다."

"알았네. 알았…… 헉."

정욱이 남자를 옆으로 밀치자 그가 비틀거리며 밀려났다. 술에 취해 쉽게 똑바로 서지 못하고 휘청이던 그가 겨우 몸을 바로 세우자마자 도망치듯 그 자리를 벗어났다.

정욱은 비틀대며 멀어지는 남자를 노려보다가 서연에게 고개를 돌렸다.

"괜찮습니까?"

서연이 하얗게 질린 얼굴로 겨우 끄덕였다.

"괜……찮아요."

그녀의 창백한 얼굴을 내려다보던 정욱이 미간을 좁혔다.

"전에도 괜찮지 않을 때 괜찮다고 했던 것 같은데."

"네?"

서연이 의아스러운 눈빛으로 그를 바라봤다.

"처음 만났을 때."

"……!"

서연의 눈빛이 흔들렸다.

그때 일을 기억하고 있었나? 분명 기억하지 못할 거라고 생각했는데…….

충격을 받은 얼굴로 자신을 올려다보는 서연의 하얀 얼굴을 내려다보며 정욱이 매끈한 이마를 구겼다.

"얼굴에 핏기가 하나도 없군."

그의 손이 그녀의 얼굴로 향하려다 멈칫했다. 잠시 그대로 멈춰 있던 손이 원래 있던 곳으로 내려갔다.

"그만 돌아가죠."

"아, 부사장님."

정욱이 몸을 돌리자 서연이 그를 불러 세웠다. 그가 멈춰 서서 그녀를 돌아봤다.

"도와주셔서…… 감사해요."

서연이 진심을 담아 그렇게 말했다. 정욱이 도와줄 거라고는 기대하지 않았다. 그가 처음 만났을 때 일을 기억하고 있는 줄 예상하지 못했던 것처럼.

"당연한 일을 했을 뿐이니 고마워할 건 없습니다. 당신은 내 회사의 직원이니까."

그가 낮게 말하고는 다시 앞질러 걸어갔다. 서연은 볼을 붉게 물들인 채 조용히 그의 뒤를 따라갔다.

02

끼익.

차창을 뚫을 듯 세차게 쏟아지는 빗줄기에 의미 없는 시선을 둔 채 상념에 빠져 있던 서연은 차가 멈추는 느낌에 그때야 정신을 차렸다.

아, 여긴 어디지?

창밖을 바라보는 서연의 얼굴에 의아함이 서렸다. 폭우로 인해 제대로 시야를 확보할 수 없었지만 무성한 나무가 보이는 외딴곳임은 분명해 보였다. 분명 상하이 출장에서 돌아오는 길이었는데…… 이곳은 전혀 모르는 곳이었다.

서연이 의아스러운 표정으로 정욱에게 고개를 돌렸다.

"여긴 어디죠?"

정욱이 시동을 끄고 그녀에게 고개를 돌렸다. 그와 눈이 마주치는 순간 서연의 시선이 흔들렸다. 어둡게 잠긴 그의 눈동자에 강렬한 욕망의 불꽃이 일렁였다.

그 불꽃은 그녀에게 아주 익숙한 것이었다.

어둡고도 강한 욕망을 숨김없이 내보이는 위험한 관능의 불꽃.

안 돼…….

숨을 삼킨 서연이 저도 모르게 뒤로 물러섰다. 그 때 거칠게 운전석에서 몸을 돌린 그가 그녀의 턱을 확 잡아끌었다.

"앗……!"

순식간에 시야 가득 그의 얼굴이 들어오자 서연의 심장이 매섭게 질주하기 시작했다.

"부, 부사장님……."

꼼짝없이 붙들린 채 그를 올려다보는 그녀의 눈동자가 이리저리 흔들렸다. 정욱이 그녀를 이글거리는 시선으로 노려보며 낮게 말했다.

"이서연."

단지 자신의 이름이 불렸을 뿐인데 그녀의 등허리를 타고 아찔한 긴장이 흘렀다. 정욱이 자신의 이름을 부르는 때는 딱 하나의 상황일 뿐이다.

"뭘 그렇게 생각하고 있던 거지?"

"……네?"

"방금 전 네 머릿속에 뭐가 있었냐고. 옆에 있는 나는 안중에도 없이 누굴 생각하고 있던 거야?"

"그, 그건……."

정욱의 목소리는 위험할 정도로 낮았다. 방금 전 생각하고 있던 것은 그였지만 그걸 말할 수는 없어 서연이 당혹스런 눈빛으로 입술을 잘근거렸다.

"설마, 상하이에서 봤던 캐일 생각을 하고 있었던 건가? 그와 유독 친하게 지내던데."

"아니에요."

캐일이라니.

그는 그저 업무적으로만 대한 관계일 뿐 기억에는 전혀 남아 있지 않은 남자였다. 정욱의 입술이 그 남자의 이름을 말하는 것이 의아스러울 정도였다.

"그럼 무슨 생각을 하고 있던 건지 말해."

정욱이 서연의 얼굴을 아플 정도로 거머쥐고 을렀다.

"별다른 생각은…… 하지 않았어요."

서연이 대답하자 정욱의 눈이 사납게 번뜩였다. 그가 그녀의 턱을 그러쥔 채로 거칠게 입술을 삼켰다.

"읍……!"

순식간에 입술을 점령당하자 서연이 짧은 신음을 터뜨렸다.

그녀의 작은 턱을 단단히 잡아 고정한 채 정욱이 붉은 입술을 세차게 빨았다. 그가 축축한 혀를 집어넣어 입술 사이를 벌리고 침범해 들어갔다. 움찔거리는 그녀의 혀를 찾아내 끌어당기고 거칠게 휘감는 정욱의 움직임에 서연의 숨이 턱턱 막혀 왔다.

숨을 못 쉬겠어…….

그녀의 얼굴을 고정한 채 격렬하게 입술을 탐하는 그의 손이 우악스럽게 블라우스 위의 가슴을 움켜잡았다.

"아!"

놀란 소리를 터뜨리는 서연의 몸이 뒤로 확 젖혀졌다. 의자를 뒤로 젖히고 그녀의 몸 위로 올라온 정욱을 서연이 가쁜 숨을 터뜨리며 올려다봤다.

커다랗게 뜬 그녀의 눈에 정욱의 얼굴이 가득 들어왔다. 그의 눈동자에 가득 찬 욕망을 알아챈 서연의 심장이 세차게 뛰기 시작했다.

"부, 부사장님."

정욱이 상체를 세우고 자신의 타이를 잡아 세게 흔들었다. 느슨해진 타이와 벌어진 셔츠 깃 사이로 그의 남성적인 목울대가 꿈틀거렸다.

차창 밖은 세찬 빗줄기가 퍼붓고 있었다. 습기가 차오른 차 안에 팽팽히 당겨진 실처럼 아슬아슬한 긴장감이 흘렀다. 그가 어둡게 잠긴 눈동자로 그녀를 똑바로 내려다보며 말했다.

"아직 내 질문에 대답하지 않았어. 반항하는 건가?"

정욱이 셔츠 단추를 몇 개 풀어내며 위험할 정도로 낮은 목소리로 말했다. 위에서 자신을 똑바로 내려다보고 있는 정욱에게서 익숙한 향수 향과 체취가 느껴지자 그녀의 머릿속이 어지럽게 뒤엉켰다. 다리 사이를 아찔하게 조여 오는 남성적인 페로몬에 숨을 쉴 수가 없었다.

……아. 젖었어.

브리프가 젖어 들었다는 것을 깨달은 서연이 당황스러운 얼굴로 파르르 떨리는 속눈썹을 내리깔았다. 그러자 그가 사나운 눈빛으로 그녀의 턱을 거칠게 잡아 올렸다.

"시선, 피하지 마."

"피한 거 아니에요."

"그럼?"

서연이 흔들리는 시선을 들어 올리자 정욱이 강렬하게 노려보며 입술을 그녀의 귓가로 내렸다.

"내 손길이 싫은가?"

귓가에 느껴지는 그의 낮은 목소리에 서연의 어깨가 흠칫거렸다.

정욱이 한 팔로 의자를 지탱하고 다른 한 팔로 그녀의 가녀린 목덜미를 어루만졌다. 서연이 숨을 몰아쉬며 고개를 그의 반대편으로 돌리자 정욱이 눈을 부라리고 그녀의 턱을 잡아 다시 돌렸다.

"고개 돌리지 마. 대답 안 했잖아."

정욱이 그녀의 얼굴 앞에 바짝 얼굴을 갖다 대고 을렀다.

"……!"

서연의 속눈썹이 가늘게 떨리는 것을 보며 정욱이 입술 끝을 끌어 올렸다. 그녀의 턱을 지탱하고 있던 손가락으로 장밋빛 입술을 천천히 쓸었다. 입술을 예민하게 자극하는 움직임에 그녀의 숨결이 한층 더 뜨거워졌다.

"대답해. 이서연. 내 손길이 싫어?"

서연은 흔들리는 시선으로 그의 눈만 바라본 채 아무런 대답도 할 수가 없었다. 그가 왜 이런 말을 하는지 알고 있었다. 그 역시 왜 대답을 알면서도 묻는 건지 알고 있었다.

"말해 보라니까."

입술을 매만지는 움직임이 한층 더 노골적으로 변했다.

남자의 손가락이 얼마나 음란하게 움직일 수 있는지 보여 주려는 듯 정욱은 그녀의 촉촉한 입술을 느릿하게 훑었다. 서연의 헐떡임이 더욱 거칠어졌다.

"싫지…… 않아요."

그녀가 겨우 대답하자 정욱의 입술 끝이 잔인하게 말려 올라갔다.

"그것 봐."

"아……!"

정욱이 차갑게 웃으며 그녀의 블라우스 앞섶을 우악스럽게 잡아 뜯었다.

투두둑.

억센 힘을 못 참고 단추들이 뜯어졌다. 벌어진 블라우스 사이로 드러난 브래지어를 강하게 들춰 올리자 하얀 가슴이 출렁 쏟아져 내렸다.

"부, 부사장…… 흣."

반항하듯 뾰족이 솟아오른 분홍빛 유두를 뜨거운 입술로 삼킨 그가 강하게 빨아 당기자 서연의 허리가 크게 휘었다. 축축한 혀가 예민한 정점을 은밀하게 휘어 감는 감촉에 강한 쾌감이 솟구쳐 올랐다.

"아아, 앗."

정욱이 타액으로 번들거리는 한쪽 가슴을 손가락 끝으로 비비며 다른 한쪽 가슴을 베어 물었다. 기다렸다는 듯 금방 팽팽하게 부풀어 오른 유두가 짜릿한 쾌감에 바들바들 떨려 왔다. 정욱은 분홍빛 유두를 젖은 혀로 굴리다 입술로 강하게 빨아 올렸다.

"하아……!"

그의 어깨를 움켜잡은 서연이 시트 뒤로 한껏 고개를 젖히며 거친 숨결을 쏟아 냈다.

어, 어쩌지…….

그의 입술이 음란한 소리를 내며 젖가슴을 빨아올릴 때마다 서연은 참기 힘든 쾌감에 다리 사이가 은밀하게 조여들었다.

정욱은 마치 잔뜩 화가 난 사람처럼 거칠게 그녀의 가슴을 탐했다. 보얀 가슴살을 강한 손으로 움켜쥐고 손가락 사이로 튀어나온 번들거리는 유두를 입에 넣고 아플 정도로 세차게 빨아 댔다.

"아앗, 그, 그만……."

"입 다물어."

정욱이 낮게 으르며 하얀 가슴이 온통 타액으로 번들거릴 때까지 물고 빨아 댔다. 서연의 신음이 거친 숨소리와 뒤섞여 조용한 차 안을 가득 메웠다. 정욱이 이를 세워 뾰족하게 곤두선 유두를 깨물자 서연이 자지러지듯 허리를 꺾었다.

"아학!"

그 순간 그의 손이 타이트한 스커트 안을 거침없이 파고들었다.

헉……!

허벅지 안쪽을 주욱 타고 올라간 단단한 손가락이 얇은 스타킹을 움켜잡아 찢었다. 그의 손가락은 순식간에 그녀의 흠뻑 젖은 브리프에 닿았다.

"이런, 완전히 젖었는데."

정욱의 목소리에 서연의 얼굴이 확 붉어졌다. 그녀가 몸을 바르작거리자 정욱은 도톰한 속살에 찰싹 달라붙은 젖은 브리프를 젖히고 애액이 흥건한 도톰한 맨살을 문지르기 시작했다.

"하……아, 아앗."

은밀한 속살을 그가 빠르게 비벼 대자 서연의 몸이 크게 출렁거렸다.

"더 흘리는군. 내 손이 다 젖어 버리겠어."

그의 음란한 말에 수치감을 느끼면서도 그녀의 몸은 그의 손가락에 완벽히 느끼고 있었다.

아아, 안 돼…….

서연은 자신이 속절없이 무너지고 있다는 것을 느꼈다.

그녀의 육체는 잔인할 만치 그에게 길들여져 있었다.

"아, 읏, 아아."

그의 손가락이 닿은 곳이 불에 덴 것처럼 홧홧해지더니 곧 열정적으로 반응했다. 익숙하게 꽃잎 사이를 헤치며 질주하던 손가락이 동그랗게 도드라진 음핵을 건드리자 서연의 작고 도톰한 입술이 크게 벌어졌다. 상체를 세운 정욱이 열락에 젖은 서연의 얼굴을 노려보며 손가락을 빠르게 움직였다.

"아! 아, 아핫!"

끊어질 듯 날카로운 신음을 뿌려 대던 서연이 그의 셔츠를 움켜쥐고 고개를 돌렸다.

"고개 돌리지 말고 똑바로 봐."

그녀의 고개를 다시 자신에게 향하게 한 정욱이 근육이 꿈틀대는 강한 팔을 노골적으로 움직였다.

우윳빛 애액이 흥건한 정점을 빠르게 문지르자 몸에 힘을 바짝 준 서연이 파들거리며 몸을 떨었다. 용암처럼 뜨거운 쾌감이 그의 손가락 아래에서 분출했다. 울컥울컥 토해 내는 쾌감이 미끈한 액체가 되어 정욱의 손가락을 흠뻑 적셨다.

"흐……으흣……."

사정없이 떨리는 몸을 주체하지 못한 서연의 도홧빛 얼굴이 쾌감으로 찌푸려졌다. 그 색정적인 표정을 오만한 얼굴로 응시하던 정욱은 그녀의 속눈썹에 매달린 투명한 눈물을 혀로 핥았다.

왜 이 남자는 매번 이렇게 바닥까지 확인하려고 하는 걸까.

그가 핥는 눈물이 자신의 조각조각 부서진 마음인 것만 같아 서연은 고개를 돌렸다.

"싫어……. 하지 마요."

서연이 눈물을 들키기 싫어 고개를 돌려 피하자 정욱이 무서운 얼굴로 그녀의 브리프를 움켜잡았다. 찌이익. 날카로운 소리와 함께 정욱이 한 손으로 그녀의 브리프를 찢어발겼다.

"하지 말라고?"

그의 손가락이 갈라진 속살을 따라 아래로 미끄러지더니 뜨거운 여성 안으로 단번에 푹 찔러 들어갔다.

"하윽……!"

물기 어린 서연의 눈이 확 커졌다. 부연 시야에 그의 냉철한 얼굴이 보였다. 좁은 여성을 깊숙이 찍어 올리는 손가락의 움직임이 점차 빨라졌다.

"그, 그만해요!"

서연이 더는 못 참고 소리를 내지르자 벌어진 그녀의 입술을 정욱이 삼켰다. 터져 나오는 목소리를 입술로 막으며 그는 좁은 여성 사이로 손가락을 하나 더 집어넣었다.

"흡! 읍! 으읍!"

압박이 심해지자 서연의 그를 밀어내려 손에 힘을 줬다. 그의 강한 팔이 꿈틀거리며 위아래로 격하게 움직일 때마다 서연의 가녀린 몸이 사정없이 튕겨 올랐다. 강한 자극이 연달아 찔러 들어올수록 쾌감의 감각은 무섭게 증폭됐다.

빽빽한 틈이 흘러나온 애액으로 부드러워진 것을 확인한 정욱이 그녀의 입술을 놔주고 손가락을 빼냈다.

"하……."

서연이 눈물 젖은 얼굴로 쌕쌕거리며 막힌 숨을 토해 냈다. 온몸을 뜨겁게 달군 흥분에 숨도 제대로 쉬어지지 않았다. 그 순간 잠시 떨어졌던 정욱이 그녀의 다리를 확 잡아 벌리더니 강하게 밀고 들어왔다.

"……악!"

쿵! 하고 여성을 찢을 듯 밀려든 두꺼운 페니스에 온몸이 부서질 듯 크게 흔들렸다. 달아오른 쇳덩이처럼 묵직하고 강하게 찍어 올리자 서연은 몸이 반으로 갈라져 버릴 것만 같았다.

"……헉, ……앗."

짐승처럼 무섭게 들이치는 힘에 서연은 그의 어깨를 껴안은 채 턱턱 끊기는 가쁜 숨소리를 흘렸다.

차가 이리저리 흔들릴 정도로 거친 움직임이 이어졌다. 그가 집요하게 그녀의 내부로 들이칠 때마다 그녀의 날씬한 다리가 마리오네트처럼 공중에서 덜렁거렸다. 정욱은 강한 허리에 단단히 힘을 주고 찍어 올리듯 사정없이 그녀 안으로 들이쳤다.

"아! 아앗."

아랫배를 세차게 휘젓는 움직임에 도저히 그녀가 감당하기 힘든 쾌감이 벼락같이 쏟아져 내렸다. 정욱의 땀에 젖은 셔츠를 움켜쥔 서연이 헐떡였다. 움직임이 거칠어질수록 그의 탄탄한 가슴 근육에 힘이 불끈불끈 들어가는 것이 느껴졌다. 서연은 정신이 나가 버릴 것 같은 쾌락 아래 신음하며 연신 허리를 비틀어 댔다.

"저, 정욱 씨……."

서연이 무심결에 이름을 부르자 정욱의 얼굴이 딱딱하게 굳었다. 그가 얼굴을 사납게 일그러뜨리고 그녀의 통통한 엉덩이를 힘껏 움켜잡았다.

"핫!"

말랑한 엉덩이 살을 움켜잡으며 그가 크게 허리를 튕겼다.

"크윽."

"아아……!"

틈새 없이 밀착된 몸을 그가 강하게 파고드는 순간 두 사람의 입술에서 억눌린 신음이 터져 나왔다. 정욱은 거칠게 헐떡이며 그녀의 엉덩이를 움켜쥐고 더욱 바짝 제 쪽으로 끌어당겼다.

"더, 더 이상은……!"

좁은 여성을 가득 메운 단단한 남성이 터질 듯 빳빳하게 발기한 채 사납게 들이치자 서연이 비명을 터뜨렸다. 틈이 없을 정도로 빽빽하게 자신의 것을 밀어 넣은 정욱이 낮게 읊조렸다.

"아직이야."

정욱이 서연의 가느다란 목덜미에 이를 박은 채 뿌리 끝까지 강하게 박아 넣었다.

"아! 안 돼요! 그만!"

서연이 고개를 저어 댔지만 정욱은 그 상태로 힘껏 깊숙이 내질러 들어갔다. 찢어질 것 같은 강한 압박감과 동시에 느껴지는 벼락같은 쾌감에 서연이 비명을 내질렀다.

찰싹, 찰싹!

살과 살이 치대는 소리가 음란하게 차 안을 울렸다. 이성은 사라지고 오로지 본능과 본능만이 남았다. 무섭게 조여드는 속살에 정욱이 이를 악물고 근육이 꿈틀거리는 엉덩이에 힘을 줘 강하게 내리쳤다.

아, 더는, 더는……!

정욱이 무서운 힘으로 빠르게 들이치자 서연의 몸도 그에 맞춰 빠르게 출렁였다. 급박해지는 신음 소리가 그녀의 입술에서 연신 터져 나왔다. 위아래로 빠르게 흔들리던 서연이 절정의 고지를 향해 숨 막히게 내달렸다.

"아, 아아, 아아아……!"

절정의 입구에서 서연이 고개를 확 젖히며 입술을 크게 벌렸다.

"핫."

그때 정욱이 그녀의 몸에서 떨어져 나갔다. 강하게 박혀 있던 굵고 단단한 기둥이 확 빠져나가자 그녀의 몸이 크게 출렁였다.

아, 조금만 더……!

아쉬운 그녀의 눈동자가 정처 없이 허공을 헤맸다.

"아직이라고 했지."

그가 낮게 으르며 그녀의 턱을 잡아 올려 시선을 맞췄다. 그녀의 탁한 눈동자에 맺힌 열락의 빛깔에 정욱의 내부가 만족스러움으로 차올랐다.

"하아, 하아……."

서연이 숨을 몰아쉬며 그에게 시선을 온전히 포박당했다. 창밖의 빗줄기는 더욱 강해져 있었다. 어두운 밤 비가 퍼붓는 차 안은 둘의 거친 호흡으로 뜨겁게 달아올라 있었다.

어두운 차 안에서 흐릿한 그녀의 눈을 강렬하게 응시한 정욱이 천천히 입술을 내렸다. 입술이 닿을 듯 가까운 거리에서 그가 허스키한 목소리로 말했다.

"누구 맘대로 가 버리려고."

"정욱 씨……."

그녀가 다시 그의 이름을 부르자 그의 눈에서 불꽃이 튀었다. 정욱은 그녀의 후들거리는 다리를 붙잡아 모은 뒤 그대로 가슴 위로 들어 올렸다. 모아져 있는 두 다리가 위로 쭉 뻗힌 상태가 되자 그가 좁은 차 내에서 허리를 숙이며 그녀의 골반을 두 손으로 단단히 붙잡았다.

"천만에. 아직 못 가."

그녀의 귀에 으르렁거린 정욱이 허리를 튕겨 서연의 뜨거운 속살 안으로 힘껏 파고들었다.

"흐읏!"

그가 빳빳하게 곤두선 두꺼운 페니스를 깊숙이 밀어 넣자 그녀의 몸이 크게 출렁였다. 다리를 모은 채 뻗은 자세는 서연의 허리가 접힐 듯 숙여지게 만들어, 그가 더욱 깊이 들어올 수밖에 없었다.

"너, 너무 깊어요……. 으, 으앗!"

위아래로 부서질 듯 흔들리는 서연의 몸을 움켜잡고 정욱이 사정없이 허리를 퉁겨 올렸다. 격렬한 움직임으로 그의 거친 숨소리가 쏟아져 나오고 남성적인 목의 핏대가 곤두섰다.

"헉, 헉."

그가 그녀의 다리를 그녀 쪽으로 더욱 밀어붙이며 아주 깊숙이 치고 들어갔다. 맞붙은 몸이 땀에 젖어 미끌거렸다. 젖은 피부가 마찰을 일으키며 은밀한 쾌감을 더해 가고 있었다.

잔뜩 휘어진 채 출렁이는 몸을 움켜잡고 정욱이 좁은 여성 안을 들쑤셔 댔다. 쾌감을 견디지 못한 서연이 연신 고개를 저어대며 몸을 비틀었지만 정욱은 단단한 팔로 그녀를 잡고 놓아주지 않았다.

서연은 결박된 몸을 꼼짝도 못 한 채 그가 밀어 넣는 잔인한 쾌락의 불구덩이에 빠져들어야만 했다.

퍽! 퍽!

자궁까지 닿을 듯 깊숙이 치고 들어가자 연약한 여자의 몸이 파르르 떨렸다. 그 모습에 희열을 느끼며 정욱이 강렬하게 들이쳤다.

"학, 하악. 이, 이제 더는……!"

격렬하게 흔들리며 몸부림치던 서연의 입술에서 급박한 신음이 터져 나왔다. 한껏 휘어지는 그녀의 몸을 움켜잡은 채 정욱이 미친 듯이 속도를 높였다.

"아흣! 정욱 씨……!"

서연이 다시 절정의 회오리 속으로 빨려드려는 순간, 그 때 정욱이 상체를 세우고 그녀의 몸에서 빠져나왔다. 그러고는 휘청이는 서연의 몸을 돌려 자신의 몸 위에 올렸다.

"아……?"

둘의 위치가 순식간에 뒤바뀌었다.

시트에 기댄 그의 몸 위에 올라탄 자세가 되자 서연이 발갛게 상기된 얼굴로 그를 내려다봤다. 흘러내리는 머리칼을 귀 뒤로 넘기는 그녀의 엉덩이에 걸쳐 있는 스커트를 그가 두 손으로 허리까지 끌어 올렸다.

"아읏."

그가 아래에서 거칠게 허리를 움직여 그녀의 안으로 침입해 들어가자 서연의 몸이 크게 흔들렸다.

"움직여."

정욱이 꽉 잠긴 낮은 목소리로 명령하자 서연이 숨을 몰아쉬고 그의 탄탄한 가슴 위에 손바닥을 대고 몸을 지탱했다. 그러고는 깊숙이 들어와 있는 그를 꽉 문 채로 허리를 크게 비틀었다.

"……헉."

"아……!"

비틀어지는 움직임과 함께 아찔한 쾌감이 터져 나왔다. 서연의 시야에 그의 미간이 찡그려지는 것이 보였다.

"크읏. 계속……해."

그의 입술에서 흘러나온 거친 헐떡임과 손바닥으로 느껴지는 바짝 긴장하는 단단한 몸이 그녀로 하여금 야릇한 욕망을 느끼게 만들었다.

이 남자를 애태우고 싶어.

……미치도록.

얄미울 정도로 냉정한 표정을 유지하고 있는 저 남자의 얼굴을 열락으로 일그러지게 만들고 싶다는 강한 열망이 그녀를 흥분시켰다.

서연은 입술을 깨물고 그의 가슴을 짚고 있는 손을 조금 아래로 내려 강인한 복근에 갖다 댔다. 그 상태에서 허리를 추켜세우고 그에게서 빠져나왔다. 손을 아래로 내려 흥건히 젖은 그의 뭉툭한 귀두를 손가락 사이로 잡아 자신의 입구의 갖다 댔다.

숨을 멈추고 그녀를 올려다보는 정욱의 눈에 이글거리는 불꽃이 타올랐다. 순간 서연이 풍만한 엉덩이를 한껏 들어 올렸다가 힘껏 내려쳤다.

철썩!

"아!"

"크윽!"

짜릿한 쾌감과 함께 단말마의 신음이 터져 나왔다. 고개를 확 젖힌 서연이 쾌감에 사정없이 부서지며 연달아 엉덩이를 위아래로 내려쳤다.

철썩, 철썩!

탱글한 엉덩이가 빠르게 단단한 허벅지를 쳐 내렸다. 그녀의 둥근 엉덩이가 세차게 내려앉을 때마다 굵은 남성을 단번에 가둔 뜨거운 속살이 강하게 조여들었다. 그때마다 그녀의 손바닥 아래에 놓인 그의 꽉 조인 복근이 긴장으로 팽팽하게 힘이 들어가는 것이 느껴졌다.

"아, 아읏."

한껏 치솟은 엉덩이가 빠르게 낙하할 때마다 그녀의 벌어진 입술에서 신음이 새어 나왔다. 그녀가 위아래로 움직이는 속도가 빨라질수록 쾌감은 증폭됐고 서로의 숨소리는 거칠어졌다. 손가락에 힘이 바짝 들어가 돌처럼 단단해진 그의 복근에 손톱을 박았다.

"하! 아! 아아! 아!"

쾌감에 달뜬 얼굴로 눈을 감고 고개를 한껏 젖힌 채 엉덩이를 음란스럽게 움직이는 그녀를 정욱이 뜨거운 시선으로 올려다보고 있었다.

위아래로 크게 움직일 때마다 흐트러진 셔츠 사이로 쏟아져 나온 탱글한 가슴이 관능적으로 출렁거렸다. 그녀의 가슴 끝의 분홍색 돌기가 쾌감으로 바짝 곤두서 있었다.

허리까지 들춰 올라간 스커트 아래 뜯어진 검은 스타킹과 새하얀 맨살이 색정적으로 펼쳐져 있었다. 그 사이에 은밀하게 우거진 숲과 빳빳한 두꺼운 기둥을 먹어 치우는 도홧빛 속살이 보였다. 그 속살을 들락날락거리는 그의 힘줄이 곤두선 검붉은 페니스가 우윳빛 애액으로 적나라하게 번들거렸다.

제기랄!

정욱은 이를 악물고 참을 수 없다는 듯 두 손을 뻗어 그녀의 골반을 움켜잡았다. 그 상태에서 빠르고 강하게 아래에서 쳐올리기 시작하자 서연의 몸이 미친 듯이 요동쳤다.

"으, 응! 아! 하앗!"

무섭도록 단단한 힘이 아래에서 사정없이 찍어 올리자 서연은 자지러질 듯 교성을 내지르며 그에게 쏟아져 내렸다. 격렬하게 흔들리는 그녀의 묶인 머리칼이 흐트러져 풀려나갔다.

"정욱 씨. 정욱 씨!"

틈새 없이 맞닿은 두 사람의 몸이 숨이 멎을 듯 빠르게 흔들렸다. 그의 거친 움직임에 가슴 끝의 예민한 돌기가 단단한 그의 몸에 뭉개지듯 흔들렸다. 그 자극에 서연이 허리를 크게 비틀자 정욱의 입술에서도 탁한 신음이 흘러나왔다.

"……크읏, 제길. 가만히 있어."

그가 헐떡이며 으르자 서연이 고개를 저어 댔다.

"싫어!"

서연이 보란 듯이 허리를 크게 비틀어 대자 이를 악문 정욱이 그녀의 허리를 움직이지 못하게 꽉 잡은 뒤 격하게 들이쳤다.

"아아! 앗! 아학……!"

부서질 듯 흔들리던 서연이 교성을 내지르며 허리를 세우자 한껏 예민하게 달아오른 속살이 무섭게 조여들었다.

"이서연!"

정욱이 서연의 몸이 꺾어져라 강하게 껴안으며 으르렁거렸다.

머릿속이 깜깜해지는 절정의 순간, 본능적으로 그의 몸을 삼키고 있던 여성을 그가 가차 없이 빠져나왔다.

"하으……읏……."

하얀 정액이 그녀의 허벅지 위로 울컥거리며 토해지는 것을 느끼자 서연은 솟아오르는 눈물을 삼키며 입술을 깨물었다. 그의 몸이 빠져나간 아릿한 빈자리가 쓰라리게 느껴졌다.

오피스텔로 돌아온 서연은 후들거리는 몸을 침대 위에 뉘었다.

정욱의 차 트렁크에 넣어 둔 캐리어 안에 있던 코트로 가리긴 했지만, 엉망으로 뜯어진 블라우스와 스타킹이 마치 넝마처럼 몸에 걸쳐 있었다.

"하아……."

작게 한숨을 토해 낸 서연이 흘러내려온 머리칼을 하얀 손가락으로 쓸어 올렸다. 모든 것이 엉망이었지만 이대로 잘 수는 없어 샤워를 하기 위해 억지로 몸을 일으켰다.

가방에 넣어 둔 피임약을 꺼내 물과 함께 삼켰다.

정욱은 자신의 안에 사정하지 않았다.

그걸 알면서도 만에 하나를 위해 먹어 두라는 그의 말에 따르고 있는 것이다.

서연은 비틀거리며 욕실로 걸어가 넝마 같은 옷을 벗어 쓰레기통에 버리고 쏟아지는 뜨거운 물을 맞았다. 세차게 쏟아지는 물을 한참 맞고 있다가 뿌옇게 김이 서린 거울을 손바닥으로 닦아 냈다. 흐린 수증기가 닦여 나가자 하얀 피부 위에 흩어져 있는 붉은 열꽃들이 거울에 그대로 내비쳤다.

도정욱.

그를 사랑한 이후로 떠나지 않는 열꽃…….

그가 여자를 단순히 섹스파트너 이상으로는 생각하지 않는다는 걸 알고 있었다. 그걸 알면서도 그와의 관계를 받아들였고, 그때로부터 3년이라는 시간이 지났다. 그 3년간 이 열꽃은 하루도 사라진 적이 없었다. 단 하루도…….

'내가 널 사랑하게 될 거라는 헛된 기대를 품지 않는다면 그 제안, 받아들이지. 선택은 네가 해. 어떻게 하겠어?'

그 잔인한 계약이 성립될 수 있었던 건 순전히 그를 사랑해서였다.

비서의 신분을 걸고 위험한 계약을 유지했던 것도, 출구조차 보이지 않는 철저한 육체관계를 이어 나갔던 것도 모두…… 도정욱, 그를 사랑해서였다.

똑. 똑. 똑…….

서연은 샤워기의 물을 잠갔다. 그리고 떨어지는 물방울을 가만 응시하며 과거의 상념 속으로 빠져들었다.

선상파티에서의 일이 있은 후, 시간은 무던히도 흘러갔다.

그의 곁을 밀착 보좌하며 하루하루가 지나는 동안 그에 대한 마음은 점점 커져 가고 있다는 걸 느꼈지만 서연은 모른 척했다. 한번 인정하면 걷잡을 수 없이 커져 버릴 것 같다는 생각 때문에 두려움도 있었다.

"부사장님. 회의 시간입니다."

노크를 하고 들어온 그녀가 문 앞에 단정하게 서자 정욱이 하던 일을 멈추고 일어섰다. 그가 우아하게 걸어 나와 그녀를 지나쳐 앞장서자 서연은 그의 뒤를 조용히 따랐다. 곧게 펴진 그의 넓은 등은 이제 서연에게는 아주 익숙한 모습이었다.

늘 그의 뒤를 따라 걷다 보면 그녀의 시선은 저절로 그 등을 향했다. 정욱은 말이 많은 편이 아니었고 직원에게 농담을 거는 성격도 아니었다. 그의 옆에 있을 때는 조용히 필요한 보좌만 해주는 것이 그의 업무 스타일에 맞는다는 것을 그녀는 이미 파악했다.

임원 전용 엘리베이터에 올라타 그의 옆에 나란히 섰다.

고개를 들어 올려다보자 그의 시선은 평소처럼 정면을 똑바로 향하고 있었다. 그의 허리는 항상 곧게 펴 있었고 눈빛은 서늘하며 강했다. 그와 대면하는 사람들은 누구나 그에게서 어떤 권위와 위압감을 느끼곤 했는데 이유는 그 눈빛 때문이었다.

상대방의 속내를 모조리 꿰뚫어 볼 것 같은 검은 눈동자.

서연은 그를 올려다보던 눈을 내리깔았다. 그와 나란히 서 있다는 것만으로도 그녀의 심장은 빠르게 뛰고 있었다. 엘리베이터 안에서 그의 향기가 머릿속을 온통 어지럽혔다.

하아…….

점점 빨라지는 심장박동을 느끼며 서연은 하얀 주먹을 세게 말아 쥐었다. 그때 엘리베이터 문이 열리고 이사진들이 비서와 함께 안으로 들어왔다.

“안녕하십니까. 부사장님.”

“안녕하세요.”

인사를 하며 사람들이 몰려들자 서연과 정욱의 사이가 자동적으로 가까워졌다. 그녀의 어깨가 그의 팔에 닿자 서연의 내리깐 속눈썹이 파르르 떨렸다.

내색하면 안 돼.

서연은 깊게 숨을 들이쉬고 허리를 곧게 폈다. 정욱을 중심으로 대화를 하는 사람들 사이에서 그녀의 관심은 오로지 그와 맞닿은 팔에 있었다.

나와 팔이 닿아 있다는 걸 그가 알고 있을까?

……모르겠지.

이건 자신 혼자만의 감정이라는 걸 알고 있다. 알게 모르게 그의 눈빛 변화 하나, 표정 변화 하나에도 예민하게 받아들이는 건 그와는 상관없는 혼자만의 감정…….

"……?"

문득 거울처럼 광택이 도는 엘리베이터 문에 비친 그와 시선이 마주쳤다.

뭔가 지시할 말이 있으신가?

서연이 그런 생각으로 그의 눈을 바라보자 정욱의 시선이 곧 그녀에게서 떨어져 다른 곳을 향했다. 그저 우연히 눈이 마주친 것뿐?

그 때 엘리베이터 문이 열리고 사람들이 우르르 내렸다. 서연도 정신을 차리고 급히 그를 따라 엘리베이터에서 내리려다 그만 구두 굽을 삐끗했다.

"아."

"엇……."

서연이 휘청거리는 순간 누군가가 그녀를 잡았다. 겨우 중심을 잡은 서연이 자신을 부축해 준 이를 올려다보았다. 그녀를 잡은 건 정욱의 손이었다. 자신의 팔을 힘주어 잡고 있는 것이 정욱이라는 것을 깨닫자 서연은 당혹스러운 표정으로 얼른 몸을 바로 세웠다.

"감사합니다. 부사장님."

"조심해요."

정욱이 그녀의 팔을 놔주며 낮게 말하고는 남아 있던 사람들과 함께 엘리베이터를 빠져나갔다. 그가 나가는 모습을 보고 서연은 자세를 정돈하고 서둘러 뒤따라 나갔다.

바보같이.

서연은 그의 앞에서 조심성 없는 모습을 보였다는 생각에 지그시 입술을 깨물었다.

과거의 기억에서 벗어난 서연은 물방울을 바라보며 씁쓸한 미소를 지었다.

그때나 지금이나 그의 반응에 안절부절못해하는 건 자신이고, 혼자만의 일방통행이라는 느낌이 들었다.

똑. 똑. 똑.

물방울은 끊길 듯 끊길 듯 끊어지지 않고 한 방울씩 새어 나왔다.

잠가도 흘러나와 이내 바닥으로 떨어지고 마는 이 물방울처럼, 자신의 마음도 잠기지 못해 줄줄 새는 미련을 어쩌지 못해 그대로 흘리고 있는 것만 같았다.

앞으로 얼마나 더 버틸 수 있을까.

이 잔인한 관계를 얼마나 더 이어 갈 수 있을까…….

머리로는 답을 알고 있으면서도 미련뿐인 마음에서 그를 놓지 못한다는 걸 끝끝내 인정하지 않으려 애쓰며 서연은 물방울이 완전히 멎을 때까지 조용히 바라보고 있었다.

◇

펜트하우스로 돌아온 정욱은 황량하리만치 거대한 거실을 지나 바로 욕실로 들어갔다. 5일간의 출장 일정은 그에게도 혹독한 스케줄이었다. 그 빠듯한 스케줄을 차질 없이 소화해 냈다는 것만 해도 성공적인 출장이라 평할 수 있을 정도였으니.

"후우."

정욱이 낮은 한숨을 내쉬며 재킷을 벗어 내고 셔츠 단추를 풀었다. 커프스단추까지 완전히 풀어내고 셔츠를 벗어 던지자 그의 군살 없는 탄탄한 근육질 몸이 드러났다. 완벽한 신체비율을 자랑하는 강인한 나신이 우아한 야수 같은 고혹적인 관능미를 물씬 풍겼다.

정욱은 지체 없이 고급스러운 욕실 안 넓은 샤워부스 안으로 들어갔다.

쏴아아아.

쏟아지는 물줄기를 맞으며 근육이 도드라진 팔을 들어 머리칼을 뒤로 쓸어 넘겼다. 그의 매끈한 이마 아래 짙은 눈썹이 찡그려지더니 검은 눈동자가 깊어졌다.

이서연.

그 여자가 머릿속에서 떠나지 않는 데에 정욱은 미세하게 신경이 날카로워짐을 느꼈다. 차 안에서의 정사 후 내내 어두운 얼굴로 앉아 있던 그 여자를 오피스텔 앞에 내려주고 운전하고 돌아오는 내내, 뇌리 한편에 달라붙은 그 어두운 얼굴이 떨어지지 않고 있었다.

정욱이 입가를 비틀어 올렸다.

웃기는 일이군.

이미 안았는데 아직 해소되지 않은 게 남아 있단 건가?

중국출장 내내 그 여자가 신경을 거슬리게 만들었다. 회의가 진행되는 테이블에서, 이동하는 차 안에서 옆에 앉아 있던 그 여자의 샴푸 향과 섬세한 몸의 곡선이 피곤한 와중에도 자꾸 시선 끝에 걸려 거슬렸다.

그리고 중국에서 그녀에게 과도한 친절을 보이는 남자가 내내 심기를 거슬렀다. 명백히 여자에게 주는 시선을 간파하지도 못하고 웃어 주다니.

서연의 그런 태도가 주체하지 못할 정도로 화가 나게 만들었고 그건 그저, 자신의 소유물을 탐내는 남자에 대한 경계에서 비롯된 감정이라 정의했다.

그래서 돌아오자마자 마음껏 그녀를 취했다. 광포하다 느껴질 정도로. 안으면 해소될 일이니까. 그런데 왜…… 아직도 거슬리는 거지?

"하."

조소하듯 쓴웃음을 지은 정욱이 고개를 세차게 흔들었다. 젖은 머리에서 물기가 사방으로 흩어졌다. 물기를 털어 낸 그의 눈빛이 다시 평소처럼 차갑게 돌아와 있었다.

정욱은 바 안에 혼자 앉아 위스키를 마시고 있었다.

독한 위스키를 목구멍으로 넘겨도 취기가 오르기는커녕 더 정신이 말짱해지는 것 같았다. 그가 탁, 소리를 내며 술잔을 내려놓고 기다란 손가락으로 머리칼을 쓸어 넘겼다. 칼로 깎은 듯 날카로운 턱 선이 한층 날렵해 보였다.

정욱이 앉아 있는 자리로 연후가 바쁜 걸음으로 다가왔다.

"오늘은 내가 바빠서 시간이 안 난다. 어쩌냐?"

"됐어. 가서 일 봐."

정욱이 시니컬한 목소리로 말하자 연후가 미안한 얼굴로 웃어 보였다.

"혼자 마시게 해서 미안하니까 그렇지."

"신경 쓸 거 없다니까."

"그래도."

씩 웃은 연후가 새로 들어오는 손님을 발견하고 다가갔다. 이 바의 주인인 연후는 정욱의 유일하다 할 수 있는 친구였다.

신경이 쓰이는지 이쪽에 종종 시선을 주며 손님을 맞고 있는 연후를 힐끗 쳐다본 정욱이 다시 술을 들이켰다.

오늘은 어머니의 기일이었다.

어머니에 대한 일말의 그리움 따위는 없었지만 매년 있는 형식적인 분향을 마치자 유독 기분이 좋지 않았다. 그 뒤 바로 이곳으로 와 빈속에 술만 들이붓고 있었다. 술에 취하기라도 하면 이런 더러운 기분이 나아질까 싶어서.

하지만 역시 전혀 취할 것 같지 않았다.

"시간 낭비군."

더 이상의 알코올이 무의미하다는 것을 깨달은 정욱이 미련 없이 코트를 들고 자리에서 일어섰다. 그 때 그에게 육감적인 몸매의 여자가 야릇한 미소를 지은 채로 다가왔다.

"저기요."

자리에서 일어난 정욱은 여자의 목소리에 고개를 돌렸다. 풍만한 가슴과 잘록한 허리를 과시하듯 몸에 찰싹 달라붙는 타이트한 미니 드레스 차림의 여자가 빨간 입술 끝을 끌어 올리고 있었다.

"당신…… 아까부터 지켜보고 있었어요. 일행이 없다면 나와 한잔할래요?"

"……."

그녀를 서늘한 눈으로 쳐다보고 있던 정욱이 대답도 하지 않고 그녀 옆을 지나쳤다. 여자는 자존심이 상한 듯 입술을 깨물더니 홱 뒤돌아 정욱을 뒤따라갔다. 그가 엘리베이터 앞에 다다랐을 때 여자가 그의 앞을 막고 섰다.

"이봐요. 지금 내 말 무시하는 거예요?"

여자가 새까만 머리칼을 쓸어 넘기며 고양이 같은 눈을 치켜떴다. 그 얼굴을 정욱이 무표정한 얼굴로 내려다보자 여자는 당황스러운 얼굴을 했다.

바 안에서도 탐날 정도의 남자라고 생각했지만 밝은 조명 아래에서 본 남자의 얼굴은 바 안에서 봤을 때보다 훨씬 미남이었다. 그의 시선만으로 다리 힘이 풀릴 것 같은 뇌쇄적인 분위기에 여자의 숨결이 뜨거워졌다.

"저 그러니까……."

여자가 대담하게 손을 들어 정욱의 슈트 위로 탄탄한 가슴을 쓸며 빨간 입술을 열어 속삭였다.

"괜찮다면 잠시라도 좋으니까 시간 내 줄래요? 내가 살 테니 우리 한잔해요."

인형같이 기다란 인공적인 속눈썹을 천천히 들어올리며 여자가 속삭이자 정욱이 아주 낮은 목소리로 말했다.

"……져."

"네? 뭐라구요?"

너무 낮은 목소리라 제대로 알아들을 수 없던 여자가 눈을 깜빡이며 되묻자 그녀의 귓가에 살짝 고개를 숙인 정욱이 다시 말했다.

"꺼지라고."

"……!"

그의 말에 대번 얼굴을 구긴 여자를 치우듯 옆으로 밀친 정욱이 엘리베이터 안으로 올라타고 문을 닫아 버렸다. 쏜살같이 내려가는 엘리베이터를 노려보는 여자의 얼굴이 벌겋게 달아올랐다.

정욱이 주차장으로 내려오자 대기하고 있던 기사가 시동을 켰다. 정욱은 차 문을 열고 들어가 앉으며 낮은 숨을 내쉬었다.

"집으로 모실까요?"

기사가 룸미러로 그를 바라보며 물었다. 정욱은 눈을 가느다랗게 뜨고 창밖을 응시했다. 그가 말이 없자 기사가 조심스럽게 한 번 더 물었다.

"부사장님? 어디로 모실……."

"집으로 가."

"알겠습니다."

그의 낮은 목소리에 기사가 시동을 걸었다. 정욱은 차 시트 깊숙이 몸을 묻고 창밖을 바라봤다.

이서연…….

아까부터 내내. 그 여자가 머릿속을 떠나지 않고 있었다. 방금 그의 욕망은 자신의 집이 아닌, 그녀의 집으로 가길 원했다. 이 시간에 그녀가 어디에 있을지는 정확히 알지 못했지만…….

그 여자가 뭔데.

정욱이 짜증스럽게 머리칼을 쓸어 넘겼다. 술에 취한 것도 아닌데 그 여자가 머릿속을 온통 점령하고 있으니 짜증이 치밀었다.

그 여자가 비서로 온 지 4년. 그 시간 동안 그 여자는 그의 내부를 조금씩 차지하기 시작해 이제는 위험수위를 넘기기 직전까지 찰랑거리고 있었다.

처음 봤을 때부터 그 여자는 묘하게 심기를 건드렸다.

정확히 어떤 점이 신경을 긁는 건지는 모르겠지만 그 여자를 본 순간부터 느껴졌던 감정은 불편함이었다. 이렇게 자신을 흔들 존재가 되리라는 것을 예상이나 한 듯…….

'처음 뵙겠습니다. 이서연입니다.'

비서로서의 격식을 갖춘 옷차림과 연한 화장으로도 충분히 돋보이는 아름다운 외모 때문은 아니었다. 그보다 훨씬 미모가 뛰어났던 여자들도 있었고 그 미모를 이용해 그에게 접근했던 여자들도 수두룩했다.

하지만 이서연, 그 여자는 달랐다.

어쩌면 그전의 비서들과는 달리 전혀 그에게 사적인 빈틈을 보이지 않는 철저함 때문이었을 수도 있다. 완벽한 일처리 능력과 그에게까지 철저한 선을 지키는 모습은 오히려 그녀를 향한 불편한 거슬림을 증가시켰다.

거슬림은 점차 기묘한 소유욕으로 변해 갔고, 느끼지 못한 사이 확실하게 자리 잡았다. 그날은 분명 선상파티에 참석한 날이었다.

그 날.

잠시 갑판에서 쉬고 오겠다던 서연을 데리러 갔을 때 보인 장면에 순간적으로 피가 거꾸로 솟는 기분이었다. 호색한으로 유명세를 떨치는 남자가 그녀를 희롱하고 있었다. 순간 남자에 대한 격렬한 분노가 치밀어 올랐다.

내 것을 누군가 건들 때 느끼는 강한 불쾌감.

그 감정이 명백한 소유욕이었다는 것을 알게 된 건 그 이후의 일이지만 그때 느꼈던 감정은 머리가 먹먹해질 정도로 들끓는 분노였다. 도저히 참을 수 없는…….

"빌어먹을."

정욱이 낮게 중얼거리며 두 손으로 머리를 쓸어 넘겼다.

이 통제 안 되는 감정은 거기서 막았어야 했다.

그대로 걷잡을 수 없이 커지기 전에 그때 그만뒀어야 했다.

그 남자를 쫓아버리고 난 뒤에 하얗게 질린 그 여자의 얼굴을 봤을 때, 그녀를 끌어안고 싶은 충동을 참기 위해 주먹을 움켜쥐어야만 했을 때…….

◆

깔끔한 블랙 정장을 입은 서연이 말끔히 머리칼을 틀어 올린 채 비서실로 들어갔다.

"좋은 아침입니다."

"네. 좋은 아침이에요."

비서진들과 간단히 아침 인사를 한 후 자리에 앉아 노트북을 열었다. 사내인트라넷으로 들어가 업무 일정을 확인하는 그녀의 섬세하게 굴곡진 몸매가 타이트한 정장 투피스로 인해 더욱 늘씬하게 부각됐다.

그녀가 일정 체크를 마쳤을 때 정욱이 들어왔다.

"안녕하십니까. 부사장님."

직원들의 인사 소리에 화면에 시선을 두고 있던 서연도 고개를 돌리며 몸을 일으켰다. 클래식한 비즈니스 슈트를 입은 정욱이 들어서자 여비서들의 볼이 저마다 붉게 물들었다. 차가운 얼굴로 비서들의 인사를 받은 정욱이 집무실로 들어가자 서연이 태블릿피시를 들고 따라 들어갔다.

그녀가 집무실 안으로 들어섰을 때 정욱은 브리프 케이스를 책상 위에 올리고 있었다. 그가 힐끗 그녀를 쳐다보자 서연은 우아한 관능미를 풍기는 그에게 아찔한 매혹을 느꼈다.

서연이 떨리는 감정을 숨긴 채 그에게 다가가자 정욱이 가죽의자 위에 앉으며 짧게 말했다.

"보고해요."

"오늘 일정은 오전 중에 대회의실에서 중역회의가 있고 별다른 오후 일정은 없습니다. 오찬은 회장님께서 따로 함께하자는 말씀이 있으셔서 예정되어 있던 태화물산 쪽과의 약속은 목요일로 옮겼습니다."

결재서류를 보던 정욱의 눈썹 끝이 올라갔다.

"회장님이 따로?"

그의 시선이 날카롭게 서연을 향하자 그녀가 차분하게 대답했다.

"네. 장소는 매화당 별채로 1시에 예약해 뒀습니다."

"……."

정욱이 대답 없이 시선을 결재서류로 옮겼다. 마음에 들지 않는 듯 치켜 올라가 있는 그의 한쪽 눈썹을 보던 서연이 말했다.

"그럼 차 준비하겠습니다."

그렇게 말하고 그녀가 뒤돌아서자 뒤에서 정욱의 목소리가 들렸다.

"이 실장."

"네."

몸을 돌린 서연과 그의 시선이 허공에서 부딪혔다. 그의 표정 없는 얼굴이 한동안 그녀에게 고정됐다가 다시 서류로 내려갔다.

"회의 준비해요."

"알겠습니다."

당연한 지시사항에 살짝 의문 서린 표정을 지었던 서연이 정중하게 대답하고는 집무실을 빠져나왔다.

비서실로 돌아온 서연이 정 비서 쪽으로 다가갔다.

"커피 내려 뒀으니 부사장님께 올려 드려요."

"네. 실장님."

서연의 말에 정 비서가 얼른 일어나 탕비실로 걸어갔다. 탕비실로 들어가기 전 거울로 화장을 점검하는 정 비서를 힐끗 쳐다본 서연이 자리로 돌아와 앉았다.

기분 탓이었을까?

뭔가 할 말이 있는 것 같았는데…….

조금 전 정욱의 표정이 박힌 가시처럼 마음에 걸렸다.

어쩌면 그는 회장님과의 약속을 취소하라고 할 생각이었는지도 모른다. 대외적으로는 탈 없는 부자 관계로 보이지만 정욱은 아버지인 도 회장과 대면하는 것을 꺼려했다. 포커페이스인 그가 겉으로 내색하진 않았지만 오랜 시간 그를 지근거리에서 보좌해 온 서연은 알고 있었다.

도 회장과 정욱의 이야기는 회사에 오래 근무하다 보니 자연히 알게 되었다.

그가 도 회장을 이렇게 멀리하는 이유는 그의 어머니가 돌아가시고 난 후 아버지가 불륜 상대였던 여자와 곧바로 재혼을 한 것이 이유일 수도 있을 것이다. 하지만 확신할 수는 없었다. 그와 4년을 함께 보냈지만 속 얘기를 전혀 하지 않는 정욱에게 들은 이야기는 아무것도 없으니 그저 그러지 않을까 짐작만 할 뿐이다.

……하긴 물어본다 해도 대답해 줄 리 없겠지.

서연은 작게 한숨을 내쉬며 그의 표정을 머릿속에서 밀어내고 회의 준비를 시작했다.

회의 준비를 끝낸 서연은 시간 맞춰 집무실에서 나온 정욱과 함께 부사장실을 나왔다.

회의실로 이동하기 위해 엘리베이터로 정욱이 올라타자 그의 뒤에 서연이 섰다. 조용한 엘리베이터 안에서 그의 곧은 등을 바라보고 있으려니 몸속에 슬몃 열기가 피어올랐다. 그의 체취와 익숙한 머스크 계열 향수 향이 그녀의 머릿속을 어지럽히기 시작했다.

뛰는 심장을 억누르려 입술을 깨무는 서연과 달리 그는 지극히 태연한 모습이었다.

항상 그랬다.

그렇게나 격렬하게 몸을 섞으면서도 언제나 그의 뒷모습만 보는 기분이었다. 그래서 정욱의 뒷모습은 익숙한 만큼 한편으로 가슴을 저릿하게 만들었다.

마치 붙잡을 수 없는 상대에 대한 안타까운 미련을 보는 기분.

늘 저 등을 억지로 돌리고 싶은 마음을 꾹꾹 눌러 참아 내야만 했다. 그는 처음부터 사랑은 허락하지 않겠다 했으니 가질 수 있는 것은 그저 그의 육체일 뿐…….

띵.

그녀가 주먹을 꽉 말아 쥐는 사이 엘리베이터 문이 열렸다. 정욱이 망설임 없이 앞으로 성큼성큼 걸어 나갔다. 어두운 상념에서 깨어난 서연은 얕게 한숨을 내쉬고 그를 따라 걸어갔다.

회의가 끝난 후 서연은 매화당으로 이동하는 차 안에서 노트북에 회의 내용을 정리했다. 뒷자리에 앉아 있는 정욱은 말없이 창밖을 내다보고 있었다.

조수석에 앉아 있는 서연은 습관적으로 룸미러를 통해 정욱을 확인했다. 긴 다리를 우아하게 꼬고 앉아 있는 그의 곧은 눈썹 사이가 살짝 찡그려져 있는 것을 보아 이 점심 약속이 역시 탐탁지 않아 보였다.

알 수 없는 사람.

서연은 그의 얼굴을 가만히 바라보며 생각했다. 그는 누구에게 자신의 이야기를 할까. 육체적인 관계밖에 없는 나와는 달리 다른 누군가에겐 그의 감정을 말하기도 할까?

자신의 감정과 과거를 드러내고, 사랑한다는 말을 하기도 할까?

그런 생각을 하자 생각만으로도 기분이 나빠지고 상상 속의 그 상대에게 질투심이 솟아올랐다.

아…… 안 돼.

서연이 지그시 입술을 깨물었다. 이런 감정을 도대체 얼마나 더 느껴야 하는 걸까. 이런 혼자만의 감정에 힘들어하고 질투하고…….

문득 그의 눈동자가 창밖에서 룸미러로 향했다.

"……!"

룸미러 안에서 네 개의 눈이 마주치자 서연의 눈빛이 흔들렸다. 하지만 곧 그의 시선은 언제 그랬냐는 듯 그녀를 스치고 지나갔다. 다시 창밖으로 향한 정욱의 조각 같은 옆모습을 보며 서연은 그제야 멈췄던 숨을 조용히 내쉬었다.

창밖으로 향한 정욱의 눈매가 날카로워졌다.

03

4년 전의 선상파티, 그때 서연에 대한 소유욕을 느낀 이후로 정욱의 내부는 극심한 혼돈 속으로 빠졌다. 회사에서, 그리고 업무적인 모든 일에 함께하는 여자에게 느낀 이 감정은 단언컨대 단 한 번도 느낀 적이 없던 감정이었다.

정욱은 그것이 당혹스러웠고, 불쾌했다.

"나오셨습니까."

출근하자마자 서연의 얼굴과 마주치자 정욱은 평소보다 차가운 눈빛으로 그녀의 인사를 받았다. 집무실로 들어오자 평소처럼 서연이 따라 들어왔다.

"오늘 스케줄 확인하겠습니다."

서연이 스케줄 점검을 하는 모습을 정욱이 책상 앞에 앉은 채 응시했다. 단정한 실크 블라우스와 에이치라인으로 딱 떨어지는 블랙 스커트를 입고 있는 그녀의 여성스러운 몸의 곡선을 응시하는 그의 검은 눈동자에 열기가 피어올랐다.

"이상입니다. 다른 변동사항은 없는 것으로 확인했습니다."

서연이 탭에서 시선을 들어 그를 바라봤다. 투명한 갈색 눈동자에 시선을 맞춘 채 그가 낮은 목소리로 말했다.

"어제 넘긴 파일은 정리 끝났습니까?"

"오늘 오전까지 최종 점검 완료 후 보내겠습니다."

"빨리 끝내도록 해요."

"네."

서연이 대답하고 몸을 돌렸다. 얇은 힐의 펌프스를 신고 문을 향해 걸어가는 그녀의 쭉 뻗은 날씬한 다리가 그의 시선을 잡아끌었다. 틀어 올린 머리채 아래 드러난 하얀 목덜미가, 잘록한 허리와 보기 좋은 정도로 솟아 있는 타이트한 스커트 안에 감춰진 둥근 엉덩이가 그의 위험한 욕망을 점차 달아오르게 만들었다.

정욱은 그 욕망을 털어 내 버리려 의식적으로 서연의 뒷모습에서 시선을 돌려 노트북의 전원을 켰다. 화면이 밝아졌다가 날렵한 로고가 떠오르며 어둡게 점멸되자 딱딱하게 표정을 굳히고 있는 자신의 얼굴이 검은 스크린에 비쳤다.

초조한 표정.

무엇이 두려워서?

"하."

정욱은 실소를 흘리며 가죽 의자 깊숙이 몸을 묻었다.

◆

부사장으로 진급을 했다는 건 본격적인 후계절차가 시작되는 것이었다. 상무 직함을 달고 한 발 물러서 있던 지금과는 달리, 앞으로는 회사 내의 모든 눈이 정욱의 행보를 지켜보며 후계자로서 합당한지를 평가할 것이었다.

그 사실을 잘 알고 있는 그였기에 성과를 보여 줄 수 있는 프로젝트에 열중하며 미국과 유럽권의 신기술 업체들과 과감한 MOU를 체결해 나갔다. 공격적인 투자 방식으로 순식간에 많은 성과를 이뤄 냈지만 동시에 진행하는 프로젝트가 많은 만큼 모든 시간을 업무로 활용해도 모자랄 지경이었다.

“부사장님.”

갑자기 들린 목소리에 화면에 집중하던 정욱이 고개를 들었다. 서연이 그의 앞에 서 있었다.

“뭡니까.”

“이번 달, 특히 이번 주는 제대로 쉬신 적이 없으세요. 너무 무리하시는 것 같으니 오늘은 그만 퇴근하시는 것이 좋을 것 같습니다.”

정욱은 시계를 힐끗 바라봤다. 밤 11시가 넘은 시간이었다.

“내가 알아서 할 테니 걱정 마세요.”

그가 시선을 화면으로 돌려 버리자 서연은 그를 잠시 바라보다가 뒤돌아섰다. 그녀가 집무실을 빠져나가는 것이 그의 시야 한쪽에 담겨 있었다.

그러고 보니 그녀의 말은 사실이었다.

요사이 제대로 수면을 취한 게 언제인지 기억도 나지 않을 만큼 업무에만 몰두했다. 주말도 반납했으며 퇴근 후의 시간도 대부분 업무에 쏟았다. 그 때문에 평소 체력 관리를 철저히 했음에도 체력적인 무리를 느끼고 있었다.

그렇다면 서연은?

자신이 퇴근하지 않는 이상 서연은 퇴근하지 않았다.

오히려 그가 퇴근한 다음에도 다음 날 그가 일정을 소화하기 쉽게 늘 더 늦게까지 남아 업무를 마치고 퇴근하곤 했다. 사실 그런 그녀의 완벽한 보좌가 없었다면 이렇게 많은 일들을 한꺼번에 진행하기는 무리였을 것이다.

그렇다는 건 그녀는 자신보다 더 심한 수면부족이라는 뜻이다. 하루 평균 4시간도 자지 못하는 자신보다 더 무리를 하면서 저렇게 의연하게 버티는 게 가능할까. 그것도 전혀 건강해 보이지 않는 연약한 몸으로…….

가녀린 그녀의 실루엣이 머릿속을 파고들자 화면 안의 내용에 집중이 되지 않았다.

정신이 나갔군.

정욱은 미간을 좁히고 억지로 화면 속의 내용에 집중하기 위해 노력했다.

서연의 향기가 났다.

물을 담뿍 머금은 꽃처럼 향기로운, 비누 향 같기도 하며 샴푸 향 같기도 한 그녀와 아주 잘 어울리는 싱그러운 향기. 그 향기에 어지럽게 취해 그녀를 찾아 헤매는 꿈을 꾸다가 정욱이 문득 눈을 떴다.

……뭐지?

눈앞의 노트북 화면에는 스크린세이버가 작동되고 있었다.

"이런."

잠이 들었던가.

부연 안개 속처럼 혼몽한 정신이 또렷해지자 자신이 집무실 책상 위에서 잠들었었다는 걸 깨달았다. 정욱이 인상을 쓰며 머리칼을 쓸어 넘기자 그의 어깨에서 무언가 바닥으로 흘러내렸다.

사락.

시선을 내리자 바닥으로 떨어진 것의 정체는 담요였다. 그 담요가 서연의 책상에서 보던 것이라던 생각이 났다. 정욱은 손을 뻗어 그 담요를 집어 들었다.

꿈속에서 서연의 향기를 좇게 한 원인이 이거군.

가만히 담요를 바라보던 정욱이 담요를 든 채로 몸을 일으켜 집무실을 나갔다.

비서실 한쪽에 서연이 책상 위에 엎드린 채 잠들어 있었다. 정욱은 미간을 좁힌 채 그녀에게 천천히 걸어갔다.

그에게 담요를 덮어 주고는 자신은 아무것도 덮지 않은 채 그냥 자고 있었다.

정욱은 블라우스 차림으로 잠들어 있는 서연을 마음에 안 드는 눈빛으로 내려다봤다. 잠든 서연의 얼굴은 파리해 보였으며 요사이 얼굴선도 더 갸름해진 것 같았다.

자신도 피곤함을 이기지 못해 졸 정도인데 이 여자라고 멀쩡할 리가 없었다. 늘 새벽에도 집무실 문을 열면 단정한 자세로 앉아 있던 그녀가 이렇게 무방비한 모습으로 잠든 건 그도 처음 보는 모습이었다.

"……."

자신이 다가온 것도 눈치채지 못한 채 잠들어 있는 서연의 얼굴을 정욱이 그 자리에 선 채로 가만히 내려다봤다. 작은 얼굴 안에 담긴 감은 눈에 검은 속눈썹이 길게 뻗어 나와 있었다. 유난히 하얀 피부와 대비되어 더욱 풍성하게 보이는 짙은 속눈썹을 바라보다 깨끗한 귓바퀴 아래 드러난 여린 목덜미로 천천히 시선을 옮겼다.

뺨과 목덜미에 흘러 내려와 있는 머리칼을 보는 순간 정욱의 눈동자에 위험한 욕망이 일렁였다. 단전 깊숙이 힘이 들어가는 것이 느껴지자 그의 눈빛이 동요의 빛으로 흔들렸다.

'사랑? 그런 건 더러운 연기일 뿐이야. 사랑만큼 사람을 비참하게 만드는 게 있을 것 같니? 지금 나를 한번 봐. 끔찍하고 더러워. 그렇지 않니?'

저주 섞인 히스테릭한 목소리가 떠오르자 이글거리던 정욱의 눈이 차갑게 가라앉았다. 그는 차가워진 눈빛으로 서연을 서늘하게 내려다봤다.

◆

매화당 앞에서 차가 멈추자 정욱이 내리면서 운전 비서에게 말했다.

"근처에서 대기해. 1시간 안에 나올 거니."

"알겠습니다."

정욱이 그 말을 남기고 코트 깃을 날리며 식당 안으로 들어갔다. 그의 뒷모습을 보고 있던 서연이 손목시계를 확인하고 운전비서에게 말했다.

"우리도 이 앞에서 식사할까요? 부사장님 언제 나오실지 모르니 빨리 먹어야 할 것 같은데, 저기 맞은편 설렁탕집으로 가죠."

"그러는 게 낫겠네요."

운전기사는 배가 고팠는지 순순히 대답하고는 차를 출발시켰다.

매화당 특실 안에서 정욱과 도 회장이 마주 앉았다. 정갈한 음식들이 차려진 거대한 상을 사이에 둔 그들에게서는 부자간의 공감대는 전혀 느껴지지 않았다. 오히려 사업가들의 의례적인 만남처럼 딱딱한 기운이 흘렀다.

저놈이 지나치게 선을 그어서 그렇지.

도 회장은 맞은편에 반듯하게 앉아 정갈하게 식사를 하고 있는 정욱을 못마땅한 시선으로 바라봤다.

"그래, 일은 잘 되고 있는 게냐?"

"진행상의 어려움은 없습니다."

"다른 문제는 없고?"

"없습니다."

예의 있게 대답하는 듯 보였지만 칼로 잘라 내듯 선을 긋는 냉랭함이 느껴져 도 회장이 인상을 썼다. 어쩔 수 없다고 생각은 하면서도 하나밖에 없는 아들이 계속 이런 태도를 보이는 것은 그에게도 심기를 거스르는 일이었다.

그래. 어쩌면 강 상무의 말대로 결혼을 하면 좀 나아질 수도 있겠지…….

마뜩잖은 시선으로 정욱을 바라보던 도 회장은 마음을 정한 듯 입을 열었다.

"다음 주 금요일에 시간 비워 둬라."

말없이 식사를 하던 정욱이 손을 멈추고 고개를 들었다.

"국회의원 한귀운이 우리 회사 강두식 상무의 장인이라더구나. 그 여식이 지금 우리 회사 마케팅부에서 일하고 있는데 상당히 평가가 좋아. 외모도 뛰어나고 머리도 좋고, 네 상대로 부족함이 없을 게다."

"저에게 다음 주에 당장 선을 보라는 말씀이십니까."

불쾌함을 담은 정욱의 시선에 도 회장이 더욱 엄한 표정을 지었다.

"기다리는 것도 한계가 있는 법이다. 이제 곧 회사를 승계할 남자가 가정도 갖지 않고 누구에게 인정받을 수 있을 것 같으냐. 잔말 말고 다음 주 금요일에 시간 비워 둬."

전에 없는 일방적인 통보에 정욱의 미간 사이에 균열이 갔다.

"알겠습니다."

정욱이 차갑게 대답하자 도 회장은 굳은 얼굴을 풀었다. 도 회장이 다시 수저를 움직이자 정욱도 다시 식사를 시작했다.

조용히 식사가 이어지는 사이 정욱의 시선이 문득 창밖으로 향했다.

고풍스러운 육각형의 커다란 창문이 룸 한쪽 벽면을 큼지막하게 차지하고 있었다. 그 너머로 건너편 식당 안 창가에 앉아 있는 서연과 운전 비서가 보였다.

"……."

정욱의 시선이 설렁탕 그릇을 놓고 마주 앉아 있는 그들에게 박히자 그의 서늘한 눈매가 예리해졌다.

하얀 피부의 여자가 상냥한 눈빛으로 마주 앉은 남자와 이런저런 대화를 나누고 있었다. 그녀는 웃기도 했으며, 공감한다는 듯 고개를 끄덕이기도 하며 조용히 식사하고 있었다. 그 모습이 정욱에게 생소하게 다가왔다.

저 여자가 저런 표정을 지을 줄 아는 여자였나.

그 앞에서는 늘 포식자 앞의 초식동물처럼 긴장된 눈빛을 하거나 완벽하게 업무모드로만 대하는 여자였기에 자연스러운 저 미소가 낯설었다.

"내 말이 그리 기분이 안 좋은 거냐?"

갑자기 들린 목소리에 정욱이 시선을 돌려 도 회장을 바라봤다. 도 회장이 그의 얼굴을 바라보며 눈썹을 치켜 올리고 있었다.

"무슨 말씀입니까."

"네 표정이 꼭 화가 난 사람처럼 보여서 말이다. 선보는 것이 그리 마음에 안 든다고 아비 앞에서 시위하는 게야?"

"그런 거 아닙니다."

정욱이 짧게 대답하고 다시 식사를 시작했다. 도 회장은 마뜩잖은 표정으로 그를 바라보다가 마지못해 젓가락을 들어 올렸다.

정욱의 식사 자리가 끝나기 전에 서연은 차로 돌아와 운전 비서와 대기하고 있었다. 정욱이 식당에서 나오는 모습이 보이자 서연이 얼른 차 문을 열고 나갔다.

"식사 잘 하셨어요."

서연이 단정하게 서서 다가오는 정욱에게 말했다. 정욱은 서늘한 시선으로 그녀를 힐끗 훑은 다음 그녀를 지나쳐 차 문을 열고 들어갔다.

"……?"

서연은 올 때보다 더 기분이 안 좋아진 그의 표정을 보고 의아스러운 표정을 지었다.

회장님과 무슨 대화를 했기에 저리 기분이 안 좋아진 거지?

그를 따라 차에 타며 서연은 머릿속으로 대화 내용을 생각해 봤지만 그녀가 예상 가능한 범위가 아니었다.

회사로 돌아오는 차 안에선 냉기가 감돌았다. 차갑게 굳어 있는 정욱의 눈치를 보며 운전 비서가 조심히 차를 몰아 회사에 도착했다.

정욱이 찬바람을 풍기며 차에서 내리자 그제야 안도의 한숨을 내쉬는 운전 비서를 보며 서연이 난처한 표정으로 웃으며 말했다.

"수고하셨어요."

"아, 네."

잔뜩 긴장한 운전 비서가 안쓰러워 다정하게 말해 주고 서연이 차에서 내렸다. 고개를 돌려보니 엘리베이터 앞에서 정욱이 싸늘한 표정으로 그녀를 보고 있었다. 그를 발견한 서연이 걸음을 빨리해서 위압적으로 서 있는 정욱에게 다가가 섰다.

"기다리시게 해서 죄송합니다."

"……."

그의 심기가 불편해 보여 서연이 정중히 사과했지만 대답은 없었다.

후우.

냉랭한 분위기에 서연이 작게 한숨을 내쉬는데 마침 임원전용 엘리베이터가 도착했다. 정욱이 성큼 안으로 올라타자 조용히 따라 탄 서연이 평소처럼 정욱의 넓은 등을 바라보며 뒤에 섰다. 뒷모습만으로도 그의 불쾌한 심기가 느껴져 서연은 긴장이 됐다.

도 회장을 만날 때마다 늘 기분이 안 좋아지는 그였지만 오늘은 특히 심했다.

엘리베이터가 도착하자 정욱이 앞질러 내렸다. 그리고 서연이 뒤따라 내린 순간, 정욱이 뒤돌아서더니 그녀의 손목을 낚아챘다.

"앗."

서연이 놀란 목소리를 내며 그가 밀어 넣는 대로 비상구 안쪽으로 거칠게 밀쳐졌다. 쾅! 소리와 함께 비상구 문이 닫히고 정욱이 그녀를 벽으로 밀쳐 팔 안에 가뒀다.

이건……!

그녀의 시야에 정욱의 욕망으로 어둡게 잠긴 눈동자가 들어왔다. 그 익숙한 눈동자에 서연이 흡, 하고 숨을 삼켰다.

"……회, 회사에서는 이러시지 않기로 하셨잖아요."

서연이 팽팽하게 당겨지는 위험한 공기에 바짝 긴장한 채 말하자 정욱의 입꼬리가 비스듬히 기울어졌다.

"그런 부탁을 받은 기억은 있지만 들어주겠다고 한 기억은 없는데.”

“……!”

정욱의 차가운 목소리에 서연의 눈빛이 이리저리 흔들렸다. 정욱의 강한 팔 안에 갇힌 순간 느껴지는 아찔한 분위기에 그녀의 등이 벽에 바짝 붙었다.

도망칠 곳이 없는 그녀에게 천천히 얼굴을 가까이 가져간 정욱이 서연의 작은 턱을 들어 올렸다.

“항상 말하지만.”

그의 입가에 매달린 희미한 조소가 눈에 들어왔다.

“싫다면 거부해. 진심으로 거부한다면 그 부탁, 들어주지.”

낮은 어조로 말한 정욱의 말에 서연의 기다란 속눈썹이 파르르 떨렸다.

……내가, 내가 밀어내지 못할 걸 알고 있으면서.

그는 분명 자신이 밀어내지 못할 것임을 확신하고 이런 말을 하는 것이다. 늘 그랬다. 늘 조소가 담긴 미소를 지으며 거부하라고, 밀어내 보라고 하지만, 그건 언제나 대답을 알고 있는 그의 지독한 이기였다. 그는 결국 이런 말을 하고 싶은 거였다.

어차피 넌 날 거부 못 하잖아?

날 사랑하니까.

“……”

정욱의 잔인함에 서연의 커다란 눈망울에 금세 물기가 차올랐다. 수치심에 뼈가 허옇게 도드라지도록 주먹을 말아 쥔 서연이 눈물을 보이지 않으려 눈에 힘을 준 채 그를 노려봤다.

“내가 당신을 좋아한다고 해서 날 함부로 대해도 된다는 뜻은 아니었어요."

붉게 달아오른 눈동자로 서연이 말하자 그녀를 응시하는 정욱의 입가에 웃음이 사라졌다. 그의 수려한 얼굴이 얼음장처럼 차갑게 굳었다. 이글거리는 검은 눈동자가 그녀를 날카롭게 노려봤다.

"그럼 거부해."

차갑게 내뱉은 정욱이 단숨에 그녀의 붉은 입술을 집어삼켰다.

"흡……!"

서연이 고개를 돌리려 하자 정욱은 그녀의 얼굴을 더욱 단단히 잡고 입술을 벌려 혀를 깊숙이 밀어 넣었다. 가녀린 목이 한껏 젖혀질 정도로 거칠게 밀어 넣은 혀로 그녀의 입안을 점령하듯 샅샅이 훑었다. 고른 치아와 매끈한 속살을 훑고 말캉한 혀를 휘감아 강하게 빨아 당기자 할딱대던 서연의 다리가 휘청 꺾였다.

무너지는 그녀의 허리를 단단히 받쳐 잡은 정욱이 다른 손으로 블라우스 위의 봉긋한 가슴을 움켜잡았다. 그가 거칠게 블라우스 단추를 풀어내자 서연이 그의 어깨를 힘주어 잡고 밀어내려 했다.

"하, 하지 마요."

정욱은 그녀의 말은 들리지도 않는다는 듯 거칠게 블라우스를 열어 브래지어를 들춰 올렸다. 출렁 쏟아지듯 밀려나온 맨가슴을 정욱이 뜨거운 입술로 덮었다.

"흐읏!"

그의 입술 안에 삼켜진 분홍빛 유두가 쾌감의 비명을 지르며 바짝 곤두섰다. 뜨거운 입술로 빨다가 팽팽히 곤두선 유두를 쭈욱 빨아올리자 서연의 몸이 크게 흔들렸다.

그녀의 눈에 부옇게 눈물이 맺혔다.

이런 말도 안 되는 관계를 거부하고 싶어도 그를 향한 마음은, 그를 진심으로 밀어내지 못하게 만들었고, 종국에는 정작 거부하지 못한 자신의 나약함을 탓하는 것으로 끝내곤 했다.

흐릿한 조명이 켜진 어두운 비상구 안에 타액에 젖은 미끈한 유두를 빨아올리는 에로틱한 소리가 은밀하게 울려 퍼졌다. 그의 축축한 혀가 말랑한 젖가슴을 길게 핥아 올리고 예민한 정점을 둥글게 굴리자 오싹한 쾌감이 서연의 등허리를 타고 올랐다.

타이트한 스커트 위로 엉덩이를 확 움켜쥔 정욱이 노골적으로 가슴을 빨아 댔다.

"으……읏."

눈앞이 캄캄해지는 아찔한 쾌감 앞에 서연은 정욱의 단단한 어깨를 힘껏 붙잡았다.

이렇게 쉽게 무너지고 싶진 않아…….

서연이 어떻게든 정신을 다잡으려 노력했지만 스커트 아래를 들추고 들어온 그의 손가락에 모든 노력은 허사가 됐다. 말랑한 허벅지 안쪽 살을 타고 올라온 단단한 손가락이 얇은 스타킹 안의 실크브리프 위를 비비며 자극하기 시작했다.

갈라진 둔덕 사이를 길게 훑어 올렸다가 둥글게 문지르자 브리프가 순식간에 젖어 들었다.

"하, 그, 그만."

정욱의 어깨를 움켜잡고 겨우 무너지는 몸을 버티던 서연이 고개를 저어 댔다. 노골적인 그의 움직임에 하얀 다리가 휘청였다.

고개를 들어 올린 정욱이 한 팔로 그녀의 머리 옆의 벽을 지탱하고 다른 한 손으로 보풀아 오른 속살을 거칠게 문지르며 그녀를 똑바로 바라봤다.

"그만두길 바라면 거부하라니까."

"……흐읏!"

으르듯 말한 정욱이 서연을 강하게 노려보며 거추장스러운 스타킹을 잡아 찢어 버리자 그녀의 눈이 커다래졌다. 방해물을 걷어내고 브리프를 젖히고 들어간 손가락이 흥건한 애액에 젖은 맨살을 비비기 시작했다.

"아, 아앗."

끔찍한 쾌감에 서연의 입술이 절로 벌어져 신음이 흘러나왔다. 그녀의 좁은 샘이 뜨겁게 달아올라 흠뻑 젖은 채 그를 원하고 있었다. 그걸 확인하듯 정욱이 손가락을 흥건히 젖은 입구 사이로 깊숙이 밀어 넣자 촘촘한 속살이 기다렸다는 듯 그의 손가락을 한껏 조였다.

"헉."

"아주 뜨거워."

찌걱거리며 손가락을 움직일 때마다 속살은 더욱 뜨겁게 그에게 달라붙었다. 손가락을 잡아먹을 듯 달라붙는 강한 압박을 느끼며 그의 입꼬리가 추켜 올라갔다.

"말로는 거부해도 네 몸은 항상 이렇게 뜨겁게 반응하지. 이걸 봐. 어서 들어와 달라고 안달을 하잖아."

"아……!"

"모순적이라고 생각하지 않아? 이서연."

"그, 그렇지 않… 흣!"

그녀의 몸 안에서 손가락이 빠져나가더니 하얀 다리를 벌리고 거대하게 발기한 두꺼운 페니스가 무섭게 짓쳐들어왔다.

"아학!"

몸을 반으로 쪼개 버릴 듯 강하게 들이친 남성이 쑤욱 빠져나가더니 숨 고를 새도 없이 다시 뿌리까지 거칠게 쑤셔 들어왔다. 그가 날씬한 다리를 잡아 한껏 벌리며 자신의 어깨에 걸치고 강하게 허리를 밀어 올렸다.

"읏, 으읏, 아……."

몇 번의 쑤걱거림만으로 그녀의 안은 뜨겁게 달아오르며 한껏 조여들었다. 손가락으로 찢을 듯 브리프를 넓게 벌리고 그 틈으로 유연하게 드나드는 검붉은 남성에 말간 애액이 담뿍 묻었다. 그의 강한 엉덩이가 크게 튕겨질 때마다 서연의 몸이 부서질 듯 위아래로 흔들렸다.

"학, 하악."

그녀의 스커트를 허리까지 들춰 올리고 탱글한 엉덩이를 움켜쥔 채 정욱이 깊숙이 찔러 들어갔다. 그녀의 열기에 달아오른 얼굴을 노려보는 그의 숨소리가 점차 거칠어지고 있었다.

"원래, 누구에게나 그렇게 잘 웃어 주나?"

배 속을 휘저으며 들이치는 강한 치받침에 정신없이 흔들리던 서연이 갑자기 묻는 그의 말에 감았던 눈을 흐리게 떴다.

"그게 무슨 말……이죠?"

서연이 숨을 몰아쉬며 눈앞의 정욱의 얼굴을 흐릿한 눈빛으로 바라봤다. 그녀를 무섭게 노려보는 그의 움직임이 거칠어졌다.

"그렇게 웃음 흘리고 다니지 마."

"그러니까 그게 무슨…… 말…… 흐읏! 아, 아읏……!"

격정적으로 들이치는 거친 움직임에 서연의 몸이 부서질 듯 흔들렸다. 푹푹 찌르며 짓쳐들어오는 단단한 남성에 도저히 정신을 차릴 수가 없었다.

"한 조각의 웃음도 흘리고 다니지 말란 말이야. 경고했어. 이서연."

낮게 으른 정욱이 몸을 확 빼냈다.

"흐읏."

무너지듯 휘청거리는 서연을 거칠게 잡은 정욱이 그녀의 몸을 뒤로 돌렸다. 벽을 짚고 뒤돌아선 서연의 몸을 잡아 아래로 숙이게 하자 탐스러운 그녀의 엉덩이가 방만하게 뒤로 한껏 들렸다.

이, 이건…….

서연이 숨을 몰아쉬며 불안한 눈빛으로 그를 돌아보는 순간 정욱이 그녀의 뜯어진 스타킹과 원색적으로 드러난 흐트러진 속옷을 거칠게 끌어 내렸다.

"아……. 안 돼요. 정욱 씨. 안 돼……."

강한 손으로 허벅지까지 속옷을 끌어 내린 정욱이 탱탱한 엉덩이를 짜부라뜨릴 듯 움켜잡고 뒤에서 힘껏 들이쳤다.

"아악!"

빳빳하게 곤두선 검붉은 페니스가 탐스럽게 갈라진 엉덩이 사이를 잔인하게 쑤셔 들어오자 서연의 몸이 크게 요동쳤다. 치골까지 닿을 듯 깊숙이 들이쳐 오는 감각에 벽을 짚은 그녀의 손가락에 파란 힘줄이 돋아났다. 뜨겁게 달궈진 여성을 가득 채웠다가 빠져나갈 때마다 서연의 입술에서 쉴 새 없이 신음이 터져 나왔다.

"아, 흣, 아흑!"

찌걱거리며 살이 섞여 드는 은밀한 소리가 어두운 비상구 안에 가득 찼다. 후욱거리는 그의 거친 숨소리가 그녀의 귀를 자극시키고 있었다. 정욱이 몸을 바짝 밀착시킨 채로 뒤에서 손을 뻗어 애액이 묻은 까슬한 그녀의 수풀에 밀어 넣었다.

"하읏! 하지 마! 하지 마요!"

동그랗게 솟아올라 있는 음핵을 손가락으로 비비며 뒤에서 강하게 쑤셔 올리자 서연이 자지러질 듯 떨며 몸을 일으켜 세우려 했다.

"움직이지 마."

서연의 귓가에 낮게 으른 정욱이 그녀의 깊숙한 곳까지 단번에 내질러 들어가며 손가락으로 거칠게 음핵을 문질렀다.

"헉!"

아찔한 쾌감이 밀려들자 서연의 허리가 확 꺾였다. 상체를 뒤로 젖힌 서연의 몸을 강하게 움켜잡은 정욱이 사납게 그녀의 몸 안으로 들이쳤다.

퍽! 퍽! 퍽!

거칠게 살을 치대는 소리가 점차 커지더니 그의 움직임이 무섭게 빨라졌다.

"아아……아아아!"

짓눌린 쾌감을 참지 못한 서연이 교성을 지르며 절정으로 치달아 올랐다.

"크아앗!"

오르가슴에 산산이 부서지는 서연의 몸을 부서뜨릴 듯 움켜잡은 정욱의 온몸에 힘이 빳빳하게 들어가는 순간, 어김없이 그녀의 몸 안을 꽉 채우고 있던 남성이 빠져나갔다.

서연의 뜨거운 속살에서 빼낸 무섭게 발기한 자신의 것을 정욱이 움켜잡았다. 정액이 나오지 못하도록 꽉 잡고 있는 그의 관자놀이에 불끈거리며 힘줄이 솟아올랐다.

“학, 하악…….”

벽을 짚은 채 거친 숨을 몰아쉬고 있는 그녀의 몸에서 완전히 떨어져 나온 정욱이 옷을 추스르는 소리가 들렸다. 파들파들 떨리는 서연의 다리 사이로 멀건 사정액이 기다랗게 타고 내려왔다.

그 때 그녀의 뒤에서 차가운 목소리가 들려왔다.

“남들 눈에 띄지 않게 시간 두고 나와.”

싸늘하게 내뱉은 정욱이 비상구 문을 열고 나가는 소리가 들렸다. 탁, 문이 닫히는 소리와 함께 서연의 몸이 그 자리에 주르륵 무너져 내렸다.

바닥에 주저앉은 채로 엉망으로 흐트러진 옷의 단추를 잠그는 손이 덜덜 떨려 왔다.

“흐윽.”

그녀의 눈에 왈칵 눈물이 차올랐다.

모든 것이 엉망이었다. 늘 일방적으로 시작되는 관계의 끝은 잔인하리만치 처참하게 바닥까지 내팽개치는 듯한 느낌이었다.

……아파.

허벅지 사이가 쓰라리다는 걸 느끼자 서연은 말 못 할 서러움이 밀려들었다. 피가 맺힐 정도로 세게 입술을 깨문 채로 그녀는 눈물이 멈출 때까지 한동안 그 자리에 앉아 서러운 눈물을 흘렸다.

◆

예약제로 VIP고객만 받는다는 청담동의 유명 일식집에 정욱이 앉아 있었다. 정욱과 도 회장이 나란히 앉아 있었고 맞은편에는 강 상무와 강희란이 앉아 있었다. 도시적인 세련된 외모의 강희란은 도정욱이라는 남자와 선을 본다는 사실에 흥분을 숨기지 못하고 있었다.

"이런 자리를 학수고대하고 있었는데, 드디어 이런 날이 오게 되다니 정말 기쁩니다. 회장님."

강 상무는 머리를 조아리며 도 회장에게 감격에 찬 목소리로 말했다.

"내 전부터 한번 자리를 가지려고 했는데 오래 기다리게 해서 미안하네."

"아이고, 아닙니다. 부사장님 같은 분과 제 여식이 좋은 인연을 맺게 된다는 것에 의의를 둬야죠. 저야말로 영광입니다."

강 상무의 얼굴에선 기쁨이 넘쳐났으며 그건 강희란도 마찬가지였다. 그녀는 맞은편에 앉아 있는 정욱의 얼굴을 훔쳐보며 은근한 눈웃음을 흘렸다.

오늘을 놓치면 안 돼.

이 자리를 위해 얼마나 많은 노력을 기울였는데…….

희란의 얼굴에는 벌써 만족스러운 승리감이 어려 있었다. 그녀는 모델처럼 쭉 뻗은 체형에 이국적인 마스크를 지니고 있었다. 섹시하다는 말을 지겨울 정도로 듣고 다녔으며, 회사 내에서는 어린 나이에 마케팅부의 실장 자리까지 꿰차고 있었다.

물론 그 자리를 차지하기 위해선 상무인 아버지의 도움이 얼마간 작용하긴 했지만 그녀에겐 늘 있어 오던 자신만의 특권이었으니 거리낄 것은 없었다.

“만나 뵙게 되어 정말 영광이에요. 정욱 씨.”

희란은 부사장이라는 호칭을 빼고 다정하게 이름을 부르며 그를 바라봤다. 정욱은 회사 내, 아니 재계 전체에서 탐내는 남자 1순위에 있는 이였다. 우월한 외모와 도원그룹의 후계자라는 위치, 그리고 카리스마 넘치는 그만의 분위기는 여자의 마음을 뒤흔드는 강한 힘을 가지고 있었다.

지금껏 자유로운 연애를 즐겨 오던 그녀였지만 그들과 결혼까지 할 생각은 없었다. 자신의 남편은 누구나 탐내는 멋지고 능력 있는 남자여야 했으니까.

도정욱만큼 나에게 딱 어울리는 남자는 없지.

정욱을 바라보는 희란의 미소가 짙어졌다. 사실 대외적인 이미지상 아버지가 다니는 회사에 다니고 있었지만 만약 도정욱이라는 남자를 노리지 않았다면 이렇게 오래 다니고 있을 필요는 없었다.

“저도 영광입니다. 강희란 씨.”

정욱은 희란을 보며 정중하게 말했다. 그의 목소리에 일말의 온기조차 없었지만 희란은 그가 자신을 눈앞에서 바라봐 주는 것만으로도 온몸이 뜨거워지는 기분이었다.

‘아빠. 지금요, 지금.’

희란이 아버지인 강 상무에게 눈치를 주자 강 상무가 얼른 도 회장에게 말했다.

"어려운 어른들하고 있으면 아무래도 대화하기 힘들겠지요. 우리는 먼저 자리를 비켜 주는 것이 낫지 않겠습니까, 회장님?"

"아, 그래. 자네 말도 일리가 있지. 내가 눈치 없게 군 모양이구만."

"아닙니다. 회장님. 하하핫."

강 상무가 과장된 웃음을 지으며 도 회장을 일어서게 하자 희란이 눈빛을 빛냈다.

"회장님. 오늘 너무 영광이었어요. 또 뵙게 되길 기대할게요."

그녀가 일어서서 살갑게 웃으며 말하자 도 회장이 고개를 끄덕였다.

"그래요. 그럼 우린 먼저 자리를 비켜 줄 테니 좋은 시간 가지도록 하세요."

"들어가십시오."

정욱도 일어서서 인사하자 도 회장이 고개를 끄덕이며 강 상무와 함께 룸을 빠져나갔다. 그들이 완전히 사라질 때까지 조신하게 서 있던 희란이 얼른 자리로 돌아와 그의 맞은편에 앉았다.

"전 정말 믿기지 않아요. 정욱 씨와 이렇게 마주 앉게 될 날이 올 줄은 몰랐거든요."

희란이 섹시한 눈웃음을 지으며 그를 바라보자 정욱이 무감한 표정으로 그녀를 마주 봤다.

"강희란 씨. 말해 두지만 난 결혼 생각 없습니다."

"……네?"

차가운 그의 목소리에 희란이 당혹스러운 표정을 지었다.

"이 자리는 회장님께서 원하신 자리라 나왔을 뿐 당신과의 결혼에 관심이 있어서 나온 게 아니라는 겁니다."

정욱이 서늘한 시선으로 그녀를 바라보자 희란의 얼굴에 당황과 난처함이 동시에 스쳐 지나갔다. 희란은 빠르게 표정을 수습하고 생긋 웃었다.

"하긴 부사장님께서는 원하신다면 이런 자리를 앞으로 질릴 정도로 가질 수 있겠죠. 이해해요."

희란의 미소를 넘겨다보며 정욱이 시니컬한 표정으로 말했다.

"내 말을 잘못 이해한 모양이군요. 그런 의미가 아니라 당신이든 당신이 아니든 그 누구와도 결혼할 생각이 없다는 겁니다."

정욱의 말을 들은 희란이 빠르게 머리를 굴렸다.

방금 전엔 수많은 정 · 재계 여식들의 러브콜을 받고 있는 이이기에 맞선 시장에 나오자마자 바로 결혼 상대를 정하지 않겠다는 의미인 줄 알았다. 그건 충분히 이해가 되는 것이었다. 도정욱은 도원그룹의 외아들이고 명백한 이 회사의 후계자니 회사의 상무 정도인 자신의 집보다는 훨씬 더 높은 레벨의 재력가 집안과 결혼할 수 있을 것이다.

하지만 아버지인 강 상무의 위치는 그렇다 하더라도 어머니 쪽은 다르다. 현 집권여당의 전 총재까지 했었던 거물급 국회의원인 외조부를 생각하면 재력에서 밀리지 않는다. 맞선 시장의 다른 여자들의 조건에서 절대 밀릴 리가 없다.

그런데 그가 아예 결혼 생각이 없는 거라면?

"그렇군요. 결혼이라는 건 자신이 원하는 시기가 중요하니까 정욱 씨의 말도 일리가 있어요. 하지만 정욱 씨의 생각이 그렇다고 하더라도 회장님의 생각은 그렇지 않으니 정욱 씨가 오늘 이 자리에 나온 게 아니겠어요?"

희란이 입술 끝을 둥글게 휘어 올리며 말하자 정욱의 눈빛이 날카로워졌다.

"그건 무슨 뜻인지."

"정욱 씨가 그렇게 생각하는 거라면 좋아요. 다만 날 거부하더라도 회장님 뜻이 그러하시다면 앞으로 정욱 씨에겐 계속 이런 자리가 요구되겠죠. 그럼 내가 그걸 막는 방패 역까지는 가능할 것 같은데, 정욱 씨 생각은 어떤가요?"

관능적인 미소를 담은 얼굴로 희란이 그를 똑바로 바라보며 말하자 정욱이 그녀의 얼굴을 응시했다. 유혹을 가득 담은 그녀의 얼굴을 바라보던 정욱이 입술 끝을 차갑게 말아 올렸다.

"조건 없는 제안을 할 리는 없겠고, 그렇게 해서 당신이 얻을 게 있습니까?"

"아, 괜찮아요. 나한테도 방패막이 필요한 것뿐이니까."

희란이 어깨를 으쓱이며 시원하게 말했다. 정욱이 그녀의 눈을 날카롭게 바라봤다.

"만에 하나 나에게 무언가를 바란다면 난 응해 줄 마음이 없다는 걸 확실히 알아 두길 바랍니다."

"그러죠. 당신이나 나나 서로를 방패로 취해 얻을 것만 얻으면 되니까."

희란이 요염하게 웃어 보이자 정욱이 차가운 미소를 지은 채로 자리에서 일어섰다.

"그건 명심해 두는 게 좋을 겁니다. 난 타인과 거래할 때 상대가 선을 넘으려 드는 건 용납하지 않으니.”

“명심할게요.”

희란이 일어서는 그를 보며 아쉬움을 숨기고 고개를 끄덕였다.

아직은 이 남자에게 더 바라면 안 되겠지. 어쩌면 이 남자가 보이는 친절은 이게 한계일수도 있으니…….

뭐, 상관없어.

희란은 여유로운 미소를 지으며 그와 함께 룸에서 나섰다.

지금은 이 남자를 안심시키는 것이 더 중요했다. 지금껏 봐 온 바로 이 냉정한 남자는 타인에게 틈을 내주지 않을 테니까. 우선 이 남자를 최대한 안심시켜서 어떻게든 그 옆에 있게 된다면, 결국엔 그도 자신에게 넘어오게 되어 있다.

지금까지 모든 남자가 그랬듯이…….

희란이 가느다랗게 입술 끝을 끌어 올렸다.

서연은 오피스텔에 가만히 앉아 있었다.

조명을 어둡게 낮추고 조용한 거실 소파 위에 앉아 영화를 틀어 놨지만 그녀의 머릿속은 그의 생각으로 어지러워 영화에 집중하지 못했다.

언제부터 혼자 있는 시간마저도 온통 그 사람으로 점령되어 있던 것일까.

계속 되풀이되는 그에 대한 생각을 끊어 버리려는 노력도 포기한 순간이 언제였던가……. 기억도 나지 않을 정도로 오래된 기억.

서연은 스스로를 외로움을 느끼는 타입이 아니라고 생각했다. 처음부터 없는 사람이었던 아버지에 이어 어머니까지 돌아가시고 난 이후, 아니 어쩌면 그보다 훨씬 더 전에 어머니의 병간호를 하며 살아오던 학생시절부터 그랬다.

어머니가 입원과 퇴원을 수시로 반복할 만큼 건강이 안 좋아졌을 때부터 조용히 혼자 될 것을 준비해야 했다. 날이 갈수록 야위어 가는 어머니의 모습은 인정하고 싶지 않아도 그 사실을 끊임없이 주지시켰다.

그렇게 스무 살의 나이 때 결국 혼자가 되었고, 그때부터는 온전한 혼자만의 삶이었다. 외로움을 느낄 새도 없이 바쁘게 지냈고, 커리어가 어느 정도 쌓였다고 생각했을 때 그를 만났다.

도정욱…….

그 남자를 알게 되고 난 뒤, 난생처음 뼈가 시리도록 외롭다는 것이 무엇인지 느껴야만 했다. 함께 있을 수 없는 남자와 함께 있고 싶은 괴로움을 처음 알았고 서서히 거기에 익숙해져야만 했다. 일 분, 한 시간, 하루 종일…… 온통 한 사람에게만 몸과 마음이 모조리 지배당하는 기분이었다.

그 남자가 없는 시간도 그에게 온전히 지배당했으며 혼자 있는 시간이 감당이 되지 않을 정도로 그 남자를 원했다.

그가, 보고 싶었다.

그렇게나 잔인한 그를…….

◆

서연이 정욱의 비서로 일한 지 1년이 되었을 무렵 프랑스로 열흘간 출장을 가게 됐다.

의전 비서로서 그의 출장을 함께 다닌 건 여러 번이었지만 단둘이 출장길에 오른 건 그때가 처음이었다. 둘만 프랑스로 가게 된 건 여러 명의 비서의 역할을 그녀 혼자 할 수 있게 된 이유도 있었고, 한국에 남아서 일을 처리해야 하는 수행 비서들을 남겨 둬야 했기 때문도 있었다.

그즈음, 그녀 마음속의 그에 대한 감정은 더 이상 숨기기 힘들 정도로 커져 버린 상태였다. 비행기에 타고 있는 내내, 혹은 차 안에서, 걷는 동안, 밤낮을 그와 함께 지낸다는 생각에 서연은 어지러움마저 느껴졌다.

이런 생각은 일에 방해가 될 뿐이야.

서연은 그렇게 생각하며 애써 마음속의 일렁이는 파도를 잠재우기 위해 노력했다.

낮에는 함께 파리의 계열사를 돌며 업무를 처리하고 밤에는 예약해 둔 호텔의 로얄 층에서 새벽까지 업무를 봤다. 그녀의 객실은 그의 맞은편에 있어 정욱이 호출하면 수시로 그의 객실로 들어가 지시사항에 따랐다.

그날도 정욱의 객실 안에서 자정이 다 되어 가는 시간까지 회의를 이어 갔다. 정욱이 손목시계를 확인하고는 맞은편 소파에 앉은 서연에게 말했다.

"지금 정리한 파일 한국으로 보내세요. 피드백 점검한 파일도 함께."

"알겠습니다."

서연이 회의 내용이 정리된 서류를 들고 일어서는데 정욱이 피곤한 표정으로 소파 등받이에 몸을 기대는 것이 보였다. 파리에 오기 전부터 연일 타이트한 스케줄을 소화해 낸 그는 이곳에서도 강도 높은 일정을 이어 갔다.

그 때문인지 정욱은 무척 피곤해 보였다.

괜찮을까…….

평소 자신의 감정이나 컨디션을 외부에 드러내지 않는 그가 소파에 깊게 몸을 묻은 채 눈을 감고 있자 서연은 걱정스러운 마음이 들었다.

정욱은 낮에 있었던 유럽과 아시아의 합동 경제 포럼 참석 후 저녁에 호텔로 돌아와 옷도 갈아입지 못한 채 그녀와 회의를 이어 가고 있었다.

남자다운 근육이 보기 좋게 잡힌 팔뚝까지 걷어 올린 셔츠의 단추는 두어 개 풀려 있었고 늘 단정한 머리는 와일드하게 살짝 헝클어져 있었다. 그런 그의 모습에 서연은 심장이 뛰면서도 그 감정을 최대한 드러내지 않으려 애쓰며 그를 불렀다.

"부사장님."

서연의 목소리에 팔짱을 끼고 소파 위에 몸을 묻은 채 잠시 눈을 감고 있던 정욱이 가늘게 눈을 떴다. 그의 시선이 그녀에게 닿자 서연이 말했다.

"많이 피곤해 보이십니다. 침실에서 조금 쉬세요."

"피곤하면 그렇게 하죠."

그렇게 말하면서도 그가 절대 쉬지 않는다는 것을 알고 있는 서연이 다시 말했다.

"이미 많이 무리하셨어요. 제대로 수면을 취하고 일을 하시는 게 능률에도 좋을 것 같습니다."

다시 감기려던 그의 눈이 떠지고 시선이 천천히 그녀에게 향했다.

서연은 흔들리는 시선으로 그를 바라봤다. 피곤을 잔뜩 담고 있는 그의 검은 눈동자는 어떻게 이 순간에도 섹시할 수 있는 걸까…….

"내 일에 지나친 간섭은 피하라고 했을 텐데."

그의 차가운 목소리에 서연은 황망해진 표정으로 서둘러 고개를 숙였다.

"죄송합니다. 제가 실수했습니다."

정욱의 심기를 거스르게 했다는 것을 깨달은 서연이 서류를 들고 몸을 돌렸다. 문을 향해 걸어가는 그녀의 뒤에서 그의 목소리가 들렸다.

"이 실장."

매력적인 중저음의 목소리에 서연이 걸음을 멈추고 돌아봤다. 정욱이 의자에 앉은 채로 그녀를 서늘한 시선으로 응시하고 있었다.

"네. 부사장님."

서연이 그를 향해 똑바로 선 채 대답했다. 그 때 그에게서 의외의 말이 날아왔다.

"이 실장의 말을 듣도록 하지. 대신 나와 술 한잔하겠나?"

그녀의 속눈썹이 소리 없이 흔들렸다. 정욱의 시선은 흔들림 없이 그녀를 향하고 있었지만 서연은 방금 그가 한 말을 믿기 힘들었다. 지금껏 한 번도 이런 사적인 제안을 한 적이 없는 그였다.

"지금 신경이 너무 날카로워져서 간단하게 한잔하고 잘 생각인데, 고생하는 이 실장도 생각 있다면 함께했으면 해서 물어보는 겁니다."

"전…… 저야 괜찮습니다."

뭐라 대답해야 할지 몰라 서연이 황망하게 대답했다.

정욱이 소파에서 천천히 몸을 일으켜 인터폰이 있는 곳으로 다가갔다. 그가 인터폰으로 브랜디를 주문하다가 그녀를 슥 바라봤다.

"요리도 주문할 건데 원하는 게 있나?"

"전 아무거나 상관없어요."

서연이 대답하자 정욱이 고개를 돌리고 몇 가지의 요리도 함께 주문했다.

유창한 프랑스어로 주문하는 그의 뒷모습을 바라보며 서연은 거세게 뛰기 시작한 심장을 손바닥으로 지그시 눌렀다. 갑작스런 그의 제안에 그녀는 무척 동요하고 있었다.

이 남자와 함께 사적인 시간을 가질 수 있을 것이라 기대조차 못 했는데…….

곧 룸서비스로 주문한 요리가 도착해 식탁 위에 펼쳐졌고 와인을 앞에 둔 채 마주 앉게 되자 서연은 긴장이 됐다. 그는 능숙하게 와인을 열어 그녀의 둥근 잔에 와인을 따라 주며 말했다.

"술은 좀 할 줄 아나?"

"가볍게는 괜찮습니다."

그녀의 잔에 붉은빛 와인을 따라 준 그가 자신의 잔에도 와인을 따랐다.

서연은 그의 잔에 고혹적으로 담긴 와인을 가만히 들여다봤다. 정욱이 와인보단 위스키 취향인 것을 알고 있었다. 지금 와인을 주문한 것은 자신을 배려한 것이리라. 또한 그는 술을 마실 때 안주를 거의 먹지 않는다. 지금 식탁 위에 차려진 프랑스풍 갖가지 요리들 역시 그녀를 위한 것이었다.

기대 못 한 섬세한 배려에 서연의 심장이 또다시 달음박질했다.

그는 별생각 없이 한 행동일 뿐이야. 진정해.

서연은 멋대로 기대감을 끌어오려는 자신을 질책하며 태연한 얼굴을 가장하기 위해 애썼다. 정욱이 그녀를 향해 와인 잔을 들자 서연은 가볍게 잔을 부딪치고 조심스럽게 와인 잔을 입술로 가져갔다. 긴장한 탓인지 투명한 유리잔을 잡고 있는 손가락이 가늘게 떨려 왔다.

정욱의 시선이 서연의 하얀 손가락에 닿았다.

"이 실장이 내 비서가 된 지 얼마나 됐던가."

"일 년 정도 됐습니다."

"흠. 일 년이라……."

정욱이 와인 잔을 매만지며 낮게 말했다. 그저 마주 앉아 와인을 마시는 것뿐인데 냉정해지려는 이성과는 상관없이 서연은 무척 긴장하고 있었다. 그 때문인지 고작 한 잔을 마셨을 뿐인데 술기운이 열기로 변해 온몸에 번져 갔다.

그가 시선을 올려 서연을 바라봤다.

"고충이 많겠군. 금 전무 비서로 있을 때보다 해외 출장도 많고, 지금처럼."

"괜찮습니다. 이제 적응도 됐고 크게 어려운 점은 없어요."

서연이 미소를 지으며 대답하고 그가 따라 준 와인을 한 잔 더 마셨다.

"음식은 취향이 아닌가? 왜 안 먹지?"

정욱이 손도 대지 않은 스테이크를 보며 물었다.

"딱히 배가 고프진 않아서요."

서연이 조금 난처한 표정으로 미소 지었다. 테이블 위의 고급스러운 음식들은 무척 맛있어 보였지만 식욕이 돌진 않았다. 그의 앞에 마주 앉아 있다는 사실만으로도 식욕이 상실될 정도로 긴장이 된 것 같았다.

그의 시선이 날카롭게 서연을 훑었다.

"내가 알기로 아침 식사 이후로는 제대로 먹은 게 없는 걸로 알고 있는데."

"아…… 그랬던가요?"

분명 아침은 룸서비스로 간단하게 먹었다. 이 객실 안에서 새벽부터 그와 마주 앉아 회의를 하며. 그 후로 하루 종일 정신없이 바빴고, 점심은…… 기억이 안 났다. 자신도 끼니를 어떻게 때웠는지 기억도 나지 않는데, 이 사람이 어떻게 알고 있는 걸까.

"그래. 그러니까 지금이라도 먹어 두는 게 좋을 거야. 내일 스케줄을 제대로 소화하고 싶다면."

"알겠습니다."

정욱의 다소 강압적인 말투에는 서연도 어느 정도 익숙해져 있었다. 업무적으로 붙어 있는 시간이 길다 보니 때때로 그는 말을 편하게 했다. 지금처럼. 오히려 그것이 더 편하다고 느끼는 걸 보면…… 정욱에 대한 자신의 욕심 때문일까? 그와 좀 더 가까워졌다고 믿고 싶은 마음 때문에?

서연은 그의 말을 따르기로 하고 포크를 들었다. 정욱은 스테이크 접시를 자신 앞에 두고 우아하게 나이프로 자른 뒤 그녀 앞으로 밀어 줬다.

"자."

"감사합니다."

의외의 다정함.

연속적으로 보이는 그의 의외성에 서연은 머릿속이 혼란스러웠다.

이곳이 한국이 아닌 외딴곳이라서 그럴 수도 있겠지. 지금 이 공간이 마치 단둘뿐인 공간 같다는 생각에 현실감이 사라진 것일 수도 있어.

머릿속의 열기가 점차 퍼져 나가 현실감을 아득하게 만들고 있었다.

서연은 갈릭소스 연어 스테이크와 레몬을 곁들인 굴 요리, 그리고 토마토 타피오카가 들어간 니즈와즈 샐러드를 부지런히 먹었다. 그가 천천히 와인을 마시며 자신을 응시하고 있다는 걸 느낄 수 있었다.

그의 진한 시선을 느낄 때마다 포크를 들고 있는 손이 긴장됐지만 최대한 자연스럽게 식사를 하려고 노력했다.

"부사장님도 좀 드세요."

"난 저녁 만찬을 강제적으로 즐겼으니 사양하지."

경영인 포럼이 디너가 포함되어 있는 자리였기에 정욱은 식사를 한 상태였다. 포럼이 끝난 후 그에게 식사 여부를 물어 이미 알고 있던 사실이었지만 혼자 식사를 하기가 조금 어색했다.

서연이 어색함을 와인을 마시며 달래는데 와인 잔을 든 그녀의 손에 시선을 둔 정욱이 말했다.

"……손가락이 가늘군."

그가 낮게 중얼거리듯 한 말에 서연은 그만 얼굴이 붉어졌다. 그저 손가락에 대한 말을 했을 뿐인데 그의 눈빛 때문인지 목소리 때문인지 무척 관능적으로 들렸다.

서연은 와인 잔을 내려놓고 손을 그러모았다. 뺨에 열기가 오르는 것을 들키지 않으려는 듯 그녀가 살풋 미소 짓자 정욱이 그녀의 붉어진 뺨을 서늘한 시선으로 쳐다봤다. 그의 시선이 열기가 오른 뺨에서 두 눈, 그리고 미끄러지듯 코를 지나 입술로 내려갔다. 심장이 거세게 뛴다.

"이 실장은 늘 그렇게 말투가 사무적인가?"

"네?"

"내가 알기로 지금까지 항상 과할 정도의 정중한 말투인데, 누구에게든 그런 말투인가 해서 물어보는 거야."

정욱의 말에 서연이 느리게 눈을 깜빡거리다 대답했다.

"아마…… 그럴 거라고 생각합니다만."

"그렇군."

그가 짧게 대답하고 와인을 마셨다. 서연도 딱히 할 말을 찾지 못해 말없이 와인만 마셨다.

어느 정도의 음식을 먹어서인지 그도 포크를 놓는 데에 별말을 하지 않았다. 어쩌면 그가 하루 종일 식사하지 못한 자신을 위해 이런 자리를 만든 게 아닐까 하는 생각이 들었다.

설마. 이 남자가 나에게 그런 친절을 보일 리가 없잖아.

서연이 속으로 자조적인 실소를 흘렸다. 회사에서든 어디서든 빈틈없이 냉철한 모습을 보이는 정욱이었다. 어쩌다 예상외의 다정한 모습을 봤다고 해서 엄한 기대감만 키우면 곤란하다. 명백히 선을 긋고 지내기도 어려울 정도로 이 남자에 대한 감정이 커져 버린 지금, 헛된 기대까지 생겨 버리면 정말 감당하기 힘들 것 같았다.

그가 자신의 잔에 천천히 와인을 따랐다.

어쩌면 벌써 선을 넘긴 게 아닐까…….

투명한 잔에 유혹적으로 찰랑이는 적색 빛깔의 와인을 보면서 서연은 그런 생각이 들었다.

머릿속이 다시 엉망으로 헝클어졌다. 뜻하지 않은 지금 이 시간이, 그와 자신 단둘이 앉아 있는 지금 이 시간이, 두 번 다시 오지 않을 어떤 특별한 시간인 것 같은 생각이 잔을 채운 유혹적인 붉은 액체처럼 머릿속을 찰랑이며 넘실거렸다.

"……."

룸 안에 조용한 침묵이 흘렀다.

그 침묵은 분명 강한 성적인 긴장을 내포한 것이었다. 적어도 서연은 그렇게 느꼈다. 마주치는 시선이 그런 확신을 줬다. 그의 검은 눈동자가 그녀를 빤히 바라보는 동안 그녀는 숨을 삼키고 생각했다.

지금 이 순간이 다시 오진 않아.

마음속 깊은 곳에서 그녀를 재촉해 댔다.

고백한다면? 이 남자에게 고백하게 되면 어떻게 되는 거지? 비서로서의 모든 걸 잃을 수 있게 되겠지. 그리고…… 다신 이 남자를 보지 못하게 될 수도 있어.

그 생각이 지금까지 그녀 스스로를 묶어 놓은 끈이었다. 하지만 지금, 한국이 아닌, 회사가 아닌 특별한 이 공간은 서연의 온몸을 포박하고 있던 단단한 끈을 느슨하게 만들고 있었다.

말해야 돼.

서연은 초조한 심정으로 입술을 깨물었다. 그 때 정욱이 빈 잔을 테이블 위에 올려놓으며 말했다.

"이제 그만 일어나지."

"저…… 부사장님."

서연이 그를 부르자 몸을 일으키려던 정욱이 그녀를 바라봤다. 서연은 심장이 터질 것 같았다. 이 순간 이 말을 한 것을 후회하게 될지도 모른다. 영원히…….

하지만 더는 숨길 자신이 없었다.

"드릴 말씀이 있어요."

서연이 숨을 삼키고 그의 눈을 바라봤다. 언제나 그녀를 속수무책으로 빠져들게 만드는 검은 눈동자가 그녀를 향하고 있었다. 그의 눈빛이 그녀의 말을 재촉하는 듯 그녀를 응시한 채로 움직이지 않았다.

서연은 떨리는 손가락을 말아 쥐고 그의 눈을 마주 봤다. 어둡게 빛나는 그의 눈동자가 뜻하는 바를 짐작할 수 없었다.

"제가 부사장님께 가지고 있는 감정은…… 비서로서의 감정이 아니에요."

서연이 그를 똑바로 바라본 채로 말했다. 정욱의 눈빛이 더욱 어둡게 가라앉았다.

"그 말은 남녀 사이의 감정을 뜻하는 거라고 생각해도 되나?"

"네."

"……."

그녀가 대답하자 정욱은 깊게 숨을 들이켰다. 서연의 심장은 터질 듯 뛰고 있었다. 그는 한동안 말이 없었다. 침묵의 공간을 그녀의 심장 소리가 채웠다. 머릿속이 어질해질 정도의 심장 소리가 귓가를 아득하게 만들었다.

무슨 말이든 해 줘요.

이윽고 그가 입을 열었다.

"……이서연 씨."

서연이 숨을 멈추고 그의 눈을 바라봤다. 그의 표정은 평소와 다름없이 서늘했다.

"나는 사랑을 믿지도, 하고 싶지도 않아."

차가운 그의 말에 서연의 심장이 쿵 소리를 내며 떨어졌다.

"아, 제가 언짢게 해 드렸다면 죄, 죄송합……."

"결정하는 건 너야."

혼란스러운 표정으로 사과를 하던 서연이 느닷없는 그의 말에 그를 올려봤다. 그녀의 시선을 휘어 감으며 그가 말했다.

"너와 연애를 할 생각은 없지만 육체적 관계뿐이라면 관심이 있어. 말하자면 감정은 전혀 들어가지 않는 섹스 상대로서는 괜찮다는 뜻이야."

"네……?"

그녀의 눈이 충격으로 흔들렸다.

맙소사. 감정 없는 섹스 상대라니…….

정욱은 표정 변화 없이 팔짱을 끼고 그녀를 응시했다.

"그 외에 다른 관계는 필요하지 않아. 네가 내 제안을 거절한다면 지금의 말은 없던 걸로 해 주지. 지금까지와 다름없이 지내면 돼. 비서로서 남을 건지, 내가 말한 관계가 될지는 네가 결정해."

거절해.

이건 말도 안 되는 일이야.

흔들리는 눈빛으로 그를 바라보던 서연이 숨을 몰아쉬고 말했다.

"지금…… 선택해야 하나요?"

"편한 대로 해."

"……그럼 시간을 조금 주세요. 한국으로 돌아가기 전까지 대답해 드릴게요."

"그전에 대답하지 않는다면 없던 일로 하지."

정욱이 와인 잔을 두고 자리에서 몸을 일으켰다.

"그만 들어가서 쉬어."

"네."

서연은 정욱이 침실로 향하는 모습을 황망한 시선으로 지켜봤다.

……미쳤구나. 이서연.

침실 문이 닫히는 걸 보면서 그녀는 바로 거절하지 못한 자신을 후회했다.

파리에서의 남은 일정은 비서로서 차질 없이 수행했지만 그녀의 머릿속은 온통 그의 말로 가득했다.

'너와 연애를 할 생각은 없지만 육체적 관계뿐이라면 관심이 있어. 비서로서 남을 건지 내가 말한 관계가 될 지는 네가 결정해.'

거절해야 하는 게 맞아.

서연의 이성은 끊임없이 그렇게 하라고 했지만, 또 다른 마음속에선 다른 말로 그녀를 유혹해 왔다.

받아들여. 네가 그를 가질 수 있는 방법은 그것밖에 없다는 걸 알잖아.

그런 관계는 용납하지 못하는 자신과, 그렇게라도 그의 옆에 여자로 있고 싶은 마음…… 그래서 그를 더 알고 싶은 마음. 어떤 식으로든, 어떤 방식으로든…….

아니, 그건 아니야.

서연은 하루에도 몇 번씩 머리를 흔들었다. 정욱은 그런 말을 던진 사람답지 않게 평소와 전혀 다를 것이 없었다. 평소처럼 그녀와 일정을 소화했고, 회의를 했으며 업무를 지시했다.

"지사장 포함해서 임원 소집시키고 한국으로 돌아가기 전까지 남은 스케줄 변동 없는지 확인해."

"알겠습니다."

지나칠 정도로 태연한 그를 보며 서연은 더욱 혼란스러워졌다.

이런 남자는 위험해. 빠져들수록 위험해질 거야. 머릿속에서 계속 경보음을 울리고 있었다.

그리고 서연은 애써 그 경보음을 무시하는 자신을 느끼고 있었다.

파리에서의 모든 일정이 끝나는 밤이었다.

이제 내일이면 한국으로 돌아간다.

그 생각에 서연의 머릿속은 아침부터 어지러웠다. 그에게 답을 해 주기로 한 기한은 한국으로 돌아가기 전, 오늘까지였다.

그도 그것을 알고 있다. 하지만 평소와 전혀 다를 것이 없는 그의 태도를 보면서 서연은 혼란스러웠다.

모든 업무를 마치고 정욱과 호텔로 돌아온 시간은 밤 9시가 넘어 있었다.

함께 엘리베이터를 타고 올라오면서 서연은 짙은 회색 슈트와 날렵한 블랙타이를 맨 그를 힐끗 바라봤다. 이대로 한국으로 돌아가면 그의 제안도 흐지부지될 것이었다.

그러기로 했잖아.

서연은 입술을 깨물고 주먹을 움켜쥐었다.

사랑을 원했다. 육체적인 관계를 원한 건 아니었다. 내가 바라는 것과 이 남자가 바라는 것이 다르다면 그 제안을 받아들이면 안 된다. 이대로 비서로서 남는다면 그냥 없던 일로 되어 버려 기억도 하지 못할 테니까. 이 남자는 충분히 그럴 남자니까…….

"이 실장."

"네?"

퍼뜩 정신을 차린 서연이 그를 올려다봤다. 정욱이 열림 버튼을 누른 채로 의아스러운 표정으로 그녀를 내려다보고 있었다.

"안 내리나?"

"아, 네."

어느새 로얄 층에 도착해 있었다. 서연은 얼른 엘리베이터에서 내렸다.

마주한 각자의 객실 문으로까지 남은 걸음은 스무 걸음 남짓.

성큼 걸음을 옮기는 정욱을 따라가는 서연의 눈빛에 초조함이 담겼다. 그는 어느새 객실 문 앞에 서 있었다. 정욱이 문 앞에 서서 그녀에게 고개를 돌렸다.

"수고했어. 내일 출발할 때까지 푹 쉬도록 해."

이대로 들어가면 그 제안은 없던 게 되어 버리는데도 그의 표정은 태연했다. 아예 그 말을 기억하지 못하는 것처럼…….

"부사장님도 수고 많으셨어요. 쉬세요."

서연이 겨우 말하고 자신의 객실 문 앞에 섰다. 복도를 두고 나란히 배치된 문으로 몸을 돌리자 등 뒤에서 그가 문을 여는 소리가 들렸다.

달칵.

묵중한 문이 열리는 소리가 들리는 순간 심장이 아프도록 조여들었다.

이대로 끝? 이대로 한국으로 돌아간다면 어떻게 되는 거지? 그의 제안도 사라지는 거고…… 내 고백은? 내 고백 역시 없던 일이 되어 버리는 건가?

서연의 눈빛이 이리저리 흔들렸다.

안 돼.

입술을 깨문 그녀가 정욱에게 몸을 돌렸다.

"부사장님."

서연이 그를 부르자 문을 열던 정욱이 멈칫했다. 그가 천천히 고개를 돌렸다. 두 사람의 시선이 부딪쳤다. 그의 심연과도 같은 검은 눈동자는 그녀를 똑바로 향하고 있었지만 어떤 생각을 하고 있는지 전혀 감을 잡을 수가 없었다.

그를 향해 선 채로 서연이 숨을 들이켰다.

안 돼. 이서연. 그만둬.

"그 제안…… 아직 유효한가요?"

정욱이 팔짱을 끼며 벽에 몸을 기대더니 그녀를 지그시 바라봤다. 그를 올려다보는 서연의 눈동자가 긴장으로 흔들렸다.

"저와…… 오늘 밤 같이 있어 주실래요?"

서연이 과거의 기억에 한참 빠져 있는 동안 오피스텔 안에 켜 둔 영화 화면은 쉬지 않고 흘러갔다. 그 후의 시간이 쉬지 않고 그렇게 흘러갔듯이…….

'나중에 사랑을 하게 되면 너만 사랑해 주는 남자 만나야 한다.'

입버릇처럼 말하던 어머니의 말이 서연의 가슴 한구석을 쿡쿡 찔렀다. 그의 감정을 담고 있지 않은 차가운 목소리가 떠올랐다.

'내가 널 사랑하게 될 거라는 헛된 기대를 품지 않는다면 그 제안 받아들이지. 선택은 네가 해. 어떻게 하겠어?'

엄마, 미안해요. 그 사람은 날 사랑하지 않아요…….

영화 화면이 일순 부옇게 흐려졌다.

사랑하고 사랑받는 평범한 연애를 하고 싶었다. 평범하고 평범한, 아무것도 특별할 것도 없는 소소한 일상이라 하더라도. 그저 그 사람만을 바라보고 그 사람도 날 바라본다는 행복감 속에 사랑이라는 걸 하고 싶었다. 내가 사랑하는 남자에게 온전히 사랑받고 싶었다.

그 남자에게, 사랑받고 싶었다.

다른 사람도 아닌 오로지 도정욱 그 남자에게…….

더 이상 영화 화면은 보이지 않았다. 물기에 번져 완전히 뿌옇게 흐려진 화면은 형체가 일그러져 모든 것이 불분명했다.

그녀 자신의 마음처럼.

휴일을 맞은 서연은 코트 깃을 여미며 시내를 걷고 있었다.

12월의 거리는 묘한 들뜸과 설렘으로 가득했다. 이 시기만 되면 왠지 덩달아 기분이 들뜨곤 했기에 시간이 나면 혼자 오래도록 거리를 걸어 다니곤 했다. 크리스마스 장식이 가득한 거리를 찬찬히 구경하며 조금은 들뜨고 조금은 특별할 것 같은 연말 분위기를 느끼는 것이 그녀의 소소한 행복이었다.

"춥네."

하얀 입김을 내뿜으며 캐럴이 울려 퍼지는 예쁜 가게들을 구경하던 서연이 자기도 모르게 중얼거렸다. 두툼한 머플러를 둘렀는데도 꽤 추운 날씨였다.

몸을 녹일 겸 카페로 들어간 서연은 창가에 자리를 잡고 앉았다.

따뜻한 커피를 주문하고 창밖으로 지나다니는 사람들을 구경하고 있으려니 대부분이 연인이었다. 사귄 지 얼마 되지 않아 보이는 커플이 팔짱을 낀 채 함박웃음을 지으며 지나가는 모습이 보이자 서연의 입가에 가느다란 미소가 걸렸다.

행복해 보여…….

저 둘은 얼마나 따스할까.

문득 서연의 미소가 흐려졌다. 그와 크리스마스를 함께 보내길 기대하지 않게 된 게 언제였는지 기억도 나지 않는다. 그저 바라만 보던 시절에는 남몰래 그런 꿈도 꾸었더랬다. 그와 함께 크리스마스를 보내는 꿈을.

평범한 연인들처럼 몸을 찰싹 붙이고 거리를 걸어 다니고 맛있는 밥을 함께 먹고 따스한 차를 나누는…….

하지만 그 남자에 대해 알게 될수록 처절하리만치 깨닫게 되는 현실을 부정할 수 없었다. 이루지 못할 꿈, 그건 그저 꿈일 뿐이라고. 그 남자에게 여자란, 한낱 욕구를 처리하는 상대에 지나지 않으니까.

따스하게 데워졌던 커피 잔은 어느새 차갑게 식어 있었다. 서연은 식은 커피 잔의 온기를 놓치지 않으려 두 손으로 꽉 움켜잡았다. 이렇게라도 하면 이 온기가 유지가 될까……. 그 사람과의 관계가 유지가 될까.

움켜잡은 커피 잔을 내려다보던 서연이 창밖으로 다시 시선을 돌렸다. 고민 따위는 전혀 없어 보이는 연인들의 행복한 모습을 보며 아직도 마음속 깊은 곳에는 그에 대한 기대감이 남아 있다는 것을 아프게 깨닫는다.

……헛된 기대.

서연이 씁쓸한 미소를 지으며 식은 커피를 한 모금 마셨다. 그녀의 미소만큼 쓰고, 그녀의 기대만큼 달콤하며, 그녀의 아픔만큼 차가운 맛이 났다.

창밖에는 어느새 새하얀 눈이 폴폴 흩날리고 있었다.

창밖에 눈이 내리는 것을 보며 정욱은 혼자 바에 앉아 있었다. 연후가 함께 술을 마시자고 했지만 그럴 기분이 아니라고 거절한 뒤 혼자 술을 마시는 중이었다. 정욱은 독한 위스키를 한입에 털어 넣고 거칠게 잔을 내려놨다.

탁.

빈 잔이 테이블 위에 부딪히는 소리가 이명처럼 찾아들었다. 그는 빈 잔을 움켜잡은 채로 노려봤다.

모든 것이 거슬렸다.

아니, 오로지 한 여자가 그를 거슬리게 만들고 있었다. 그저 필요에 의한 육체적 관계라고만 생각했던 여자가…….

그녀가 나에게 어떤 감정을 가지고 있다는 것을 눈치챈 것이 언제였지?

정욱은 손으로 머리칼을 헝클이며 기억을 더듬기 시작했다.

서연이 처음 비서로 온 날, 회의실로 이동하는 엘리베이터 앞에 섰을 때.

뒤에 서 있는 그녀의 시선이 나에게 향해 있음을 엘리베이터 문에 비친 모습을 통해 알았다. 그 표정은 사무적으로 대하는 그녀의 표정과는 사뭇 다른 표정이었다.

명백한 여자의 표정…….

그러나 엘리베이터 문이 열리는 순간 그녀의 표정은 언제 그랬냐는 듯 사무적으로 변했다. 엘리베이터에 올라 서 있으면서도 거울처럼 비치는 문으로 그녀의 표정을 살폈다. 어쩌면 시선을 마주치기 위해 보고 있었던 것도 같다.

난 왜 그 여자와 시선을 맞추고 싶었지?

이유도 기억나지 않는다. 아니, 이유 따위 없었겠지.

그저 신경 쓰였을 뿐이다. 그 여자의 그 표정이 사실인지 아닌지 확인하고 싶었던 것뿐일 수도 있고…….

그때 그 여자는 시선을 올려 전광판만 보고 있었을 뿐 다시 그 표정을 보여 주지 않았다.

"그래서 뭐가 어땠다는 건데."

정욱이 싸늘하게 내뱉고는 위스키를 잔에 따라 거칠게 들이켰다. 독한 위스키가 목줄기를 훑고 내려가 텅 빈 속을 알코올로 채워 갔다. 그래도 취기는 오르지 않는다.

차라리 취해 버리면 좋을 것을.

그녀가 비서로 온 지 오래 지나지 않았을 때였다. 회의실로 이동하면서 함께 엘리베이터에 올라탔고 그녀는 늘 그렇듯 말없이 뒤에 서 있었다.

돌아보진 않았지만 그녀가 바로 뒤에 서 있다는 것을 향기로 확실히 느끼고 있었다. 그녀의 향기에 어느 순간 익숙해져 버렸다는 것을 그때 깨달았다.

그 향기를 느낄 때마다, 어느 순간 그녀의 향기에 취해 버리고 있었다.

완전하게.

그 때 엘리베이터 안으로 사람들이 몰려들고 그녀와의 거리가 벌어졌다. 그 순간 느낀 감정은 불쾌감이었다. 그녀와의 사이에 무언가가 끼어든다는 불쾌감이 명백히 느껴져 동요했다. 곧 그 동요를 무의식의 수면 아래로 억지로 밀어 넣었다.

"안녕하십니까. 부사장님."

"안녕하세요."

인사를 하는 사람들 틈에서 희미해지는 그녀의 향기를 본능적으로 좇았다. 일부러 사람들이 들어올 수 있도록 비켜 주듯 몸을 움직여 그녀와의 거리를 좁혔다. 한쪽 팔에 그녀가 느껴졌다. 그 감각에 신경이 쏠리는 순간 엘리베이터 벽에 비친 그녀의 어깨에 닿은 다른 남자의 어깨가 눈에 들어왔다.

그걸 본 순간 기분 나쁜 불쾌감이 다시 솟구쳐 올랐다.

하.

속으로 어이없는 조소를 흘렸다. 뭐지, 이 반응은? 저 여자에게 왜 이런 감정을 느끼는 거지?

엘리베이터가 도착하고 내리려던 순간이었다. 등 뒤의 서연이 몸을 휘청거렸다는 걸 느꼈다.

"아."

"엇……."

순간적으로 뒤돌아보자 휘청거리는 그녀를 잡아 주기 위해 임원의 남자 비서가 손을 뻗고 있었다. 그 손을 보는 순간, 그 손이 그녀를 잡으려던 것을 안 순간, 그 남자에게 충동적으로 강렬한 살의를 느꼈다.

그 느낌.

내 것을 빼앗기는 듯한, 내 것에 손대려는 수컷을 맞닥뜨린 것 같은 명백한 불쾌감…….

"어머."

그 손보다 먼저 손을 뻗어 그녀의 팔을 낚아챘다. 겨우 중심을 잡은 그녀가 고개를 들어 쳐다보더니 시선이 마주치자 무척 당황스러운 표정을 지었다.

"감사합니다. 부사장님."

"조심해요."

"네."

그녀의 팔을 놔준 뒤 그녀를 향해 먼저 팔을 뻗은 비서를 보자 그가 흠칫 놀라 서둘러 엘리베이터에서 내렸다. 당혹스러워하는 그 비서의 표정을 보건대 내 표정이 어땠을지는 짐작이 갔다.

엘리베이터에서 내리며 머릿속이 아주 복잡해졌다.

선상파티 때부터 느꼈던 강한 소유욕은 점차 정도를 더해 가고 있었다. 스스로 느낀 감정은 명확했지만 그걸 인정하고 싶지는 않았다. 그 감정이 이서연, 그녀를 향해 처음 느낀 스스로의 컨트롤을 벗어난 감정은 아니었다.

선상파티 때? 아니다. 그보다 더 전. 어쩌면 그녀가 자신의 담요를 덮어 주었을 때…… 아니 어쩌면 커피와 함께 영양제를 내밀었을 때…… 아니, 그보다 그 전, 그녀를 처음 봤을 때였는지도 모른다.

그건 중요하지 않아.

억지로 고개를 젓고 그 감정을 털어 내 버리려 노력했지만 오히려 시간이 지날수록 점점 커져 갔다.

내 모든 감각은 이서연, 그녀에게로만 쏠리기 시작했다.

여전히 눈이 내리고 있었다.

바에서 나온 정욱은 대기하고 있던 기사가 차 문을 열어 주자 피곤한 얼굴로 올라탔다.

"집으로 모실까요?"

"그렇게 해."

짧게 대답한 정욱이 차 시트에 몸을 기대고 두통이 이는 듯 이마를 엄지로 지그시 눌렀다. 찌푸린 눈으로 창밖을 바라보니 그새 눈발이 강해져 있었다.

"후우……."

정욱이 낮게 한숨을 내쉬었다. 빈속에 쏟아부은 술이 이제야 취기로 올라오는 것 같았다. 차라리 잘됐다고 생각하며 눈을 감으려는데 시선 끝에 익숙한 실루엣이 보였다.

……이서연?

저 여자가 왜 여기 있지?

정욱의 눈이 가늘어졌다. 거리를 걷는 사람들이 많았지만 그는 한눈에 그녀를 알아봤다. 라임색 코트를 입고 걷고 있는 여자는 이서연이 맞았다. 그녀는 일행도 없이 혼자 거리를 걷고 있었다. 문득 걸음을 멈춘 여자가 숍 쇼윈도를 빤히 들여다본다.

뭘 보고 있는 걸까.

유심히 지켜봤지만 그녀가 뭘 보고 있는지는 자세히 보이지 않았다.

그 때 신호에 걸렸던 차가 다시 움직이고 그의 시야에서 서연이 빠르게 멀어졌다. 더 이상 그녀가 보이지 않자 정욱은 창에서 시선을 돌리고 시트에 깊게 몸을 묻은 채 눈을 감았다.

피곤한 몸에 어지러운 취기가 몰려들었다.

정욱이 탄 차가 스쳐 지나간 것도 모른 채 서연은 홀린 듯 유리 안에 진열된 작은 날개가 달린 반지를 바라보고 있었다.

보석에 취미는 없었지만 이 반지는 이상하게 그녀의 눈을 사로잡았다. 고가의 명품 주얼리 브랜드숍 전면에 디스플레이 된 세트인 걸로 보아 가격은 어마어마할 것이고 살 마음도 없었는데 이상하게 그녀의 시선을 빼앗았다.

그리고 그 순간 깨달았다. 그가 자신의 손가락에 그 반지를 끼워 주는 부질없는 상상을 하고 있었다는 걸.

……미쳤어.

자조적인 미소를 흘리며 서연이 미련 없이 몸을 돌렸다.

눈이 내리는 거리를 다시 천천히 걸으며 서연은 혼자 있는 휴일 동안에도 하루 종일 그만 생각하고 있다는 사실에 가슴이 아파 왔다.

왜 이러니? 진짜.

"정신 차려, 이서연. 언제까지나 이럴 수는 없잖아."

들릴 듯 말 듯 작게 중얼거리는 그녀의 눈빛이 꺼질 듯 위태로운 촛불처럼 아스라하게 흔들렸다.

04

"……흣!"

블라인드 쳐진 커다란 전면 창에 은은한 아이보리색 햇빛이 엷게 맺혀 있었다.

"……아, 아읏…… 으……!"

정사각형의 넓은 집무실 안은 세련된 블랙 앤 화이트 톤의 색감과 전체적으로 모던한 느낌을 주는 인테리어였다. 벽과 천장은 깔끔한 화이트 톤 재질로 마감되어 있고 검은색 가죽 소파와 스탠드가 멋스럽게 포인트를 주었다. 책장과 책상 역시 짙은 계열의 마호가니 원목이었다.

그 위압적으로 커다란 책상 위에 낮게 엎드려진 채 정신없이 흔들리는 여체가 있었다. 타이트한 화이트 셔츠의 단추가 여러 개 풀려 흐트러져 있고 블랙 펜슬 스커트가 한껏 말려 올라 풍만한 엉덩이를 관능적으로 드러내고 있었다.

"아핫……!"

말랑한 엉덩이를 사정없이 움켜쥐어 짜부라뜨리는 강인한 남자의 손에 실핏줄이 퍼렇게 도드라져 있었다.

그가 짧고 강하게 허리를 쳐올릴 때마다 책상 위에 엎드린 여자의 보드라운 가슴이 딱딱한 책상에 뭉개진 채 이리저리 쓸렸다. 움직임이 거칠어질수록 뾰족하게 곤두선 유두 끝이 세차게 쓸려 아플 만큼 자극적이었다.

"하!"

서연은 벌써 몇 번째인지 모르는 절정에 붉은 입술을 질끈 깨물었지만 숨 가쁘게 터져 나오는 신음을 틀어막기는 역부족이었다.

옷차림이 엉망으로 흐트러져 반나신이 된 그녀와는 달리 정욱은 이 은밀한 행위와는 전혀 어울리지 않을 정도로 완벽한 슈트 차림이었다. 머리카락조차 흐트러지지 않은 정욱은 오만하게 허리를 치켜세운 채로 사납게 발기한 검붉은 페니스를 탱탱한 엉덩이 사이로 힘껏 쑤셔 넣어 댔다.

"흐읏……윽!"

온몸을 꿰뚫는 듯한 세찬 삽입에 서연의 몸이 부서질 듯 흔들렸다. 쾌락을 참아 내느라 발갛게 상기된 얼굴을 아찔하게 찡그리고 있는 서연과 대조적으로 수려한 그의 얼굴은 냉정했다. 금욕적인 입술은 단단히 다물려 있었고 검은 눈동자는 칠흑처럼 어둡게 가라앉았다. 그저 간간이 찌푸려지는 미간과 높은 콧날에 맺힌 땀방울과 거친 호흡, 그리고 남성적인 목에 불뚝 솟아오른 핏대가 그의 격한 행위를 증명해 줄 뿐이었다.

정욱은 잔뜩 발기해 애액에 젖어 번들거리는 굵은 남성을 확 빼냈다가 분홍빛 속살 속으로 힘껏 짓쳐 들어갔다.

"……하!"

버티고 있던 손가락이 확 밀릴 정도로 강하게 쑤셔 들어오자 서연이 고개를 확 치켜들었다. 얼굴을 색정적으로 일그러뜨린 채 크게 벌어진 붉은 입술 사이로 뜨거운 숨이 터져 나왔다.

책상을 짚은 가느다란 손가락도, 구두를 신고 있는 희고 매끄러운 다리도 바짝 힘이 들어가 바들바들 떨렸다. 그녀의 날씬한 종아리가 감당하기 버거운 그를 받아들이느라 팽팽하게 힘이 들어갔다.

한낮의 집무실, 어떻게든 터져 나오는 신음을 참아 내려는 서연과 달리 정욱은 시종일관 무자비했다.

그만. 제발 그만……!

더는 신음을 참지 못할 것 같은 서연이 손바닥으로 책상 위를 이리저리 짚으며 세차게 고개를 내저었다. 흐트러진 그녀의 머리칼이 책상 위로 차르륵 쏟아져 내렸다. 지독한 육체적 쾌락에 몸부림치는 그녀를 어두운 눈동자로 내려다보던 정욱이 낮게 말했다.

"아직 모자란 것 같군."

"……아악!"

그녀의 골반을 단단히 잡고 자궁까지 꿰뚫듯 깊숙이 찔러 들어가자 서연의 입술에서 교성이 터져 나왔다.

"아, 안 돼요. 그만……!"

그녀의 헐떡이는 애원에도 아랑곳없이 정욱은 한껏 수축하는 여성 속을 몇 번이나 강하게 쑤셔 들어갔다. 딱딱하고 두꺼운 남성이 그녀의 아주 예민한 스팟을 무자비하게 찔러 대자 서연은 번개처럼 내리치는 쾌감에 이를 악물고 진저리 쳤다.

미치겠어……!

서연이 몸을 세게 비틀수록 살과 살이 치대는 찰싹이는 소리가 음란하게 커져 갔다. 그녀의 부풀어 오른 꽃잎에서 새어 나온 허연 애액이 허벅지를 길게 타고 내렸다. 부서질 듯 흔들리던 서연이 고개를 쳐들었다.

"아앗! 정욱 씨……!"

그녀의 긴박하게 터져 나온 목소리에 정욱의 눈썹이 날카롭게 치켜 올라갔다.

"내 이름 함부로 부르지 말라고 했을 텐데."

정욱이 낮게 깔리는 목소리로 으르더니 그녀의 가느다란 팔을 붙잡아 몸을 앞으로 홱 돌렸다.

서연이 거친 숨을 몰아쉬며 물기 가득한 커다란 눈으로 그를 올려다봤다. 화가 난 듯 딱딱하게 굳어진 조각같이 잘생긴 얼굴이 그녀를 똑바로 응시하고 있었다. 엄격하게 다물린 입매가 그의 언짢은 심기를 대변해 줬다.

정욱이 그녀의 작은 턱을 잡아 들어 얼굴을 가까이 대고 사납게 노려봤다.

"말을 하면 못 알아듣나? 한 번 말하면 뭐든 잘 알아들으면서 대체 이건 몇 번을 말하게 하지, 영리한 이서연?"

"……죄송합니다."

서연이 탁한 숨을 거칠게 몰아쉬며 대답했다. 그녀의 흔들리는 시선이 아래로 내리깔리자 정욱이 낮게 말했다.

"시선 들어."

비참한 기분을 억누르며 서연이 파르르 떨리는 속눈썹을 올렸다. 그녀의 투명한 헤이즐넛빛 눈동자가 그의 매혹적인 검은 눈동자를 가득 담았다. 정욱의 눈동자에 포박당하면서 서연은 이 남자에게 굴복당하는 기분이 들었다.

이 남자의 발아래 엎드리고, 짐승처럼 기어 다니는 것 같은 무참한 기분에 사로잡히자 서연은 통통하게 부어오른 입술을 깨물었다.

정욱이 그녀의 붉은 입술을 노려보더니 작은 턱을 끌어당겨 사납게 입을 맞췄다.

"으읍."

거칠게 입술을 삼킨 정욱의 혀가 탐욕적으로 들어와 그녀의 안을 정신없이 헤집었다. 축축한 혀가 뒤엉키고 뜨거운 숨결이 오갔다. 숨이 턱턱 막히는 격렬한 키스에 서연이 고개를 돌리자 정욱이 다시 완강히 잡아 돌리고 집요하게 입술을 삼켰다.

"그만요. 그만……."

"입 다물어."

"흡……!"

떨어진 입술 사이로 서연이 헐떡이자 정욱의 입술이 다시 강하게 겹쳐졌다. 서연은 머릿속이 깜깜해졌다. 말랑한 볼 안쪽 살과 예민한 혀를 그가 깊이 빨아들이며 핥자 야릇한 쾌감이 휘몰아쳤다.

이 남자의 키스는 사람을 미치게 만든다.

섹스보다 키스가 더욱 감정을 긁어 댄다는 것을 이 남자는 알까?

한껏 열락에 달아오른 육체에 뜨거운 키스가 쏟아지자 서연의 입술에서 달뜬 한숨이 새어 나왔다. 그 한숨까지 남김없이 먹어 치운 정욱이 그녀를 일으켜 세웠다.

"하아, 하아."

서연이 흐트러진 머리칼을 쓸어 넘기며 발갛게 달아오른 얼굴로 숨을 고르는 사이 그가 고급스러운 가죽 의자 위에 털썩 앉았다.

"……!"

정욱의 열린 바지 사이로 빳빳하게 곤두선 핏줄 솟은 검붉은 남성이 한눈에 들어오자 서연이 볼을 붉히며 고개를 돌렸다. 그의 거뭇한 음모와 단단한 뿌리를 허옇게 적신 우윳빛 흥건한 애액이 마치 그녀 자신의 욕망을 적나라하게 보여 주는 것 같았다.

"이리 와."

그의 명령에 서연이 어깨를 들썩이며 숨을 크게 들이마셨다. 그녀가 움직이지 않자 정욱의 목소리가 더욱 차가워졌다.

"뭘 말하는 건지 알잖아. 설명해 줘?"

서연은 입술을 깨물며 책상 위에 앉은 채로 그의 앞으로 몸을 움직였다. 스커트가 허리까지 올라가 있어 몸을 옆으로 조금씩 움직일 때마다 차가운 책상의 감촉이 맨엉덩이로 느껴졌다. 그의 시선 앞에서 어김없이 오므려진 길고 날씬한 다리를 본 정욱이 눈을 가늘게 떴다.

서연은 구두를 신은 그대로 책상에서 무릎을 구부려 세웠다. 그녀의 종아리가 살짝 벌어져 있어, 그 사이에 아슬아슬하게 보이는 검은 숲이 더욱 관능적으로 보였다.

"벌려."

위압적인 목소리에 서연의 눈이 크게 흔들렸다.

"정욱 씨, 제발……."

"벌리라고 했어."

잔인할 정도로 차가운 음성이 눈앞에 오만하게 앉아 있는 남자에게서 흘러나오자 서연은 다시 아랫입술을 살짝 깨물었다.

그녀가 숨을 몰아쉬며 모으고 있던 무릎을 조금 벌렸다.

"더."

서연의 무릎 앞에 얼굴을 둔 정욱이 눈앞에 보이는 하얀 허벅지 사이 은밀한 곳에 시선을 둔 채 말했다. 서연이 파르르 떨리는 속눈썹을 내리깔고 후들거리는 다리를 조금 더 벌렸다.

"더."

"……!"

어깨 넓이까지 벌렸지만 정욱은 만족하지 않았다. 그의 시선이 노골적으로 닿은 곳에서 수치심과 묘한 감각이 느껴져 서연이 숨을 몰아쉬며 고개를 옆으로 돌렸다. 그녀의 시선 끝에 집무실 안의 새하얀 벽과 블라인드가 들어왔다. 블라인드 사이로 여전히 따뜻한 햇볕이 들어와 집무실 전체가 아이보리빛으로 물들고 있었다.

어떡하지…….

서연의 눈빛이 당황으로 물들었다. 아마 그의 허락이 없는 한,

누군가가 갑자기 들어오진 않겠지만 이곳은 엄연한 회사다. 누군가가 갑자기 들어올지도 모른다는 공포가 서연의 마음을 조급하게 만들었다.

숨을 크게 몰아쉰 서연이 입술을 깨물고는 그의 시선을 외면한 채 다리를 한껏 벌렸다. 방만하게 벌어진 그녀의 하얀 다리 사이에 똑바로 시선을 박은 정욱의 검은색 눈동자가 무섭도록 탁해졌다.

그의 뜨거운 시선이 자신의 은밀한 샘에 닿아 있는 것이 느껴져 서연의 숨결이 자꾸만 거칠어졌다. 그 집요한 시선에 연한 속살 사이가 조여들며 말간 애액을 흘렸다. 그걸 마치 시선으로 핥아 올리듯, 그의 매혹적인 눈동자가 은밀하게 움직였다.

"이제 그만……요."

그의 시선만으로 소름 끼치는 쾌감이 등허리를 타고 오르자 서연이 애원하듯 말했다. 하지만 정욱은 그 상태에서 움직이지 않고 말없이 그녀의 비밀스러운 언덕을 감상했다. 그의 시선이 노골적이 되어 갈수록 서연의 숨결이 거칠어졌다. 그녀의 가슴이 거친 숨결에 맞춰 벌어진 셔츠 사이에서 위아래로 오르락내리락거렸다.

"제발 그만……! 헉."

더 이상 참지 못한 서연이 작게 소리를 내지르는 순간, 정욱이 손을 들어 올렸다. 길고 단단한 손가락이 젖은 수풀에 닿자 서연이 흠칫 몸을 움츠렸다. 개의치 않은 정욱이 손가락으로 까슬한 음모를 타고 내려와 동그랗게 솟아 있는 음핵을 건드렸다.

"……흣!"

예민한 정점을 손가락 끝으로 꾹 누르며 둥글게 매만지자 서연의 허리가 크게 휘어졌다. 그의 손가락이 순식간에 질퍽해진 미끈미끈한 꽃잎 사이를 서서히 훑고 내려갔다. 그의 손가락이 움직일 때마다 미세하게 경련하던 서연의 몸이 일순 빳빳하게 굳었다.

정욱이 서연의 좁은 입구 속으로 길고 단단한 중지를 푹 찔러 넣었다.

"아학!"

느닷없는 침입에 그녀의 안이 한껏 조여들며 그의 손가락을 밀어내려고 했다. 그럴수록 깊숙이 찔러 들어가는 손가락의 힘이 강해졌다.

"하, 하지 마. 하지 마요. 아, 아흣, 읏……!"

찔꺽거리며 손가락이 거칠게 들락거리자 서연이 연신 탁한 신음성을 뿌려 대며 고개를 저었다. 그의 팔뚝에 솟아오른 힘줄에 힘이 들어갈 때마다 그녀의 엉덩이가 움찔거렸다.

찌걱, 찌걱.

쑤걱거리는 힘이 점차 강해지자 고개를 뒤로 젖힌 채 다리를 벌리고 있는 서연의 눈꼬리에 눈물이 맺혔다.

아, 제발 어떻게든……!

쾌감에 못 이긴 서연의 입술에서 절박한 애원이 흘러나오려는 순간 그의 손가락이 쑤욱 빠져나갔다. 몸을 빠져나가는 허전함에 아쉬운 신음을 흘리는 서연을 향해 그가 지독히도 관능적인 목소리로 말했다.

"올라와. 가져 줄 테니."

그의 수치스러운 말에도 서연은 반항 한 번 못 하고 말 잘 듣는 착한 아이처럼 바들거리는 몸을 움직여 그의 몸 위로 올라갔다.

반항 따위 처음부터 생각할 수 없었다.

그의 몸을 원하는 그녀의 육체의 간절함이, 그를 온전히 가지고 싶다는 강한 열망이 서연에게 그것을 허락하지 않았다.

서연은 의자 위로 올라가 탄탄한 정욱의 허벅지에 걸터앉은 채 그의 목에 팔을 감았다. 그녀의 벌어진 셔츠 사이로 흐트러진 브래지어와 탐스러운 가슴이 엿보였다.

"앉아."

정욱이 다시 명령하자 서연이 그의 목을 감은 팔에 힘을 준 채로 몸을 지탱하고 천천히 엉덩이를 아래로 내렸다. 뜨겁고 촉촉한 입구로 잔뜩 발기한 굵은 페니스의 뭉툭한 끝을 조금씩 삼키다가 뿌리 끝까지 단번에 내려가자 그의 얼굴이 일그러졌다.

"……크읏."

지독하게 섹시한 억눌린 신음 소리가 정욱의 입술에서 새어 나왔다. 서연이 숨을 몰아쉬며 한껏 달아오른 속살로 그의 굵은 페니스를 꽉 조인 뒤 허리를 크게 비틀었다.

"……아!"

질 안을 꽉 채운 충만감을 느낀 순간, 정욱이 서연의 골반을 꽉 움켜잡고 무서운 힘으로 허리를 쳐올리기 시작했다.

"하, 아아!"

아래에서 퍽퍽 쑤셔 올리는 강한 치받침에 서연이 고개를 뒤로 젖히고 연신 신음을 터뜨렸다. 그녀의 몸을 거칠게 잡아 내리며 사정없이 허리를 튕겨 올리자 가녀린 서연의 몸이 위아래로 정신없이 흔들렸다. 머릿속에 폭죽이 터지듯 쏟아지는 강렬한 쾌감에 서연의 얼굴이 한껏 찌푸려졌다.

"학! 아, 아읏, 으, 아아!"

이곳이 집무실이라는 것도 망각하게 할 만큼 거센 치받침이 쉴 새 없이 이어지자 서연의 교성이 점차 드높아졌다. 정욱은 그녀에게 조금의 틈도 허락하지 않은 채 무자비하게 좁은 여성을 파고들었다.

그 때, 인터폰 소리가 날카롭게 울렸다.

"……!"

서연이 깜짝 놀라 당황스러운 표정으로 정욱을 내려다보자 그가 마음에 들지 않는다는 듯 인터폰을 노려봤다. 움직임을 멈춘 정욱이 그녀의 몸 안에서 몸을 빼내지 않은 채 손만 뻗어 인터폰 버튼을 눌렀다.

"네."

그가 스피커로 해 둔 채 평소와 전혀 다를 바 없는 차가운 목소리로 대답했다. 서연은 놀란 눈으로 손을 들어 자신의 입을 틀어막았다.

— 부사장님. 최 전무님께서 올라오시라고 합니다.

서연은 혹여나 들킬까 봐 숨소리조차 내지 않으려 입을 막은 채 그의 몸을 빠져나가려고 허리를 들어 올렸다. 그러자 정욱이 그녀의 허리를 움직이지 못하게 움켜잡았다.

"……!"

서연이 그의 행동에 당혹스러운 눈빛으로 쳐다보자 정욱은 흔들림 없는 강한 시선으로 그녀를 마주 봤다.

"지금 당장 말입니까?"

태연하게 대답한 정욱이 그녀의 허리를 움켜잡은 채 허리를 거칠게 튕겨 올렸다.

맙소사, 정욱 씨……!

정욱이 연달아 짧고 강하게 파고 들어왔다. 숨도 쉴 수 없도록 거칠게 허리를 쳐올리는 그의 움직임에 서연의 몸이 위아래로 부서질 듯 크게 흔들렸다.

— 네. 지금 바로 올라오시라고 하십니다.

퍽! 퍽!

인터폰에서 흘러나오는 목소리를 들으며 정욱이 사정없이 그녀의 안으로 굵은 페니스를 박아 넣었다. 강하게 짓쳐들어오는 단단한 남성에 서연이 입을 틀어막은 손에 힘껏 힘을 줬다. 막힌 입술에서 격한 신음이 쉴 새 없이 터져 나왔다.

"1시간 후에 올라간다고 전해요. 이 실장과 회의가 아직 안 끝났습니다."

철썩, 철썩 살과 살이 치대는 소리가 조용한 집무실 안에 음란하게 울려 댔다.

— 네. 그렇게 전하겠습니다. 회의가 길어지시는 것 같은데 차는 더 필요하지 않으십니까?

"필요 없어요."

거친 움직임에도 그의 목소리는 믿을 수 없을 정도로 태연했다. 인터폰이 끊기자 그제야 서연은 입을 틀어막고 있던 손을 떼어 냈다.

"하아, 학."

발갛게 상기된 얼굴로 숨을 몰아쉬던 서연이 물기가 가득 차오른 눈으로 그를 바라봤다.

"정말 너무……하세요. 왜 항상 저를 곤란하게 만드시는 거죠?"

"흠……. 곤란하다?"

느긋한 어조로 말한 정욱이 입술 끝을 차갑게 비틀었다. 그러더니 그녀의 하얀 엉덩이를 움켜잡고 위로 확 들어 올렸다가 허리를 퉁기며 강하게 쑤셔 올라갔다.

"아아!"

연달아 무섭게 치고 올라오는 단단한 힘에 서연의 몸이 크게 출렁였다. 항의를 할 생각도 더는 할 수 없게끔 정욱이 그녀의 몸 안으로 사정없이 내질러 들어갔다. 서연의 몸에 쾌락의 전율이 흘렀다. 다 들어가지도 않을 정도로 굵고 단단한 남성은 언제나 그녀의 머릿속을 텅 비게 만들어 버리곤 했다.

남는 것은 오로지 쾌락.

그에 대한 강한 열망이 엉망진창으로 뒤섞인 육체적 전율.

"하, 하아, 아흐읏! 사, 살살……! 살살요!"

맞물린 두 개의 몸이 부서질 듯 위아래로 격렬하게 흔들리자 서연이 고개를 내저으며 헐떡였다. 그의 강인한 목을 힘껏 껴안은 채로 요동치는 서연의 몸을 정욱이 번쩍 들어 올렸다.

"부사장……님?"

갑자기 몸이 둥실 떠오르자 서연이 발갛게 달아오른 얼굴로 눈을 크게 떴다. 정욱이 그녀를 안은 채로 창가로 걸어가 내려놨다. 다리에 힘이 풀린 서연이 그의 몸을 잡은 채 비틀거리는 사이 정욱이 블라인드 스위치를 눌렀다.

지이잉.

아이보리색 따사로운 빛을 머금고 있던 블라인드가 위로 걷어지고 강렬한 햇빛이 쏟아져 들어왔다. 벽 하나를 채우고 있던 블라인드가 걷혀지자 온전히 드러난 전면 유리를 서연이 비틀거리며 짚었다.

"부, 부사장님. 이건……."

따가운 햇살 앞에 고스란히 드러난 반라의 서연의 몸을 시선으로 느리게 훑은 정욱이 고저 없는 목소리로 말했다.

"돌아서."

아무리 고층이라지만 이 창은 미러형이 아니다. 내부가 훤히 보이는 창에 붙어서 일을 벌였다간……. 서연이 흔들리는 눈동자로 그를 쳐다보고만 있자 정욱이 강제적으로 그녀의 몸을 뒤로 돌렸다.

"아."

짧막한 신음을 내며 돌려세워진 서연의 시야에 탁 트인 한강과 무수히 많은 차들이 지나다니는 한강다리가 내려다보였다. 그리고 옆으로 늘어선 빌딩숲……. 몸을 돌린 채로 자신의 뒤에 바짝 다가와 서는 정욱이 느껴지자 당혹스러운 듯 서연이 다시 몸을 돌리려 했다.

"아니 잠깐, 잠깐만요. 여긴 안 돼요. 부사장님……!"

애원하는 서연을 무시한 채로 정욱이 그녀의 골반을 움켜잡고 거칠게 파고들었다.

"아흣……!"

앞으로 확 쏠리는 힘에 서연의 몸이 유리로 바짝 달라붙었다. 차가운 유리에 그녀의 얼굴과 손바닥, 그리고 하얀 가슴이 그대로 눌렀다. 그의 굵은 페니스가 그녀의 몸을 꽉 밀어 채운 순간 서연의 머릿속이 다시 하얗게 텅 비어 버렸다.

햇빛 아래 고스란히 드러난 서연의 하얀 살결을 응시하며 정욱이 거친 숨을 몰아쉬며 격렬하게 움직였다.

"하, 아흣! 정욱…… 씨! 흐으읏."

뜨거운 여성을 가득 채운 남성이 주는 쾌락에 서연이 손톱을 세워 유리를 긁어 댔다. 그녀의 작은 어깨를 움켜잡고 당기며 더 깊이 그가 찔러 들어오자 서연이 허리를 한껏 비틀며 열렬히 호응했다. 정욱이 찌를 듯 깊이 들어올수록 서연의 쾌감은 용암처럼 뜨겁게 들끓었다.

훤히 보이는 회사 전면 유리에 달라붙어 있다는 생각도 그 쾌감 속에 완벽히 잠식되어 버렸다.

집무실 안 한켠에 대리석으로 만들어진 고급스러운 세면대에서 손을 씻은 서연은 거울을 보고 흐트러진 머리칼을 하나로 깔끔하게 올려 묶었다.

완벽하게 옷차림을 정돈한 그녀가 나와 보니 정욱은 책상 앞에 앉아 있었다. 방금 전의 격렬했던 섹스는 거짓말이었던 것처럼 흐트러짐 없이 앉아 있는 그를 보며 서연은 작게 한숨을 내쉬었다.

"회의 내용은 아까 정해진 대로 진행하겠습니다. 최 전무님께는 바로 올라가실 건가요?"

"10분 후에."

그가 시선을 화면에 향한 채로 짤막하게 말했다.

"알겠습니다. 그럼 나가 보겠습니다."

서연은 사무적인 목소리로 말하고 집무실을 나갔다.

그녀가 자리로 돌아오자 옆자리에 앉아 있는 정 비서가 슬쩍 물었다.

“회의가 길어지셨네요. 혹시 부사장님이 화 많이 나셨어요?”

집무실에 들어간 이유가 정 비서의 업무 실수 때문이었다는 게 그제야 떠오른 서연이 미소를 지으며 말했다.

“다른 안건 때문에 회의가 길어진 거지 윤희 씨 때문이 아니에요. 신경 쓸 거 없어요.”

“아……. 그래요? 그래도 죄송해요.”

서연의 말에 정 비서는 그제야 안도한 표정을 지으며 사과했다.

“괜찮아요. 실수는 누구나 하는 거니까. 앞으로 조심해 주면 돼요.”

“네. 실장님.”

정 비서가 대답하고 다시 자신의 자리로 몸을 돌리는 것을 보며 서연의 표정이 조금 어두워졌다.

사실 그는 회의 내용에는 거의 반응하지 않았기 때문에 틀린 말도 아니었지만 왠지 거짓말을 했다는 생각에 죄책감이 들었다. 대낮에 직원들이 다 밖에 있는 상황에서 도대체 무슨 짓을…….

얼굴에 열기가 지펴 오르는 것이 느껴지자 서연은 얼른 화면 속의 업무에 집중했다. 티를 내면 안 됐다. 그와의 관계를 들켜선 안 됐다. 자신으로 인해 그의 대외적인 비즈니스에 오점을 남겨선 안 되니까.

앞으로도 자신과의 관계는 철저한 비밀에 부쳐져야 했다.

서연이 집무실을 나간 뒤 정욱의 서늘한 시선은 그녀가 사라진 문에 박혀 있었다. 그녀를 가진 뒤에도 가시지 않는 뜨거운 열망이 그를 혼란스럽게 만들고 그녀와의 섹스를 더욱 난폭하고 아슬아슬하게 만들었다.

'왜 항상 저를 곤란하게 만드시는 거죠?'

물기 가득한 그녀의 눈이 떠오르자 목구멍이 꽉 막힐 듯한 강한 열기가 치받쳐 올라왔다. 그가 거칠게 넥타이를 잡아 흔들어 느슨하게 했다.

내가 이서연을 곤란하게 해?

웃기는 소리. 날 곤란하게 만드는 게 누군데.

정욱의 눈이 사납게 이글거렸다. 지금껏 살아오면서 단 한 번도 누군가에게 이런 감정을 느껴 본 적은 없었다. 이성과 이성 간의 관계는 육체적인 관계일 뿐이다. 아무런 감정도 섞이지 않은. 그러고 싶은 상대 역시 서연이 처음이었다.

사랑이니 애정이니 하는 것들은 결국 더러운 집착이고 광기 어린 자아분열일 뿐이다. 지금까지 그렇게 생각했고 그 생각이 틀렸다고 생각해 본 적은 없었다.

적어도…… 열 살 때의 그 일 이후로.

그런데 이 빌어먹을 정도로 강하게 옭아 드는 이서연에 대한 집착은 뭐지? 소유욕으로밖에 표현할 수 없는, 온몸의 피를 뜨겁게 달구는 욕망은 도대체 뭐란 말인가.

정욱이 혼란스러운 표정으로 머리칼을 쓸어 넘기는데 책상 위에서 휴대폰이 진동을 했다. 그가 인상을 구긴 채로 액정에 시선을 옮겼다.

[강희란]

액정에 뜬 이름을 확인한 정욱이 천천히 휴대폰을 집어 들었다.
"도정욱입니다."
— 정욱 씨. 저예요.
강희란의 콧소리 섞인 목소리가 흘러나왔다.

"오, 이 비서."
반갑게 그녀를 부르는 목소리에 서연이 고개를 돌렸다. 후덕한 인상의 인자한 미소를 띤 금 전무가 다가오고 있었다.
"어머, 전무님. 다시 복귀하신 거예요?"
서연이 반갑게 말하자 금 전무가 서글서글한 웃음을 지었다.
"저번 주부터 복귀했지. 이 비서는 잘 지냈나? 그사이 더 예뻐졌군그래."
금 전무의 칭찬에 서연이 곱게 미소를 지었다.
"감사합니다. 건강은 이제 괜찮아지신 건가요? 다시 일하셔도 될 만큼 괜찮아지신 거면 다행인데요."
"의사나 집사람은 말리긴 하는데……. 내가 일을 놓고 있으려니 좀이 쑤셔서 말이야. 평생 일만 하다가 가만있으려니 왠지 뒷방 늙은이나 된 것 같고 말이지. 하하."
머쓱하게 웃는 금 전무에게 서연이 걱정스러운 목소리로 말했다.

"그래도 건강이 제일이잖아요. 전무님 복귀하셔서 회사에는 물론 큰 힘이 되겠지만 또 쓰러지시면 어쩌시려구요."

"에이, 설마 한 번 쓰러졌으면 됐지 또 쓰러지겠어? 어쨌든 고마워. 이 비서 배려는 여전하군그래. 하하하……. 아, 그렇지. 부탁할 게 있는데."

"네?"

금 전무가 생각났다는 듯 말하자 서연이 눈을 깜빡였다.

"내가 새 비서가 필요한데 말이야. 요즘 신입들 중엔 영 맘에 드는 사람이 없어. 내가 그쪽으로 좀 깐깐한 거 이 비서도 알잖아. 사람도 쉽게 못 믿고, 그래서 말인데……. 혹시 이 비서가 아는 사람 중에 추천해 줄 사람이 있나?"

금 전무는 예전 믿고 있던 비서에게 배신당했던 경험이 있던 터라 비서를 구할 때 까다롭다 할 정도로 신중한 편이었다. 그런 부분을 잘 아는 서연이 고개를 끄덕였다.

"아, 비서요? 음……. 지금 당장은 딱히 떠오르는 사람은 없는데 전무님께서 필요하시다면 신경 써서 한번 찾아볼게요."

서연의 말에 금 전무의 얼굴에 대번 화색이 돌았다.

"그래 주겠어? 나야 이 비서가 제일 믿을 만하지만 지금 하고 있는 일 그만두게 하기도 그래서 말이지. 이 비서가 추천해 주는 사람이라면 믿어 볼 만할 것 같아. 정말 고맙네."

안도한 듯 환하게 웃는 금 전무에게 서연이 마주 웃으며 대답했다.

"고맙긴요. 전무님은 제 은사님이신데요. 그럼 알아보는 대로 연락드릴게요."

"그래. 그럼 부탁해."

허허 웃으며 금 전무가 돌아서자 서연도 미소 지은 채로 몸을 돌려 걸어갔다.

금 전무는 신입 시절부터 함께해 온 상관이었고 건강상의 이유로 일을 쉬게 되면서 그녀가 원하던 부사장의 비서로 들어갈 수 있도록 추천해 준 고마운 분이었다. 회장의 아들인 부사장의 비서가 되면 비서로서의 그녀의 커리어에도 막대한 영향을 주기에 금 전무의 배려는 여러 가지로 그녀에게 도움을 줬다.

지금이 보답할 기회야.

서연은 마땅한 사람을 물색하려 발길을 돌려 비서과로 향했다.

잠시 후 부사장실로 돌아온 서연이 집무실 안으로 들어섰다.

"……!"

들어오자마자 서연의 눈이 크게 떠졌다.

타이트한 셔츠의 단추를 두 개 풀어헤친 여자가 정욱이 있는 책상 위에 날씬한 다리를 꼬고 앉아 있었다. 고혹적인 포즈로 모니터를 가리키며 정욱에게 무언가를 설명하던 여자가 서연이 들어서자 시선을 돌렸다.

정욱과 여자의 시선이 동시에 서연에게 향하자 그녀의 눈빛이 흔들렸다.

"여기 비서는 노크도 없이 들어오나요?"

"죄송합니다."

매혹적인 마스크의 여자가 던지듯 하는 말에 서연이 얼른 사과하고 얼른 문밖으로 나갔다.

황망한 얼굴로 자리에 앉으며 생각해 보니 방금 전 그 여자는 강 상무의 딸 강희란 실장이었다. 집안의 뒷배경도 좋고 외모도 출중해서 회장 아들인 정욱과 맺어 주려는 은밀한 움직임이 있다는 소문은 그녀도 들은 적이 있었다.

……소문이 사실이었나?

방금 전의 모습을 보건대 그 소문이 거짓 같지는 않았다. 정욱의 책상 위에 저런 포즈로 앉아 있는 것을 그가 허락할 리가 없으니까.

정욱과 얼굴이 닿을 듯 가까이 앉아 관능적인 미소를 흘리던 육감적인 몸매의 희란을 떠올리자 서연의 얼굴이 창백해졌다. 그녀의 손가락이 그의 와이셔츠 단추를 풀어 단단한 가슴을 쓸고 조인 듯 팽팽한 복근을 유연하게 훑고 내려가는 장면이 제멋대로 머릿속에 펼쳐지자 가슴속이 타들어 갈 듯 옥죄어 들었다.

안 돼. 정신 차려. 여긴 회사야.

서연이 고개를 저으며 일에 집중하기 위해 마우스를 움직여 잠금 모드를 풀었다. 하지만 아무리 화면 속의 문서에 집중하려 해도 정욱이 그 여자와 단둘이 있는 집무실 안으로 온 신경이 집중됐다.

도정욱이라는 남자가 벌건 대낮의 집무실에서 어떤 짓까지 저지를 수 있는 남자인지 누구보다 잘 알고 있었으니까.

그리고 무엇보다, 사랑이 없어도 충분히 여자를 안을 수 있는 남자라는 걸 그녀는 알고 있었다. 그 생각에까지 다다르자 심장이 쿵 소리를 내며 바닥으로 곤두박질쳤다.

다른 누군가를 안고 있는 정욱을 생각하면 숨도 쉴 수 없을 만큼 턱턱 숨이 막혀 왔다. 아프게 욱신거리는 가슴을 지그시 누르며 서연은 필사적으로 화면에 집중하려 애를 썼다. 하지만 시야에 비치는 화면은 갈수록 부옇게 흐려졌다.

한참 뒤에야 집무실 문이 열리고 희란이 나왔다. 진한 향수 냄새를 풍기며 부사장실을 나서는 희란을 보며 여비서들이 속닥거리는 소리가 들려왔다.

"저 여자, 대놓고 부사장님 꼬시려고 하는 거 봤어? 아까 차 가지고 들어가니까 저 여자가 부사장님한테……."

목소리를 낮춰 속닥이는 소리를 들으며 서연의 얼굴은 더욱 창백해졌다. 희란이 나오는 순간 자기도 모르게 그녀의 옷차림이 흐트러지지 않았는지를 곁눈질로 훑은 사실이 그녀를 더욱 비참하게 만들었다.

그 때 인터폰이 울렸다.

집무실에서 온 것을 확인한 서연이 깊게 숨을 들이마시고 인터폰을 받았다.

"네."

— 들어와요.

"……알겠습니다."

짧게 대답한 서연이 자리에서 일어나 집무실로 걸어갔다. 문을 열고 안으로 들어서자 정욱은 책상 앞에 앉은 채 평소와 다름없는 냉정한 표정으로 서연을 바라봤다.

"오늘 저녁 스케줄, 다음 주로 미뤄요."

"지금 말씀이신가요?"

툭 던지듯 말하는 정욱에게 서연이 물었다. 그의 눈썹 끝이 날카롭게 휘어 올라갔다.

"그럼 언제를 말하는 것 같습니까?"

정욱의 차가운 목소리에 서연이 하얗게 질린 얼굴로 대답했다.

"알겠습니다."

그 말을 하고 서연이 뒤돌아섰다. 조용히 집무실 문을 닫는 그녀의 창백한 얼굴에 파리하게 핏기가 사라졌다.

그는 오늘 밤 강희란을 만날 것이다…….

말하지 않아도 알 수 있었다.

저녁 약속 상대였던 상우건설 상무 비서실에 전화를 거는 그녀의 하얀 손가락이 가늘게 떨려왔다.

정욱이 퇴근하고 난 뒤 비서들도 하나둘 일어나 퇴근 준비를 했다.

넋이 나간 듯 앉아 있던 서연은 다들 비서실을 빠져나간 이후에야 뒤늦게 정신을 차리고 가방을 챙겨 일어섰다.

엘리베이터를 타고 움직이는 동안에도 서연의 표정은 창백했다. 머릿속에 생각들이 무작위로 떠올랐다 엉켜들었다. 정욱과 희란이 함께 있는 모습들로 채워진 머릿속을 흔드는데 엘리베이터가 멈추더니 문이 열렸다.

"……!"

위압적으로 서 있는 정욱을 발견하자 서연의 눈동자가 크게 흔들렸다. 먼저 퇴근한 그가 아직 회사에 있을 줄은 상상도 못 했기에 마주칠 수 있다는 사실을 예상하지 못했다.

정욱은 엘리베이터 안으로 성큼 들어서서 임원전용 주차장인 지하 1층을 눌렀다. 문이 닫히고 다시 엘리베이터가 움직이기 시작했다.

"퇴근하는 길인가?"

언제나처럼 그녀 앞에 우뚝 서 있는 정욱이 뒤돌아보지 않은 채 물었다.

"네. 부사장님은……"

서연이 층수를 확인하자 회장실이 있는 최상층이었다.

이런. 엘리베이터가 올라가는지도 모르고 타 있었다니…….

아무리 정신이 없어도 이런 실수를 했다는 것이 충격이었고 그 사실을 정욱에게 들킨 것 같아 표정 관리가 되질 않았다. 입술을 깨문 서연이 필사적으로 표정을 수습하며 말했다.

"회장님께 다녀오시는 길인가요?"

최상층에는 회장실밖에 없으니 그게 맞을 텐데도 서연은 헛된 질문을 했다. 그녀의 헛된 질문에 정욱은 대답하지 않았다. 서연은 잠시 황망한 눈빛으로 그의 넓은 등만 올려다봤다.

"부사장님."

그녀가 작게 부르자 정욱이 힐끗 고개를 뒤로 돌렸다.

"오늘…… 강희란 실장님과 약속이 있으신 건가요?"

머릿속에서 맴돌던 말이 입 밖으로 툭 튀어나와 버리자 서연 본인도 당황스러웠다.

내가 무슨 말을…….

당황스러운 표정으로 서 있는 그녀의 시야에 정욱의 미간이 슬쩍 좁아진 것이 보였다.

"……."

잠시간의 침묵이 영원처럼 길게 느껴졌다. 그가 무슨 말이든 해주길 바라며 입술을 깨무는데 위에서 낮은 목소리가 흘러 내려왔다.

"내 사적인 용무까지 이 실장에게 보고해야 하나?"

싸늘한 그의 물음에 서연의 눈빛이 흔들렸다. 그녀가 주먹을 꼭 말아 쥔 사이 엘리베이터가 1층에 도착했다. 핏기 없는 얼굴로 인형처럼 서 있는 서연을 힐끗 내려다본 정욱이 엘리베이터 버튼을 누른 채로 표정을 굳혔다.

"안 내릴 겁니까?"

그의 말을 듣고서야 서연은 겨우 발걸음을 떼어 냈다.

정욱의 옆을 지나쳐 엘리베이터에서 내리자 뒤에서 기다렸다는 듯 문이 닫혔다. 서연이 뒤돌아보니 엘리베이터가 쏜살같이 내려가고 있었다. 멍하니 엘리베이터 전광판의 숫자가 바뀌는 것을 보고 있던 서연이 지하로 내려갔다가 다시 올라온 엘리베이터가 1층에서 멈추자 정신을 차리고 몸을 돌렸다.

그녀의 옆을 엘리베이터에서 내린 사람이 스쳐 지나갔다. 로비로 향하는 젊은 여자의 뒷모습을 보며 서연의 표정이 어두워졌다. 혹시, 하는 마음으로 그가 다시 1층으로 올라왔기를 기대했던 자신의 어리석음이 저주스러웠다.

서연은 무너질 것 같은 몸을 추슬러 간신히 로비를 빠져나왔다.

그녀가 겨우 회사 정문을 통과할 때쯤 눈앞에 익숙한 차가 그녀를 스쳐 지나갔다.

"……!"

차의 주인을 확인한 서연의 얼굴이 파랗게 질렸다.

미끈한 검은 세단 안엔 정욱과 강희란이 나란히 타고 있었다.

어두운 얼굴로 집으로 돌아오는 길에 서연의 전화벨이 울렸다. 아직도 포기하지를 못하고 그일까 하는 마음으로 서연이 급히 주머니에서 휴대전화를 빼 들었다. 그는 업무적인 용건 외에는 단 한 번도 전화를 한 적이 없는데도.

"……어?"

휴대전화를 빼 든 그녀의 눈이 커지더니 얼른 전화를 받았다.

"혜주 언니?"

— 그래. 언니다. 너 지금 어디니? 나 한국 들어왔는데 제주 내려가기 전에 네 얼굴 좀 보고 가려고.

오랜만에 듣는 혜주의 환한 목소리에 서연은 갑자기 눈물이 쏟아질 뻔했다.

"응. 나 지금 퇴근했어. 어디로 가면 돼?"

울음기를 티 안 나게 삼킨 서연이 밝은 목소리로 말했다.

서연은 혜주와 카페에서 마주 앉았다. 한 달만 다녀오겠다던 인도에서 1년 가까이 소식이 없던 혜주는 한 달 만에 돌아온 사람처럼 싱글거리며 웃고 있었다.

"여행 갔다 온 건 난데 왜 네가 얼굴이 반쪽이 됐어? 무슨 일 있었어?"

커피를 한 모금 마신 혜주가 말하자 서연이 흐리게 웃었다.

"그냥 일이 바빠서 그렇지. 언니는 그곳에서 지낼 만했어? 소식도 없어서 얼마나 걱정했는데."

"내가 그러는 게 하루 이틀이야? 이제 좀 적응해. 우리 집 식구들도 날 걱정하지 않는데 너도 참."

혜주가 너스레를 떨며 웃었다.

대학생 때부터 본격적으로 방랑벽을 보이던 혜주는 예술가답게 이 나라 저 나라 흘러 다니며 자유롭게 인생을 사는 사람이었다. 제주도에 마련해 놓은 작업실에 주기적으로 돌아와 작업을 하고 전시회도 열고 하지만 그 외의 시간은 대부분 해외를 떠돌면서 보냈다.

혜주를 친언니처럼 생각하는 서연은 그녀가 한국에 돌아올 때마다 제일 먼저 자신을 찾아 준다는 것에 감사했다. 비록 타지를 떠돌며 지내더라도 늘 서연을 걱정해 주는 혜주의 마음도 잘 알았기에 그녀가 부르면 만사 제쳐 두고 만나러 오곤 했다.

"그런데 너 진짜 안색이 안 좋아 보여. 전부터 점점 말라 간다 싶긴 했는데…… 정말 아무 일도 없는 거야? 혹시 건강검진은 받아 봤어?"

혜주의 걱정스러운 눈빛을 넘기며 서연이 옅은 미소를 지었다.

"아무 문제없으니까 걱정 마. 언니는 인도에서 어떻게 지냈어?"

"아, 말도 마. 거기 있는 동안 정말 별일이 다 있었다니까? 첫날부터 웃긴 일이 있었는데……."

따뜻한 커피를 마시며 혜주는 인도에서 지낸 동안 있었던 일들을 쏟아 냈다. 그녀의 말을 들으며 서연은 잠시 정욱을 잊기 위해 애썼다. 아무리 애를 써도 그녀의 신경 끝은 날카롭게 그에게 닿아 있었다. 지금 그가 누구와 함께 있는지, 무얼 하고 있을지 떠올리지 않으려 수도 없이 마음을 다잡아야만 했다.

그때마다 어두워지는 서연의 얼굴을 혜주가 예리한 눈빛으로 바라보다 말했다.

"서연이 너, 혹시 남자 있니?"

"……."

급작스런 혜주의 질문에 서연의 말문이 턱 막혔다.

"아니라고는 말하지 마. 사실 눈치는 채고 있었으니까. 그러니까…… 내가 그리스 다녀오기 전이었으니까 한 3년 된 것 같은데. 맞지?"

"알고…… 있었어?"

정곡을 찌르는 말에 서연의 얼굴이 창백해졌다. 그 얼굴을 바라보며 혜주가 미간을 좁혔다.

"이왕이면 네가 먼저 말해 주길 기다리고 있었는데…… 여기저기 떠돌아다니는 입장이니까 제대로 챙겨 주지도 못하고 그래서 일부러 캐묻진 않았어. 그런데 이번엔 너무 상태가 안 좋아 보여."

서연이 시선을 떨구고 커피 잔을 매만지자 혜주가 진지한 얼굴로 물었다.

"너…… 혹시 불륜이니?"

"말도 안 돼. 그런 거 아니야."

서연이 놀란 얼굴로 말하자 혜주가 안도한 듯 가슴을 쓸어내렸다.

"야, 불륜만 아니면 됐지 뭐. 난 네가 너무 어두워지고 말라 가기에 혹시 불륜이라도 하나 하고 얼마나 걱정했는데."

서연이 커피 잔을 들어 입으로 가져가자 식은 커피가 씁쓸하게 혀에 감겨왔다.

"설마."

지금 상황이 과연 불륜보다 얼마나 나은 상황인지 자신할 수 없어 서연이 흐리게 웃었다. 서연의 웃는 모습이 아슬아슬하게 보여 혜주는 더 묻고 싶은 것을 참고 일부러 밝은 얼굴로 말했다.

"힘든 일 있으면 언제든 제주로 날아와. 언니 당분간 거기서 지낼 거니까. 바보같이 혼자 끙끙 앓고 있지만 말고. 알았지?"

"응. 고마워, 언니."

혜주의 배려에 서연이 입술 끝을 부드럽게 올리고 미소를 지었다.

정욱은 희란이 이끄는 곳에 도착하자 미간을 좁혔다. 그녀가 이끈 곳은 H호텔이었다. 그녀가 호텔 뷔페가 아닌 라운지 바 전용 엘리베이터를 누르자 정욱은 팔짱을 끼고 그녀를 내려다봤다.

"강희란 씨."

"네?"

그의 낮은 목소리에 밝은 얼굴로 엘리베이터 앞에 서 있던 희란이 고개를 들어 올렸다. 정욱이 그녀를 내려다보며 낮게 말했다.

"식사를 꼭 이런 곳에서 해야 할 이유는 없을 것 같은데."

"내가 여기 음식 좋아해서 온 건데, 정욱 씨 마음에 안 들어요?"

희란이 화사한 미소를 지으며 말하자 정욱은 그녀의 얼굴을 가만히 내려다봤다. 그의 얼음 같은 차가운 시선에 희란의 미소에 균열이 갔다. 더욱 차가워지는 그의 눈빛을 보며 그녀는 얼른 말했다.

"아까도 말했지만 우리 부모님이 왜 당신 안 만나냐고 하도 다그치셔서 오늘 같이 식사하자고 한 거뿐이에요. 그저 식사하려는 것뿐이지 여기 온 건 정말 별생각 없었어요. 이상한 생각하지 말아요."

해명하듯 늘어놓는 그녀의 얼굴을 보고 있던 정욱이 몸을 돌렸다.

"쓸데없는 오해를 받고 싶진 않으니 식사는 다른 곳에서 하죠."

"아…… 그, 그래요. 그럼."

그가 로비 쪽으로 걸어가자 희란이 입술을 깨물고는 그를 따라 걸어갔다. 로비를 걸어가며 그녀는 얼른 정욱의 옆에 따라붙었다. 그와 함께 로비를 나오며 주변을 훑는 그녀의 눈빛은 무언가를 찾는 듯했다.

창밖엔 겨울비가 부슬거리며 내리고 있었다.

서연은 한참을 뒤척이던 끝에 결국 침대에서 몸을 일으켰다. 어둡게 낮춰 뒀던 침실 스탠드 조도를 올리고 서랍에서 두통약을 꺼내 삼켰다. 물도 없이 삼키는 딱딱한 알약의 감촉이 둔탁하게 목줄기를 훑고 내려갔다.

잠을 잘 수가 없어…….

침대 한쪽에 걸터앉은 서연은 블라인드를 걷고 창밖을 바라봤다. 반짝이는 야경을 숨죽인 채 내려다보는 그녀의 얼굴이 한없이 어둡게 가라앉아 있었다.

엄마는 어릴 때부터 입버릇처럼 그런 말을 했었다.

'서연아. 너는 꼭 너만 사랑해 주는 남자 만나야 한다.'

그 말을 할 때마다 엄마의 얼굴이 슬퍼 보였던 게 기분 탓이 아니었다는 건 20살이 되어서야 알았다.

'이제 너도 성인이 되었으니 말해도 되겠지.'

한숨을 깊게 내쉰 엄마가 그렇게 말을 꺼냈었다.

'네가 이 이야기를 들으면 엄마를 원망할지도 모른다 생각했어. 그래서 두려웠고 말하는 데 많이 망설였단다. 하지만 그래도 이젠 사실을 말하고 싶어서 이렇게 큰 짐을 지우는구나. ……네 아빠 말이다. 사실은 돌아가신 게 아니야. 살아 계셔.'

갑작스러운 엄마의 고백에 서연의 눈이 엄마를 향했다.

'난 네 아버지의 애인, 그러니까 소위 말하는 정부였다. 하지만 네 아빠가 버젓이 가정이 있는 남자라는 걸 처음부터 알고 만났던 건 아니야. 다만 알고 나서도 그 남자를 포기할 수가 없던 게 문제였다.'

기침이 나와 엄마의 말이 한동안 멎었다. 병색이 완연한 엄마의 얼굴은 무척 야위어져 있었다.

'엄마는 네 아빠를 너무 사랑했기 때문에 널 낳았어. 그때 그 남자를 사랑했다는 데엔 지금도 후회는 없단다. 후회는 없지만, 이 방법이 옳지 않았다는 것도 알아. 그러니까 서연아……. 너는 꼭, 너만을 사랑해 주는 평범한…… 아주 평범한 남자 만나서 결혼해. 그게…… 여자의 행복이란다. 넌 절대로 엄마처럼 살지 마.'

돌아가신 걸로 알고 있던 아빠가 살아 계시다는 말을 들었을 때에는 그리 놀라지 않았다. 어쩌면 마음 한편으론 이미 눈치를 채고 있어서였는지도 모른다. 집에 그 흔한 아빠 사진 하나 없다는 것에, 기일도, 생일도 아무것도 챙기지 않는다는 것에, 그리고 늘 나만 사랑해 주는 남자를 만나라는 말을 입버릇처럼 하는 엄마의 슬픈 눈동자에…….

정욱을 만나는 내내 가슴 한편에 묵직한 돌덩이를 안고 있는 기분이 들었던 건 아마 그 때문이었을 것이다.

엄마의 유언이 되어 버린 그 말조차 지키지 못하는 스스로에 대한 지독한 환멸.

미안해요…… 엄마.

무릎을 세우고 침대 끝에 앉아 있던 서연이 팔 안에 천천히 고개를 숙였다.

끝이 보이는 걸 알면서도…… 놓아야 하는 걸 알면서도 부득불 잡고 있던 미련을 버릴, 미루고 미루던 그 시기가 기어코 다가왔음을 알았다.

◆

회의가 진행되는 동안 서연은 정욱의 옆에 앉은 채 조용히 회의 내용을 기록하고 있었다. 옆에 앉아 있는 정욱은 날카로운 눈빛으로 회의에 집중하고 있었다.

하지만 서연은 전혀 그러질 못했다.

암암리에 돌던 강희란과 정욱의 결혼설이 얼마 전 증권가 소식지에까지 등장했다. 소문에 민감한 이쪽 세계에서 없는 이야기를 그렇게 공공연하게 나돌도록 놔둘 리는 없었다. 그와 강희란이 맞선을 봤다는 장소까지 세부적으로 나온 기사였다.

그의 결혼…….

서연의 머릿속은 그 생각만으로 빙글빙글 돌고 있었다. 언젠가는 일어날 일이라고 생각했지만 그것이 이렇게 빨리, 아무런 마음의 준비조차 하지 못했을 때 찾아오리라고는 예상하지 못했다.

서연이 정욱을 힐끗 바라봤다.

회의에 집중하고 있는 그는 그녀에게 전혀 관심이 없는 듯 보였다. 무심한 그의 옆모습을 보며 서연은 작게 한숨을 내쉬었다.

회의가 끝나고 회의실에서 나온 서연이 정욱과 함께 엘리베이터로 향했다. 그 때 뒤에서 그를 부르는 목소리가 들렸다.

"정욱 씨."

고개를 돌리니 글래머러스한 몸매를 노골적으로 드러내는 타이트한 화이트 정장을 입은 희란이 밝게 웃으며 다가왔다.

서연은 그녀가 다가오는 순간 자신도 모르게 드는 적개심으로 표정이 굳는 것을 느꼈다. 얼른 표정을 수습했지만 희란은 그녀에게는 전혀 관심도 없는 듯 정욱에게 다가가 다정하게 말했다.

“얼마 전에 말했던 그 건으로 잠시 할 말이 있는데 시간 괜찮아요?”

정욱이 손목시계를 확인하고 서연을 힐끗 바라봤다.

“먼저 내려가 있어요.”

“알겠습니다.”

서연이 짧게 대답하고 뒤돌아섰다. 등 뒤로 그 둘이 같이 걸어가는 소리가 들렸다. 돌아보지 않으려 했지만 저절로 고개가 뒤로 향했다.

정욱과 희란이 함께 나란히 걸어가는 모습은 무척 다정해 보였다. 희란이 그에게 아무렇지도 않게 스킨십을 하는 모습을 보자 가슴이 무너져 내렸다.

항상 그의 뒤에 서 있는 자신과는 달리 희란은 너무도 당당하게 옆에 나란히 서 있었다. 그 때 엘리베이터가 도착하는 소리가 들렸고, 서연은 정신을 차리고 서둘러 엘리베이터에 올라탔다.

희란이 말하는 얼마 전에 말했던 그 건이란 역시 결혼을 뜻하는 걸까? 이대로 그가 희란과 결혼한다면 난 어떻게 해야 하는 거지?

서연의 어두운 얼굴이 유난히 거울처럼 반들반들한 엘리베이터 벽에 비쳤다.

정욱은 희란과 회사 근처의 카페에 마주 앉았다. 희란은 애교 있는 목소리로 정욱에게 말했다.

"알아보니 아버지가 우리 사이를 오해해서 언론사 인터뷰에 응하신 모양이에요. 미안해요. 내가 좀 더 잘 대처했어야 됐는데…… 앞으로는 이런 일 없게 할게요."

정욱이 서늘한 시선으로 그녀를 쳐다봤다.

"일방적으로 퍼진 결혼설이니 우리 쪽에서 정정 기사를 낼 겁니다."

희란이 난처한 얼굴로 웃었다.

"정욱 씨 마음은 알겠는데 나 역시 이런 기사가 나가서 난감해져 버렸어요. 지금 이대로 일방적인 정정 기사가 정욱 씨 쪽에서 나오면 나만 버림받은 여자 되잖아요. 내가 그런 이미지가 되어 버리면 우리 집안에서도 달가워하지 않을 거고…… 앞으로 선 자리도 그렇겠구요."

"그럼 이대로 결혼설이 퍼지는 걸 두고 보라는 말입니까?"

정욱이 미간을 찌푸리자 희란이 얼른 말했다.

"조금만 기다려 줘요. 아버지가 오해였다는 기사를 먼저 내보내고 정리한다니까 그때까지만 기다려 주면 제대로 정정 기사 내도 상관없어요."

"강희란 씨. 난 그렇게 인내심이 많은 사람이 아닙니다."

"알고 있어요. 정말 미안해요. 정욱 씨. 확실히 정리할 테니까 조금만 기다려 줘요."

희란이 두 손을 모으며 필사적으로 말했다. 정욱은 그녀의 얼굴을 바라보며 못마땅한 표정을 지었다.

"최대한 빨리 정리하지 않으면 이쪽에서 기사를 낼 수밖에 없으니 알아서 하시죠."

"그럴게요. 정말 미안해요. 정욱 씨. 고마워요."

한걸음 물러선 그의 태도에 희란이 활짝 웃으며 감사를 표했다.

"그럼 먼저 들어가 보겠습니다."

정욱이 싸늘하게 자리에서 일어섰다.

웃음을 지은 얼굴로 그가 카페 문을 향하는 것을 보던 희란은 순식간에 표정을 바꿔 표독스러운 얼굴로 전화기를 꺼내 들었다. 통화음이 가는 내내 희란이 짜증스러운 표정으로 머리칼을 거칠게 쓸어 넘겼다.

이윽고 상대방이 전화를 받았다.

"도대체 일 진행을 어떻게 하는 거야? 한 번에 터뜨리라고 했잖아."

— 죄송합니다. 호텔 건은 어떻게 알았는지 도원 측에서 못 내도록 막는 바람에…….

희란이 입술을 깨물고는 낮게 말했다.

"얼마가 필요하든 투입해 줄 테니 기사 내. 고작 소문만 가지고 난 기사를 가지고 내가 뭘 할 수 있어? 당신 기자 생명 여기 달린 건 줄 알아. 실패하면 당신도 당신 회사도 가만 안 둬. 알겠어?"

— 아……알겠습니다.

당혹스러운 목소리가 흘러나오는 것을 확인한 희란이 신경질적으로 전화를 끊었다. 그녀의 사나운 눈빛이 창밖에 멀어지는 정욱에게 닿아 있었다.

그리고 다음 날, 호텔에서 나오는 희란과 정욱의 사진이 언론에 잠깐 등장했다가 사라졌다.

05

"뭡니까, 이게?"

정욱은 서연이 내민 하얀 봉투를 보고 한쪽 눈썹을 추켜올렸다.

"사직서입니다."

"사직서?"

되묻는 그의 눈빛이 날카로웠지만 그녀는 담담하게 대답했다.

"네. 인수인계는 일정에 차질이 생기지 않도록 할 테니 걱정하지 않으셔도 될 겁니다."

그녀의 눈을 바라보는 정욱의 강한 눈동자를 서연이 흔들림 없는 눈빛으로 마주 보며 서 있었다.

"……알았으니 두고 나가세요."

정욱의 말에 서연이 그의 책상 위에 사직서를 올려놓고 몸을 돌렸다. 집무실을 가로지르는 그녀의 곧은 등을 보고 있던 정욱의 시선이 책상 위에 놓인 흰 봉투로 향했다.

탁.

문이 닫히는 소리와 함께 정욱은 사직서를 움켜쥐고 거칠게 바닥으로 내던졌다. 구겨진 사직서가 바닥에 나뒹굴고 그의 강인한 턱이 분노로 딱딱하게 굳어졌다.

그날 새벽 정욱은 연후의 바에서 독한 위스키를 연거푸 비워댔다. 그가 마시는 모습이 평소와 다르다는 것을 알고 주시하고 있던 연후는 보다 못해 직원에게 홀을 맡기고 그의 옆에 앉았다.

"도정욱. 왜 이래? 원수라도 만났냐?"

연후가 농담을 하며 자연스럽게 자신의 잔에 위스키를 따르자 정욱이 거칠게 머리칼을 쓸어 넘겼다. 연후는 그의 표정을 살피며 물었다.

"정말 무슨 일 있는 거야?"

"그런 거 없어."

낮게 말한 정욱은 실소를 흘리며 잔을 비웠다. 그의 반듯한 이마에 헝클어진 머리칼이 흘러 내려왔다. 연후가 답답한 표정으로 정욱의 위스키 병을 빼앗고는 인상을 구겼다.

"사람 궁금하게 왜 이래? 너 이렇게 마시는 거 내 보기엔 처음이다. 평소답지 않게 이렇게 많이 마시는 이유가 있을 거 아냐."

"시끄러워. 이리 내놔."

정욱이 연후의 손에서 위스키 병을 빼앗아 자신의 잔에 따랐다. 그의 분위기가 정말 심상치 않다는 걸 느낀 연후는 그가 잔을 비우는 모습을 말없이 바라봤다.

연후가 알기로 정욱에게는 친구라고 부를 수 있는 사람은 자신밖에 없었다. 회사의 후계자로 키워진 정욱은 어릴 때부터 사람과 일정한 거리 이상 친해지지 않았고 철저한 자기 관리를 해 왔다.

아마 연후 자신이 그쪽 집안 출신이 아니었다면 정욱과 친해질 기회는 아예 없었을 거였다. 학생시절 최상류층 자제들로만 이루어진 모임에서 만난 정욱은 그 세계에 이미 염증을 느낀 연후가 보기엔 신선한 타입이었다.

그는 어릴 때부터 타고난 제왕 타입의 분위기를 지니고 있었다. 마치 같은 상류층 계급 사이에서도 나는 너희와 출신 성분이 달라, 라는 말을 온몸으로 하는 듯한 오만한 분위기를 십 대 중반 시절에도 이미 풍기고 있었으니.

뭐, 그 점이 흥미롭긴 했지.

천성적인 황태자가 연후의 호기심을 자극했고 끊임없이 정욱에게 다가갔다. 그 노력으로 사람을 대하는 데 있어서 철저히 벽을 두는 정욱과 조금씩 가까워질 수 있었다. 의외로 정욱은 처음 마음을 열게 하는 게 힘들어서 그렇지 한번 마음을 연 상대에게는 확실한 신념을 갖고 대하는 성격이었다.

연후 자신이 집안의 모든 지원을 포기하고 무일푼으로 나왔을 때 이 가게를 열 수 있도록 아낌없이 지원해 준 것도 정욱이었다.

그리 오래도록 정욱을 봐 왔지만 일 년의 하루, 모친의 기일 외에는 그가 이렇게 술을 많이 마시는 일을 본 적이 없었다. 모친의 기일 역시 이 정도까지 술을 많이 마셨던 건 이미 오래된 기억일 정도로 예전 일이다. 그러고 보니 얼마 전 정욱의 어머니 기일에는 평소와 조금 달랐던 거 같다. 하지만 그때는 기일이라는 이유로 그런 것 같지는 않았는데. 그때도 뭔가 다른 이유인 듯 보였다.

도대체 무슨 일일까…….

연후는 가만히 정욱의 옆에 앉아 술을 마셨다. 자신의 잔에 부지런히 술을 따라 그의 남은 술을 함께 줄여 주는 것만이 지금 그에게 해 줄 수 있는 일의 전부일 것 같다는 생각이 들었다.

그래도 이럴 때 내 눈앞에서 마셔 주는 게 어디야.

그나마 이런 일이 있을 때 자신을 찾아와 주는 것이 정욱으로선 친구에 대한 최대의 예의일 것이라는 생각이 들었다. 그런 생각이 들자 연후는 친구로서 그가 안쓰럽다고 느꼈다.

"마스터. 여기 있었어요? 어머? 정욱 씨!"

연후와 정욱을 발견한 희란이 반가운 얼굴로 빠르게 다가왔다. 정욱이 자신의 이름을 부르는 소리에 고개를 들었다. 그의 술에 취한 흐릿한 시야에 익숙한 형체가 다가오는 모습이 보였다.

"……강희란 씨?"

"강희란 씨는 여기 손님인데. 두 분 아는 사이?"

연후가 정욱의 옆에 자연스럽게 앉는 희란을 보며 물었다.

"그럼요. 잘 아는 사이죠. 그런데 정욱 씨를 여기서 볼 줄은 몰랐네요. 와아, 신기해라. 정욱 씨. 나 여기서 같이 마셔도 되죠?"

"……."

정욱은 한 팔로 이마를 기댄 채 고개를 숙인 채로 말이 없었다. 많이 취한 듯 보이는 정욱을 살피며 희란이 눈을 반짝였다.

이건 기회였다. 다신 없을 기회.

희란이 연후에게 고개를 돌리고 웃음기를 머금은 채 말했다.

"마스터. 나 위스키 좀 갖다 줄래요? 평소 마시던 걸로."

이 여자는 이미 술을 많이 마셔서 취한 상대를 더 취하게 할 셈인가?

연후가 어떻게 해야 되나 고민하고 있는데 희란이 생긋 웃으며 말을 보탰다.

"아무래도 우리 인연이 보통이 아닌가 봐. 선까지 본 사이에 이런 데서 우연히 만나는 게 쉽진 않은데. 안 그래요, 마스터?"

"선까지 본 사이면…… 흠, 보통 인연이 아닌 것 같기도 한데요."

연후가 싱글거리며 의례적으로 대답하고는 정욱의 표정을 살폈다. 혹시 지금 그를 힘들게 하는 이유가 앞에 앉은 이 여자인가 해서 유심히 살폈지만 고개를 숙인 정욱의 표정은 알기 힘들었다.

하긴, 평소보다 술을 너무 많이 마셨지.

"마스터. 빨리요."

희란이 재촉하자 연휴가 고개를 끄덕였다.

"잠시만 기다려요."

연후가 자리를 비우자 희란은 옆에 앉아 머리에 손을 대고 기대고 있는 정욱을 은밀한 시선으로 바라봤다.

정욱은 처음부터 갖고 싶던 남자였다.

상무로 있는 아버지를 닦달해 그에게 다가갈 수 있는 기회를 얻은 것까진 좋았는데 문제는 그 이후 전혀 진행이 되지 않는다는 데 있었다. 일부러 호텔 바에서 식사한 후 룸까지 올라갈 계획을 세웠는데도 그는 넘어오지 않았다.

처음에는 자신 있었다.

이 남자에게 그런 조건을 내걸 때만 해도 머지않아 이 남자를 자신의 매력으로 함락시켜 넘어오게 만들 자신이 있었다. 하지만 생각과는 달리 전혀 자신에게 반응을 보이지 않는 정욱을 보다 보니 안달이 나기 시작했다.

'내가 도와줄 수 있는 건 다 도와줄 테니 어떻게든 잡아 와. 도 회장에게 다른 아들이 없으니 그와 결혼하면 사실상 도원은 우리 것이 되는 것 아니냐?'

아버지의 적극적인 지지 아래 언론을 이용하기로 했다.

언론에서 먼저 터뜨려 버리면 그걸 계기로 기정사실화시킬 수 있게 될 줄 알았는데 계획과는 달리 제대로 먹히지 않았다. 무성한 소문을 뿌려 놓는 데는 성공했지만 정작 그의 태도는 바뀌지 않았고 도 회장 역시 아버지에게 별다른 말을 하지 않았다고 하자 초조해졌다.

그러다가 이 바에 정욱이 자주 온다는 정보를 입수하게 됐다. 바의 마스터가 그의 절친한 친구라는 정보까지 알게 되자 요즘 내내 혼자 마시러 온 척 이곳에 와서 그를 기다렸다.

그러다 드디어 오늘 기회가 온 것이다

술에 취해 주기까지 하다니. 고맙게.

희란이 농염한 눈빛으로 이마를 짚은 채 고개를 숙인 그를 바라봤다. 아무래도 잠이 든 것 같았다.

지금이 기회야.

희란은 눈을 빛내며 주변을 둘러봤다. 다행히 주변에는 아무도 없었다. 그녀는 가방에서 조심스럽게 약을 꺼냈다.

그가 마시던 술잔에 최음제가 섞인 가루를 타자 순식간에 형체가 사라졌다.

좋아.

희란이 싱긋 웃으며 술잔을 바라봤다.

이제 조금만 더 있으면 이 남자는 내 것이 된다. 파파라치가 늘 따라다니도록 돈을 줘서 붙여 뒀으니 이 남자와 함께 호텔을 가는 모습이 이번엔 확실히 잡힐 것이다.

이 약은 정말 강한 약이니까…… 아무리 도정욱이라 해도 약을 이길 순 없겠지.

희란이 빨간 입술 끝을 가느다랗게 끌어 올리며 정욱을 바라보고 있는데 뒤에서 발걸음 소리가 들렸다.

"마스터, 늦었네요?"

얼른 고개를 돌린 희란이 연후에게 미소를 지으며 반겼다.

"아, 잠시 처리할 게 있어서."

연후는 싱긋 웃으며 다가왔다. 그의 손에 술은 없고 물 잔만 있는 것을 보자 희란이 의아스러운 표정을 지었다.

잊어버린 건가? 왜 물만?

연후는 얼음이 담긴 물 잔을 테이블 위에 놓고 정욱을 깨웠다.

"정욱아. 일어나 봐."

연후가 흔들어도 정욱이 정신을 차리지 못하자 희란이 은근한 목소리로 말했다.

"많이 피곤해서 잠든 것 같은데 억지로 깨울 거 뭐 있어요. 내가 깰 때까지 기다릴 테니까 마스터는 손님도 있는데 가서 일 봐요."

"괜찮습니다."

연후는 미소 짓는 얼굴로 거절한 뒤 정욱을 더 세게 흔들었다.

"정욱아. 도정욱."

그제야 정욱이 정신을 차린 듯 번쩍 눈을 떴다.

"괜찮아요? 많이 취한 것 같은데."

희란이 얼른 그에게 고개를 기울이며 말하자 그녀를 확인한 정욱의 얼굴이 굳었다. 그 표정을 본 연후는 이 여자가 정욱의 상대가 아닐 거라는 확신을 하고 그에게 물 잔을 건넸다.

"일단 이거 마셔."

정욱은 연후가 건네준 물 잔을 잡아 단숨에 들이켰다. 빈 잔을 내려놓은 정욱이 그대로 몸을 일으켰다.

"저, 정욱 씨?"

희란이 놀란 얼굴로 자리를 떠나는 정욱을 잡으려고 하자 연후가 싱글거리며 그녀를 막아섰다.

"놔둬요. 저 녀석 많이 취했어요. 다음에 만나면 그때 같이 마시는 게 좋을 것 같아요."

"하지만……."

입술을 깨문 희란이 정욱을 따라 몸을 일으키려는데 연후가 그녀의 귓가에 낮게 속삭였다.

"왜요? 약을 못 쓰게 될까 봐 그래요?"

"……!"

희란이 창백해진 얼굴로 연후를 바라봤다. 연후는 싱글거리는 얼굴로 희란에게 시선을 맞추고 말했다.

"순진한 건지 멍청한 건지, 요즘 CCTV 없는 가게가 어디 있을 것 같아?"

희란의 눈이 이리저리 흔들렸다.

"아, 아니 난……."

연후가 그녀의 귓가에 입술을 가까이 가져가서 낮게 읊조렸다.

"그 가루, 신고하기 전에 내 가게에서 가지고 나가는 게 좋을 거야. 그리고 앞으로 정욱에게 수작 부리면 저 CCTV를 얌전히 묻어 두진 않을 테니 기억해 둬."

그 말을 한 연후가 표정을 차갑게 굳히고 더럽다는 듯 그녀에게서 떨어졌다. 희란은 당혹스러운 표정으로 휘청거리다가 자신의 백을 들고 도망치듯 연후의 가게를 빠져나갔다.

인수인계는 순탄하게 진행됐다.

언제든 그만둘 수 있도록 그녀가 남몰래 늘 준비해 둔 결과였다.

회사 내엔 정욱과 희란이 곧 결혼한다는 소문이 파다하게 퍼져 있었다. 비서실 여직원 사이에서 강희란은 공공의 적으로 떠올랐지만 서연은 겉으로는 아무런 반응을 보이지 않았다. 잠깐 언론에 노출됐다는 호텔 앞에서 찍힌 두 사람의 사진은 사내 비서들 사이 커뮤니티에 파다하게 돌고 있었다.

그 사진을 봤을 때 서연은 각오했던 일이라고 생각했으면서도 큰 충격을 받았다.

그리고 그날, 사직서를 올렸다.

"안녕하세요. 부사장님."

"안녕하세요."

인사하는 소리에 서연이 고개를 들자 정욱이 부사장실로 들어오고 있었다. 그가 집무실로 들어가자 서연은 표정을 지운 채로 그를 따라 집무실로 들어섰다. 자리에 앉은 정욱이 그녀에게 시선 한 번을 주지 않으며 말했다.

"20일에 있을 출장 스케줄 정해졌습니까?"

"네. 대략적인 스케줄은 잡힌 상태입니다. 21일 오후 2시와 22일 저녁에 맨해튼에서 개최하는 경영포럼과 만찬회에 참석명단 올렸습니다. 그 외에 출장 기간 내에 접견을 요구한 드마루 사와 에필 사와는 일정 조율 중입니다."

담담한 얼굴로 보고하는 그녀의 얼굴을 정욱이 차가운 얼굴로 바라봤다.

"그럼 차 준비하겠습니다."

서연이 빠르게 말한 후 돌아서자 뒤에서 정욱의 낮은 목소리가 들렸다.

"이서연."

그의 중저음의 목소리가 들리는 순간 서연의 심장이 쿵 내려앉았다. 그가 그녀의 이름을 부를 때는 오로지 하나의 상황일 때뿐이다.

그녀를 가질 때.

서연이 파르르 떨리는 속눈썹을 들키지 않으려 눈에 힘을 주고 돌아섰다.

"네, 부사장님."

평온을 가장한 표정으로 그를 바라보자 정욱이 그녀를 마주 봤다. 의자 위에 앉아 냉철한 얼굴로 그녀를 빤히 응시하던 정욱이 입을 열었다.

"요즘 내내 도망치듯 내 앞에서 사라지는 것 같은 기분이 드는 건, 내 착각인가?"

끼익.

정욱이 의자를 뒤로 끌고 몸을 일으켰다. 우아한 야수처럼 날렵한 몸이 그녀에게 천천히 다가왔다.

"대답이 없군. 이제 더 볼 일 없다고 날 무시하는 건가."

그의 심연처럼 가라앉은 눈동자를 보는 서연은 숨이 막혀 왔다. 목소리가 떨리지 않게 안간힘을 쓰며 서연이 대답했다.

"전 그런 적 없습니다."

한 걸음 한 걸음 똑바로 다가오는 그의 위압적인 모습에 서연이 자기도 모르게 뒷걸음질 쳤다. 몇 걸음도 채 못 가 서연의 등에 묵직한 문이 닿았다.

"그런 적이 없다?"

입술 끝을 비틀어 올린 정욱이 어느새 그녀 앞까지 성큼 다가와 있었다.

"내가 바보로 보여?"

앞은 정욱, 뒤는 문에 가로막힌 서연은 잔뜩 긴장한 눈빛으로 그를 올려다봤다.

"이서연."

서연이 입술을 깨물고 몸을 돌려 문손잡이를 잡으려는데 정욱이 그녀의 팔을 낚아채 잡아당겼다. 그의 품에 와락 안겨지자 서연이 힘껏 그를 밀어냈다.

"이러지 마세요. 부사장님."

목소리를 잔뜩 낮춘 채 말하는 그녀를 내려다보는 정욱의 눈매가 험악해졌다.

"싫다면?"

서연이 충혈된 눈을 치켜뜨고 그를 바라봤다.

"강희란 씨와 결혼하신다면서요."

정욱의 얼굴이 딱딱하게 굳었다. 그가 그녀를 싸늘한 시선으로 노려봤다.

"그래서?"

"……!"

그를 노려보는 서연의 눈이 크게 흔들렸다.

세상에…….

충분히 잔인한 남자인 줄은 알고 있었지만 이 정도인 줄은 몰랐다. 서연이 당황스러운 표정으로 그를 보고 있다가 헛웃음을 흘렸다.

"당신 정말…… 나쁜 남자군요. 그럼 지금까지 난 도대체 당신에게……."

"너와 나는 처음부터 감정은 배제된 관계 아니었나? 헛된 기대는 품지 말라고 했을 텐데."

정욱이 차가운 눈빛으로 그녀를 내려다보며 낮게 말했다. 서연은 뼈마디가 허옇게 드러나도록 세게 주먹을 말아 쥐었다.

도대체 이 남자에게 뭘…….

이성을 배반하고 눈시울이 뜨거워지자 서연은 이를 악물었다. 부옇게 흐려지는 시야를 숨기려 고개를 숙인 서연이 차갑게 말했다.

"비켜요."

"싫다고 했어."

서연은 머릿속까지 뜨거운 열기가 치밀었다. 이대로 있으면 엉엉 울어 버릴 것 같은 치욕감에 몸서리가 쳐졌다.

"헛된 기대 따위 품지 않을 테니까, 다신 그러지 않을 거니까, 비키라고요. 지금!"

그녀가 소리를 죽여 낮게 소리치자 정욱이 그녀의 턱을 잡아 올렸다. 물기 번진 투명한 눈동자를 강렬하게 노려보며 그가 을렀다.

"네가 날 떠날 수 있다고 생각해?"

정욱이 그녀의 작고 도톰한 입술을 거칠게 덮쳤다.

"……!"

놀란 서연이 그를 밀어내려 안간힘을 썼지만 정욱은 무서운 힘으로 그녀를 포박하며 꼼짝 못 하게 만들었다.

놔! 이거 놓으라고!

서연이 완강히 거부하며 주먹으로 그의 가슴을 쳐댔지만 정욱은 그녀를 더욱 강하게 끌어당겼다. 말캉한 입술을 벌리고 들어온 혀가 탐욕적으로 그녀의 혀를 휘감았다. 농밀한 타액을 빨아들이며 숨이 턱턱 막히도록 진한 키스를 퍼붓자 서연의 머릿속이 아찔해졌다.

"이거 놓……."

몸을 버둥거리는 그녀의 등에 서늘한 문의 감촉이 느껴지자 서연은 흠칫 놀랐다.

맙소사. 여기선 안 돼…….

바로 등 뒤엔 문이 있고, 그 문 밖엔 비서들이 있다. 아무리 문이 견고하다지만 소리가 새어 나갈 수도 있고 누군가 문을 열 수도 있다는 생각이 들자 서연은 눈앞이 깜깜해졌다.

그 때 그의 손이 가차 없이 스커트를 들추고 들어왔다.

"부사장님!"

서연이 경악스러운 얼굴로 숨죽여 소리쳤다. 정욱이 그녀의 늘씬한 허벅지 위로 거칠게 스커트를 끌어 올리며 귓가에 입술을 바짝 갖다 대고 을렀다.

"소리라도 질러 봐. 좋은 구경거리가 될 테니까."

"그런……!"

서연이 충격을 받은 얼굴로 숨을 삼키는 사이 정욱이 거칠게 그녀의 한쪽 다리를 들어 올려 벌렸다. 우악스럽게 벗겨진 얇은 레이스 브리프가 서연의 하얀 종아리에 매달려 있었다. 그녀의 휘청이는 몸을 단단히 지탱한 채 정욱이 빳빳하게 곤두선 거대한 페니스로 힘껏 짓쳐 들어갔다.

"……헉."

좁은 속살을 찔러 들어온 두껍고 단단한 기둥에 서연의 입술이 크게 벌어졌다. 신음이 터져 나오는 입을 제 손으로 막은 서연이 고개를 저어 댔다.

"이, 이러지 말아요. 제발."

다급하게 애원하는 숨죽인 목소리를 무시한 채 정욱이 무참하게 그녀의 여린 몸 깊숙이 쑤셔 올라갔다. 거대한 남성이 빠져나갔다가 단번에 힘껏 들이치자 퍽, 퍽 하는 음란한 소리가 조용한 공간을 갈랐다.

허벅지까지 올라오는 아찔한 검은 스타킹을 신은 서연의 날씬한 다리가 정욱의 거친 움직임에 맞춰 흔들렸다. 그의 단단한 엉덩이가 크게 움직이며 솟구칠 때마다 은밀한 속살 안이 거대한 남성으로 빽빽하게 들어찼다.

서연이 고개를 뒤로 젖히고 신음을 참아 내려 안간힘을 쓰자 정욱이 이마에 핏대를 세우고 그녀의 고개를 잡아 내렸다.

"똑바로 봐."

무섭게 으른 정욱이 입을 틀어막고 있는 그녀의 양팔을 잡아 올려 한 손에 움켜잡았다.

"……흑, 부사장님…… 그만……. 아, 아흣!"

양손을 포박당한 서연이 숨죽여 헐떡이며 그를 올려다보자 정욱은 정염으로 가득 차 무섭게 이글거리는 눈동자로 그녀를 노려봤다.

"소리라도 질러 보라니까. 왜, 겁나나?"

"……읏!"

낮게 으른 정욱이 허리를 강하게 퉁겨 올리자 그녀의 몸이 용수철처럼 튀어 올랐다. 발갛게 달아오른 얼굴로 입술을 깨물고 필사적으로 신음을 참는 그녀의 얼굴을 정욱이 강하게 노려보고 있었다.

그녀가 참아 내는 것이 마음에 안 든다는 듯 정욱이 더욱 거칠게 움직이기 시작했다. 퍽퍽 쳐올리는 힘이 강해지자 위아래로 정신없이 흔들리는 서연의 시야가 어지럽게 요동쳤다.

정욱이 그녀의 귓가에 바짝 입술을 대고 거칠게 을렀다.

"다시 대답해. 날 피하는 이유가 뭐지?"

거칠게 허리를 튕겨 올리며 묻는 말에 서연이 숨을 삼키며 대답했다.

"어떤…… 대답을 원하시는 거죠?"

그녀의 물음에 정욱이 날카롭게 눈썹을 휘어올렸다.

"그게 무슨 말이지?"

움직임을 멈춘 그의 목소리가 위험하게 낮아졌다. 서연이 흐릿한 시선으로 그를 바라봤다.

"무슨 뜻인지 설명해. 당장."

"말씀드린 그대로예요. 제 대답, 부사장님께 중요하지 않잖아요."

서연이 말하자 그의 눈빛이 어둡게 번뜩였다. 섬뜩하리만치 날카로운 눈매로 응시하는 그의 시선에 서연이 눈에 바짝 힘을 줬다.

"그걸 네가 어떻게 장담하는데."

움켜잡은 그녀의 손에 힘을 주며 그가 사납게 을렀다.

"그럼 제가 부사장님에게 중요한 존재인가요?"

"……."

그녀의 질문에 정욱의 얼굴이 딱딱하게 굳었다. 그렇게 변할 걸 알고 있으면서도 서연에게 상처로 날아와 박혔다. 상처받은 표정을 눌러 참으며 서연이 다시 물었다.

"저, 부사장님께 조금이라도 소중한 사람인가요?"

날카로운 비수가 박힌 그녀의 가슴을 정욱이 사정없이 움켜잡았다. 핏줄이 곤두선 그의 손아귀에 잡힌 말캉한 젖가슴의 둥근 모양이 엉망으로 일그러졌다.

"흣."

우악스럽게 잡힌 가슴에서 통증이 느껴지자 서연이 얼굴을 일그러뜨렸다. 그런 그녀에게 노기 띤 얼굴을 바짝 갖다 댄 채 정욱이 말했다.

"입 다물어."

거봐, 그럴 거면서…….

서연의 눈동자에 부옇게 물기가 차올랐다.

예상은 했지만 화만 낼 뿐 대답을 해 주지 않는 정욱에게 꾸역꾸역 밀려드는 서운함을 참아 내려 서연은 눈에 힘을 줬다. 눈물을 참는 건 쉽다. 너무도 익숙한 일이니까…….

그가 전부를 헤집지만 않는다면.

"쓸데없는 소리는 내뱉지 않는 게 좋을 거야. 내 손길이 싫다면 뿌리쳐. 단 한 번으로 물러나 줄 테니까."

그러지 못한다는 건, 당신도 알잖아요.

"……아흣!"

정욱이 낮게 으르며 허리를 강하게 튕겨 좁은 속살 사이를 거칠게 쑤셔 들어오자 서연의 몸이 크게 흔들렸다. 그가 그녀의 팔을 위로 들어 올린 채로 서연의 얼굴을 사납게 노려보며 거칠게 찔러 올렸다.

"……읏! ……으읏!"

입술을 깨물며 필사적으로 신음을 참는 그녀의 가녀린 목덜미에 핏대가 곤두섰다. 헐떡이는 뜨거운 숨소리와 그의 낮은 신음에 서연의 머릿속이 아찔해졌다. 서연이 숨이 턱턱 막히면서도 끝끝내 신음을 참아 내려 제 입술을 있는 힘껏 깨물었다.

"……!"

정욱의 눈빛이 살벌해졌다. 새빨개진 그녀의 얼굴을 움켜잡아 고정한 정욱이 소리를 낮춰 버럭거렸다.

"이서연!"

정욱이 거칠게 그녀의 얼굴을 잡아 올리자 벌겋게 퉁퉁 부어오른 입술이 보였다.

"무슨 짓이야!"

그가 낮게 으르렁거리며 그녀의 입술을 잡아먹듯 거칠게 키스했다.

"……읍! 으읍!"

그러니까 제발…….

그의 입술 안에서 서연의 새된 신음이 터져 나왔다. 정욱은 하얀 그녀의 엉덩이를 움켜잡고 무서운 힘으로 허리를 튕겨 올렸다. 그의 터질 듯 발기한 페니스가 속살을 찢을 듯 무서운 힘으로 들이쳤다가 내벽을 긁으며 빠져나가기를 반복했다.

한 번, 두 번, 세 번……. 또다시 다른 각도로 더 세게.

아아, 도저히!

서연은 온몸을 뒤흔들며 강렬하게 밀려드는 쾌락에 진저리 쳤다. 그녀의 속살이 흠뻑 젖어 들자 정욱이 더욱 격렬하게 들이쳤다. 그녀의 말랑한 엉덩이를 잡아 힘껏 벌리며 두꺼운 페니스를 깊숙이 박아 넣자 서연은 속살을 힘껏 조이며 그를 빨았다.

"……헉."

그녀가 그를 부러뜨릴 듯 조이자 키스를 퍼붓던 그의 입술에서 신음이 흘러나왔다. 순간 그가 느끼는 쾌감만큼 서연도 짜릿한 쾌감을 느꼈다. 그 순간 미칠 듯한 쾌감과 끔찍한 자기혐오로 그녀의 마음이 양분됐다. 쿵쿵 치고 들어오는 움직임이 거칠어지자 온몸은 지독한 열락으로 가득 차올랐다.

머릿속에 가득 차오른 아찔한 쾌감에 전율을 느끼며 서연이 그의 입술을 물어뜯었다. 비릿한 피 맛이 입안을 감돌았지만 정욱은 으르렁거리며 멈추지 않고 더욱 격렬하게 그녀를 몰아붙였다.

퍽. 퍽. 퍽!

"아악!"

마침내 극도의 쾌감을 참지 못한 서연이 허리를 비틀며 그의 어깨에 손톱을 박았다. 그녀가 절정에 몸부림치는 순간 부서뜨릴 듯 강하게 찍어 올리던 움직임이 멈추더니 그가 몸을 빼내려 하는 것이 느껴졌다.

그 순간, 서연은 다리를 휘어 감아 그의 몸을 빠져나가지 못하게 하고 싶은 강한 충동을 느꼈다. 그의 모든 것을 온전하게 제 안에 받아 내고 싶은 위험한 욕망에 서연의 몸이 빳빳이 굳었다.

관능적으로 얼굴을 일그러뜨린 채 사정을 참아 내는 정욱의 얼굴을 보며 서연의 눈앞이 부옇게 흐려졌다.

미쳤어. 미친 거야, 분명…….

이런 강제적인 관계에서조차 소름이 돋도록 쾌감을 느끼고 그의 모든 것을 받아 내려 하는 광기 같은 집착에 서연은 절망했다.

이런 날…… 어떻게 해야 하나요.

부사장실 내에 비치된 세면실 안의 고급스러운 세면대 앞에서 흐트러진 옷차림을 추스르던 서연은 다리가 휘청거려 대리석 위를 움켜잡았다. 발끝에 제대로 힘이 들어가지 않을 정도로 거친 섹스였다.

"하아……."

깊게 한숨을 내쉰 뒤 거울을 보며 망가진 머리를 풀어 다시 올려 묶었다. 그러다 멍하니 거울 속의 자신을 바라봤다.

그는 강희란과 결혼한다는 말에 거부하지 않았다.

그걸 알고서도 그렇게 느껴 버리다니…….

이루 말할 수 없는 환멸이 목구멍에서 쓴물처럼 치솟아 올라오자 서연은 구토감을 느꼈다. 입을 막고 창백한 얼굴로 거울을 응시하던 서연이 울컥 치밀어 오르는 눈물을 꾸역꾸역 눌러 삼켰다.

여기서 울 순 없어.

겨우 눈물을 참아 낸 서연은 깊게 숨을 내쉬고 세면실 문을 열고 나갔다.

책상 앞에 앉아 있는 정욱에게 최대한 시선을 두지 않은 채 문 쪽을 향해 똑바로 걸어갔다. 뒤에서 그의 시선이 날카롭게 내리꽂히는 것이 느껴졌지만 뒤돌아보지 않은 채 문을 열고 나갔다.

탁.

문이 닫히자 서연의 뒷모습을 응시하던 정욱이 의자 위에 깊숙이 몸을 묻었다.

'저, 부사장님께 조금이라도 소중한 사람인가요?'

서연의 그 말이 그의 내부를 엉망으로 뒤흔들어 놓고 있었다.

'강희란 씨와 결혼하신다면서요.'

……그것 때문인가.

정욱이 입술을 비틀어 올렸다.

어차피 강희란과의 결혼은 헛소문이었다. 그 헛소문을 가지고 자신을 그런 식으로 보는 것에 화가 났지만 최근에 변한 서연의 태도에 대해서 어느 정도 이해가 됐다.

하지만 이해가 됐다고 해서 그녀의 오해를 풀어 주려는 친절함은 그에게 존재하지 않았다. 지금껏 그런 노력을 기울일 정도의 필요성을 느꼈던 적도 없었다.

어쨌든 서연은 자신에게 안기는 것을 거부하지 않았다. 그렇다는 건 이 관계를 청산할 생각이 없다는 뜻이다.

화려한 조명이 켜진 세면실에서 차가운 물로 손만 씻고 나온 정욱은 언제 그런 행위를 했나 싶을 정도로 말끔한 모습이었다.

그날이 부사장실 비서실장으로서의 서연의 마지막 날이었다.

아쉬워하는 비서들의 송별회도 사양한 채 서연이 회사를 나왔다. 차가운 겨울바람에 가녀린 몸이 가늘게 떨려 왔지만 또각거리는 구두 굽 소리를 내며 똑바로 걸어갔다.

괜찮아.

서연은 새빨개진 코를 하고 시린 겨울 속을 한참 걸었다.

사직서를 써 둔 건 이미 1년도 더 전의 일이었다. 그와의 관계에서 더 이상의 기대를 할 수 없다는 것을 깨달았을 무렵, 서연은 조용히 사직서를 써서 서랍장 한켠에 넣어 놨었다.

끝내야 한다는 걸 알면서도 끝내지 못할 때마다, 그의 잔인한 섹스에 엉망으로 내쳐질 때마다 남몰래 사직서를 꺼내 한참 바라보고 있곤 했다. 그때마다 결국 그에 대한 미련으로, 혹은 바보 같은 기대로 다시 서랍 속으로 밀어 넣었지만 언젠가 한계에 다다르면 그걸 내밀 생각으로 버텼다.

그리고 그 한계에 기어코 다다랐다.

더는, 더는 그를, 그리고 자신을, 참아 내 줄 수가 없는 한계에 부딪혀 버린 것이다. 이젠 끝을 내야만 했다. 이 진저리 쳐지는 지독한 집착에서…….

그 남자에게 사랑을 바라는 어리석은 마음에서.

괜찮아.

서연은 주문처럼 자신에게 속삭이며 꿋꿋하게 걸어갔다. 하얀 입김이 뿜어 나오는 그녀의 입술 끝에 어느샌가 흘러내린 투명한 눈물이 맺혔다.

억지로 잘라 낸 마음 한 뭉텅이가 아프다고 비명을 질러 댔지만 서연은 무시하고 마냥 걸었다. 이 추위가 걷혀지고 나면 모든 것들이 정리되고 더 이상 아프고 괴로운 날들을 겪지 않게 되길 기대하며.

더 이상 그 남자를 사랑하지 않기를 기대하며…….

짙은 회색의 코트 자락이 차가운 바람에 아슬아슬하게 흔들렸다.

06

정욱이 출근하자 비서들이 일제히 일어섰다.

"안녕하십니까."

"부사장님, 좋은 아침입니다."

그대로 집무실을 향하며 무감한 시선으로 비서들을 훑는 그의 시선이 서연이 항상 있던 자리에 서 있는 정 비서에게 멈췄다.

정욱의 매혹적인 눈이 자신에게 똑바로 향하자 정 비서의 두 볼이 수줍게 붉어졌다. 정욱은 잠시 멈췄던 걸음을 옮겨 집무실로 들어갔다.

책상 위에 브리프 케이스를 거칠게 내려놓으며 그의 눈매가 가늘어졌다.

똑똑.

노크 소리와 함께 곧 정 비서가 안으로 들어왔다. 조금 상기된 얼굴로 그에게 다가온 정 비서가 입을 열었다.

"부사장님, 오늘 일정 확인하겠습니다. 오늘 오찬은……."

조금 긴장된 표정으로 태블릿피시에 시선을 박은 채 스케줄을 읊는 정 비서를 바라보며 그의 매끈한 미간이 찌푸려졌다. 그의 얼굴이 구겨지자 정 비서가 눈치를 보며 물었다.

"저, 뭔가 마음에 안 드시는 내용이라도 있으신가요?"

"아닙니다. 알겠으니 나가 봐요."

"네. 그럼 차 준비하겠습니다."

정 비서가 서연에게 지시받은 대로 말하고는 고개 숙여 인사한 뒤 집무실을 빠져나왔다. 문을 조용히 닫은 그녀가 가슴을 들썩이며 한숨을 내쉬었다.

"하, 떨려. 이 실장님은 부사장님 같은 남자가 저런 눈빛으로 빤히 쳐다보는데 어쩜 그리 실수도 없이 일을 하셨을까? 간 떨려 죽는 줄 알았네……."

떨리는 심장을 겨우 진정시킨 정 비서는 탕비실 쪽으로 급히 걸음을 옮겼다.

정욱이 팔짱을 끼고 앉아 정 비서가 나간 문을 노려보고 있었다. 수려한 그의 얼굴이 차갑게 굳었다. 정욱은 불편한 심기를 털어 버리듯 거칠게 노트북을 열어 전원을 켰다.

잠시 후 정 비서가 커피를 들고 들어왔다.

떨리는 손으로 그의 앞에 커피를 놓아두고 나가자 정욱이 커피 잔을 들어 올렸다.

"……."

늘 마시던 커피맛과 묘하게 다른 맛이 느껴지자 그의 미간이 더욱 좁아졌다. 결국 한 모금만 마시고 커피 잔을 내려놓은 정욱이 인터폰을 눌렀다.

— 네. 부사장님.

“앞으로 차는 커피 말고 다른 걸로 내와요.”

— 알겠습니다.

인터폰을 끊고서도 사나운 눈빛으로 인터폰을 노려봤다.

더 이상 그곳에 앉아 있는 것도, 인터폰을 받는 이도 서연이 아니다. 알고는 있었지만 막상 그 사실을 피부로 느끼게 되니 주체할 수 없는 화가 치밀었다.

빌어먹을.

정욱은 억지로 인터폰에서 시선을 떼고 노트북 화면으로 시선을 옮겼다.

서연은 오랜만의 휴식기를 갖기로 했다. 직장 생활을 시작한 후 제대로 쉬지 못하고 일만 했으니 이 기회에 지친 몸과 마음을 차분하게 재정비할 생각이었다.

그가 자신의 빈자리에 힘들어할 거란 기대는 하지 않았다. 그런 기대를 갖기에는 그 남자가 어떤 남자인지 그녀 스스로가 너무나 잘 알고 있었기 때문이다.

그 사실이 씁쓸했지만 신경 쓰지 않으려 애를 썼다.

서연은 갓 구운 빵을 사서 향기로운 커피와 함께 아침을 먹고 여유로운 오전 시간을 보냈다. 그간 바빠서 몰아두었던 이불 빨랫감을 몽땅 꺼내 커다란 욕조에 넣었다. 푹신한 이불을 열심히 발로 밟다 보니 어느새 이마에 송골송골 땀방울이 맺혔다. 손등으로 이마를 훔쳐 내는데 휴대전화 벨소리가 울리는 소리가 들렸다.

"어?"

선반 위에 올려 뒀던 휴대전화를 들어 올려 액정을 확인한 서연이 조금 놀란 얼굴로 전화를 받았다.

"네. 전무님."

— 아니, 왜 이렇게 갑자기 그만둔 겐가. 소식 듣고 놀랐지 뭐야. 이 비서 혹시 어디 아픈가?

금 전무의 활달한 목소리에 서연이 슬몃 미소를 지으며 말했다.

"아프긴요. 그냥 조금 쉴까 해서요. 일도 오래 한 것 같고……."

— 아아, 그랬군그래. 그럼 차라리 잘됐군.

"네? 무슨 말씀이신지……."

안도한 듯한 금 전무의 목소리에 서연이 의아스러운 표정을 지었다.

— 이 비서, 내가 이 비서가 추천해 준 사람들 다 만나 봤는데 썩 나쁘진 않지만 역시 이 비서만 못한 것 같아. 내가 회사 복귀한 지 얼마 안 돼서 감 떨어진 노친네 소리 듣게 생겼는데 이 비서가 날 좀 도와주지 않겠어?

"아니 전……."

서연의 난처한 목소리를 막고 금 전무가 다급하게 말을 이었다.

— 좀 부탁하네. 정 힘들면 믿을 만한 사람 구해서 적응할 때까지만이라도 좋으니 날 좀 도와주게. 내가 사람 쉽게 믿지 못하는

거 자네도 알지 않나. 더구나 회사 중역 비서를 아무나 쓸 수도 없는 노릇이고 말이네.

곤란한 듯한 금 전무의 말에 서연이 난처한 얼굴로 손등으로 이마를 짚었다. 회사를 그만둔 마당에 다시 그곳으로 돌아가고 싶진 않았다. 하지만 금 전무에게는 갚아야 할 빚이 있는 그녀로서는 그의 부탁을 거절하기가 힘이 들었다.

"그럼 어느 정도 자리 잡을 때까지만 잠시 제가 도와 드리는 걸로 할게요. 오래 하진 못할 텐데 괜찮으세요?"

서연이 조심스럽게 말하자 금 전무의 환한 목소리가 들렸다.

— 물론 괜찮지! 어떤 일이나 처음이 힘들지 않나. 자네가 초반 분위기만 제대로 잡아 주면 어떻게든 꾸려 나갈 수 있을 거야. 좀 부탁하네. 이 비서.

"네. 그럼 그렇게 하는 걸로 할게요."

— 정말 고맙네. 미안하지만 내일부터 출근해 줄 수 있나?

"그럴게요."

— 그래. 그럼 내일 이쪽으로 바로 출근하는 걸로 해 주게나.

"네. 전무님."

서연의 대답에 매우 만족스러운 반응을 보인 금 전무가 안도하며 전화를 끊자 가느다랗게 미소를 띠고 있던 그녀의 얼굴이 금세 어두워졌다.

난처하게 됐네…….

서연이 입술을 살짝 깨물었다. 금 전무를 보좌하다 보면 층은 다르지만 같은 임원진인 정욱과 언제든 마주칠 위험이 있었다. 과연 그를 만나도 태연하게 인사하고 지나칠 수 있을까?

서연이 전화기를 든 채로 욕조 난간에 앉아 흐린 시선으로 허공을 응시했다.

금 전무의 부탁을 거절할 수도 없는 이상 마음을 독하게 먹는 수밖에 없다. 설사 회사에서 그와 마주친다고 해도 모든 걸 정리한 것처럼…… 처음부터 부사장과 비서, 그 이상도 이하도 아닌 것처럼 그렇게.

정욱이 혼자 바에 앉아 술을 마시고 있자 연후가 그의 어깨를 툭 치며 다가왔다.

"적당히 마셔라. 얼마 전에도 그렇게 퍼마셔 놓고."

연후의 얼굴을 힐끗 본 정욱이 다시 술잔에 위스키를 따르며 낮게 말했다.

"매상 올려 주는 거니 너한테는 좋은 거 아닌가."

"그래도 인마, 매상도 매상이지만 친구 입장에선 다르지. 회사에서 무슨 일 있었어?"

정욱의 옆에 슬쩍 앉아 정욱이 손도 대지 않은 과일 안주를 집어 먹으며 연후가 물었다.

"……그런 거 없어."

짧게 대답한 정욱이 독한 위스키를 입안에 털어 넘겼다. 연후가 그의 얼굴을 빤히 바라보더니 코웃음 쳤다.

"그게 아무 일도 없는 놈 얼굴이냐? 안 그래도 인상 험악한 놈이 꼭 누구 하나 죽일 것 같은 얼굴을 하고."

연후의 말에 정욱이 고개를 돌렸다.

"내가?"

"그럼 너지 누구야."

연후가 딸기를 입에 집어넣으며 손가락으로 정욱을 가리키자 그가 헛웃음을 흘렸다.

"헛소리."

정욱이 호박빛 맑은 액체를 다시 잔에 따르는 것을 바라보며 연후가 어깨를 으쓱였다.

"자식, 아무튼……."

연후가 메론 하나를 더 집어 먹고는 자리에서 일어섰다.

혼자 남은 정욱은 차갑게 굳은 얼굴로 묵묵히 술잔을 비워 냈다. 한참을 술만 마시던 그의 시선이 창밖으로 향했다.

또 눈발이 흩날리고 있었다.

눈 오는 거리를 걷던 라임색 코트를 입은 여자가 떠오르자 그의 얼굴이 딱딱하게 굳었다. 이유는 모르겠지만 까끌까끌한 무언가가 목 안에 걸린 듯 답답했다.

그 여자가 눈앞에 안 보인 이후부터 시작된 증상이었다. 그걸 인정하지 않으려 정욱이 거칠게 술을 입에 털어 넣었다.

지금껏 연애의 감정이란 자신과 상관없는 일이라 생각했다.

서른 넘게 살아오면서 자신의 관심을 끈 여자는 단 한 명도 없었다. 다가오는 여자들은 많았지만 끌리지 않았다. 필요성도 느끼지 않았고 스스로가 그걸 허락하지 않았다. 여자는…… 아니, 이서연에 한해서는 그저 욕망을 충족시키는 상대일 뿐이라 결론지었을 뿐이다.

그래서 그대로 대해 왔다. 육체적인 관계로 성립된 관계는 그것이 정리되는 순간 모든 것이 끝이 난다.

그런데…… 먼저 관계를 정리한 그 여자가 왜 이렇게 신경에 거슬리는 거지?

바짝 날카로워진 신경을 누르려 술을 마셨지만 허사였다. 불쾌한 짜증은 미묘한 초조감과 뒤섞여 그의 심연을 어지럽게 뒤흔들고 있었다.

이서연이 눈앞에서 사라진 이후부터 모든 것이 혼란스러웠다.

탁.

정욱은 잔을 내려놓고 자리에서 일어섰다. 이대로 계속 술을 마셔 봐야 기분이 나아질 것 같지도 않았다.

룸 안은 어두웠다.

낮은 조도로 켜진 무드등을 제외하고는 커튼에 가려져 어두운 밤처럼 캄캄했다.

"아……."

서연은 넥타이로 눈이 가려진 채 두 손이 들려 올려져 침대헤드에 묶여 있었다. 그녀의 하얀 살결을 따라 아무것도 걸치지 않은 몸의 곡선이 부드럽게 흘렀다. 원형으로 솟은 탐스러운 젖가슴 위에 툭 불거진 핑크빛 젖꼭지가 팽팽하게 곤두서 있었다. 관능적으로 솟아오른 동그란 유두가 참을 수 없을 만큼 욕망을 자극시켰다.

입술을 벌려 그 정점을 한입에 삼키자 그녀의 몸이 세차게 흔들렸다.

"아, 아읏!"

그녀는 평소보다 예민했다.

눈이 가려진 그녀의 시야에는 아무것도 보이지 않았다. 보이지 않는다는 공포가 오히려 그녀를 강한 쾌락으로 밀어 넣고 있다는 것을 알았다. 그녀의 반응을 똑바로 응시하며 타액으로 물든 유두를 쪽 빨아 올렸다.

"아아, 정욱 씨……!"

서연이 할딱거리며 이름을 불렀다. 그녀가 그 이름을 부를 때마다 온몸이 화염처럼 뜨거운 열기에 휩싸이는 듯했다.

"내 이름 부르지 말랬지."

낮게 으르렁거리며 그녀의 탱글한 가슴살을 세게 베어 물자 그녀의 허리가 크게 비틀어졌다. 입술이 잘 익은 과육처럼 벌어지고 넥타이로 가려진 그녀의 얼굴이 붉게 달아올라 헐떡거렸다.

"제발 이것 좀…… 풀어 줘요."

그래. 그렇게 애원해.

"싫다면?"

"기분이…… 하읏, 기분이 이상해서 그래요."

할딱이는 그녀의 신음은 언제 들어도 기분 좋다. 좀 더, 좀 더 크게 헐떡이며 소리를 지르고 싶게 만들 만큼.

"어떤 식으로 이상한데?"

탱글하게 곤두선 채로 바들거리는 젖꼭지를 손가락으로 둥글게 쓸자 그녀가 헉, 하고 숨을 삼켰다. 그대로 손가락으로 튕기자 그녀가 교성을 지르며 세차게 몸을 흔들었다.

"그, 그냥 이상해요. 아무것도 보이지 않으니까 더…… 무서워요."

"무섭게 생각하지 말고 즐겨."

네가 즐기는 만큼 나도 즐거울 테니.

"정욱 씨. 제발……."

또.

그녀의 입술에서 흘러나온 말에 빳빳하게 곤두선 페니스에 터질 듯 힘이 들어갔다.

"그 이름 부르지 말랬잖아."

"……아!"

무섭게 으르며 몸을 낮춰 그녀의 하얀 다리를 한껏 벌렸다. 그 사이로 고개를 숙여 활짝 드러난 거뭇한 숲을 한입에 삼키자 그녀가 숨 막힐 듯한 탄성을 터뜨렸다.

"거, 거긴…… 아아!"

혀로 길게 핥아 내리며 도톰한 속살 사이를 헤집자 그녀가 울먹이며 애원하기 시작했다.

"제발…… 제발……."

"똑바로 말해. 뭘 원하는 거야."

거칠게 빨아 대며 을렀다. 직접 듣기를 원했다. 그녀가 원하는 것을. 그녀가 날 원하는 것을.

말해. 날 원한다고.

그녀를 공략하듯 도홧빛 속살을 강하게 빨아올렸다.

"흐……읏…… 제발…… 가져 줘요. 정욱 씨……."

그래. 그래야지.

입술 끝을 말아 올리고 그녀를 놔줬다. 몸을 일으키자 그녀는 방만하게 벌어졌던 다리를 서둘러 오므렸다.

누구 마음대로?

"벌려."

꽉 잠긴 목소리로 말하자 그녀가 입술을 깨물고 하얀 다리를 천천히 벌렸다. 우윳빛 애액으로 흠뻑 젖은 검은 음모와 그 사이에 비치는 관능적인 속살에 참을 수 없는 강한 욕망을 느꼈다. 무릎을 꿇고 그녀의 벌린 다리 사이로 들어가 자리를 잡고 말했다.

"다리를 감아."

그녀의 날씬한 다리가 뱀처럼 자신의 허리를 휘감는 감각은 더욱 참을 수 없게 만들었다. 이를 악물고 그녀의 조갯살처럼 도톰한 속살 사이로 거대하게 발기한 페니스를 갖다 댔다.

그대로 허리에 힘을 준 채 강하게 속살 사이로 쑤셔 들어갔다.

"아학!"

좁은 여성을 단번에 관통해 들어가자 그녀의 엉덩이가 시트에 밀려 한껏 올라갔다. 흥분으로 촉촉하게 달아오른 내부를 찢을 듯 쑤셔 들어간 두꺼운 남성이 크게 휘젓고 빠져나갔다.

"하아……흣!"

그녀가 숨을 몰아쉴 새도 없이 다시 강하게 허리를 퉁기며 쑤셔 들어갔다. 쿵! 쿵! 거리며 몇 차례 강하게 짓쳐 들어가자 강렬한 쾌감을 감당하지 못한 서연의 고개가 뒤로 확 젖혀졌다.

"아아아……!"

이미 끈질길 정도로 집요한 애무에 몇 번이나 절정에 올랐던 몸은 단 몇 번의 피스톤 운동만으로 또다시 그녀를 순식간에 절정으로 다다르게 하고 있었다. 눈이 가려지고 양손이 묶인 제약된 상황이 오히려 그녀의 흥분도를 높여 좁은 여성은 무서운 힘으로 조였다.

"크읏, 뜨거워서 데일 것 같아."

뜨거운 속살이 단단한 페니스를 세게 움켜잡자 믿기지 않을 정도로 소름 끼치는 쾌감을 느꼈다.

좀 더, 좀 더!

퍽. 퍽. 좁은 여성을 들쑤시는 음란한 소리가 더욱 거칠게 움직이도록 몰아붙였다. 참을 수 없는 열기가 온몸을 강하게 뒤흔들고 오로지 강렬한 욕망만이 미치광이처럼 날뛰고 있었다. 야수처럼 으르렁거리며 격렬한 오르가슴에 몸을 떠는 그녀의 안으로 거세게 찔러 들어갔다.

"아아!"

이 여자의 몸은 이상하게도 아무리 가져도 갈증을 일게 만들었다.

손이 묶인 그녀의 몸이 위아래로 빠르게 흔들렸다. 치골까지 닿을 듯 깊숙이 치고 들어오는 힘에 그녀의 내부가 용암처럼 뜨거웠다. 그 짜릿한 감각에 팔뚝에 소름이 돋았다. 지독한 쾌감이었다.

"빌어먹을, 이서연!"

격렬하게 허리를 움직이며 상체를 숙여 눈을 가린 그녀의 입술을 삼켰다. 말캉한 입술과 달콤한 혀를 빨아들이자 거친 숨결이 뒤섞였다. 서로의 혀가 뒤엉키고 타액이 턱을 타고 흘러내렸다. 그녀를 집어삼킬 듯 키스하다가 다시 상체를 세우고 광포하게 질주했다.

"하! 아흣! 아! 아앗!"

정신없이 신음을 터뜨리는 그녀를 열기가 이글거리는 눈으로 노려보다가 몸을 확 빼냈다.

출렁이는 그녀의 몸을 잡아 돌리자 서연의 묶인 두 손이 침대 위로 고정되고 고개가 아래로 향했다. 무릎 꿇고 엎드린 자세가 되자 그녀의 머리칼이 침대 위로 차르륵 쏟아져 내렸다.

"뒤에서부터 널 가질 거야."

숨을 몰아쉬는 서연의 엉덩이를 움켜잡아 위로 바짝 들어 올리며 허스키한 목소리로 읊렀다.

"아."

서연이 짧은 탄성을 흘렸다. 입술을 그녀의 은밀한 곳으로 가져가자 그녀의 몸이 세차게 흔들렸다.

"저, 정욱 씨! 안 돼!"

그녀가 당혹스러운 목소리를 터트렸다. 그녀의 엉덩이를 움직이지 못하도록 꽉 잡아 고정한 채로 서연의 엉덩이까지 흘러내린 애액을 강렬한 시선으로 노려봤다.

"날 원하는 모습이 이렇게 적나라한데."

"그런 말을……!"

그녀가 몸을 비틀어 댔지만 움직이지 못했다. 입술 끝을 말아 올리고 그녀의 흠뻑 젖은 은밀한 곳으로 입술을 가져갔다. 달큰한 애액을 혀로 길게 핥아 올리자 그녀의 몸이 바르르 떨렸다. 축축한 혀가 복숭아처럼 갈라진 은밀한 골짜기를 향했다.

"헉."

그녀가 침대 시트를 힘껏 움켜쥐었다. 마침내 촘촘히 주름진 작고 동그란 곳에 닿자 서연의 몸이 흠칫 놀라 크게 흔들렸다.

"하, 하지 마요! 제발, 제발요."

"가만히 있어."

그녀의 몸을 꽉 움켜잡은 채로 비밀스러운 곳에 담뿍 흘러내린 애액을 뜨거운 혀로 핥았다. 동그랗게 혀를 굴리며 핥자 그녀의 은밀한 곳이 움찔거렸다.

"아, 안……. 흐……으읏……."

묶인 손을 버둥거리며 서연이 흐느꼈다. 그녀는 철저히 느끼고 있었다. 처음 느끼는 강렬한 쾌감으로 그녀의 샘은 왈칵 뜨거운 애액을 터뜨렸다.

"그래. 느껴. 그렇게."

"아흐읏……."

침대 위로 무너진 채 시트를 움켜잡은 그녀의 가느다란 손가락에 바짝 힘이 들어가 있었다. 그녀가 쾌감에 몸부림칠수록 강렬한 만족감과 터질 듯한 욕망을 동시에 느꼈다.

"잘했어."

혀를 내밀어 입술에 묻은 그녀의 욕망을 핥고 상체를 일으켰다.

"설마 끝났다고 생각하는 건 아니겠지."

그녀의 가느다란 허리를 꽉 잡아 끌어당기며 무섭게 발기한 남성을 좁은 여성 속으로 강하게 쑤셔 넣었다.

"……학!"

엉덩이 사이를 꿰뚫듯 가르고 들어온 강한 힘에 서연의 고개가 위로 확 젖혀졌다.

빌어먹을……!

그녀의 안은 지독히도 뜨겁고 자극적이었다. 부서질 듯 흔들리는 그녀의 몸을 잡아당기며 강인한 엉덩이를 깊게 내리쳤다.

"더 깊이 받아들여. 더!"

진홍빛 속살이 벌어지며 굵고 두꺼운 페니스를 모조리 집어삼키는 음란스러운 광경에 숨이 막혔다. 허연 애액이 번들거리는 검붉은 페니스를 끝까지 집어넣었다 빼냈다. 좁은 속살 사이로 들락날락거릴수록 그녀는 더욱 뜨거워졌다.

"아!"

정신없이 교성을 흩뿌리던 서연의 머리가 뒤로 확 젖혀졌다. 그녀의 아랫배 깊숙이 밀고 들어간 상태에서 손가락을 앞으로 밀어 넣어 보풀아 오른 그녀의 음핵을 건드렸다.

"그건, 그건 하지 마요……. 아, 아읏, 하, 하지 마……!"

흥건히 젖은 그곳을 빠르게 문지르자 그녀는 견딜 수 없다는 듯 온몸을 세차게 흔들며 고개를 저어 댔다. 손가락을 뒤로 빼낸 뒤 갈라 터진 엉덩이 골 사이로 내려갔다.

"여기에 이걸 넣어보면 어떨까?"

낮고 음란한 목소리로 말하며 손가락 끝을 애액에 흠뻑 젖은 촘촘한 주름 사이로 살짝 밀어 넣자 서연의 몸이 거세게 출렁거렸다.

"싫어!"

아주 조금 밀려들어온 손가락이 연약하고 뜨거운 내부에 닿자 서연이 자지러지듯 소리쳤다. 그 순간 손가락을 빼내지 않은 상태에서 퍽! 하고 여성 안으로 강하게 쑤셔 들어갔다.

"아악!"

침대를 움켜잡고 상체를 세운 그녀가 고개를 확 젖혔다. 그녀의 가녀린 목에 핏대가 솟고 땀으로 범벅된 온몸에 바짝 힘이 들어갔다. 그녀의 몸이 침대 위로 무너져 내리자 그녀의 상체를 움켜잡고 무릎을 세웠다. 무릎으로 몸을 지탱한 채로 일어서 그녀를 뒤에서 껴안았다. 그리고 그녀의 안으로 거칠게 짓쳐 들어갔다.

그 순간 그녀는 완벽한 절정으로 휩쓸려 들어갔다.

"아! 아아—!"

절정의 교성을 내지르는 서연의 목소리를 들으며 정욱이 잠에서 깨어났다.

……뭐지?

거친 숨을 몰아쉬는 정욱의 표정이 혼란으로 가득 찼다. 거칠게 요동치던 심장이 진정되고 혼란스러운 눈동자가 차츰 또렷해질 즈음에야 정욱은 그게 과거 서연과 뉴욕 출장을 갔을 때의 일이라는 걸 깨달았다.

하, 이런 꿈까지 꾸다니…….

어이없는 실소를 흘리며 침대에서 몸을 일으키던 정욱이 멈칫했다.

"……!"

자신의 몸을 내려다본 그의 얼굴이 딱딱하게 굳어졌다. 그의 페니스가 터질 듯 발기한 상태였다.

"빌어먹을."

정욱은 욕설을 내뱉으며 침실 안의 욕실로 들어갔다. 옷을 벗고 샤워부스 안으로 들어선 그가 차가운 물을 틀었다.

쏟아지는 차가운 물을 맞으며 아직도 들끓고 있는 몸 안의 광기 어린 열기를 식혔다. 꿈속에서 봤던 그 여자의 하얀 나신과 마지막 그의 이름을 부르던 숨 막힐 듯한 목소리가 머릿속을 떠나지 않았다.

이서연. 이서연!

정욱이 이를 악물고 세찬 물줄기 아래 한참 서 있었다.

서연이 약속대로 전무실로 출근하자 금 전무가 밝은 얼굴로 그녀를 반겼다.

"덕분에 살았어. 이 비서, 아니. 이제 이 실장이군. 오늘부터 잘 부탁해."

"네. 전무님. 열심히 하겠습니다."

금 전무가 활짝 웃으며 어깨를 두드려 주자 서연도 생긋 웃으며 대답했다. 서연은 새로 이곳으로 오게 된 다른 비서들을 관리하고 금 전무의 업무를 총괄하는 비서실장을 맡았다. 배정받은 자리에 앉아 사무용품을 점검하고 노트북으로 스케줄을 확인한 서연은 다른 곳에서 차출되어 온 비서들에게 매뉴얼을 설명했다.

업무 외에도 금 전무의 보좌에 있어 세심한 사항 역시 빠뜨리지 않았다.

"전무님은 뜨거운 차를 드시지 못하니 차를 내갈 때는 그 점 항상 염두에 두세요. 그리고 약 드실 시간에는 물을 챙겨 드리는 거 잊지 마시고, 스케줄이나 업무에 필요한 자료는 제가 챙길 테니 지시에 따라 주시면 됩니다."

대부분 처음 중역의 비서를 맡게 된 이들이라 조금 긴장된 모습으로 서연의 말을 열심히 경청했다.

회사 내에서 오래 일한 비서일수록 기밀 사항을 많이 알게 되는 법이고, 그럴수록 자신의 이익을 위해 상사나 혹은 회사를 배신하게 되는 일도 생길 수 있다. 이미 한 차례 그런 일을 겪은 금 전무는 그런 일들을 미연에 방지하고자 노련한 비서보다는 신입 비서들을 키우는 쪽을 선택하고 서연에게 그 일을 맡긴 것이다.

서연이 탕비실에 들어가 차의 종류를 확인하고 있는데 이한영 비서가 들어왔다. 이한영 비서는 큰 키에 호남형 얼굴로 이 팀에서는 유일한 남자였다.

그가 미소를 지으며 들어오자 서연이 고개를 돌려 그를 바라봤다.

"금 전무님이 그렇게 칭찬하시던 이유가 있으셨네요. 멋지신데요?"

"그래요? 고마워요."

비품상자를 내리려던 서연이 가볍게 웃으며 대답했다. 그러자 한영이 싱글거리며 그녀 앞으로 가서 상자를 잡았다.

"그래도 그 여리신 몸으로 힘쓰는 건 힘들 텐데 저에게 넘겨주시죠. 이래 봬도 힘 하나는 실장님께 뒤지지 않을 자신이 있거든요."

넉살 좋게 말하며 대신 상자를 내려 주는 한영에게 서연이 옅은 미소를 지으며 말했다.

"앞으로 염두에 두도록 할게요. 고마워요."

"고맙긴요."

한영이 씩 웃고는 탕비실을 나갔다. 미소를 지은 채로 그의 듬직한 뒷모습을 보고 있던 서연의 표정이 살짝 굳었다.

전혀 닮지 않았는데…….

자신도 모르게 정욱의 위압적인 뒷모습과 한영의 뒷모습을 비교했다는 걸 깨달은 서연이 고개를 저었다. 한영이 내려 주고 간 상자를 열어 안을 확인하는 서연의 얼굴이 어두워져 있었다.

똑똑.

노크 소리와 함께 정 비서가 들어왔다. 정욱이 쳐다보자 그녀가 약간 긴장한 얼굴로 말했다.

"회의실로 이동하실 시간입니다."

정욱이 자리에서 일어서서 문 쪽을 향해 걸어왔다. 190cm에 가까운 큰 키에 떡 벌어진 어깨와 날렵한 허리를 가진 정욱이 긴 다리를 빠르게 교차시켜 걸어가자 정 비서가 부지런히 그의 뒤를 따랐다.

'역시 예쁜 꽃은 관상용이 딱이야. 멀리서 바라보는 게 낫지 이건 뭐 가시가 사방으로 뻗친 남자를 무슨 수로 상대해?'

회의에 필요한 자료를 챙겨 든 채로 그를 따라 걸으며 정 비서가 생각했다.

정욱은 생각보다 어려운 상사였다. 이서연 실장이 그의 일정을 도맡아 처리할 때는 몰랐는데 이 남자는 쳐다보는 눈길 하나로 상대방을 완전히 주눅 들게 하는 남자였다.

무서울 정도로 매혹적인 남자지만 가까이에서 보좌하기에는 여러 가지로 어려운 점이 많았다. 친절한 말 한 마디 해 주는 법이 없었고 어떤 실수를 하든 반응이란 게 없었다. 차라리 버럭거리며 화를 내면 인간답다는 생각이라도 들 텐데…….

이 실장님. 보고 싶어요. 에휴…….

정 비서가 한숨을 쉬며 엘리베이터에 올라타는데 먼저 탔던 정욱이 멈칫했다. 그 바람에 벽같이 커다란 그의 등에 제대로 부딪힌 정 비서가 휘청거렸다.

"아, 죄송합…… 어?"

안경을 고쳐 쓰던 정 비서가 엘리베이터 한쪽에 서 있는 서연을 보고 깜짝 놀랐다. 보고 싶다고 생각한 순간 딱 나타나다니?

"이 실장님? 여긴 어쩐 일이세요? 그만두신 거 아니었어요?"

정 비서가 놀란 얼굴로 묻자 서연이 미소를 띤 채 대답했다.

"잠시 도와 드릴 분이 계셔서요."

"정말요? 전 그만두신 줄로만 알았어요."

둘이 대화하는 동안에도 정욱의 찌르는 시선이 느껴져 서연의 미소 지은 얼굴에 균열이 갈 지경이었다. 사람을 죽일 듯이 노려보다니……. 내가 나타난 게 그렇게 마음에 안 드나?

그 때 서연의 옆에 있던 금 전무가 정욱을 보며 허허 웃었다.

"내가 억지로 불러들였지. 아, 부사장님. 내가 일부러 뺏은 건 아니니 오해는 하지 마시길 바랍니다. 이 비서 그만둔 거 알고 당분간만 도와 달라고 따로 부탁한 거니까."

"그렇습니까."

정욱은 날카로운 눈빛으로 금 전무 옆에 있는 서연을 쏘아본 뒤에 문 쪽으로 몸을 돌렸다. 그의 시선이 거두어지자 서연은 그제야 속으로 작게 안도의 한숨을 내쉬었다. 그의 뒤에 선 정 비서가 서연 옆으로 바짝 붙어서 작은 목소리로 물었다.

"그럼 당분간만 계시는 거예요?"

"네. 그렇게 될 것 같아요."

"그렇구나……."

정 비서가 대답하고는 생각에 잠긴 얼굴을 했다. 혹시 서연이 다시 와 주지 않을까 하는 기대감에 정 비서가 빠져 있는 사이 서연은 들키지 않게 조용히 심호흡을 했다.

마주칠 줄은 알았지만 이렇게 빨리…….

방금 전 엘리베이터 안으로 들어오는 정욱과 눈이 마주쳤을 때 서연은 심장이 멈추는 줄 알았다. 옆에 있는 금 전무를 인식해 겨우 정신을 차리고 표정을 정리한 뒤 인사할 수 있었다.

잘했어.

서연은 속으로 안도의 한숨을 내쉬었다.

잠시 당황하긴 했지만 연습했던 대로 담담하게 그에게 인사할 수 있었다는 데에 그녀는 깊이 안도했다. 다리에 힘이 빠질 만큼 긴장된 마음을 숨겼다는 데에, 그에게 아직도 이렇게나 연연하는 모습을 보이지 않았다는 데에…….

그런데 저 남자의 날카로운 시선에는 태연해지기가 힘들 것 같다. 기분이 상한 걸까? 자신의 비서를 그만뒀으면서 회사에서 다시 보게 된 것이.

여전히 곧은 정욱의 등을 바라보며 서연은 숨을 깊게 들이마셨다.

회의가 끝나고 우르르 회의실을 빠져나가는 사람들 사이에 서연이 있었다. 그녀가 회의 테이블을 정리해 금 전무와 함께 문 쪽으로 걸어가는 것을 정욱이 예리한 눈빛으로 노려보고 있었다.

'안녕하셨어요, 부사장님. 오랜만이네요.'

엘리베이터 안에서 마주쳤을 때 태연한 표정으로 인사를 하던 서연의 모습이 떠오르자 정욱은 머리끝까지 뜨거운 불길이 치솟아 오르는 기분이었다.

전혀 안녕하지 못했던 이유가 그 여자의 부재 때문이라는 사실을 그 여자를 눈앞에서 본 순간 똑똑히 알 수 있었다.

하.

헛웃음을 흘린 정욱의 날렵한 턱이 팽팽히 조여들었다. 여전히 하얗고 깨끗한 피부와 가녀린 실루엣이 그로 하여금 미칠 듯한 욕망을 느끼게 만들고 있었다.

이쪽에는 전혀 시선을 두지 않은 채 웃는 얼굴로 회의실을 빠져나가는 서연의 뒷모습을 끈질기게 노려보던 정욱이 의자에서 벌떡 일어섰다. 사람들을 헤치고 빠르게 걸어가 막 엘리베이터에 올라타려는 서연의 팔을 붙잡았다.

그녀를 돌려세우는 순간 날카로운 정욱의 눈빛과 놀란 그녀의 눈이 마주쳤다.

"……부사장님?"

서연이 당황한 표정으로 그를 바라보자 정욱이 눈을 끔벅거리고 있는 금 전무에게 빠르게 말했다.

"인수인계 문제로 잠시 할 말이 있으니 이 실장 좀 빌리겠습니다."

금 전무의 대답을 듣기도 전에 엘리베이터 문이 닫혔다. 황망한 표정으로 정욱에게 끌려나온 서연이 정신을 차리고 고개를 들었다. 그가 자신을 일방적으로 끌고 가는 모습을 보자 화가 났다.

당신이 나에게 왜?

서연이 그에게 잡힌 손에 힘을 주며 말했다.

"인수인계 문제라면 정 비서와 얘기할 테니 이것 놔주세요."

"따라와."

정욱이 잡고 있던 서연의 팔을 그대로 움켜잡고 걸어갔다.

"부사장님!"

끌려가듯 따라가던 서연이 팔을 힘껏 비틀어 빼냈다. 우뚝 멈춰 선 정욱이 미간을 좁히고 고개를 돌리자 서연이 눈을 똑바로 뜨고 그를 바라봤다.

"이젠 부사장님의 비서도 아닌데 저한테 함부로 하지 마세요. 부사장님 그럴 이유도 자격도 없어요. 저에게 하실 말씀이 있으시다면 정식으로 집무실로 부르세요. 업무 처리한 뒤 가겠습니다."

차분하지만 강경한 목소리로 말한 서연이 몸을 돌렸다. 그러나 채 몇 걸음도 가지 못하고 다시 정욱의 우악스러운 팔에 붙들리고 말았다.

"……왜 이러세요!"

서연이 눈을 치켜뜨고 돌아보자 정욱의 차갑게 굳은 얼굴이 그녀를 내려다보고 있었다. 그의 검은 눈동자가 활활 타오르듯 이글거리는 모습을 보자 서연이 흠칫했다.

"이서연."

무섭게 가라앉은 그의 목소리가 아주 낮게 흘러나왔다.

"끌려가고 싶지 않으면 네 발로 따라와."

으르듯 말한 정욱이 서연의 눈을 똑바로 노려본 뒤 뒤돌아 걸어갔다. 서연은 숨을 몰아쉬며 정욱의 뒷모습을 노려봤다. 그가 입 밖으로 낸 말은 절대 거짓이 아님을 알고 있었다. 그는 억지로라도 끌고 갈 것이다. 자신이 아무리 거부한다고 해도.

서연은 주먹을 말아 쥐고 정욱의 뒤를 따라 걷기 시작했다.

정욱이 데려간 곳은 비어 있는 소회의실이었다.

회의실 입구 알림센서를 사용 중으로 바꾸고 들어간 정욱이 기다란 회의 테이블 끝에 의자를 빼서 앉았다. 그가 턱짓을 하자 서연도 그의 맞은편으로 걸어가 앉았다.

"……."

테이블을 사이에 두고 마주 앉은 서연의 표정이 묘하게 굳었다.

이 테이블 위에서 그와 벌였던 격렬한 정사가 떠오르자 그녀의 헤이즐넛 빛깔의 눈동자가 소리 없이 흔들렸다. 동요를 들키지 않으려 깊게 심호흡을 한 서연이 그를 바라봤다.

창가의 노을빛을 정면으로 받으며 그녀를 똑바로 바라보는 정욱은 인정하고 싶지 않지만 숨이 막힐 정도로 아름다웠다. 깎아 놓은 조각 같은 그의 얼굴이 흔들림 없이 자신을 향하고 있었다. 그가 눈을 깜빡일 때마다 기다란 속눈썹 아래에 짙은 음영이 드리웠다.

"여기, 기억하나?"

정욱이 꺼낸 말에 서연의 심장이 쿵, 소리를 내며 내려앉았다. 억지로 떠올리지 않으려 애를 써도 어지럽게 머릿속을 휘젓고 있는 기억에 대해 그가 묻고 있었다.

"저를 여기로 데려오신 이유가 뭐죠?"

서연이 기억나지 않는다는 듯 말을 돌렸다. 그녀가 최대한 차분한 표정으로 그를 넘겨다보자 그의 입술 끝이 천천히 말아 올라갔다.

"난 이곳에서 있던 일이 선명하게 기억이 나는데 말이지."

"……!"

정욱의 단단한 다크초콜릿을 그대로 녹여낸 듯한 짙은 빛깔의 눈동자가 그녀를 포박하듯 응시하자 서연의 몸에 뜨거운 기운이 확 퍼졌다. 아주 익숙한, 그녀를 제어하려는 그의 힘에 거부하듯 서연이 테이블 아래로 주먹을 꽉 말아 쥐고 그를 똑바로 쳐다봤다.

"용건이 있다고 하지 않으셨나요?"

그녀를 응시하며 정욱이 눈을 가늘게 떴다.

"금 전무에게 가기 위해 그만둔 거였나?"

"그건 아까 전무님 말씀대로 퇴직한 이후에 받은 제안이었습니다."

"……그래?"

서연이 빠르게 대답하자 정욱이 나지막한 목소리로 말했다. 그의 시선이 그녀의 두 눈에 머물다 코로 미끄러져 내려와 작고 도톰한 붉은 입술에 닿았다.

"……."

애써 정욱의 시선을 무시하려 했지만 그녀의 숨결이 거칠어졌다.

입술에 내려앉았던 시선이 작은 턱과 가느다란 목덜미를 지나 목 위까지 살짝 올라오는 핀탁블라우스 위를 훑어 내렸다. 블라우스의 단추에 그의 시선이 고정됐다. 열기를 띤 그의 눈동자가 점점 더 아래로 내려가 잔뜩 긴장한 그녀의 봉긋한 가슴 위에 닿자 그녀의 예민한 유두가 꼿꼿이 곤두섰다.

하아…… 안 돼.

서연은 다시 그의 페이스에 속수무책으로 휘둘리는 기분이었다. 그의 뜨거운 입술과 축축한 혀를 기억하는 젖꼭지가 팽팽하게 부풀었다는 걸 아는 것처럼, 정욱의 시선이 블라우스 단추를 뜯어내고 브래지어를 들춰 올려 맨살을 핥아 올리듯 노골적이고 은밀하게 움직였다.

그의 시선에 몸이 달아오르는 것을 느낀 서연이 더 이상 참지 못하고 의자에서 벌떡 일어섰다.

"말씀 다 하신 거면 먼저 일어나겠습니다."

"아직 안 끝났어. 앉아."

위압적인 그의 목소리에 서연이 숨을 몰아쉬며 다시 의자 위에 털썩 앉았다. 냉정을 가장한 그녀의 차가운 얼굴을 정욱이 가만히 응시하고 있었다. 그에게서 시선을 조금 비낀 채 앉아 있는 그녀에게 그가 물었다.

"금 전무 밑에는 언제까지 있을 생각이지?"

"당분간은 있을 예정이지만 확실히 정해진 것은 아직 없습니다. 전무님께서 자리 잡을 때까지니 오랜 기간은 아닐 겁니다."

"그 후엔?"

"그것도 아직 정확한 계획은 없습니다."

자신의 목소리가 떨리지 않고 나오고 있다는 데에 안도하며 서연이 정욱을 마주 봤다. 잠시 침묵이 흘렀다. 그는 무언가를 관찰하듯 그녀를 똑바로 응시하고 있었다. 투명한 그녀의 눈동자를 보던 정욱이 말했다.

"……그만 가 봐."

"네. 그럼."

정욱의 허락이 떨어지자 서연이 지체 없이 일어섰다. 마치 억지로 잡혀 있던 자리를 벗어나듯 뒤도 안 돌아보고 나가는 그녀의 뒷모습에 정욱의 표정이 싸늘하게 굳었다.

탁.

문이 닫히고 난 뒤 회의실 안에 무거운 정적이 흘렀다.

"하……."

정욱이 커다란 가죽 의자에 몸을 깊게 묻으며 손가락으로 이마를 짚었다. 그의 미간이 바짝 좁혀져 있었다.

원하면 언제든 마음대로 가질 수 있는 여자였다. 아슬아슬한 상황에 긴장하며 거부하다가도 결국 자신의 감정을 숨기지 못하고 고스란히 드러냈던 여자였다. 그걸 확인하기 위해 몇 번이나 그녀를 몰아붙여도 그녀는 항상 자신 앞에서 무너졌다.

그러던 여자가 마치 아예 그런 적이 없었다는 듯 무감한 표정으로 바라보자 참을 수 없을 정도로 분노가 일었다. 그 하얀 얼굴을 보고 있으려니 거부하든, 울음을 터뜨리든 이미 그녀를 절정에 오르게 했던 이 테이블 위에 쓰러뜨리고 억지로 다시 가지고 싶은 욕구가 치솟았다.

지금 당장. 확인하고 싶었다.

그 여자가 정말 날 거부할 수 있는지…….

하지만 거부한다면?

만약 정말 거부한다면 어떻게 되는 거지?

딱딱하게 굳은 얼굴로 회의 테이블을 노려보던 정욱이 거칠게 일어나 문을 박차고 나갔다.

정욱은 회사 근처의 바에 앉아 있었다. 혼자 있고 싶어서 연후의 바로는 가지 않았다. 지금 상태에선 술에 취해 실수할 수도 있을 거라는 위기의식이 들 정도로 엉망진창인 상태였다.

시끄러운 음악이 아무 생각도 할 수 없을 정도로 쿵쿵 울려 대는 바 안에 앉아 혼자 위스키 한 병을 비웠다. 그래도 머릿속에 가득한 열기와 분노가 식지 않아 위스키 한 병을 더 주문하고 성마르게 머리칼을 쓸어 올렸다.

이서연.

그 여자 하나가 왜 이렇게까지 신경을 거슬리게 하는지 도무지 이해가 되지 않았다.

처음 봤을 때부터 특별할 것 없던 평범한 여자였다. 아파 보였기 때문일 수도 있지만 그 한 번의 기억에 특별한 건 없다고 생각했다. 그저 마땅히 도움을 줄 상대였을 뿐. 하지만 잊혀지진 않는 묘한 기억이었던 건 기억한다. 그래서 그 후에 다시 만나게 됐을 때 그 여자가 배 위에서 봤던 여자라는 건 기억했지만…….

금 전무의 추천으로 비서로 온 그 여자를 처음 봤을 때, 하얀 피부의 그 여자와 눈이 처음으로 마주쳤을 때. 그때 어쩌면 그 여자가 이렇게 모든 신경을 송두리째 점령할 것을 예상했는지도 모른다.

심연의 깊은 곳에선 그렇게 생각하고 있었는지도.

그걸 애써 무시하고 있었는지도.

'저와…… 오늘 밤 같이 있어 주실래요?'

그녀가 그 말을 했던 파리에서의 밤이 떠올랐다.

'제가 부사장님께 가지고 있는 감정은…… 비서로서의 감정이 아니에요.'

서연이 긴장된 표정으로 그 말을 했을 때 그녀의 손가락이 가늘게 떨리고 있었다. 투명한 와인 잔을 잡고 있는 손가락이 떨리고 있었다는 걸 눈치챈 순간 그녀를 껴안고 싶은 욕구를 참아 내기 힘들었다.

내 인생에 여자는 필요 없다. 회사 내에선 더욱.

지금껏 지켜 왔던 스스로의 룰을 어기면서도 그 여자의 제안을 받아들인 건…… 이서연이었기 때문이었다.

"제길."

정욱이 싸늘한 목소리로 내뱉고는 거칠게 술을 들이켰다.

처음 그 여자를 안은 이후 다른 여자를 안지 않았던 것이 실수였다. 아직까지 그 여자가 생각나는 건 그 여자 외에 다른 여자를 모르기 때문일 것이다. 그 후로도 다른 여자를 안지 않았으니까.

지금이라도 다른 여자를 안으면 될 거였다. 문제는…… 그 여자 외에 다른 여자를 안고 싶은 생각이 전혀 안 든다는 거지만.

미쳤군. 그 여자에게 몸이 길들여지기라도 한 건가. 그 여자에게만 반응하게.

"하, 미친 게 분명해."

스스로의 생각이 어이가 없어 코웃음을 치는 정욱의 어깨를 누군가가 살짝 건드렸다.

"저기요."

시끄러운 음악을 뚫고 옆에서 들려오는 소리에 정욱이 고개를 돌렸다. 앞에 서 있는 여자를 보고 무심한 그의 눈빛이 흔들렸다.

"당신, 혼자예요?"

……서연?

"환영회까지 해 주실 건 없는데. 오래 있지도 못하는데 염치없잖아요."

서연이 민망한 얼굴로 말하자 금 전무가 눈을 크게 뜨고 목청을 높였다.

"어허, 그게 무슨 소리야! 처음에 초석을 다져 두는 게 제일 힘든 일인데 그거 맡고 있는 사람이 우리 이 실장 아냐? 당연히 환영회는 해야지. 안 그런가?"

"맞습니다!"

직원들이 기다렸다는 듯이 우렁차게 대답하자 금 전무가 껄껄 웃었다.

"거봐. 다들 그렇다잖아. 그러니까 그런 쓸데없는 데 신경 쓰지 말고 많이 먹게."

"네! 감사합니다!"

서연이 대답하기도 전에 다른 비서들이 신나게 대답하며 한우를 굽기 시작했다. 한우 앞에서 마냥 즐거워하는 표정의 비서들을 보며 서연은 슬몃 미소를 지었다. 신입 비서들이라 그런지 대부분 활기가 넘치고 밝은 사람들이었다.

일을 하길 잘했어.

서연은 금 전무의 제안을 받아들인 것을 새삼 잘한 일이라고 생각했다. 이 사람들하고 있으면 우울한 걸 잊고 그 밝은 분위기에 물들게 되니까.

“뭐하고 있어? 자네를 위한 자리니 많이 먹으라니까.”

“아, 네.”

금 전무가 빨리 먹으라는 듯 성화를 하자 서연이 젓가락을 들었다. 그녀가 까끌한 목에 고기를 밀어 넣는 것을 금 전무가 흐뭇하게 보고 있었다.

“자, 한 잔 받게나. 이 실장. 잘 좀 부탁하네.”

“감사합니다. 전무님. 최선을 다하겠습니다.”

“제 술도 받으세요. 실장님.”

“제 것도요.”

연거푸 따라 주는 술을 받아 마시며 서연은 내내 얼굴에 습관적인 미소를 띠고 있었다.

회사에서 정욱과 마주친 뒤로 내내 머릿속이 그로기 상태였다. 서걱거리는 모래 위를 정처 없이 걷는 것처럼 아득한 기분이랄까…….

그래도 밝은 분위기에 있으니 한없이 어두워지지 않을 수 있어서 다행이었다.

“자자, 한 잔 더 받아!”

“네. 전무님.”

어느새 술에 취한 금 전무가 서연의 술잔에 넘치도록 술을 따라 줬다. 이에 질세라 직원들과도 잔이 오가고 시끌벅적한 분위기가 이어졌다. 서연은 정신없이 쏟아지는 술을 꾸역꾸역 받아 마시며 얼굴에 경련이 일 정도로 내내 웃음을 유지하고 있었다.

회식을 마치고 건물 밖으로 나오니 꽤 늦은 시간이었다.

서연은 금 전무를 기다리고 있던 기사의 차에 태워 배웅하고 직원들에게 인사했다.

"그럼 다들 조심히 들어가세요."

"조심히 들어가세요. 실장님!"

"주말 잘 쉬시고 월요일에 봅시다."

간단한 인사를 나누고 뿔뿔이 흩어지자 서연은 그제야 긴장을 풀고 얼굴에서 웃음가면을 걷어 냈다.

하아…… 끝났다.

원체 술을 좋아하는 금 전무였기에 예전 함께 일할 때도 회식이 자주 길어지곤 했었다. 그래서 어느 정도는 익숙했지만 오랜만에 과음한 탓인지 조금 어지러웠다. 서연은 차가운 밤공기에 머플러를 턱까지 끌어 올린 채 하얀 입김을 내뿜으며 걸었다. 그 때 뒤에서 익숙한 목소리가 들렸다.

"이 실장님."

서연이 돌아보자 한영이 그녀에게 달려오고 있었다.

"한영 씨?"

눈을 둥글게 뜨고 그를 보고 있으니 어느새 그녀 앞에 다다른 한영이 숨을 몰아쉬며 싱긋 웃었다.

"무슨 걸음이 그렇게 빨라요? 한참 찾았어요."

"저를요? 무슨 일로?"

한영의 말에 서연이 의아스러운 표정으로 그를 올려다봤다. 그러자 그가 사람 좋은 얼굴로 서글서글하게 웃으며 말했다.

"지영 씨랑 혜린 씨는 같은 방향이라 같이 간다잖아요. 그럼 혼자 무서운 밤길을 가야 하는 실장님을 바래다 드리는 게 유일한 남직원으로서의 도리 아닙니까?"

"매일 다니는 길인데 뭐가 무섭다고. 전 괜찮아요."

서연이 사양하려는데 한영이 얼른 그녀의 팔을 잡아끌었다.

"에이, 사양은 한 번만 하고. 갑시다, 춥잖아요."

익숙하게 팔을 잡아끄는 한영의 모습에 서연이 잠시 잡힌 팔을 바라봤다. 이런 식으로 팔을 잡혀 본 건 정욱한테밖에 없어서 어쩔 수 없이 또 그가 생각났다. 그녀를 뒤돌아본 한영이 어두워진 서연의 표정을 보고 얼른 팔을 놓으며 사과했다.

"아, 죄송해요. 제가 너무 멋대로 터치했나요?"

그가 웃음기를 머금은 채로 정중하게 사과하자 서연이 그를 가만히 올려봤다.

"……한영 씨. 혹시 식구 중에 누나나 여동생 있어요?"

"어떻게 알았어요? 저 누나만 셋인데."

"역시."

한영이 놀라운 듯 보자 서연이 슬며시 미소를 지으며 말했다.

"여자한테 스킨십 하는 게 익숙해 보여서요. 전혀 거리낌이 없달까……. 의도된 느낌도 없고. 그래서 기분 나쁘게 느껴지진 않네요."

"아, 그런가요?"

신기하다는 표정을 하고 있던 한영이 곰곰이 생각하다가 고개를 한쪽으로 기울이며 말했다.

"그런데 그런 거면 여자 형제가 많다기보다 연애 경험이 많다라고 생각할 수도 있잖아요? 듣고 보니 이거 남자로서 전혀 매력 없다는 소리로 들리는데?"

"그런 건 아니에요."

한영의 너스레에 서연이 미소를 지으며 고개를 저었다.

그의 일방적인 행동은 정욱의 그것과는 달리 강제적인 느낌은 들지 않아 거부감이 들지는 않았다. 그런 부분에서 느끼는 칭찬의 의미였는데 한영이 다르게 받아들인 것 같아 조금 난감했다. 그 점을 설명하기가 어려워 난감해하는데 서연은 어느새 그와 나란히 걷고 있다는 걸 깨달았다.

한영은 그녀가 거부감을 느끼지도 않고 너무 멀어지지도 않은 적당한 간격을 두고 보조를 맞춰 걷고 있었다. 서연은 잠시 그를 올려다보고 그냥 잠자코 그의 옆에 서서 나란히 걸어갔다. 더 이상의 사양은 실례라는 생각도 들었다.

"실장님 얼굴 안 땡겨요?"

"네?"

인파 속을 걷던 한영이 묻자 서연이 고개를 들었다.

"아까 회식 자리 내내 얼굴에 경련이 일 정도로 억지로 웃고 있던 것 같아서요."

한영이 손가락으로 자신의 입술을 양옆으로 죽 늘이는 제스처를 취하며 말하자 서연의 눈에 당혹감이 서렸다. 이 남자는 어떻게 눈치챈 걸까?

"그렇게 보였어요? 아닌데."

슬쩍 웃으며 넘어가려는데 한영이 또 한마디 했다.

"그럼 그런 걸로 치죠, 뭐. 아, 피곤하지 않으세요? 택시 타실래요?"

"아뇨. 괜찮……."

손사래를 치던 서연의 눈이 그 순간 못 박힌 듯 한곳에 고정됐다. 정욱의 팔짱을 낀 어떤 여자가 맞은편에서 걸어오고 있었다. 정욱의 시선도 서연에게 향해 있었다.

"……."

두 사람의 눈동자가 허공에서 부딪혔다. 흔들리는 그녀의 눈동자가 그를 지나쳐 정욱의 팔짱을 끼고 있는 여자에게 박혀 있었다.

서연이 굳은 듯 서 있는데 옆에서 목소리가 들렸다.

"……실장님?"

순간 정신을 차린 서연이 하얗게 질린 얼굴로 한영을 올려다봤다. 의아스러운 표정으로 그녀를 내려다보고 있는 한영의 얼굴이 흔들리는 시야에 들어왔다.

"왜 그래요? 어디 안 좋아요?"

"아, 아니에요. 미안해요. 어서 가요."

서연이 황망한 표정으로 말하고는 다시 걷기 시작했다. 걷고는 있었지만 모든 신경이 맞은편에서 가까이 다가온 정욱과 그 여자에게 쏠려 있었다. 심장 소리가 어지럽게 커지고 머릿속이 뜨거워졌다.

그들이 그녀를 스쳐 지나갔다. 몇 발자국 멀어진 뒤에서 여자의 목소리가 들렸다.

"저기요. 우리 그냥 이대로 호텔 갈래요?"

그의 팔짱을 낀 여자의 간드러지는 목소리가 서연의 귀를 파고 들었다.

호텔 안에 들어와 여자가 샤워를 하는 동안 정욱은 무서운 얼굴로 소파 위에 앉아 있었다.

……그 남자는 누구지?

이서연의 옆에 있던 남자가 정욱의 눈빛을 위험할 정도로 어둡게 번뜩이게 만들었다. 그녀는 늘 자신의 옆에 있었다. 자신의 비서로 있는 내내 어딜 가든 그녀는 그림자처럼 따라다녔다. 그게 그녀의 일이었고, 그녀가 원하던 일이었다.

그런데 지금 이서연은 다른 남자의 옆에 서 있다?

스쳐 지나가던 서연과 남자의 모습이 그의 머릿속을 엉망으로 흩뜨려 놓고 있었다.

다른 여자를 안으면 그녀를 잊을 수 있을 것 같은 자포자기의 심정으로 이 여자와 함께 나왔지만, 그는 서연과 한영을 발견한 순간부터 두 사람의 모습만 떠올리며 초조한 눈빛으로 이를 악물었다.

그때 여자가 욕실에서 나와 커다란 박스타월로 알몸을 아슬아슬하게 가린 채 정욱에게 다가왔다.

"샤워할래요? 난 안 해도 상관없지만."

은근한 목소리로 말하며 그에게 찰싹 감겨드는 여자를 차가운 얼굴로 정욱이 응시했다.

전혀 닮지 않았다.

아까는 분명 이서연과 닮았다고 생각한 여자는 스쳐 지나갔던 실제의 이서연과는 전혀 닮지 않은 천박한 여자였다.

"어멋!"

그가 그녀를 밀쳐내며 소파 위에서 일어서자 여자가 크게 휘청거리며 바닥으로 쓰러졌다.

"왜, 왜 이래요?"

타월이 활짝 벌어져 훤히 보이는 여자의 알몸이 더럽다는 듯 시선을 돌린 정욱이 현관문 쪽으로 성큼거리며 걸어갔다.

"이봐요!"

그녀가 당황하며 몸을 일으켜 세우기도 전에 정욱은 룸을 빠져나왔다.

문 밖으로 나와 복도를 걸어가는 정욱의 두 눈이 타오르는 분노로 벌겋게 충혈됐다. 빳빳하게 굳은 얼굴로 엘리베이터 위에 올라타 쾅! 소리가 나도록 부술 듯 버튼을 쳤다.

"이서연. 지금 누구와 있는 거야?"

억눌린 목소리로 내뱉은 그가 노기로 이글거리는 눈빛을 번뜩이며 휴대전화를 움켜잡았다.

하얗게 질린 그녀의 얼굴을 보고 몸이 안 좋은 것 같다는 한영의 주장에 의해 서연은 억지로 택시에 태워졌다.

"잘 들어가요."

오피스텔 입구까지 바래다준 한영에게 어떻게 인사를 하고 들어온 건지도 잘 기억나지 않았다. 정신을 차리고 보니 자신은 오피스텔 안에 들어와 있었다. 현관문에 기댄 채로 서연은 멍하니 서 있었다. 머릿속은 아까 마주쳤던 정욱과 그의 팔을 매달리듯 잡고 있던 여자의 모습만 끊임없이 반복 재생되고 있었다.

그리고 그 여자의 목소리도.

'저기요. 우리 그냥 이대로 호텔 갈래요?'

간드러지는 여자의 목소리가 떠오르자 서연의 얼굴이 창백해졌다.

호텔? 그 여자와 호텔을 간다고? 그 여자와 나와 했던 것과 똑같은 그런…….

순간 숨을 쉴 수도 없을 만큼 목구멍이 꽉 막히더니 가슴을 쥐어짜는 듯 아파 오기 시작했다.

왜 이러는 거야? 바보같이.

왈칵 눈물이 차올랐다. 마음에서 밀어내겠다 그렇게 애를 썼는데도 다른 여자와 함께 있는 그의 모습에 미어지도록 가슴이 아려왔다. 그가 충분히 그럴 수 있는 남자라고 생각했으면서도 막상 그 광경을 눈으로 보게 되자 아닐 거라고, 그는 나 없이는 안 될 거라고 부질없이 믿고 있던 자신의 어리석은 본심을 알게 됐다.

"흐윽……."

현관문에 등을 기대고 그대로 주저앉은 서연의 입술에서 오열이 터져 나왔다. 가슴이 찢어질 듯 아팠다. 조각칼로 마구잡이로 심장을 긁어내는 것처럼 아팠다.

매일 우는 것도 지겨울 때가 됐는데, 아직도 벗어나지 못하고 이러고 있는 자신에게 배신감이 들었다.

현관 앞에 주저앉아 무릎에 얼굴을 묻고 울고 있는데 코트 주머니 안에서 진동이 울렸다. 잘 들어갔냐는 한영의 전화일 수 있어 휴대전화를 꺼내 액정을 확인하자 그녀의 얼굴이 굳었다.

[도정욱]

액정에 떠 있는 이름을 멍한 눈으로 한참 바라보는 사이 전화가 끊겼다. 곧이어 다시 전화벨이 울리자 서연은 들고 있던 휴대전화를 벽으로 힘껏 내던졌다.

퍼억!

단단한 벽에 부딪힌 휴대전화가 바닥으로 툭 떨어져 나뒹굴었다.

07

서연은 새로운 휴대전화로 바꾸며 번호도 함께 바꿨다.

그리고 정욱의 번호도 지웠다.

비록 외우고 있는 번호라 할지라도 휴대전화 안에 그의 흔적이 사라졌다는 것만으로도 위안이 됐으니 상관없었다.

조금만 노력을 기울여도 회사 안에서 그를 만나지 않을 수 있다는 것도 깨달았다.

그의 비서로 생활하는 동안 그의 행동반경은 대부분 파악했으니 겹칠 위험이 있는 곳은 다른 비서를 보내면 됐다. 그때처럼 모든 일을 자신이 맡지 않고 인수인계 형식으로 진행했기 때문에 가능한 일이기도 했다.

그러는 동안 폭풍우가 몰아치는 외딴섬 같은 그녀의 마음도 서서히 안정을 찾아갔다. 더 이상 그를 생각하며 울지 않게 됐고 그를 생각하지 않으려 했다. 강희란과의 결혼은 사실이 아니라는 자료가 공식 배포되었지만 크게 연연하지 않았다. 어쩌면 그날 이후, 남아 있던 일말의 미련이 완전히 사라져 버렸는지도 몰랐다.

차라리 잘됐어.

서연은 속으로 중얼거리며 탕비실로 걸어갔다.

"실장님. 저녁에 시간 있으세요?"

한영이 탕비실 입구까지 따라와 묻자 서연이 그를 바라봤다.

"오늘 저녁이요? 무슨 일인데요?"

"음, 조금 상담할 게 있어서요. 시간 괜찮으시면 식사하면서 얘기 나눌 수 있을까 하고……."

한영이 조금 난처한 표정으로 콧등을 긁적였다. 그의 얼굴을 가만히 보던 서연이 옅은 미소를 지으며 고개를 끄덕였다.

"시간 괜찮아요."

처음 중역 비서가 되었을 때는 이런저런 애로사항이 많이 발생한다. 그에 따른 상담이라 생각한 서연은 실장으로서 당연히 응해야 한다는 생각으로 선뜻 대답했다.

"고마워요. 그럼 퇴근 후에 회사 앞 커피숍에서 기다릴게요."

"그래요."

싱긋 웃은 한영이 자리로 돌아갔다.

퇴근 후 서연이 손목시계를 보며 엘리베이터에서 내렸다. 업무가 많아 약속한 시간보다 조금 늦어져 걸음을 서둘러야 했다. 사적인 약속이라 해도 회사직원과의 약속 시간은 지켜야 했기에 그녀의 걸음이 조급해졌다.

막 회사 정문을 빠져나오는데 뒤에서 낮은 목소리가 들렸다.

"이서연 씨."

"……!"

서연이 흠칫 놀라 그 자리에서 멈춰 섰다. 목소리의 주인은 본능적으로 알고 있었다. 익숙한 목소리……. 서연이 고개를 돌리자 정욱이 서 있었다. 블랙 슈트를 입고 위압적으로 서 있는 그는 차가운 얼굴을 한 채 자신에게로 한 걸음씩 다가왔다.

"하도 안 보이기에 그만둔 줄 알았더니 아직 남아 있었습니까?"

그가 지척까지 다가오자 서연이 서늘한 눈빛으로 그를 바라보며 말했다.

"네. 아직 근무 중입니다."

냉기가 도는 서연의 목소리에 정욱의 눈이 가늘어졌다. 그가 서연에게 한 발 더 다가왔다.

"나한테 할 말이 있을 텐데요?"

"딱히 기억나는 일은 없네요. 퇴근하는 길이신 것 같은데 조심히 들어가세요. 그럼."

그의 말을 싹둑 잘라 버린 서연이 몸을 돌렸다. 정욱이 그런 그녀를 날카로운 눈빛으로 보더니 걸음을 빨리해 붙잡았다.

"할 말, 정말 없습니까?"

손목을 휘어잡은 채로 거칠게 돌려세운 정욱이 그녀를 똑바로 노려보며 말했다. 그러자 서연이 평온한 눈빛으로 그를 올려보며 대답했다.

"없어요."

정욱의 눈썹 끝이 날카롭게 휘어 올라갔다.

"사람 전화 무시하고, 멋대로 번호까지 바꿔 버렸으면서 할 말이 없다?"

정욱이 사납게 을렀지만 서연의 표정엔 흔들림이 없었다. 그것이 그의 심기를 더욱 거슬렀다. 그녀가 조용한 목소리로 말했다.

"제가 부사장님의 비서도 아닌데 일일이 허락받고 번호를 바꿔야 되는 건 아니잖아요."

"이서연!"

정욱이 으르렁거리자 서연이 그에게 잡힌 손을 빼내려 팔을 비틀었다.

"이것 놓으세요. 소리 지르기 전에."

"너 정말……."

그 때 정욱의 손을 누군가가 잡았다. 서연과 정욱의 시선이 새로운 손의 주인에게 향했다. 한영이었다. 그는 정욱을 똑바로 바라보고 말했다.

"왜 이러시는 겁니까? 부사장님이라고 여직원에게 함부로 해도 됩니까?"

"한영 씨."

서연이 한영을 보고 놀란 얼굴을 했다. 정욱이 차가운 시선으로 한영을 노려봤다.

"개인적인 문제니 당신은 빠지십시오. 이한영 씨."

정욱이 한영을 무섭게 노려보며 내뱉자, 서연은 그가 이한영이라는 이름을 안다는 사실에 내심 놀랐다.

"개인적인 문제로 보이지 않아서 그럽니다. 우리 사수가 곤란해 보이는데, 아닙니까?"

한영이 지지 않으려는 듯 정욱을 똑바로 노려보며 말했다. 그러자 정욱이 서연을 힐끗 내려다봤다.

"이서연 씨. 지금 이 상황이 곤란합니까?"

낮은 그의 목소리를 들은 서연이 두 사람을 번갈아 올려다보고는 한숨을 내쉬었다. 이게 도대체 무슨 일인지……. 겨우 버티고 서 있는데 남자 둘이 움켜쥐고 흔드니 쓰러질 것 같았다.

"우선 두 분 다 놔주세요."

그녀의 말에 한영이 손을 놨다. 하지만 정욱은 아직도 그녀의 팔을 꽉 움켜쥔 채로 말했다.

"싫다면?"

"부사장님!"

한영이 소리치자 정욱이 그에게 낮게 을렀다.

"너한테 물은 거 아니니까 조용히 해. 말해. 이서연. 내가 이러는 게 곤란하면 놔줄 테니까."

"……!"

정욱의 서슬에 한영이 거친 숨만 몰아쉬며 입을 다물고 서연을 바라봤다. 정욱이 똑바로 내려다보는 시선을 꼼짝 않고 올려보던 서연이 입술을 깨물었다.

"……곤란합니다. 놔주세요."

그 말에 정욱이 일말의 주저 없이 손을 놨다. 너무나 쉽게 놓아버리자 서연의 눈빛이 흔들렸다. 그녀를 사납게 노려보던 정욱이 냉랭한 목소리로 말했다.

"곤란하게 해서 미안하군."

그 말을 한 정욱이 그들을 지나쳐 성큼거리며 걸어갔다. 멀어지는 정욱의 뒷모습을 우두커니 서서 바라보고 있는 서연에게 한영이 물었다.

"실장님. 괜찮으세요?"

"네……. 괜찮아요."

흐린 표정으로 고개를 끄덕인 서연이 표정을 추스르고 말했다.

"미안해요. 본의 아니게 이상한 모습을 보였네요. 할 얘기 있다고 했죠? 가요."

억지로 웃음을 지어 보이며 서연이 앞질러 걸어가자 한영이 걱정스러운 표정으로 그녀를 뒤따라 걸어갔다.

회사 근처에 위치한 뉴욕식 프라이빗 다이닝바에서 서연은 한영과 와인을 곁들인 식사를 했다. 그는 유머러스한 농담들로 분위기를 밝게 하려 노력했다.

하지만 머릿속에는 자신의 손을 놓은 정욱의 차가운 표정과 목소리만 뱅글뱅글 돌고 있었다. 그걸 티내지 않기 위해 서연은 표정에 신경 쓰며 억지로 미소를 끌어 올렸다.

식사가 끝나갈 무렵 한영이 물었다.

"아까 일, 많이 신경 쓰이나 봐요."

"네……? 왜요?"

와인을 마시던 서연이 시선을 올려 의아스러운 표정으로 그를 바라봤다. 한영이 단정한 얼굴로 미소 지었다.

"또 억지로 웃고 있는 것 같아서요. 기분 탓인가요?"

"아아……. 아닌데."

서연이 난처한 미소를 짓고는 말을 이었다.

"난 괜찮아요. 이제 식사도 끝났으니까 본론으로 들어가 볼까요? 한영 씨 상담받고 싶은 거 있다면서요. 이야기해 봐요. 일에 무슨 문제라도 있어요? 아무래도 비서 중에 혼자 남자다 보니 애로점이 있을 것 같은데……."

서연의 말에 한영의 표정에 살짝 균열이 갔다.

"아, 그건…… 일 때문이 아닌데."

"그럼요?"

와인 잔을 든 채로 서연이 물었다. 한영이 잠시 고민하는 표정으로 팔짱을 끼고 그녀를 바라보다가 한숨을 내쉬었다.

"아까 그 일로 눈치챘을 거라고 생각했는데, 실장님 은근히 눈치 없으신데요? 일은 그렇게 잘하시면서 왜 이쪽으로는 이렇게 둔하지?"

"네?"

서연이 영문 모를 표정으로 미간은 찌푸리자 한영이 답답한 얼굴로 말했다.

"이래도 모르겠어요? 나 실장님, 아니 서연 씨한테 이성적인 호감 느껴요. 직장동료로서가 아닌 여자로서."

"……!"

한영의 진지한 표정에 와인 잔을 든 채로 서연이 굳었다. 전혀 예상하지 못한 말이었다. 그에게만 신경을 쓰고 있어서 다른 데는 전혀 신경 쓸 겨를이 없었던 걸까? 아예 감지하지 못하다니…….

그녀의 흔들리는 눈빛을 보며 한영이 다시 말했다.

"남자로서 서연 씨 옆에 있고 싶은데, 난 안 돼요?"

그의 부드럽지만 강한 어조에 황망한 표정으로 바라보고 있던 서연이 한숨을 내쉬었다.

"한영 씨. 미안하지만…… 난 한영 씨를 그런 식으로는 생각해 본 적이 없어요."

"없으면 지금부터 생각해 보면 되죠. 어려울 거 뭐 있어요?"

한영이 싱글거리며 말하자 서연이 고개를 저었다.

"그런 무책임한 말이 어디 있어요? 난 그렇게 가벼운 기분으로 누군가와 이성적으로 만나는 일, 못해요."

그럴 수 있다면 그와 그런 관계까지 되지 않았을지도 모른다. 진심으로 누군가를 좋아하게 되면 다른 사람은 아예 안 보이고 오로지 그 사람에게만 몰두하는 타입이라는 걸 알게 된 것도 그로 인해서니까…….

"이게 무책임한가? 모험은 즐기라고 있는 거죠. 난 서연 씨랑 모험해 보고 싶어요. 혹시 지금 만나는 남자 있어요?"

"아뇨. 그건 아니지만……."

"그럼 문제 될 것 없겠네. 난 설사 만나는 사람이 있더라도 기다리겠다고 말할 생각이었거든요."

한영이 서글서글하게 웃었다. 미소는 짓고 있지만 그의 눈은 확신을 담은 강한 눈빛이었다. 서연이 답답한 듯 매끈한 이마를 찌푸렸다.

"한영 씨. 그건 너무 일방적이라는 생각 안 해요?"

"좋아하는 사람에겐 망설이는 성미가 못 돼요. 만약 서연 씨가 정 싫다면 이 자리에서 거절해도 되지만 이왕이면 조금의 노력쯤은 해 보겠다는 말이 듣고 싶어요. 지금은 그거면 돼요. 다른 건 안 바라고. 어때요?"

"그런……."

서연이 말문이 막힌 듯 그의 미소를 띤 진지한 얼굴을 바라봤다.

아마 이 남자는…….

사랑에 있어 죽고 싶을 정도의 큰 상처를 받아 본 적이 없겠지. 그래서 이렇게 두려움이 없는 거겠지. 사랑을 시작하는 것에 대해, 상처를 받는다는 것에 대해.

분명 서로 충분히 사랑하고 사랑받는 데에만 익숙해져 있을 거였다. 죽을 정도로 고통스러운 상처를 준 적도 받은 적도 없이 아프지 않은 행복한 사랑만 해 봤을 것이다. 그래서 저렇게 망설임 없는 강한 눈빛을 할 수 있는 거겠지.

하지만…….

서연이 작게 한숨을 내쉬었다.

"한영 씨의 마음은 정말 고마워요. 하지만 아직 내 마음속에서 정리되지 않은 남자가 있어요. 무턱대고 기다리라고 할 만큼 가벼운 감정 아니에요. 미안해요."

서연의 완고한 거절에 한영의 미소가 흐려졌다. 잠시 생각에 잠겼던 그가 입을 열었다.

"이런 질문, 실례가 될지 모르겠지만…… 혹시 그 사람, 부사장님입니까?"

"……."

서연은 대답하지 않았지만 그녀의 표정에서 한영은 대답을 알 수 있었다.

"그럼, 기다릴게요."

한영이 산뜻한 얼굴로 말하자 서연의 얼굴에 당혹감이 서렸다.

"한영 씨. 그건 아니에요. 난……."

"그 남자, 솔직히 남자로서 좋은 남자로 보이지 않아요. 그런 남자 옆에서 상처받고 극단적인 상황에 내몰리는 여자들, 주위에서 많이 봤어요. 난 서연 씨가 그런 남자에게 상처받고 힘들어하는 거, 원치 않아요."

서연의 흔들리는 눈동자를 한영이 똑바로 바라봤다. 그의 눈빛은 아무리 밀어내도 밀려나가지 않겠다는 결심을 공고히 하고 있었다. 그녀가 무슨 말을 하든, 어떤 식으로 밀어내려 하든 듣지 않겠다는 완고함도 보였다. 서연은 속이 답답해졌다.

"내가 그 남자 잊을 수 있게 도와줄게요. 날 이용해도 좋으니까 그렇게 해요."

"한영 씨……."

그의 진심 어린 눈빛에 서연은 흐린 얼굴로 더 이상 아무 말도 할 수가 없었다.

바래다준다는 한영의 말을 겨우 거절하고 혼자 집으로 돌아온 서연은 욕조 가득 뜨거운 물을 받았다. 물이 받아지는 동안 서연은 서랍에서 피임약을 꺼내 작은 알약을 물과 함께 삼켰다. 이제 먹을 의미도 없는데 습관처럼 먹고 있는 약이었다.

……정말 습관일까?

어쩌면 아직도 그를 기다리고 있다는 반증이 아닐까?

서연은 작게 고개를 저으며 옷을 벗고 새하얀 욕조 안으로 들어갔다. 커다란 욕조 안에 잠기자 긴장했던 온몸의 근육이 풀리며 하아, 하는 한숨 소리가 절로 새어 나왔다.

한영에게는 미안했지만 그의 고백보다, 그녀의 손을 미련 없이 놓고 가 버린 정욱의 뒷모습이 계속 뇌리에 맴돌았다.

'곤란하게 해서 미안하군.'

차가운 그의 말이 비수처럼 날카롭게 심장을 후벼 팠다. 턱이 덜덜 떨릴 만큼 가슴이 조여들어 숨을 쉴 수가 없었다.

바보 같아.

그렇게 벗어나고 싶다고 생각했으면서 막상 그 말이 마지막일까 봐 왜 이렇게 겁을 내? 정신 차려…… 제발 정신 차려. 이서연!

손바닥으로 얼굴은 가린 서연이 가느다랗게 흐느꼈다. 아무리 털어 내려고 해도 뒤도 안 보고 걸어가던 그의 뒷모습이 떠오를 때마다 가슴은 수없이 무너져 내렸다.

잠근 샤워기에서 똑, 똑, 떨어지는 물소리가, 여전히 그녀에게 남은 미련 같았다.

서연이 파리한 얼굴로 전무실에 들어서자 직원들이 다들 한마디씩 했다.

"이 실장님 얼굴이 왜 그래요? 어디 아파요?"

"주말 사이에 뭘 했기에 얼굴이 반쪽이 됐어?"

금 전무도 걱정스러운 얼굴로 한소리 하자 서연이 옅게 웃었다.

"감기기운이 조금 있어서 그래요. 걱정하지 마세요."

대충 둘러댄 서연이 자리에 숄더백을 올려두고 파우치만 꺼내 화장실로 향했다. 거울을 보니 정말 눈 밑도 어둡고 안색도 좋지 않아 보였다. 들고 간 파우치에서 팩트를 꺼내 덧바르고 입술도 조금 더 진하게 칠한 뒤 다시 거울을 봤다.

휴우, 한결 나아졌네.

낮게 한숨을 내쉰 서연이 금빛 파우치를 들고 화장실을 나왔다. 잠을 한숨도 자지 못한 탓인지 피곤함이 몰려왔다. 서연은 1층 커피숍에서 진한 에스프레소를 사 올 생각으로 엘리베이터를 타고 내려갔다.

띵.

1층에 도착해 엘리베이터에서 내리는 순간, 서연은 숨이 멎는 줄 알았다. 정욱이 이사진들과 로비를 가로질러 걸어오고 있었다. 남들보다 머리 하나는 더 있는 큰 키에 날렵한 몸매를 가진 정욱은 어디서나 한눈에 들어왔다.

서연은 심장이 빠르게 뛰기 시작했다.

그의 손을 놓은 뒤 정욱이 자신을 어떤 식으로 대할지 밤새 생각해 봤지만 상상이 되질 않았다.

위압적인 분위기의 그를 보며 어떤 표정을 지어야 할지 결정하지 못한 사이 정욱이 서늘한 눈빛으로 그녀를 힐끗 쳐다본 후 냉랭하게 지나쳤다.

완벽한 무시.

처음부터 몰랐던 사람처럼 그녀를 지나친 그가 임원진들과 엘리베이터에 올라탔다. 서연의 얼굴이 하얗게 굳었다. 엘리베이터가 올라간 이후에도 서연은 한참 동안 그 자리에서 움직일 수가 없었다.

정욱은 집무실 안에 팔짱을 끼고 서서 탁 트인 전면 창 바깥을 내려다보고 있었다. 노을 지는 하늘과 어두워지는 한강을 내려다보는 그의 얼굴은 차갑게 굳어 있었다.

'곤란합니다. 놔주세요.'

자신을 거부하는 서연의 그 말이 떠오르자 그의 눈에 핏줄이 불거졌다.

쾅!

주먹으로 세차게 유리를 내려친 그가 가슴을 들썩이며 거친 숨을 몰아쉬었다. 남자다운 강한 턱을 단단히 굳힌 채로 주먹 위로 이마를 갖다 댔다.

곤란하다면 놔주지. 이서연.

다신 붙잡지 않아.

이를 사리문 그의 턱에 강하게 힘이 들어갔다.

에스프레소를 들고 전무실로 돌아왔을 때 그녀의 책상 위에 약봉투가 올려져 있었다. 의아스러운 표정으로 그걸 보던 서연은 봉투에 쓰여 있는 글씨를 발견했다.

「감기약이에요. 식사하고 먹어요.」

서연의 시선이 한영을 향했다. 그는 모니터에만 시선을 두고 있었지만 이걸 놔둔 사람은 한영이라는 걸 알 수 있었다.

감기가 아닌데…….

둘러댄 말에 직접 약을 사 온 한영의 배려가 고마우면서도 부담이 됐다. 씁쓸한 미소를 띠운 서연이 조용히 의자를 빼내 자리에 앉았다.

업무를 보는 와중에도 그녀를 무시하고 냉랭하게 스쳐 지나간 정욱의 모습이 머릿속을 지끈거리게 만들었다.

더 이상 그가 미련 갖지 않게 해 준다면 고마운 일일 텐데도, 그걸 원해서 지금껏 그를 피해 다녔음에도 얼음장처럼 차가운 그의 시선에 상처받은 가슴이 말라비틀어진 낙엽처럼 바스라졌다.

회사에 복귀한 이후 엘리베이터에서, 그리고 금요일에 회사 정문 앞에서 그의 팔에 붙들렸을 때 당혹스러웠지만 한편으론 안심이 되는 이율배반적인 기분을 느꼈다. 그가 잡아 준다는 것에 자신도 모르게 안심이 되어 버리고 만 것이다.

다른 여자와 함께 있는 모습을 보고서도 불같은 질투심에 시달리는 마음과 끊어 내야 한다는 마음 사이에서 괴로워했었다. 그런데도 종국엔 그가 잡아 주기를 원했다. 상처 입으면서도 그랬다. 그를 놓지 못하고 있던 것이다. 그 사실을 애써 부인하고 외면하면서 잊을 수 있을 거라 믿었다.

하지만 조금 전 그의 차가운 시선과 마주했을 땐…….

심장이 바닥까지 덜컥 내려앉았다. 이제 다시는 그가 그런 식으로 잡아 주지 않을 거라는 공포가 일었다. 그 공포감을 느끼고 나서야 얼마나 그가 잡아 주기를 바랐는지를 깨달아 버렸다.

모순투성이.

하나같이 모순투성이야.

바람에 흔들리는 시든 나뭇잎처럼 불안하게 흔들리는 서연의 표정이 어둡게 가라앉았다.

퇴근 후 회사를 나온 서연의 등을 누군가가 툭 건드렸다. 깜짝 놀란 얼굴로 뒤돌아본 서연의 앞에 한영이 싱긋 웃으며 서 있었다.

"……한영 씨."

정욱이라 기대했던 마음에 실망감을 삼키며 서연이 그를 바라봤다.

"몸, 많이 안 좋아요?"

"아, 약 고마워요. 하지만 감기가 심하진 않아서요. 괜찮아요."

서연의 대답에 한영이 다행이라는 듯 웃었다.

"그럼 약보다 에너지 섭취가 더 중요할 것 같은데요? 밥 먹으러 가요. 아까 보니까 점심도 커피로 때우던데."

"아뇨. 밥 생각은 없어요."

서연의 자르는 말에도 한영은 개의치 않고 그녀의 팔을 잡아끌었다.

"생각 없어도 막상 눈앞에 놓이면 달라질걸요? 가요. 이 근처에 정말 맛있는 한정식 집 알거든요. 없던 밥맛도 불끈불끈 생기는."

무작정 잡아끄는 한영에 이끌려 가면서 서연은 난감한 표정을 지었다. 자신을 배려해 주는 마음은 알겠지만 정신적으로 몹시 피곤했다. 이 남자 앞에서 웃어 주는 것조차 힘겨울 정도로 마음의 여유가 한 조각도 남지 않았다. 그런 그녀의 상태는 전혀 모르는지 한영은 싱글거리며 그녀를 이끌어 신호를 건넜다.

"잠깐 세워."

"네? 아, 네."

정욱의 지시에 운전 비서가 갓길에 차를 세웠다. 횡단보도를 건너는 한영과 서연을 차 안에서 지켜보던 정욱의 눈매가 가늘어졌다. 두 사람의 모습이 인파 속으로 섞여 들자 정욱이 낮게 말했다.

"……됐으니 출발해."

"알겠습니다."

정욱의 지시에 따라 묵직한 엔진음을 내며 차가 다시 출발했다. 정욱의 시선은 차갑게 다른 곳을 향하고 있었다.

한영이 자신했던 대로 음식은 맛이 좋았다. 퓨전한식당답게 분위기도 모던했으며 음식들도 하나하나 특색 있는 맛을 선보였다. 하지만 이 산해진미를 눈앞에 두고서도 서연은 식욕이 일지 않았다. 지금은 어떤 호화로운 음식이 눈앞에 있더라도 그럴 것 같았다.

"입맛에 맞지 않아요?"

깨작거리는 서연의 젓가락질이 신경 쓰였는지 한영이 물었다.

"아뇨. 맛있어요."

서연이 흐리게 웃으며 음식들을 입안으로 가져갔다. 한영이 자신을 살피는 시선을 느낄수록 부지런히 젓가락을 놀렸다. 애써 이런 곳까지 데려온 미안한 마음에 억지로 음식들을 먹다 보니 금세 속이 더부룩해졌다.

"서연 씨 잘 먹는 모습 보니까 좋네요."

한영이 진심으로 밝게 웃으며 말하자 서연은 따라 웃으면서도 속이 답답했다. 결국 한영이 화장실에 간 사이 가방에서 소화제를 꺼내 입안에 털어 넣었다.

자리에 돌아온 한영이 후식으로 나온 작고 색이 고운 분홍빛 떡케이크를 서연 앞으로 밀어 놔주며 말했다.

"스트레스 받을 땐 단 게 좋대요. 이거 먹어 봐요."

자신의 앞에 놓인 빛깔 고운 떡케이크를 보며 서연이 슬몃 미간을 좁혔다.

"내가 스트레스가 심한 것 같아 보여요?"

"그렇다기보다는…… 우리 둘째 누나가 말하기를 여자는 항상 여분의 당분을 필요로 할 만큼의 스트레스를 쌓아 두고 사는 존재라고 해서요. 서연 씨는 아닌가?"

한영이 고개를 갸웃거리며 말하자 서연이 옅게 웃었다.

"듣고 보니 어느 정도 맞는 말 같긴 하네요. 그러고 보면 한영 씨는 누나들 영향으로 여자에 대해 많이 알고 있겠어요. 여자에 대한 약간의 환상은 남자들에게 필수불가결한 요소 아닌가요?"

"어? 그렇게 말하는 걸 보니 서연 씨도 남자에 대해 꽤 많이 아는 것 같은데. 오빠나 남동생 있어요?"

한영이 눈을 반짝이며 묻자 서연이 고개를 저었다.

"아뇨. 그건 아니지만…… 그래도 내가 한영 씨보다 나이가 많으니까 그런 게 아닐까요?"

"에이. 그래 봐야 두 살 차이잖아요. 두 살은 맞먹어도 되는 거 몰라요? 육칠십 넘어가면 다 친구 되고 그런 건데."

한영이 너스레를 떨자 서연이 가느다랗게 입술 끝을 올렸다.

이 남자는 기본적으로 상대를 편안하게 만들 줄 아는 남자였다. 적당한 위트에, 적당한 미소에, 배려 섞인 말투까지. 그리고 무엇보다 구김 없는 남자 특유의 자신감이 흘러나오는 이였다.

이런 남자를 좋아했다면 얼마나 좋을까.

그 차가운 도정욱이 아닌…….

"한영 씨 연애 많이 해 봤죠?"

"어어? 아니라니까요. 나 순진한 남자예요. 여자에 대해 잘 아는 듯 보이는 건 순전히 누나들 영향입니다."

한영이 후식으로 곁들여 나온 홍차를 마시며 천연덕스럽게 말했다.

"정말요?"

서연이 되묻자 그가 멋쩍은 얼굴로 콧등을 긁적였다.

"음……. 실은 뭐 연애 경험은 남들만큼은 있긴 하죠. 더하지도 덜하지도 않고 딱 그만큼."

역시 그다운 솔직한 대답이 나오자 서연이 작게 웃었다. 그녀가 웃는 모습을 보며 한영이 물었다.

"왜요? 서연 씨가 내 과거에 질투해 준다면 나야 기쁘겠지만……. 그 이유는 아닌 것 같은데."

"그냥요."

"그냥이 어디 있어요. 세상에 그냥이라는 건 없는 겁니다. 감출 것 없으니 가감 없이 말해 봐요."

한영이 어서 말해 보라는 눈빛으로 그녀를 쳐다보자 서연이 입을 열었다.

"한영 씨는 착하고 좋은 여자들만 만났을 것 같다는 생각이 들어서요."

그녀의 말에 한영의 얼굴에서 싱글거리던 미소가 서서히 지워졌다.

"그 말, 좋은 의미는 아닌 것 같은데."

"네?"

"나같이 힘든 여자 만나지 말고 착하고 좋은 여자 만나는 게 당신과 더 어울린다는 멘트, 삼류 드라마에서나 나오는 대사인 건 알죠?"

서연이 한영을 가만 바라봤다. 적당하게 웃음을 유지하면서도 결정적인 말의 의미는 놀랄 정도로 정확히 캐치해 내는 남자였다.

"내가 바뀔 수 있다는 기대가 한영 씨에게 있어요?"

"없다고 할 순 없죠."

한영이 순순히 인정하자 서연이 자조적인 미소를 지었다.

"나조차 할 수 없는 기대를 어떻게 한영 씨가 하죠? 솔직히 나에 대해 아무것도 모르잖아요. 그저 회사 내에서 보여지는 이미지로 나라는 여자가 어떨 것이다라고 생각하고 결정 내리는 거 아닌가요?"

서연의 차분한 눈빛을 보며 한영이 표정을 굳혔다.

"월권이었다면 사과할게요."

"사과를 받기 위함은 아니에요. 다만 한영 씨가 기대하는 거…… 난 아무래도 들어줄 수 없을 것 같아서 그래요."

"그게 미안해서?"

"네."

서연이 천천히 고개를 끄덕였다. 헛된 기대를 갖는 것이 얼마나 잔인한 일인지 그녀는 너무나 잘 알고 있었다. 한영에게 그런 기대를 주고 싶지는 않았다. 한영이 진지한 얼굴로 서연을 보다가 입을 열었다.

"말했잖아요. 그래도 상관없다고, 내 말이 거짓말 같아요?"

"……."

서연이 대답을 못하고 시선을 내리깔았다. 풍성하게 내려앉은 그녀의 속눈썹을 한영이 초조하게 바라봤다. 그녀의 얼굴에서 고집스러울 정도의 완고한 거절을 읽자 한영이 조금 답답한 표정으로 말했다.

"서연 씨. 혹시 그 남자에게 사랑한다는 말 들어 본 적 있어요?"

한영의 질문에 서연의 눈빛이 흔들렸다. 이번에도 그녀가 대답을 못하고 있자 한영이 다시 말했다.

"아마 없을걸요? 그런 남자들…… 여자가 자기를 사랑하는 건 지극히 당연하고 합당해도 본인 감정에 책임져야 하는 말은 절대 안 하니까."

"그건……."

뭐라 말을 하려던 서연은 말문이 막혔다.

한영의 말은 정확했다. 문제는 그가 그런 사람이라는 걸 그녀 스스로가 너무나 잘 알면서도 시작한 관계였다는 거였다.

"상관없어요. 이미 끝난 관계니까."

서연이 깊게 숨을 내쉬고 말했다.

"정말 그렇게 생각해요? 전혀 안 그래 보이는데? 그날도 서연 씨가 그랬잖아요. 쉽게 끊어지는 감정 아니라고. 그리고 지금 서연 씨 표정 어떤지 알아요?"

"내 표정……이요?"

정곡을 찌르는 한영의 말에 서연이 숙이고 있던 고개를 들어 그와 눈을 마주쳤다. 안타까운 듯한 그의 표정이 그녀의 시야에 들어왔다.

"당장 울음을 터뜨릴 것 같은 표정."

"……!"

서연의 시선이 이리저리 흔들렸다. 그녀의 표정을 똑바로 바라보며 한영이 말을 이었다.

"그 남자 이야기가 나올 때마다 그 얼굴인데 내가 어떻게 서연 씨를 그냥 놔둬요? 그런 얼굴을 보고."

서연은 속이 답답해져 옴을 느꼈다. 아슬아슬한 감정의 상태를 이 남자에게 고스란히 내보이고 있었다는 게 창피하고 부끄러웠다.

"그냥…… 놔두세요. 이건 내 감정이니까."

입술을 깨문 서연이 겨우 말하자 한영이 고개를 저었다.

"싫습니다. 이것도 내 감정이에요."

완강한 한영 앞에서 서연이 야트막한 한숨을 토해 냈다. 아무리 밀어내려고 해도 밀어내지지가 않는 한영에게 미안하면서 답답한 감정이 뒤섞였다. 그에 대한 복잡한 감정과 소화되지 않은 음식물이 뒤섞여 머릿속이 어지러워졌다.

08

정욱에게서 벗어난 지 한 달이 지나 있었다.

업무는 순조롭게 진행됐고 비서실은 빠르게 자리를 잡아 나갔다. 서연이 금 전무를 보좌하는 동안 몇 번이나 정욱과 마주칠 일이 있었지만 늘 그는 잘 벼려진 칼날처럼 차갑고 날카로운 분위기를 풍기며 지나갔다.

그리고 적당한 거리를 유지하려는 그녀의 노력이 부질없게도 한영은 점점 그 틈을 좁혀 오고 있었다.

꾸준히, 그러나 거부감이 들지 않을 정도로 조금씩 다가오는 그를 밀어내는 일도 어려웠다. 회사를 그만두면 그의 그런 노력도 사라질 거라고 생각했지만 마음 한편이 계속 불편했다. 그가 충분히 좋은 사람이라는 것이 서연의 마음을 더욱 무겁게 짓누르고 있었다.

아무것도 정리되지 않은 감정을 눌러 둔 채 일만 하는 동안 회사의 창립기념일이 다가왔다.

창립기념일 행사가 열리는 J호텔의 연회장은 오고 가는 많은 사람들로 붐볐다. 화려한 공간 속에서 샴페인 잔을 나누며 형식적인 인사가 끊임없이 이어졌다.

서연은 은은한 광택이 도는 베이지색 실크 드레스를 입고 금 전무 곁에서 미소를 지으며 그를 보좌했다. 넥라인과 등이 깊게 파인 드레스가 그녀의 몸에 찰싹 달라붙어 아름다운 몸의 선을 부각시켰다. 머리를 틀어 올린 그녀의 여린 목덜미가 드러나고, 하얀 귀에 매달린 작은 귀걸이가 조명 빛을 받아 반짝였다.

청순한 듯 보이지만 은은한 섹시함을 풍기는 서연에게 남자들의 은밀한 시선이 자석처럼 달라붙었다. 그걸 전혀 눈치채지 못하는 서연은 무의식적으로 이 공간 어디엔가 있을 정욱을 찾으며 옅은 미소를 유지하고 있었다.

공식적인 식순이 끝나고 임원진 쪽으로 금 전무가 이동하자 서연은 그제야 비서들이 있는 자리로 돌아와 앉을 수 있었다.

"실장님."

여직원들이 화장실에 간 사이 턱시도를 입은 한영이 그녀에게 몸을 붙이며 말을 걸었다.

"네?"

서연이 고개를 돌리자 한영이 싱긋 미소를 지은 채로 다가왔다. 키가 크고 체격이 좋아서인지 한영은 생각보다 턱시도가 잘 어울렸다. 그녀에게 한걸음에 다가온 한영이 고개를 살짝 숙이며 낮게 말했다.

"남직원들 오늘 밤 심장 떨려서 잠은 어떻게 자라고 그렇게 예쁘게 하고 왔어요?"

한영의 칭찬에 목을 축이려 음료 잔을 들던 서연이 민망한 듯 웃었다.

"칭찬 고마워요."

"칭찬이 아니라 항의하는 겁니다. 노리는 사람들 많아지면 내 자리는 더 좁아질 텐데 그럼 나만 힘들어지잖아요."

투덜거리며 속삭이는 한영의 목소리에 서연은 멋쩍은 기분이 들어 살짝 볼을 붉혔다.

이 남자가 이렇게 다이렉트로 감정을 표현할 때마다 어떻게 반응을 해야 하는지 알 수가 없게 되어 버린다. 조금 민망한 기분…….

"그만해요."

서연이 미소를 유지한 채 그의 말을 끊듯 음료를 마시자 흥미롭다는 눈빛으로 보던 한영이 그녀의 귓가에 더욱 가까이 입술을 가져갔다.

"이런 걸로 부끄러워하기도 하시네요? 의외로 귀여운 면이 있으신데요?"

"한영 씨."

서연이 미간을 좁히며 난감한 표정으로 그를 보자 한영이 웃음을 터뜨리며 본래의 자리로 몸을 돌렸다. 마침 여직원들이 자리로 돌아오고 있었다. 그 모습을 보며 서연이 몸을 일으켰다.

"실장님 어디 가세요?"

그녀를 발견한 김 비서가 묻자 서연이 클러치백을 들고 걸어가며 말했다.

“잠깐 자리 좀 비울게요.”

짧게 말한 서연이 붉어진 얼굴을 숨기려 서둘러 홀을 빠져나왔다. 금 전무 옆에서 몇 잔 마신 샴페인의 취기가 올라오는지 열기가 점차 심해지는 것 같았다. 열기가 오른 볼을 두드리며 기다랗게 휘어지는 복도를 지나 엘리베이터 앞에 섰다.

아무래도 나가서 바람을 좀 쐬고 오는 게 좋겠어.

엘리베이터 안으로 들어서며 생각하는데 갑자기 뒤에서 누군가가 등을 밀쳤다.

“아!”

우악스럽게 엘리베이터 안으로 밀어 넣는 움직임에 힘껏 밀쳐진 서연이 휘청거렸다. 놀란 서연이 유리로 되어 있는 벽을 짚고 뒤돌아보자 날이 선 날렵한 턱시도 차림의 정욱이 보였다.

“……부사장님?!”

정욱이 엘리베이터 닫힘 버튼을 쾅 소리가 나도록 치자 문이 닫혔다.

그가 몸을 돌리고 무섭게 얼굴을 굳힌 채 그녀를 내려다봤다. 지독하게 아름다운 그의 얼굴이 마치 악마의 화신이라도 된 듯 위험스러운 분위기를 풍기고 있었다.

위험해…….

살벌한 그의 서슬에 서연이 숨을 삼키고 뒷걸음질 쳤다. 유리벽에 등이 닿자 맨살에 차갑고 선뜩한 감촉이 느껴졌다. 흠칫 놀란 서연이 뒤돌아보자 쏜살같이 위로 올라가는 엘리베이터 밖으로 불야성 같은 야경이 펼쳐졌다.

그 때 그의 낮은 목소리가 위에서 뿌려졌다.

"이런 얄팍한 천 하나 걸치고 돌아다닐 용기가 있던 여자인 줄은 미처 몰랐는데."

정욱이 어느새 그녀 앞까지 바짝 다가와 기다란 손가락으로 드레스의 가느다란 어깨끈을 들어 올리고 있었다.

"왜, 왜 이러세요."

서연이 그의 손을 치우고 눈을 치켜떴다.

"네가 잘 모르는 모양인데. 난 내 것을 빼앗기는 걸 지독하게 싫어해. 누군가와 나누는 것도 싫어하지."

고개를 살짝 숙인 정욱의 목소리에서 냉기가 뚝뚝 떨어졌다.

"이런 걸 입고 보란 듯이 다른 남자와 붙어서 노닥거리다니, 날 자극하고 싶었나?"

"뭐라구요……?"

그의 살벌하게 굳은 표정을 바라보는 서연의 눈동자가 소리 없이 흔들렸다.

"못 알아들었나? 다시 설명해 줘?"

그의 입술 끝이 비릿하게 비틀려 올라가는 것을 보며 서연이 숨을 삼키고 똑바로 섰다.

"그럴 것 없으니 비켜요. 난 당신과 더 할 말 없으니까."

서연이 앞을 가로막고 있는 정욱의 몸을 빠져나오려 하자 그가 다시 그녀의 몸을 잡아 벽에 밀쳤다.

"……아!"

엘리베이터 벽에 강하게 부딪힌 서연이 그를 힘껏 노려봤다.

"무슨 짓이에요! 비켜요!"

정욱의 차갑게 굳은 얼굴을 올려다보며 소리치는 순간 엘리베이터가 멈췄다. 그의 등 뒤로 엘리베이터 문이 열리자 서연은 이곳이 호텔이었다는 사실을 깨달았다.

여, 여긴 호텔 스위트룸……?

서연의 얼굴이 창백해졌다. 분명 그와 함께 와 본 적 있는 호텔의 스위트룸이었다. 정욱이 망설임 없이 그녀의 손을 움켜잡고 끌어 내리자 서연이 버티려 안간힘을 썼다.

"놔요!"

서연의 반항이 무색하게 그녀의 가녀린 몸이 완강한 힘에 속절없이 끌려 내렸다. 높은 굽을 신고 비틀거리며 끌려가던 서연이 잡힌 팔을 힘껏 비틀었다.

"도대체 왜 이래요! 이거 놔요! 놓으라니까? 왜 뭐든 당신 맘대로……!"

발악하듯 소리치던 서연의 목소리가 짓뭉개듯 입술을 덮어 버린 정욱의 입술에 삼켜졌다.

"흡……!"

그녀의 턱을 붙잡고 잡아먹을 듯 사납게 키스를 퍼붓자 서연이 그를 밀어내려 안간힘을 썼다. 그는 집요하게 그녀의 입술 사이를 파고들어 격렬하게 혀를 휘어 감고 빨아 당겼다. 서연이 눈을 질끈 감고 그의 가슴을 때려 댔다. 정욱은 그녀의 뒷머리채를 움켜잡은 채 더욱 깊이 혀를 밀어 넣고 키스를 퍼부었다. 그녀의 모든 것을 빨아들일 듯 숨 막히게 키스를 퍼붓던 정욱이 얼굴을 떼어 냈다.

짝!

허공을 내지른 그녀의 손에 정욱의 얼굴이 옆으로 홱 돌아갔다.

"하아, 하아."

서연이 파르르 팔을 떨며 거친 숨을 몰아쉬었다. 옆으로 비스듬히 돌려졌던 그의 고개가 다시 그녀에게 향했다. 발갛게 핏발이 곤두선 두 쌍의 눈이 서로를 맹렬히 노려봤다.

"당신은 나에게…… 이럴 자격 없어요."

서연이 거친 숨을 몰아쉬며 말하고는 홱 몸을 돌렸다. 그녀의 등을 보자마자 정욱의 눈에 불꽃이 튀었다.

"한 마디만 더 해."

"아!"

정욱이 그녀의 팔을 사납게 낚아채 복도를 걸어갔다. 휘청이는 그녀를 룸의 문을 열고 거칠게 집어넣고 쾅 소리 나게 문을 닫았다.

휘청거리던 몸을 바로 세운 서연이 그를 향해 돌아서선 힘껏 노려봤다. 날렵한 턱시도 차림의 정욱이 거칠게 타이를 흔들며 그녀의 시선을 맞받았다.

"……도대체 왜 이러는 거예요?"

서연이 숨을 몰아쉬며 입을 열었다.

"이렇게 함부로 대해도 될 만큼 내가 우스워요? 당신에게 난 이리저리 끌려다녀도 악 소리 한 번 못 지르는 그런 존재냐고요!"

날카롭게 소리치는 서연의 붉게 충혈된 눈에 부옇게 눈물이 차올랐다. 그를 노려보는 서연의 눈을 똑바로 내려다보며 정욱이 으르듯 말했다.

"입 다물어."

한 걸음 다가오며 잇새로 내뱉듯 정욱이 말하자 서연이 고개를 저어 댔다.

"왜요? 난 말도 못 해요? 왜 난 항상 당신이라는 남자에게 휘둘려야 되는데?!"

"입 다물랬어."

그가 한 걸음씩 다가올 때마다 그녀는 뒷걸음질 쳤다. 서연의 가슴속에서 무언가가 뚝 끊기며 결국 터져 버렸다. 뜨거운 무언가가 숨통을 죄는 듯 북받쳐 올랐다. 이를 악물고 꾸역꾸역 참고 있던 무언가가 마침내 터져 버리자 둑이 무너진 것처럼 거침없이 흘러넘쳤다. 사랑인지 증오인지 분노인지 모를 감정이 온통 뒤섞여 머릿속이 뜨거워졌다.

서연이 왈칵 눈물을 터뜨리며 미친 사람처럼 소리를 질렀다.

"싫어! 난 이제 당신 말대로 하지 않아. 내가 언제까지나 당신 손가락에 조종되는 인형인 줄 알아? 사람 감정 가지고 그만큼 장난쳤으면 이제 충분하잖아! 제발 그만 좀……!"

뒷걸음질 치며 소리치던 서연의 앞까지 성큼 다가온 정욱의 눈에 불꽃이 튀기더니 그녀의 몸을 거칠게 밀쳤다.

"아!"

출렁거리는 침대 위로 서연의 몸이 내동댕이쳐졌다.

그녀가 몸을 일으켜 세울 새도 없이 정욱의 커다란 몸이 그 위를 덮었다. 그가 그녀를 가두고 양팔을 낚아챈 뒤 벌려 침대 위에서 단단히 움켜잡았다.

"이거 놔!"

양팔을 옆으로 한껏 벌린 채 구속되자 서연이 몸부림치며 발악하듯 소리쳤다. 정욱이 그녀를 노려보며 낮게 을렀다.

"이서연."

"이거 놓으란 말이야!"

버둥대는 그녀의 몸 위에 올라탄 채 잡은 팔을 그가 힘껏 잡아 눌렀다. 서연이 거친 숨을 몰아쉬며 그를 노려봤다. 그녀의 눈에 가득 차오른 뜨거운 눈물이 상기된 두 뺨을 타고 흘러내렸다. 날카롭게 그녀를 내려다보던 정욱이 강한 턱을 딱딱하게 굳혔다.

"한 마디만 더해. 강제로 가져 버릴 테니까."

"……!"

정욱이 무서울 정도로 진지한 눈빛으로 노려보자 서연이 숨을 몰아쉬며 입술을 깨물었다. 그의 말이 농담이 아니라는 것을 확인시켜 주듯 짙은 검은색 눈동자에 욕망의 불길이 이글거렸다.

"하아……. 하아……."

서연이 입을 다물자 두 사람의 거친 숨소리만이 룸 안을 가득 채웠다. 가슴을 들썩이며 숨을 몰아쉬던 정욱이 그녀의 팔을 완강히 붙잡은 채로 말했다.

"이한영과 무슨 관계지?"

그녀를 무섭게 노려보며 말하는 정욱에게 서연이 헛웃음을 흘렸다.

"그게 당신과 무슨 상관이죠?"

"대답해."

"싫다면요?"

"내가 돌아 버리는 꼴 보고 싶지 않으면 대답해."

사납게 으르는 그의 목소리가 위협적이었다. 서연이 지지 않겠다는 듯 그의 눈을 똑바로 응시했다.

"그러니까 당신이 왜 한영 씨와 내 관계가 궁금한 거……."

"그 이름, 부르지 마."

정욱이 그녀의 말을 끊고 으르렁거렸다. 그의 열기에 가득 차 일렁이는 눈동자를 올려다보던 서연이 입술 끝을 비틀었다.

"당신, 혹시 나와 그 사람 질투해요?"

도발하듯 응수하는 그녀의 붉은 입술을 정욱이 날카로운 눈빛으로 노려봤다. 그의 관자놀이의 힘줄이 꿈틀거리는 것이 보였다.

"……헛소리 집어치우고 묻는 말에나 대답해."

정욱의 핏발 선 눈을 바라보는 서연이 입술 끝을 가느다랗게 올렸다.

"솔직히 말해 봐요. 뭐가 궁금한 건데요?"

"뭐?"

"당신, 그 사람과 내가 잤는지 안 잤는지 그게 궁금한 거 아니에요?"

서연의 빈정거리는 목소리에 정욱의 부릅뜬 눈이 크게 흔들렸다.

"만약 잤다면? 그 남자와 이미 수도 없이 잤다면 어쩔 건데요?"

"이서연!"

정욱이 야수처럼 으르렁거리자 서연이 지지 않고 언성을 높였다.

"사랑 따위 하지 않겠다고 한 건 당신이잖아! 섹스뿐인 우리 관계는 끝이 났고, 난 당신 아닌 그 어떤 남자하고도 그럴 수 있어.

왜 당신만 되고 난 안 되는데? 웃기지 마! 나도 얼마든지 그 남자와……!"

서연의 입술이 광포한 입술에 사로잡혀 뒷말이 삼켜졌다.

"으읍!"

고개를 돌리려 안간힘을 썼지만 정욱은 집요하게 그녀를 물고 놔주지 않았다. 뜨거운 숨결이 입술 안으로 갇히고 축축한 혀가 그녀의 혀를 휘감아 강하게 빨아 당겼다.

농밀한 타액이 정신없이 뒤섞이고 턱턱 막히는 숨결까지 그가 앗아 갔다. 소유권을 주장하듯 여린 살점과 점막을 훑고 치아 하나하나까지 샅샅이 확인하는 키스에 서연의 심장이 또다시 조각조각 갈라졌다.

싫어!

서연이 세차게 발버둥 쳤다. 그가 그녀를 포박하고 있던 팔에 더욱 강하게 힘을 주었다. 아무리 고개를 저으며 거부해도 그의 힘은 압도적으로 강했다. 단단한 두 다리로 그녀의 몸을 가두고 꿈쩍도 못하게 하자 아무리 발버둥 쳐도 꼼짝없이 그의 키스 세례를 받아들여야 했다.

"합……. 아합……."

질척한 소리가 맞붙은 입술 안에서 새어 나오고 그녀의 입술을 타고 가느다랗게 타액이 흘러내렸다.

진저리 쳐질 정도로 익숙한 그의 거친 숨결에 서연의 머릿속이 순식간에 아득해졌다. 도저히 정신을 차릴 수가 없을 만큼 폭압적인 키스가 사정없이 그녀에게 쏟아져 내렸다. 부딪히는 입술과 혀에서 스파크 튀듯 쾌감이 번져 나왔다.

키스만으로 무너져 내리려는 자신을 발견한 서연이 다시 힘껏 고개를 돌렸다. 그녀의 거부에 정욱의 눈에 강한 분노가 서렸다. 서연이 진심으로 그를 거부하는 모습을 받아들일 수 없어 그는 입술을 떼고 더욱 거칠게 그녀를 붙잡았다.

"너, 가만 안 둬."

그가 헐떡이는 숨을 몰아쉬며 을렀다. 포박되었던 입술이 풀려나자 서연에게서도 막힌 숨이 쏟아져 나왔다.

"하아, 가만 안 두면…… 하아. 어쩔 건데요."

서연이 부풀어 오른 입술을 지그시 깨물며 말했다. 정욱은 욕망으로 어둡게 가라앉은 눈동자로 그녀를 똑바로 응시하며 타액으로 번들거리는 입술을 비틀어 올렸다.

"네 몸이 누구 것인지 알려 주지."

차가운 목소리로 낮게 말한 정욱이 한 손으로 느슨해진 타이를 거칠게 흔들어 풀었다.

뭐라고?

서연의 눈이 긴장으로 흔들렸다. 그가 하는 말에 온몸이 바짝 긴장됐다.

"뭐, 뭘 하려는 거죠?"

정욱이 풀어낸 타이로 그녀의 두 팔을 머리 위로 그러모아 묶자 서연이 당혹스러운 눈빛을 했다. 순식간에 손이 묶여 버리자 서연은 제약적인 상황에서 느껴졌던 아찔한 쾌락의 기억에 숨이 거칠어졌다.

"당장 풀어 줘요!"

서연이 손을 풀어내려 비틀자 정욱이 나지막하게 말했다.

"움직이지 않는 게 좋을 거야. 날 더 화나게 할수록 쉽게 끝나지 않을 테니까."

경고하듯 말한 정욱이 그녀의 팔을 묶고 침대에서 몸을 일으켰다. 재킷을 어깨를 흔들어 바닥으로 떨어뜨리고 드레스셔츠의 단추를 몇 개 풀어내자 벌어진 셔츠 사이로 그의 탄탄한 가슴이 드러났다. 셔츠가 더 벌어지고 관능적으로 드러난 그의 조려진 근육을 보자 서연의 속눈썹이 파르르 떨렸다.

안 돼.

서연이 다시 마음을 다잡으려 노력했다. 그의 남성적인 몸매는 늘 그녀의 심장을 뛰게 만들었고 이성을 배반한 육체적 쾌락에 길들여진 욕망은 무섭도록 그를 원했다.

"움직이지 마."

그녀가 몸을 바르작거리자 그가 낮게 을렀다.

정욱이 침대 앞에 선 채로 그녀를 똑바로 바라보며 커프스단추를 풀어 걷어 올리자 보기 좋게 근육이 붙은 건강한 팔뚝이 드러났다. 그 팔로 머리칼을 한 번 쓸어 넘긴 그가 의자를 끌어다 침대 정면에 앉았다. 그러고는 숨 막힐 듯한 매혹적인 눈빛으로 그녀를 응시했다.

서연은 팔이 묶인 채로 그의 행동을 주시했다.

정욱이 앉은 채로 그녀를 응시했다. 침대 위에서의 거친 몸부림 탓에 그녀의 드레스가 엉망으로 흐트러져 있었다. 하얀 허벅지 위까지 아찔하게 말려 올라간 드레스 자락 아래 늘씬한 다리가 그대로 노출되어 있었다.

자줏빛 패티큐어가 칠해진 발톱 끝에서부터 탄력 있는 종아리까지 그의 시선이 느리게 훑어 올라갔다.

꿀꺽.

잡아먹을 듯한 시선으로 아찔하게 맨다리를 훑어 올리자 서연이 침을 삼키며 몸에 바짝 힘을 줬다. 그의 시선이 동그란 무릎 위를 지나 관능적으로 이어진 허벅지를 타고 올라갔다.

천천히. 아주 천천히…… 마치 혀로 핥아 올리듯.

말려 올라간 드레스자락 아래에 얇은 티팬티가 아슬아슬하게 드러나 있었다. 거뭇하게 윤곽이 드러난 은밀한 삼각지를 바라보는 그의 시선이 이글거리듯 뜨거웠다. 그 시선이 닿는 곳마다 열꽃이 피듯 그녀의 몸이 뜨거워졌다. 그의 시선이 잘록한 허리를 지나 봉긋한 가슴에 닿았다. 흐트러진 드레스에 가슴골이 그대로 드러나 있었다.

끼익, 의자가 움직이는 소리와 함께 침대 아래가 삐걱 내려앉았다. 야수처럼 천천히 몸을 일으킨 정욱이 매트리스 위를 무릎으로 짚고 올라왔다. 그가 다가오자 서연의 몸이 흠칫거렸다. 그녀는 지지 않으려는 듯 힘껏 눈에 힘을 주고 그를 내려다봤다.

그녀의 발가락으로 정욱이 고개를 천천히 숙였다.

앗…….

부드러운 입술이 발가락 위에 내려앉자 서연의 눈이 커졌다. 정욱이 바들거리는 그녀의 하얀 다리를 축축한 혀로 핥아 올라갔다. 그의 시선이 지나간 자리를 따라 그의 입술이 움직였다. 잔뜩 긴장한 팽팽한 종아리를 지나 무릎을 둥글게 핥다가 뜨거운 입술로 덮었다.

서연의 머릿속에 아찔한 열기가 지펴졌다.

정욱의 혀는 능숙하게 움직여 예민한 허벅지 안쪽 살을 타고 올라갔다. 그녀의 다리를 벌리고 들어간 정욱이 허벅지의 가장 위, 말랑한 안쪽 살을 입술 안에 담고 빨아 당기기 시작했다.

"읏."

신음 소리가 입술을 비집고 새어 나가려 하자 서연이 힘껏 입술을 깨물었다. 깨문 입술 사이에서 거친 숨결이 새어 나왔다. 어떻게든 참아 내려 발가락 끝까지 바짝 힘을 주고 버텼다.

"이서연."

그녀의 반응이 마음에 안 드는지 정욱이 으르렁거리며 티팬티 아래 아슬아슬하게 가려진 둔덕을 입술로 삼켰다.

"……!"

허리가 확 휘어지고, 날카로운 쾌감이 배 속 깊은 곳을 조여들게 만들었지만 서연은 입술을 깨물며 참았다. 눈물이 고여 모든 것이 뿌옇게 보였다.

당신 뜻대로만 흘러가지 않아. 난, 난 당신의 인형이 아니야.

서연이 반응하지 않자 정욱이 상체를 일으켜 세웠다. 그녀의 눈꼬리를 타고 흘러내리는 눈물을 보는 순간 그의 얼굴이 딱딱하게 굳었다.

"빌어먹을."

정욱이 낮게 욕설을 내뱉으며 그녀의 드레스를 거칠게 벗겨 냈다. 서연은 눈을 질끈 감은 채 입술을 깨물고 있었다. 속옷까지 완전히 벗겨 낸 그가 새하얀 나신 위에 올라가 팔이 묶인 그녀의 얼굴을 자신에게 향하도록 고정시켰다.

"이서연. 눈을 떠."

그가 얼굴을 가까이 댄 채 으르자 서연이 감고 있던 눈을 떴다. 눈앞에 핏발 선 눈으로 그녀를 노려보는 정욱이 보였다. 그가 그녀의 턱을 강하게 그러쥐고 자신에게 똑바로 고정했다.

"말해."

"……뭘요."

정욱이 꽉 잠긴 목소리로 사납게 그녀를 을렀다.

"네가 누구의 것인지 말하라고."

그녀의 턱을 단단히 그러쥔 채 정욱이 으르듯 묻자 서연이 물기 젖은 속눈썹을 깜빡거리며 그를 응시했다. 그의 충혈된 눈동자가 그녀를 무섭게 노려보자 서연이 가슴을 들썩이며 얕은 한숨을 내쉬었다.

"……그냥 해요."

그녀의 말에 정욱의 단정한 눈썹이 매섭게 치켜 올라갔다.

"뭐라고?"

"당신이 원하는 건 내 몸이잖아요. 당신이 원하는 것만 가지라고요……. 내 감정까지 소유하려 들지 말고."

서연이 물기가 묻어날 듯한 목소리로 조용히 말하자 그의 얼굴이 딱딱하게 굳어지고 있었다. 흔들리는 그의 시선을 보며 서연이 말을 이었다.

"예전에 당신이 그랬었죠. 관계는 할 수 있지만 감정은 바라지 말라고……. 좋아요. 나도 내 몸이 당신을 원하는 것까지 부정하지는 않겠어요. 그러니까 당신도, 나에게 감정을 바라지 말아요."

"……."

정욱의 눈빛이 점점 더 험악해지는 걸 보면서도 서연은 시선을 피하지 않았다.

이기적인 남자.

자신의 감정은 전혀 허락하지 않으면서 언제나 내 감정은 완벽하게 소유하려 들지. 한 자락도 남김없이 모조리 다……. 하지만 더 이상은 그렇게 하지 않아. 나도 당신 방식으로 대해 주겠어. 그 끝이 어디든. 그곳에 있는 것이 어떤 지옥이든…….

서연이 흔들림 없는 시선으로 그를 응시하자 사납게 굳어진 눈매가 냉기를 뿜어냈다.

"하."

정욱의 입술이 차갑게 비틀어 올라갔다.

"제정신이야?"

"이런 미친 짓을 시작한 건 당신이에요. 지금까지 아무런 감정도 없이 날 안았던 게 누구죠?"

"내가 감정이 없었다고 어떻게 자신하는데."

정욱의 으르는 소리에 서연이 차가운 미소를 지었다.

"그럼, 일말의 감정이라도 있었나요? 내 몸만 바란 거면 몸만 가지면 되잖아요. 뭐가 더 필요한데!"

정욱이 눈을 부라리고 그녀의 턱을 잡은 손에 단단히 힘을 줬다.

"빈정거리지 마. 이서연과 지독하게 안 어울려. 천하게 굴고 싶어?"

그의 잇새로 내뱉는 듯한 말에 서연의 눈이 다시 붉게 달아올랐다.

"함부로 말하지 말아요. 날 이렇게 만든 건 당신이니까!"

정욱이 무섭게 화가 난 얼굴로 상체를 확 세우더니 그녀의 하얀 다리를 인형처럼 들어 올렸다.

"……아!"

우악스럽게 다리를 잡아 활짝 벌리자 서연의 몸이 크게 출렁거렸다.

"네가 정 그걸 원한다면 좋아. 네 말대로 해 주지."

시퍼런 냉기가 펄펄 날리는 목소리로 말한 정욱이 지퍼를 거칠게 내리고 허리를 과격하게 내질렀다.

"아악!"

아무런 예고도 없이 거대하게 곤두선 딱딱한 페니스가 쑤셔 들어오자 서연이 비명을 내질렀다. 인형처럼 한껏 벌어진 날씬한 두 다리를 움켜잡은 정욱이 좁은 속살 사이로 연달아 푹푹 찔러 들어갔다.

"아! 아흑!"

서연이 팔이 묶인 채로 거세게 출렁거렸다. 마치 야수처럼 사납게 들이치는 그를 꼼짝도 못 하고 받아들였다.

찢어질 것 같아……!

정욱은 그녀의 일그러진 얼굴을 노려보며 맹렬히 허리를 움직였다.

"읏, 으읏, 학."

그가 격렬하게 들이치자 서연의 탱글한 가슴이 정신없이 흔들렸다. 서연은 머릿속이 깜깜해졌다 새하얘졌다 정신이 없었다. 도저히 숨을 쉴 수가 없었다. 그녀의 흔들리는 몸을 움켜잡은 채 정욱이 딱딱하게 솟구친 힘줄 솟은 검붉은 남성을 주름진 속살 안으로 빡빡하게 밀고 들어갔다.

장밋빛으로 물들어 한껏 그녀의 일그러진 얼굴을 핏발 선 눈으로 내려다보며 정욱이 을렀다.

"이런 걸 원한다고 했으면 즐겨. 몸만 가지라고 한 건 너잖아?"

"하! 아흣, 아, 아……!"

"네가 원하는 대로 해 주겠다잖아!"

연한 속살을 사납게 들이치며 정욱이 소리쳤다. 그가 속살 안을 틈새 없이 채우며 단단하게 내박혔다가 거칠게 빠져나갈 때마다 서연은 미칠 것만 같았다.

늘 일방적이라고 생각했던 관계는 사실 다 장난이었다는 듯 지금의 정욱은 그야말로 인정사정이 없었다. 과격하게 그녀를 몰아붙이고 점령했다. 살과 살이 치대는 소리가 커질수록 아랫배를 휘젓는 단단함이 거칠게 움직였다. 전혀 배려 없이 잔인하게 그녀를 가지는 그에게서 서연은 두려움이 왈칵 터져 나왔다.

"그, 그만!"

서연이 더는 못 참고 소리치자 정욱이 더욱 격렬하게 움직이며 입술 끝을 비틀었다.

"웃기지 마. 이제 시작이야."

정욱이 확 몸을 빼내고 서연의 방만하게 벌어진 다리를 위에서 하나로 그러모았다. 천장을 향해 쭉 펴서 잡은 다리를 들어 올린 채 그가 몸을 바짝 붙였다.

"아……."

서연의 두 눈에 두려움이 밀려들었다. 정욱이 한 손으로 그러잡은 그녀의 다리를 앞쪽으로 더 밀자 허리가 더 들렸다. 그 상태에서 정욱이 무릎을 꿇고 앉아 흠뻑 젖은 그녀의 여성 입구에 빳빳하게 발기한 번들거리는 페니스를 갖다 댔다.

"저, 정욱 씨. 그건…… 아흣."

정욱이 뭉툭한 귀두 앞을 촘촘한 속살 사이로 쿡 찔러 넣자 서연이 자지러지듯 헐떡였다. 그녀의 다리를 모아 쥔 채 앞으로 천천히 밀며 그녀의 속살 안으로 점점 더 깊게 들어갔다.

"아, 안 돼……. 안 돼요…… 아악!"

그가 한 번의 움직임으로 아주 깊숙한 곳까지 푹 찔러 들어갔다. 허리가 한껏 들린 상태에서 지금껏 한 번도 겪어 보지 못했던 깊은 곳까지 찔러 들어오자 그녀의 허리가 부서질 듯 휘었다.

"아흐……읏……."

서연이 온몸에 힘이 잔뜩 들어간 채 발가락 끝까지 바르르 경련했다. 정욱의 굵은 남성을 뜨거운 속살이 힘껏 죄어 댔다.

"크읏……!"

당장 사정하게 만들 듯한 거센 조임에 정욱의 얼굴도 고통스러운 듯 일그러졌다. 그의 척추를 타고 머리끝까지 미칠 듯한 쾌감이 타고 올랐다. 정욱이 이를 악물고 밀려드는 사정감을 참아 내며 거칠게 허리를 튕겨 올렸다.

퍽! 퍽! 퍼억!

"아! 아읏! 싫어! 싫어……!"

그가 강하게 짓찧어 올릴 때마다 그녀의 몸이 위아래로 부서질 듯 흔들렸다.

"몸만 가지라며. 철저하게 몸만 갖고 있잖아. 뭐가 문제야?"

정욱이 거친 숨을 내쉬며 그녀의 발목을 벌려 양어깨에 걸치고 근육이 꿈틀대는 탄탄한 엉덩이를 강하게 밀어 올렸다. 크게 원을 그리다가 강한 힘으로 튕겨 올릴 때마다 그녀의 안이 매끈한 애액으로 젖어 드는 것이 느껴졌다. 그녀가 자신을 느끼고 있다는 사실이 그를 더욱 거칠게 움직이게 만들었다. 정욱이 이를 악물고 연약한 속살 속을 강하게 짓쳐 들어갔다.

"그만! 그만해요. 정욱 씨……!"

위아래로 정신없이 흔들리던 서연이 입술을 깨물며 애원했다. 머릿속이 아득해질 정도로 강렬한 쾌감이 그녀의 온몸을 뒤흔들자 정신을 차릴 수가 없었다.

그녀의 눈꼬리를 타고 흐르는 짭조롬한 눈물을 혀로 핥으며 정욱이 속삭였다.

"아직 멀었어. 몸만 가진다는 게 어떤 건지 제대로 알아 둬. 다신 그만 소리 하지 못하게 될 테니까."

"학!"

그가 손을 뻗어 그녀의 탱글한 엉덩이를 짜부라뜨릴 듯 움켜잡았다. 양손 가득 거머쥔 엉덩이를 힘껏 잡아 벌리며 강하게 파고들자 서연의 입술이 저절로 크게 벌어졌다. 그의 움직임이 거세지고, 그 빨라지는 물결을 따라 그녀도 휩쓸린 채 격랑처럼 흔들렸다. 무섭고 잔인한 쾌감이 그녀를 엉망으로 뒤흔들었다.

"아아아!"

서연이 끔찍한 오르가슴에 온몸을 떨며 그의 분신을 끊어 낼 듯 조여 대자 정욱이 목에 핏대를 세우고 몸을 빼냈다. 서연은 발가락 끝까지 바들거리며 전율하고 있었다. 그녀의 들려 올라간 다리를 잡고 벌린 채 그가 고개를 내렸다.

"저, 정욱 씨?"

오르가슴의 쾌감에서 미처 빠져나오기도 전에 서연의 얼굴이 당황으로 물들었다. 그녀의 다리를 벌린 채로 그 사이에 정욱이 머리를 밀어 넣었다. 그러더니 말간 사정액이 흥건한 은밀한 속살을 한입에 크게 삼켰다.

맙소사……!

서연은 충격적인 쾌감 앞에 정신을 놓을 지경이었다. 그가 쾌감의 비명을 내지르는 젖은 여성을 쭉쭉 빨아올리기 시작했다.

"으……아, 아흣……!"

그의 혀가 엉덩이 아래까지 흘러내려간 애액을 핥으며 천천히 아래로 내려갔다. 마침내 촘촘하게 주름진 은밀한 작은 부위까지 그의 혀가 내려가자 서연의 눈이 크게 떠졌다. 그가 하려는 것을 그녀는 도저히 믿을 수가 없었다.

"아, 안 돼요. 정욱 씨. 하지 마. 하지 마요. 거긴……!"

서연이 울며 애원했지만 정욱은 혀를 세워 느릿하게 그 사이를 핥아 내렸다.

"아아아!"

수치심에 입술을 깨물었던 서연의 입술이 한껏 벌어지며 신음을 터뜨렸다. 숨이 턱턱 막힐 정도의 강한 쾌감이 그녀의 전신으로 사정없이 내리꽂혔다.

"학! 아흣! 으, 으아! 아앗……."

믿기지 않을 정도의 강한 쾌감과 수치심 사이에서 서연은 어쩔 줄을 몰랐다. 하지만 패닉에 휩싸인 머릿속과는 달리 그녀의 몸은 솔직하게 반응했다. 도홧빛 꽃잎은 그의 혀가 한참을 그곳에 머물도록 쉴 새 없이 달큰한 꿀을 흘려보냈다.

주름 사이로 흘러내린 미끈한 애액을 그의 혀가 남김없이 핥았다.

"흐윽."

울음을 터뜨린 서연의 귓가에 정욱이 나지막하게 속삭였다.

"울지 마. 아직 안 끝났어."

그건 끔찍한 격정의 밤의 시작에 불과할 뿐이라는 것을 암시하듯, 그의 입술이 잔인하게 말아 올라갔다.

"……하! 아! 아흣!"

침대를 붙잡고 허리를 숙인 채 뒤돌아선 서연이 연신 교성을 터뜨렸다. 그녀의 뒤에 바짝 다가선 정욱이 땀에 젖은 탱글한 엉덩이를 움켜잡고 힘차게 허리를 움직였다. 꽤 오랫동안 정사가 이어졌음을 증명하듯 그녀의 하얀 허벅지를 타고 흐른 우윳빛 애액이 가느다란 발목까지 흘러내려와 있었다.

"정욱 씨…… 정욱 씨……."

서연이 앞뒤로 부서질 듯 흔들리며 연신 그의 이름을 불러 댔다. 그녀가 그의 이름을 부를 때마다 정욱의 눈에선 광포한 욕망의 불길이 이글거렸다.

아무리 가져도 갈증이 가시지 않았다. 이서연에 대한 오랜 갈증. 그녀를 잃어버린 후의 허기. 그녀에 대한 분노. 그 모든 것들이 욕망으로 합쳐진 듯 가지고 또 가져도 만족이 되지 않았다. 정욱이 땀에 젖은 그녀의 날씬한 허리를 움켜잡고 제 쪽으로 힘껏 당기며 강하게 허리를 쳐올렸다.

퍽!

"아흑!"

격한 치받침에 서연의 다리가 훅 꺾였다. 그녀의 몸이 침대 위로 엎드리듯 쓰러지자 엉덩이를 잡아 침대 난간까지 확 끌어올린 정욱이 탐스럽게 갈라진 엉덩이 사이로 아직도 빳빳하게 곤두서 있는 남성을 무자비하게 밀어 넣었다.

"흐으읏."

깊숙이 들이쳐 오는 남성에 서연이 침대에 머리를 묻고 흔들며 시트를 움켜잡았다. 벌써 몇 번째인지 모를 정사에도 그는 지치는 법이 없었다. 조명 아래 유혹적으로 드러난 그녀의 하얀 나신을 뒤에서 강렬하게 응시하며 정욱이 허리를 강하게 밀어 올렸다.

"하…… 이서연."

정욱이 그녀를 낮게 부르며 짧게 끊어 올리듯 허리를 움직였다. 땀에 젖은 셔츠가 찰싹 달라붙어 있는 그의 근육질 상체 아래 불끈거리는 굵은 허벅지에 힘이 실렸다. 아무것도 걸치지 않은 탄탄한 하체의 갈라진 근육 사이로 땀이 타고 내렸다. 번들거리는 그의 피부가 조명에 비쳐 관능적으로 보였다.

"하아, 정욱 씨……."

서연이 헐떡이며 그의 이름을 불렀다. 아까부터 수십 번쯤은 불렀을 그의 이름이 그를 더욱 뜨겁게 달아오르게 만들고 있다는 것을 그녀는 아직 모르고 있었다. 정욱이 강한 턱을 팽팽히 조인 채 그녀의 골반을 움켜잡았다. 그 상태로 빠르게 속도를 올리자 그녀의 가녀린 몸이 침대 위에서 정신없이 흔들렸다.

"아, 아아, 아아……!"

점점 타이트해지는 움직임에 맞춰 서연의 신음 소리도 점차 고조됐다. 거대하리만치 넓은 침대가 삐걱거릴 만큼 정욱의 움직임은 거칠었다.

삐걱, 삐걱, 삐걱, 삐걱!

믿기지 않을 만큼 빠르게 속도를 올리자 아래로 쏠린 채 침대 시트에 이리저리 쓸리던 서연의 뾰족하게 곤두선 젖꼭지가 아려왔다.

"아학! 정욱 씨……!"

서연이 내지른 교성에 맞춰 정욱의 허리에 빳빳하게 힘이 들어가더니 고개를 확 젖혔다.

"크아앗!"

그가 야수처럼 포효하며 그녀의 내부 깊숙한 곳에 뜨거운 사정액을 뿌렸다. 배 속 깊숙이 분출되는 그를 느끼며 서연은 그대로 정신을 잃었다.

정욱이 눈을 떴을 때 룸 안은 숨소리 하나 들리지 않고 조용했다.

그가 미간을 좁히며 몸을 일으켜 세우자 룸 안이 제대로 시야에 들어왔다. 서연은 이미 흔적조차 없이 사라진 상태였다. 정욱이 날카롭게 눈썹을 치켜 올리고 제 손을 펴 바라봤다.

잠들기 전까진 이 손안에 분명 붙잡고 있었는데…….

손안에 남아 있는 온기가 식어 버렸다는 것에 그의 가슴이 죄어들었다. 서연이 누워 있던 자리에 본능적으로 손바닥을 대자 비어 있는 옆자리엔 이미 한 조각의 온기도 남아 있지 않았다.

……이서연.

그녀가 흔적 없이 사라진 룸 안을 싸늘한 시선으로 응시하는 그의 얼굴이 딱딱하게 굳었다.

택시에서 내린 서연은 후들거리는 다리로 겨우 자신의 오피스텔로 돌아왔다. 밤새 셀 수도 없을 만큼, 수도 없이 이어졌던 격렬한 정사에 제대로 서 있을 힘조차 없었다.

구두를 벗어 내자마자 휘청이며 침실로 걸어간 서연이 침대 위로 풀썩 쓰러졌다. 온몸에 남겨진 정욱의 진한 흔적에 눈을 감아도 아직 그의 품속인 것만 같았다.

'네 몸도, 마음도, 머리카락 한 올까지도 다 온전한 내 것이야.'

거칠게 몸 안으로 파고들며 그가 으르렁거리던 목소리가 떠올랐다.

'도망 못 가. 넌, 절대로!'

야수처럼 으르던 그의 목소리가 떠오르자 서연의 온몸에 뜨거운 열기가 지펴졌다. 온몸을 뒤흔들며 퍼진 열기가 눈물이 되어 눈꼬리에 반짝이며 맺혔다가 볼을 타고 흘러내렸다.

사랑 따위 기대하지 말라던 남자가 꽁꽁 묶어 두고 놔주지 않는다고 하면 도대체 어떻게 해야 하는 걸까?

차라리 싫어졌다면 진심으로 밀어낼 수 있을 텐데 그러지도 못해 언제나 들키고 만다. 결국은 늘 그를 향해 내달리는 감정을 숨길 수가 없어…….

서연의 어깨가 가늘게 떨렸다.

아무리 해도 그를 무시할 수도 거부할 수도 없다는 것을 깨달았다. 엉망으로 망가지고, 모든 것이 다 처참히 부서져 버려 돌이킬 수 없는 지경이 된다고 해도 절대 그 남자를 밀어낼 수가 없을 것이다. 설사 그가 결혼을 하고 가정을 꾸리고 아이를 낳는다고 해도 그가 원한다면 그의 정부 노릇도 마다하지 않을 것 같은 공포가 밀려들었다.

이건 사랑이 아니야.

이건…… 이건 광기 어린 집착일 뿐이야.

서연이 눈을 감았다. 축축이 젖은 베갯잇이 몸서리쳐지게 싫었다.

"정말 안 되겠나? 내가 연봉은 남부럽지 않게 줄 테니 다시 한번 생각해 보게. 이 실장."

금 전무의 간곡한 말에 서연이 작게 고개를 저었다.

"죄송해요. 처음 말씀드렸던 대로 여기까지만 도와 드리는 걸로 할게요."

"그래도 아쉬워서 그렇지. 어떻게 안 되겠나?"

"네. 죄송해요."

미소를 짓고 있지만 강경한 의사를 굽힐 생각을 하지 않자 금 전무가 아쉽다는 듯 입맛을 다셨다.

"정 그렇다면 할 수 없지만……. 일 그만두면 무슨 계획이라도 따로 있는 겐가?"

서연이 가만히 손을 모아 쥐고 생각하다가 말했다.

"이렇다 할 계획은 없지만 우선 잠시 쉬다가 천천히 생각해 보려구요. 지금까지 너무 정신없이 살아온 것 같아서 여기서 멈추고 숨을 고를 시간이 필요한 것 같아요."

금 전무는 이해한다는 듯 고개를 끄덕였다.

"그래. 그런 시기가 그 나이 땐 필요하기도 하지. 충분히 생각해 보고 푹 쉬다가 돌아오고 싶으면 언제든 다시 돌아오게. 난 환영이니까."

"그럴게요. 감사합니다. 전무님."

그녀를 향한 진심 섞인 배려가 느껴지는 금 전무의 말에 서연은 마음이 따뜻해졌다. 고마우신 분……. 금 전무에게 깊게 고개를 숙이고 집무실을 나왔다. 조용히 문을 닫는 그녀에게서 얕은 한숨이 새어 나왔다.

길지 않은 시간이었지만 이곳에서의 사람들과도 정이 많이 들어 아쉬운 마음이 들었다. 자식같이 내 편 삼아 주는 전무님께 좀 더 힘이 되어 드리고 싶은 마음도 한편으론 있었다.

하지만 더는 그럴 수가 없었다.

만약 자신이 좀 더 확실히 선을 그을 줄 알고 어리석은 감정에 휘둘리지 않는 사람이라면, 그랬더라면…… 처음부터 그 남자와 그런 위험한 관계를 시작하지도 않았겠지. 이렇게 마음이 조각나 버리지도 않았을 거고.

한숨을 내쉰 서연이 자리로 돌아와 앉았다.

지잉.

자리에 앉자마자 문자 진동이 울렸다.

[저녁에 시간 되시면 맥주 한잔 어때요?]

한영의 문자를 본 서연이 그의 자리로 시선을 돌리자 한영이 싱글거리며 그녀를 바라보고 있었다.

정리할 일이 또 하나 남아 있었구나.

서연은 조금 지친 표정으로 답장을 보냈다.

[그래요.]

퇴근 후 서연은 회사를 빠져나와 정문에서 기다리고 있던 한영에게 다가갔다. 그는 그녀가 다가오자 무척 밝은 미소를 지으며 기쁜 내색을 숨기지 않았다. 그의 그 얼굴이 그녀의 가슴을 따끔하게 만들었다.

"어디로 갈까요? 서연 씨 어디 가고 싶은 데 있어요?"

"이번엔 제가 아는 데로 가죠. 생맥주 맛있는 데 있거든요. 여기서 가까워요."

"아, 그거 괜찮죠."

상냥하게 웃는 그의 얼굴을 보며 서연은 마음을 강하게 먹기로 했다.

한편 서연이 한영과 나란히 같은 방향으로 걸어가는 것을 정욱이 차 안에서 지켜보고 있었다.

아담한 생맥주 집에 마주 앉은 두 사람은 가볍게 잔을 부딪쳤다. 쨍, 하는 소리와 함께 시원한 맥주가 잔 안에서 찰랑이며 흔들렸다.

"요즘 왜 이렇게 바빠요? 만나자고 하기도 미안할 정도로 바쁘던데."

한영이 투덜대듯 말하자 서연이 한 모금 마신 맥주잔을 테이블 위에 내려놨다.

"인수인계 때문에 좀 바빴어요. 금 전무님과 약속했던 기한이 다 됐거든요. 오늘이 마지막이에요."

서연의 말에 한영이 놀란 얼굴을 했다.

"오늘이 마지막? 그럼 이제 회사는 안 나오는 겁니까?"

"네."

서연의 차분한 얼굴을 보며 한영이 말문을 잃은 듯했다.

"그런 게 어디 있어요. 난 서연 씨한테 아무 말도 못 들었는데."

"미안해요. 인수인계한 김 비서에게도 당분간 비밀로 해 달라고 했어요. 처음부터 예정되어 있던 일에 시끄럽게 굴고 싶지 않았고 이제 비서 팀 자리 잡았는데 혹시 사기가 저하될까 봐 걱정되기도 했구요."

"그래도 이렇게 갑자기……."

한영이 미간을 찡그렸다. 아직 이렇다 할 관계로 발전하지 못한 어정쩡한 상태에서 서연이 갑작스럽게 그만둔 것이 그에겐 상당한 충격이었다. 그의 착잡한 표정을 보며 서연이 입을 열었다.

"생각해 봤지만 전에 한영 씨가 한 얘기는 역시 안 되겠어요. 미안해요."

서연의 말에 한영의 얼굴이 굳었다.

"안 되겠다니……. 나와 만나 보는 게 서연 씨한테 그렇게 어려운 일이에요?"

"지금으로선 그래요."

기대감을 갖게 하지 않으려 서연이 틈을 두지 않고 대답했다. 냉정한 표정으로 그를 차분하게 응시하고 있는 서연을 한영이 할 말을 잃은 듯 바라보다가 앞에 놓인 맥주잔을 놓고 벌컥벌컥 들이켰다.

"후우."

맥주잔을 내려놓은 한영이 거칠게 입바람을 불자 서연이 그의 잔에 맥주를 따라 줬다.

"한영 씨 좋은 사람이에요. 가능성 없는 여자에게 미련 버리고 당신과 잘 어울리는 좋은 사람 만나 봐요. 한영 씨 회사에서 인기도 많잖아요."

좋게 다독거리듯 말하는 서연을 그가 조금 굳은 얼굴로 가만히 응시했다.

"그 남자에게 다시 갈 겁니까?"

"그건…… 아니에요."

서연이 고개를 저었다. 그럴 생각은 없었다. 아무리 자신이 비참한 지경으로 내몰렸다 해도 그와의 관계를 이어 갈 수는 없었다.

"그럼 왜 안 된다는 건지 설명이 안 되는데요? 내가 이용할 가치도 없을 만큼 서연 씨에게 매력이 없어요?"

자존심에 상처를 입은 듯한 그의 얼굴을 보며 서연은 미안한 기분이 들었다. 자신에게 노력을 기울인 그의 성의를 생각해서 더 이상 미련을 갖지 않도록 만드는 것이 한영을 위하는 일일 것이다.

서연이 차분한 어조로 말했다.

"한영 씨가 문제가 아니라 문제는 나한테 있어요. 설사 한영 씨가 아닌 다른 사람이 이런 제안을 해 온다고 해도 내가 그럴 수 없는 것뿐이에요."

"왜요? 그 남자가 아니면 그럴 마음이 안 생기니까?"

"……그래요. 미안해요."

서연이 그를 똑바로 바라보며 말하자 미간을 잔뜩 좁힌 한영이 깊게 한숨을 내쉬었다.

"후우."

어깨를 들썩일 정도로 크게 한숨을 내쉰 그가 손바닥으로 얼굴을 쓸고는 말했다.

"내가 미안해요. 서연 씨 잘못이 아닌데."

"한영 씨……."

자조적인 한영의 목소리에 서연이 미안한 얼굴로 그를 바라봤다. 한영이 그런 그녀의 얼굴을 바라보며 피식 웃었다.

"그런 표정 하지 말아요. 내가 불쌍한 놈 같잖아요."

"아, 미안해요. 그럴 의도는 아니었어요."

서연이 사과하자 한영이 미간을 찡그렸다.

"서연 씨는 너무 정직한 거 알아요? 나라면 그 남자 잊지 못해도, 아니 한편으로 몰래 만나고 있다고 해도 나같이 괜찮은 남자가 다가오면 일단 만나는 볼 텐데."

농담을 섞은 그의 말에 서연의 굳은 표정이 조금 풀어졌다.

"원래 성격이 융통성이 없어요. 답답할 정도로……."

"알긴 아네요. 그런데 일할 땐 전혀 안 그러잖아요."

"그건 일이니까요. 그야말로 일. 사감이 섞이지 않은."

서연이 옅게 미소 짓자 한영이 삐딱한 눈빛으로 맥주잔을 들어 올렸다. 벌컥거리며 맥주를 들이켠 그가 말했다.

"처음 봤을 때부터 서연 씨한테 끌렸어요. 제가 좀, 음, 여성스러운 스타일을 좋아하거든요. 서연 씨처럼 연약해 보이는 스타일."

서연이 한영의 말에 그저 머쓱한 듯 웃자 그가 말을 이었다.

"그래서 작업 건 건 맞는데……. 사실 그때까지는 가벼웠어요. 그런데 그날, 정문 앞에서 그 남자에게 잡혀 있는 모습 보고 더 이상 가볍지 않은 기분이 되어 버렸달까. 정의감은 아닌데…… 서연 씨가 우리 둘째 누나와 너무 겹쳐 보였거든요."

"둘째…… 누나요?"

서연이 잔을 든 채로 눈을 깜빡이며 물었다.

"네. 전에 제가 둘째 누나 얘기 한 적 있죠? 원래 어릴 때부터 누나들 중에 둘째 누나랑 가장 친했어요."

"그랬구나. 그건 몰랐어요."

"말을 안 했으니까요. 그런데 우리 둘째 누나가 서연 씨랑 많이 비슷해요. 스타일도 좋고 여성스럽고. 그리고 또 하나 비슷한 게 있는데 뭔지 알아요?"

"뭔데요?"

서연이 묻자 한영이 살짝 얼굴을 찌푸렸다.

"나쁜 남자에게 꽂힌다는 점. 그리고 그 남자에게서 헤어 나오지 못한다는 점."

"……."

대답 없이 서연이 그를 바라보자 한영이 말을 이었다.

"우리 둘째 누나 말이죠. 정말 상종도 못할 나쁜 남자한테 걸려서 약 먹고 병원 신세까지 졌어요. 죽을 고비는 겨우 넘겼지만 그때 일로 아직 멀쩡하다고는 하지 못하죠. 정신적으로나 육체적으로나."

"아……."

의외의 말에 서연이 뭐라 말해야 할지 몰라 황망히 그를 바라보고만 있었다.

"우리 누나가 만나던 남자, 솔직히 서연 씨의 그 남자와 비슷해요. 정말 생긴 것도 매끈하고 능력도 좋고. 그런데 그 자식한테 결정적인 장애가 있더라고."

떠올리기도 불쾌한 듯 한영의 사람 좋은 얼굴에 불쾌감이 서렸다.

"장애……요?"

서연은 그의 입에서 나오는 말을 한편으론 듣고 싶지 않았다. 들으면 안 될 것 같았다. 그럼에도 물을 수밖에 없었다.

"네. 몸이 불편한 것도 장애지만 마음이 불편한 것도 장애잖아요. 그 남자는 여자를 사랑하는 게 뭔지, 아껴 주는 게 뭔지, 소중한 게 뭔지 그런 것들은 아예 모르는 남자였거든요."

한영의 말에 서연은 목 안이 확 뜨거워지는 것 같았다. 목줄기를 타고 치밀어 오르는 뜨거움을 차가운 맥주를 들이켜 억지로 밀어냈다.

"그 자식, 자기 애가 생겼는데도 얼굴색 하나 안 변하고 지우라고 하는 놈이었어요. 우리 누나가 어떻게 그러느냐고 울고불고하니까 억지로 데려가서 수술시켰대요."

충격을 받은 듯한 서연의 얼굴을 보며 한영이 말을 이었다.

"그러면서 한 말은 더 가관이죠. 자기가 피임에 실패할 리가 없는데 자기 애가 맞긴 맞냐고 했대요. 인간 아니죠? 그래서 몸과 마음이 만신창이가 된 누나가 그날 약 먹은 거고."

"그런……."

입을 벌려 말을 하는데도 서연의 입술은 달싹이기만 할 뿐, 더 이상 아무 말도 나오지 못했다.

누군가와 지독히도 닮은, 마치 그 사람이 아닐까 하는 착각까지 들 정도로 비슷한…….

하얗게 질린 서연의 얼굴을 보며 한영이 씁쓸한 표정을 지었다.

"그때 둘째 누나 살리겠다고 그 남자 찾아가서 여러 번 만나 봐서 알아요. 그리고 서연 씨가 그 도정욱이라는 남자에게 붙잡혀 있는 걸 보고 느꼈죠. 그자와 동류라는 것을."

"……."

서연은 한영의 말에 대답하지 않은 채 파리한 얼굴로 맥주잔만 힘껏 움켜쥐고 있었다. 치밀어 오른 무언가가 숨통을 죄고 있었다. 한영도 그녀의 표정을 보곤 입을 다물고 말없이 맥주만 마셨다.

생맥주집에서 나와 보니 비가 추적추적 내리고 있었다. 싸늘한 겨울비를 바라보며 서연이 코트 깃을 여미는데 한영이 그녀를 보며 얼른 말했다.

"여기 잠깐만 있어요."

"네? 어딜…… 한영 씨?"

한영이 그 말만 하곤 빗길을 뚫고 건너편 편의점으로 달려갔다.

잠시 후 우산 하나를 펼쳐 들고 다시 나타난 그가 서연에게 새 우산 하나를 내밀었다.

"칙칙한 색밖에 없지만 그래도 비 맞는 것보단 나으니까 오늘은 일단 이걸 써요."

까만색의 투박한 우산을 내미는 한영의 싱긋 웃는 얼굴을 서연이 멍하니 바라봤다.

좋은 사람…….

이렇게 좋은 사람이 보여 준 최대한의 노력을 너무 간단히 무시해 버린 게 아닌가 하는 죄책감에 서연이 미안한 표정을 지었다.

"정말 고마워요. 그리고 미안해요. 나 때문에 비 맞을 건 없었는데……."

"내 우산도 샀잖아요."

한영이 싱글거리며 자기가 들고 있는 우산을 가리키자 서연이 말했다.

"아까 한영 씨 가방 열 때 그 안에 우산 있는 거 봤어요."

"아, 이런. 들켰나? 서연 씨도 참 지나치게 정직하다니까. 그런 건 그냥 알면서도 모르는 척해 주는 거 몰라요? 사람 민망하게."

한영이 민망한 듯 손가락으로 콧대를 긁적이며 웃자 서연도 말간 얼굴로 마주 웃었다. 그녀의 웃는 얼굴을 홀린 듯 바라보던 한영이 싱글거리던 웃음을 거두고 진지한 목소리로 말했다.

"서연 씨."

"네?"

웃음 짓던 서연이 고개를 들어 그를 올려다봤다.

"아까 말했듯이 우리 누나 일로 더 신경 쓰이고 걱정됐던 건 사실이지만……. 그거 이상으로 서연 씨에게 끌렸어요. 말했죠? 서연 씨 내 스트라이크존이라고."

그의 말에 서연의 눈동자가 살짝 흔들렸다. 그녀가 손에 들고 있던 우산으로 시선을 내리깔자 한영이 우산을 들고 있는 그녀의 손을 잡았다.

"……!"

서연이 놀란 눈으로 그를 바라봤다. 그녀를 똑바로 바라보고 있는 한영의 웃음기 없는 얼굴이 시야에 들어왔다.

"이 우산처럼, 언제든 당신을 감싸 줄 수 있는 존재가 되어 줄게요. 고민해 보고 그럴 마음 생기면 연락해요. 내가 당장 달려갈 테니까."

다정하면서도 힘 있는 한영의 말을 듣던 서연의 눈동자가 흐려졌다. 그의 손에서 살짝 손을 빼낸 서연이 망설이다 입을 열었다.

"미안해요. 한영 씨 마음은 정말 고맙지만…… 난 이런 고마운 말 들으면서도 왜 이 말을 해 주는 게 그가 아닐까, 하고 생각하는 나쁜 여자예요. 기다리지 말아요."

서연의 대답에 한영의 입술에서 낮은 한숨이 새어 나왔다. 찡그리듯 미소를 지은 한영이 그녀에게서 한 발 물러났다.

"정말 나쁜 여자는 머릿속으로는 그런 생각하면서 이 손도 잡는 여자라니까요? 서연 씨는 좋은 여자예요. 그 말이 나를 위한 배려라는 거 알아요. 고마워요."

낮게 말한 한영이 뒤돌아서서 우산을 펼쳤다.

"갈게요."

그 말을 남기고 돌아가는 그의 뒷모습을 서연이 한참 바라보고 서 있었다.

오피스텔 앞에서 택시가 서자 한영이 준 우산을 든 채 서연이 택시에서 내렸다. 겨울의 끝자락에 내리는 비가 한층 거세지고 있었다. 차디찬 빗줄기에 코트 깃을 힘껏 여며도 몸이 가느다랗게 떨려 왔다. 쏟아지는 차가운 빗줄기가 기분을 어둡게 가라앉게 만들었다.

한영과의 일은 분명 정리해야만 할 문제였지만 누군가에게 결국 상처를 줄 수밖에 없는 일이라 어쩔 수 없이 죄책감이 파고들었다. 마지막까지 좋은 여자라 말해 준 그의 배려가 그녀의 마음을 더욱 심란하게 만들었다.

"하아……."

답답한 한숨을 내쉬며 오피스텔 입구로 걸어가는데 갑자기 클랙슨 소리가 거칠게 울렸다. 소리가 나는 쪽으로 고개를 돌려보니 익숙한 차가 눈에 들어왔다. 그 차를 확인한 서연의 얼굴이 창백하게 굳어졌다.

탕!

운전석 문을 거칠게 닫은 정욱이 우산을 쓰고 성큼성큼 걸어왔다.

"왜 이렇게 늦어?"

다짜고짜 험악하게 묻는 말에 서연이 그를 올려 봤다.

"여긴 어쩐 일이에요?"

"왜 항상 같은 질문을 여러 번 하게 만들지? 왜 이리 늦었냐고."

우산을 든 서연에게 바짝 다가온 정욱이 낮은 목소리로 말했다. 클래식한 폴로 코트를 입은 그를 응시하며 서연은 말이 없었다.

혹시 이 오피스텔 앞에 그가 기다리고 있을지도 모른다는 상상을 하며 돌아왔던 숱한 밤이 떠올랐다. 그럴 리가 없다는 걸 알면서도 헛된 기대는 오피스텔 안으로 들어설 때까지 이어지곤 했다.

그렇게 바랐던 일을 왜 당신은 지금에 와서…….

씁쓸한 미소를 띤 서연이 차가운 정욱의 얼굴을 보며 말했다.

"내가 누굴 만나든 뭘 하든 당신과 상관없다는 말도 했던 것 같은데요. 당신이야말로 같은 말 여러 번 하게 만들지 말고 나한테 신경 쓰지 말아요."

싸늘하게 말한 서연이 뒤돌아서자 정욱이 거칠게 팔을 뻗어 그녀의 팔을 움켜잡았다. 서연이 홱 돌아보니 무섭게 얼굴을 굳힌 정욱이 그녀를 내려다보고 있었다.

"그새 잊은 모양이군. 네 소유주가 누군지 다시 확인시켜 줘야 하나?"

서연이 그를 힘껏 노려봤다.

"이거 놔요."

그녀가 팔을 빼내려 몸에 바짝 힘을 주자 정욱이 서연의 팔을 더욱 강하게 잡고 확 끌어당겼다.

"……아!"

그의 몸 쪽으로 바짝 끌어당겨지자 서연의 우산이 그의 우산과 부딪혔다. 물방울이 그들 사이로 튀고 쏟아지는 비가 어느샌가 어깨를 적시고 있었다. 정욱이 가까이에서 그녀를 내려다보며 나지막하게 말했다.

"네 몸에 아직 흔적이 남았을 텐데. 내가 확인시켜 줘?"

서연이 입술을 깨물고는 두 손으로 그를 힘껏 밀쳤다. 그 바람에 그녀의 손에서 우산이 바닥으로 떨어져 나뒹굴었다.

"이거 놓으라고!"

서연의 반발에 정욱이 주춤하며 한 걸음 물러섰다. 쏟아지는 빗줄기를 온몸으로 맞으며 정욱을 노려보던 서연이 입술을 깨물고 몸을 돌렸다. 그녀가 도망치듯 오피스텔 입구 쪽으로 뛰어가자 정욱이 창백하게 굳은 얼굴로 들고 있던 우산을 내던지고 그녀를 뒤따라갔다.

"이서연!"

정욱이 서연의 어깨를 움켜잡아 자신 쪽으로 거칠게 돌려세웠다. 두 사람의 필사적인 눈동자가 퍼붓는 비를 사이에 두고 부딪쳤다. 가슴을 들썩이며 숨을 몰아쉬는 정욱의 얼굴이 분노로 일그러져 있었다.

"왜 이러는 거야. 도대체!"

"당신은 도대체 왜 이러는 건데!"

버럭 소리를 내지르는 정욱에게 지지 않고 서연도 소리쳤다.

"……뭐라고?"

그녀의 붉게 충혈된 눈에 정욱의 눈빛이 당혹으로 흔들렸다.

"지금까지 단 한 번 잡아 주지 않더니 왜 이제 와서 날 잡고 흔드는 거냐고요, 도대체 왜!"

빗줄기가 점차 강해지고 있었다. 딱딱하게 얼굴을 굳힌 정욱의 눈에서 서슬 퍼런 빛이 빛났다.

"잡았잖아."

정욱이 낮은 목소리에 서연의 눈동자가 일렁였다. 서연의 양어깨를 잡은 손에 힘을 주며 그가 사납게 다그쳤다.

"잡았으니 된 거 아냐? 똑똑히 봐! 지금 내가 이렇게 잡고 있지 않느냐고!"

그의 분노에 찬 얼굴을 가만히 응시하며 서연은 내리는 비를 그대로 맞고만 있었다. 젖은 그녀의 어깨를 움켜쥔 그의 손에 허옇게 뼈가 도드라졌다.

빗소리가 둘 사이를 점차 메워 갈 때쯤 서연이 그를 불렀다.

"……정욱 씨."

두 쌍의 눈동자가 강하게 얽혀들었다.

"날 사랑해요?"

"……!"

서연이 투명한 눈빛으로 그를 올려다보며 말하자 정욱의 눈동자가 크게 흔들렸다. 그의 창백하게 굳은 얼굴을 응시하며 서연이 다시 물었다.

"날, 사랑하나요?"

차가운 빗물이 두 사람의 머리끝부터 발끝까지 흠뻑 적실 정도로 쏟아져 내렸다. 그가 이리저리 흔들리는 시선을 그녀에게 고정하고 있었다. 덜덜 떨리는 턱에서 하얀 입김이 거친 숨결에 섞여 뿜어져 나왔다.

"……."

정욱은 대답이 없었다. 알고는 있었지만 막상 그의 입술이 굳게 닫힌 채로 움직이지 않자 서연의 가슴이 와르르 무너져 내렸다. 깎은 듯 날카로운 그의 턱이 단단하게 조여들었다. 그의 남성적인 목에 곤두선 핏대를 보고 서연은 작게 한숨을 내쉬었다. 헛된 기대는 여기까지로 충분했다.

"하아."

서연이 이마에 찰싹 달라붙어 있는 젖은 머리칼을 쓸어 넘겼다.

"그것 봐요. 당신 사랑 같은 거 할 줄 모르는 사람이잖아."

마음의 장애가 있다는 그 남자처럼…….

그리고 난 언젠가 한영의 둘째 누나와 똑같은 일을 겪게 되겠지.

싸늘하게 굳은 서연의 옆얼굴을 내려다보던 정욱이 곤혹스러운 표정으로 입을 열었다.

"이서연."

"이거 놔줘요."

어깨를 잡은 그의 손아귀에서 빠져나오려 바르작거리며 서연이 말했다. 정욱이 굳은 얼굴로 바라보고만 있자 서연의 붉게 달아오른 눈에서 뜨거운 눈물이 왈칵 터져 나왔다.

"놔 달라고요, 제발!"

서연이 소리쳤다. 빗물과 눈물이 뒤섞여 엉망이 된 그녀의 얼굴을 노려보고 있던 정욱이 거친 숨을 몰아쉬며 그녀를 놔줬다. 몸이 자유로워지자마자 휘청거리며 몸을 돌린 서연이 뒤도 안 보고 걸어가기 시작했다.

비에 흠뻑 젖은 정장 투피스가 그녀의 가녀린 몸에 찰싹 달라붙어 있었다. 그녀의 걸음걸이가 거센 바람에 위태롭게 휘청거렸다.

정욱은 흔들리는 시선으로 점점 멀어지는 그녀를 응시했다. 퍼렇게 힘줄이 돋아날 정도로 세게 주먹을 말아 쥔 그의 얼굴이 석고상처럼 창백하게 굳어 있었다. 힘껏 사리문 강한 턱 안에 피 맛이 배어났다. 그를 거부하고 멀어지는 서연의 뒷모습에서 온몸을 덜덜 떨리게 할 정도로 강한 분노가 밀려들었다.

분노?

아니다. 이 감정은…….

그녀의 뒷모습이 멀어지는 모습을 보는 그의 눈동자에 시퍼런 불꽃이 튀겼다.

"이서연!"

서연이 막 오피스텔 입구로 들어서려고 하는 순간 그녀의 몸이 다시 크게 돌려세워졌다.

"……!"

뭐라 말할 새도 없이 정욱이 그녀의 입술을 거칠게 삼켰다. 도톰한 붉은 입술이 비와 눈물에 젖어 짭조롬한 맛이 났다. 도망치려는 서연의 몸을 완강히 움켜잡은 채 정욱이 그녀의 고개가 뒤로 한껏 젖혀질 정도로 깊게 혀를 밀어 넣었다.

"으읍……!"

혀가 뽑혀 나갈 듯 강한 키스를 퍼붓자 서연이 눈을 질끈 감고 두 손으로 그를 밀어내려 했다. 하지만 아무리 밀어내도 정욱은 꿈쩍도 하지 않았다. 그의 타액과 체취가 숨도 못 쉴 정도로 급박하게 쏟아져 들어오자 서연의 머릿속이 아찔해졌다.

"읍! 으읍!"

거친 몸싸움이 이어지며 정욱은 그녀를 더욱 단단히 잡아 제 몸에 끌어당긴 채로 격렬한 키스를 퍼부었다. 입술이 떨어진 순간 서연이 힘껏 손을 들어올렸다.

짜악!

허공을 내지른 서연의 손에 정욱의 뺨이 홱 돌아갔다. 그의 시선이 비스듬하게 그녀에게 내리꽂혔다. 서연이 바르르 떨리는 손을 움켜잡고 막혔던 숨을 거칠게 쏟아 내며 퉁퉁 부어오른 입술을 열었다.

"난…… 당신 소유물이 아니야."

싸늘하게 내뱉은 서연이 도망치듯 오피스텔 안으로 뛰어 들어갔다. 정욱은 그 자리에 선 채로 움직이지 않고 한동안 쏟아져 내리는 비를 맞으며 그대로 서 있었다.

09

서연이 눈을 떴다.

넓은 창 사이로 환한 햇살이 가득 밀려들어 오고 있었다. 어디선가 파도 소리가 들려왔다. 사방은 조용했으며 방 안에는 한낮의 따뜻한 기운이 감돌았다. 서연이 푹신한 침대 위에서 몸을 일으켜 세우자 익숙한 목소리가 들려왔다.

“아직 몸도 안 좋은데 더 자지. 왜 벌써 일어나려고?”

커피를 마시며 창밖을 바라보고 있던 혜주가 서연이 일어난 기척을 느끼고 돌아보더니 말했다. 그녀를 확인한 서연이 옅은 미소를 지었다.

“이제 괜찮아. 그보다 그 커피 향 너무 좋은데…… 나도 한 잔 주면 안 돼?”

“아주 부려 먹는 것도 자기처럼 이쁘게 부려 먹지. 기다려. 맛

있을진 모르겠지만 이 언니가 정성을 다해 내려올 테니까.”

혜주가 콧등을 찡그리며 투덜거리자 서연이 흘러내린 머리칼을 살짝 귀 뒤로 넘겼다.

“고마워.”

“시키고선 고맙다기는.”

커다란 박스남방에 물 빠진 청바지를 입은 혜주가 밖으로 나가자 미소를 짓고 있던 서연이 고개를 돌려 창밖을 바라봤다.

푸른 바다가 한눈에 들어오자 막혔던 속이 탁 트이는 기분이 들었다.

정욱이 찾아왔던 그 날 밤.

대차게 맞았던 비 때문인지 지독하게 상처받은 마음 때문인지 고열에 시달리며 3일을 내리 끙끙 앓았다. 그 상태로 겨우 정신이 들었을 때 곧바로 비행기 티켓을 끊어 혜주의 작업실이 있는 제주로 내려왔다.

‘웬 산송장이 기어와? 너 왜 이래. 죽을병에라도 걸렸어?’

어떻게 찾아왔는지도 기억나지 않을 정도로 열에 들뜬 상태에서 찾아온 서연을 보고 혜주는 놀란 얼굴로 그런 말을 했었다. 그리고 혜주의 얼굴을 보자마자 안심이 되어 그 상태로 쓰러져서 며칠이 지난지도 모르게 잠만 잤던 것 같다.

중간중간 혜주가 억지로 깨워서 죽을 먹이고 약을 먹이고 이마를 짚어 주던 기억이 열기에 젖어 꿈처럼 혼몽하게 스쳐 지나갔다. 그렇게 몇 날 며칠을 더 앓고 난 후 제대로 의식을 차렸을 때 그제야 폐를 끼친 걸 실감했다.

미안한 마음에 혜주에게 몇 번이나 사과하자 그녀가 완고한 얼굴로 말했다.

'나중에 3부 이자 쳐서 받을 거니까 미안하다는 말 한 마디만 더 해 봐, 아주. 한 번 할 때마다 1부씩 올라간다?'

혜주의 그 말이 생각난 서연의 입술 끝이 부드럽게 휘어 올라갔다.

고마운 사람.

혈혈단신의 그녀에게 혜주는 늘 그런 존재였다. 유일한 식구같이 느껴지고, 친구같이, 언니같이 느껴지는 사람. 그런 사람은 금전무 외에는 혜주가 유일했다. 어머니의 병간호로 제대로 친구를 사귈 시간도 없었고 늘 혼자가 된다는 두려움을 마음 한켠에 담고 살아야 했던 그녀에겐 그랬다.

"자, 여기 맛난 커피 대령이오."

그 때 혜주가 진한 커피 향을 풍기며 방 안으로 들어왔다. 혜주가 사기그릇 같은 짙은 고동색 찻잔에 담긴 커피를 떡하니 건네주자 서연이 웃음을 흘렸다.

"꼭 사약 같아. 어디서 이런 잔을 구했어?"

"그냥 여기저기 여행 다니다가 눈에 콕 들어오면 하나씩 모으는 거지 뭐. 여행을 자주 다니다 보니 할 때마다 하나씩만 모아도 나중에 보면 꽤 되거든."

다시 창가로 다가가 바다를 바라보며 혜주가 말했다. 따스한 온기가 느껴지는 사기잔을 두 손으로 만지작거리던 서연이 혜주의 옆모습을 말없이 쳐다봤다.

"……나도 언니처럼 여행이나 다닐까?"

"응?"

서연의 말에 혜주가 돌아봤다. 멀뚱히 쳐다보는 혜주를 보며 서연이 겸연쩍게 웃었다.

"아니, 그냥 멋져 보여서. 그렇게 어디든 떠날 수 있는 용기가……. 나도 그래 보고 싶다는 생각이 들었거든."

"그럼 해. 떠나면 되지 뭐가 문제야?"

어깨를 으쓱이는 혜주가 그녀다운 말을 내뱉자 서연의 얼굴이 조금 어두워졌다.

"그건 그렇긴 한데……."

"한데, 하지만, 그래도, 역시. 그게 사람들이 당장 떠나지 못하는 수만 가지 이유를 설명할 때 가장 많이 하는 말이거든? 근데 있잖아. 그런 말만 하다가는 평생 가도 못 떠나. 내가 그런 사람 한둘 본 게 아니다?"

혜주의 확신을 담은 말에 서연이 긍정하듯 끄덕이며 커피를 한 모금 마셨다.

맞는 말이다. 뭐가 그리 복잡하고 어려울 것 있을까.

책임져야 할 모든 것이 사라져 겨우 혼자만의 시간을 가질 수 있게 된 지금.

"너 마침 일도 그만둔 상태라며. 그럼 지금보다 더 좋을 때가 어디 있어? 걱정하지 말고 떠나. 자세한 건 내가 알아봐 줄 테니까."

"정말?"

서연이 눈을 동그랗게 뜨고 혜주를 바라보자 그녀가 독특한 비취색 커피 잔을 들고 어깨를 으쓱거렸다.

"그럼. 내 전공이 그거잖아. 어디 가고 싶은 데라도 있어? 평소에 가고 싶었던 데라든지."

혜주의 질문에 서연의 시선이 비취색 커피 잔에서 그녀 뒤로 펼쳐진 푸른 바다로 향했다. 일렁이는 푸른 바다를 응시하는 그녀의 눈동자가 투명하게 빛났다.

"바다……. 이국의 바다가 보고 싶어. 한없이 넓고…… 예쁜 바다."

그녀의 말에 혜주가 단번에 박수를 짝 쳤다.

"오케이. 내가 그림같이 예쁜 에메랄드빛 바다 보여 줄 테니까 걱정하지 말고 어서 몸부터 추슬러. 그래야 여행 가지. 체력 없으면 여행도 못 한다?"

"응. 고마워. 언니."

서연이 혜주를 바라보며 말간 웃음을 지었다.

"집에 나타나지 않는다고?"

정욱이 휴대전화를 쥔 손에 힘을 주고 날카롭게 물었다.

"네. 일주일간 오피스텔 출입을 하지 않고 있는 게 확인됐습니다. 좀 더 지켜볼까요?"

"……일단 유지해."

"알겠습니다."

전화를 끊은 정욱이 엄지로 지끈거리는 머리를 꾹꾹 눌렀다.

집으로 돌아오지 않는다면 이 여자가 도대체 어디로 사라진 거란 말인가? 갈 곳도 없는 여자가…….

집무실 안 거대한 책상 앞에 앉아 초조한 눈빛으로 전화기를 바라보던 정욱이 다시 서연에게 전화를 걸었다.

— 전화기가 꺼져 있어, 소리샘으로 연결되오니…….

"빌어먹을!"

수도 없이 들었던 안내멘트가 나오자 정욱이 거칠게 전화를 끊고 책상을 주먹으로 사정없이 내려쳤다.

쾅!

주먹의 홧홧함도 어떤 고통도 느껴지지 않았다. 가슴을 들썩이며 가쁜 숨을 몰아쉬던 정욱이 굳은 얼굴로 눈을 가늘게 떴다.

항상 곁에 있었고 찾으려 들면 언제든 그리 힘들이지 않고도 찾을 수 있던 여자였다. 그 여자가 피하는 모습도 빤히 포착될 만큼 온전한 그의 영역 안에 있었다. 그런데 갑자기 원래 없던 사람인 마냥 완벽하게 자취를 감춰 버리다니…….

'날 사랑해요?'

비가 억수같이 내리던 그날 밤, 서연의 젖은 음성이 머릿속을 헤집었다. 사랑 같은 건 바라지 않는 여자라는 확신이 어디에 있었던 걸까. 그녀는 자신에게 절대 사랑 같은 거추장스러운 감정을 요구하지 않을 거라고 믿었던 확신이.

"제길."

코트를 챙겨 든 정욱이 빠르게 문을 열고 나갔다.

"부사장님! 어딜……."

막 노크하려던 정 비서가 갑자기 문을 열고 나온 정욱을 보고 깜짝 놀라 물었다. 정욱은 얼굴을 굳힌 채로 그녀를 스쳐 지나며 말했다.

"오후 스케줄 모두 취소하세요. 개인적인 급한 용무가 생겼습니다."

"네? 아, 네. 알겠습니다."

정 비서의 대답을 듣지도 않은 정욱이 급히 부사장실을 빠져나갔다.

◇

제주도의 겨울 바다에는 매서운 추위가 아릿하게 감돌고 있었다. 두꺼운 패딩을 입고 담요를 두르고 있어도 피부를 엘 듯 날카롭게 파고 들어오는 칼바람을 막기는 역부족이었다. 바람에 이리저리 나부끼는 머리칼을 쓸어 넘기며 서연이 등대가 있는 쪽으로 천천히 걸어 나갔다.

혜주의 작업실과 가까운 곳에 있는 빨간 등대 앞까지 걸어간 서연은 가느다란 손가락으로 담요자락을 여몄다. 추위에 손가락이 온통 빨갛게 변해 있었지만 지금 눈앞에 보이는 절경은 그런 추위 정도는 무시할 수 있을 정도로 아름다웠다.

해가 지는 바닷가는 온통 오렌지색으로 따스하게 물들어 있었다. 황금빛 너울지는 바닷가를 바라보며 서연이 혼잣말처럼 중얼거렸다.

"보기엔 이렇게 따듯한데…… 바람은 어쩜 이리 차가울까."

꼭 그 남자 같아.

겉보기엔 그렇게 멋질 수가 없는 사람인데 속은 바짝 벼린 칼처럼 날카로운, 다가가기만 해도 그 칼끝에 찔려 피가 흐르게 하는 남자. 서연은 넘실거리는 바다를 앞에 두고 코가 빨개지는 추위를 느끼며 정욱을 생각하고 있었다. 5년을 홀로 품어 온 감정은 우습게도 그에게서 도망쳐 온 순간까지 하루 종일 그를 떠올리게 만들고 있었다.

어떤 사랑의 대화도, 추억도 없이 그저 아슬아슬한 육체관계만 존재했던 사람인데……. 왜 그 남자만 생각하면 이렇게 가슴이 저릿하게 아플까.

서연은 등대 앞 작은 벤치에 앉아 벌건 해가 바닷속으로 천천히 침몰해 들어가는 모습을 가만히 바라보고 앉아 있었다. 그녀의 진한 헤이즐넛빛 눈동자가 노을빛을 받아 연하게 물들었다가 차츰 어두워졌다.

그 시간.

서연의 오피스텔 앞에 차를 세워 둔 정욱은 불 꺼진 그녀의 창문만 응시하고 있었다. 오피스텔이 비어 있는 걸 확인한 후 줄곧 사람들을 대기시켜 놨지만 서연은 나타나지 않고 있었다.

벌써 일주일째, 모든 일정을 미뤄 두고 갑갑한 심정으로 오피스텔을 올려다보던 정욱이 신음하듯 낮게 한숨을 내쉬었다.

"……빌어먹을."

도대체 어디로 간 거야. 이서연.

오래전 끊었던 담배가 그의 손에 다시 들려 있었다. 창문을 열어 둔 채로 팔을 걸친 채 새카만 밤공기를 향해 희뿌연 연기를 뿜어냈다.

"후우……."

그의 초조한 눈동자가 이리저리 흔들렸다.

그녀가 사라져 버렸다는 데 이렇게까지 자신이 흔들릴 줄 몰랐다. 이렇게 심장이 타 버릴 듯 괴로운 감정을 느끼게 될 줄 몰랐다.

내 여자였다.

처음부터 지금까지, 이서연은 내 여자였다. 그랬기 때문에 그녀가 아무리 괴로워하더라도 언제까지나 그 관계가 유지될 거라는…… 그녀가 자신을 진심으로 밀어내지는 못할 거라는 확신이 마음 한구석에 있었다.

그랬는데.

그녀는 결국 날 밀어냈고 완전히 사라져 버렸다.

"사라져? 내 앞에서? 하!"

정욱이 조소를 흘리며 고개를 저었다. 믿고 싶지 않은 그 사실이 그를 미치게 만들고 있었다. 한 여자를 진심으로 사랑하게 될 줄은 몰랐다. 그러기에는 자신은 너무도 굳건한 저주에 걸려 있었다고 믿어 왔으니까.

그래서 그 여자를 밀어내고, 또 밀어냈다.

아니, 어쩌면 그의 본능은 밀어내지 못할 걸 알았기에 육체적으로만 가진다는 그럴싸한 합리화를 해 두고 그녀를 가졌는지도 모른다. 그 합리화로 스스로를 속이고 있었다는 건 그녀가 떠나고서야 절실하게 알게 되었다.

"이서연……."

정욱이 두 손으로 머리칼을 엉망으로 헝클였다. 낮게 신음을 내쉬며 손을 내리자 달빛에 비친 손이 시야에 들어왔다.

'잡았으니 된 거 아냐? 똑똑히 봐! 지금 내가 이렇게 잡고 있지 않느냐고!'

분명 이 두 손 안에 잡고 있다고 생각했다.

마음만 먹는다면 언제든 잡을 수 있다고 생각했다.

'날 사랑하나요?'

그 질문에 답하지 못한 건…… 자신이 없어서였다. 사랑이라는 감정에 대한 자신. 그 사랑을 저주라고 생각하지 않을 자신이. 하지만 설명할 수는 없었다. 어둡고 음습한 자신의 속까지 그 여자 앞에서 꺼내 놓을 자신이 없었다. 그 모든 것을 인정하고 날 사랑해 달라고 말할 자신이 없었다.

"도정욱."

정신을 차리고 보니 이미 자신은 엉망으로 취해 있었다. 고개를 들자 연후가 착잡한 표정으로 내려다보고 있었다.

"너 아까부터 한 여자 이름만 부르고 있는 거 알아?"

이서연이겠지.

정욱이 입술 끝을 비틀며 손을 뻗어 술잔을 들었다. 그의 손이 이리저리 흔들리는 걸 보고 연후가 저지했다.

"그만 마셔. 요즘같이 마셔선 너 사람 구실 못하게 된다."

"상관없어."

정욱이 짧게 거절하고 연후의 손을 뿌리쳤다. 후들거리는 손으로 술잔을 잡아 입안에 털어 넣는 정욱을 보며 연후가 답답한 표정으로 말했다.

"차인 거야? 이러지 말고 차라리 그 여자한테 가서 잘못을 빌든가 다시 만나 달라고 말하든가 뭐든 해. 자식아."

"……졌어."

"뭐?"

엉망으로 취한 정욱의 목소리가 잠기듯 흘러나오자 연후가 다시 물었다. 정욱이 한숨을 내쉬며 낮게 읊조리듯 말했다.

"사라졌어. 내 앞에서……."

정욱의 고통으로 일그러진 표정에 연후는 더 이상 아무 말도 할 수가 없었다. 정욱은 휘청거리는 몸으로 계속 술을 마셨다.

이서연.

사라질 필요는 없잖아.

날 이렇게까지 괴롭게 할 필요는 없는 거잖아.

적어도 잡을 수는 있게 해 줘야 하잖아.

내가 아무리 너에게 잔인했더라도…….

어디까지 날 망가뜨려야 만족할 거지?

◆

"서연아."

넋 놓고 바다만 바라보고 있던 서연이 자신을 부르는 소리에 고개를 돌렸다. 꽁꽁 싸매고 나온 혜주가 근방에 서서 그녀를 향해 성마르게 손짓을 하고 있었다.

"언니. 작업 끝났어?"

서연이 묻자 혜주가 거리가 조금 있는 서연에게 소리쳤다.

"작업은 진작 끝났지. 여기서 왜 혼자 청승 떨고 앉았어? 날도 추운데 그만 들어와. 따끈한 두부전골 끓여 뒀어."

"응. 그럴게."

서연이 의자 위에서 꽁꽁 언 몸을 일으켜 혜주가 있는 곳으로 걸어갔다.

혜주의 작업실 2층에 있는 주방에서 보글보글 끓는 두부찌개를 놓고 두 사람이 마주 앉았다. 혜주가 턱하니 꺼내 놓은 소주병을 들어 서연의 잔에 찰찰 따랐다. 맑은 액체가 가득 채운 투명한 잔을 보고 있던 서연이 단숨에 술을 들이켰다.

"시원하게도 먹네."

혜주가 피식 웃고는 서연의 빈 잔에 또 술을 따라 줬다. 그 잔도 서연이 망설임 없이 비워 내자 혜주가 인상을 썼다.

"얘 좀 봐. 너 지금 내가 끓인 두부전골 무시하니? 이게 얼마나 맛있는데 얘를 무시하고 소주만 퍼마셔? 자자. 어서 이것부터 따끈하게 한 사발 들이켜고 마셔."

혜주는 두부며 버섯이며 각종 야채가 푸짐히 들어간 찌개를 국자로 듬뿍 떠서 서연의 앞에 놔줬다. 그러고는 먹기 전까진 절대 따라 주지 않겠다는 듯 술병을 들고 매서운 눈으로 지켜보자 서연이 마지못해 수저를 들었다.

보들보들한 두부를 한 입 베어 먹은 서연의 입가에 부드러운 미소가 퍼졌다.

"따뜻해."

"거봐. 맛있지? 그러니까 얼른 그거 부지런히 다 먹어. 너 요즘 아주 앙상한 게 보기 안 좋아. 나 같은 사람이 살 빼야지 너같이 마른 애들이 살 빼면 우리나라 평균체중에 하등 도움 안 된다?"

"그 정도로 보기 안 좋아?"

서연이 쿡쿡거리며 웃다가 제 얼굴을 만지며 묻자 혜주가 자신의 잔을 비우며 말했다.

"원래 비실비실해 보였는데 지금은 아주 대놓고 피골이 상접한 느낌?"

"어머, 정말 보기 안 좋겠다."

국물을 떠먹던 서연이 인상을 찡그리자 혜주가 끄덕였다.

"그럼. 아주 보기 안 좋지. 야, 사랑 그게 뭐라고 그렇게 죽을 둥 살 둥 아파해? 뭐 좋은 거 있다고."

"……."

말없이 그릇을 비운 서연의 술잔에 혜주가 다시 넘치도록 술을 따라 줬다.

"자. 마시고 잊어. 원래 다 그런 거야. 죽을 듯이 아프고 그래도 어떻게든 살아져 있고 그렇게 시간이 지나다 보면 조금씩 나아지는…… 그런 게 사람이니까."

혜주의 말은 쉽게 들리지만 가만히 생각해 보면 말 속에 단단한 뼈가 있었다. 지금껏 여러 곳을 여행하며 쌓은 연륜일 수도 있고 그녀 스스로 가지고 있던 본래의 깊이일 수도 있지만 이 순간 혜주의 말이 서연에겐 큰 위로가 됐다.

"응……. 고마워."

서연이 투명한 술을 입에 털어 넣었다. 흐린 미소를 짓고는 머리칼을 쓸어 올리자 그녀의 가느다란 팔을 보며 혜주가 혀를 쯧쯧 찼다.

"더 먹어. 어서."

혜주는 억지로 떠먹이다시피 서연에게 찌개를 먹였다.

같은 동네 살면서 아주 어릴 때부터 봐 왔지만 서연이 이렇게 약한 모습을 보인 건 처음이었다. 아버지 없이 자라다가 어머니마저 스무 살 무렵에 잃었는데 그럼에도 불구하고 참 독하다 싶을 정도로 꿋꿋하게 버텨 내는 강한 아이였다.

하지만 강한 만큼 결벽이라 느껴질 정도로 서연은 약한 모습을 보이려 하지 않았다. 그게 혜주는 내심 서운하게 느껴졌었다. 그나마 친하고 유일하게 마음 터놓을 수 있는 존재가 자신이라고 알고 있는데도 서연은 그녀에게조차 빈틈을 보이지 않았다.

서연의 어머니가 돌아가셨을 때도 그랬다.

어찌나 독한지 우는 모습 한 번 보질 못해 어른들이 혀를 찰 정도였다. 장례식이 끝난 뒤 발인까지 마치고 나서야 어두컴컴한 방 안에서 엄마 사진 끌어안고 혼자 숨죽여 우는 모습을 봤을 때에야 서연이 힘들었다는 걸 겨우 알 수 있을 정도였다.

"세상에서 강한 척은 혼자 다 하지."

소주를 따라 마시며 혼잣말을 하는 혜주를 보고 서연이 피식 웃었다. 두 사람이 비운 술병이 벌써 세 병을 넘어가고 있었다.

"그래도, 언니는 네가 이렇게 찾아와 줘서 참 좋다. 서연아. 넌 너무 혼자서도 잘하는 아이라 내가 도울 수 있는 게 없었는데 이럴 때라도 있으니까 내가 그나마 언니 구실이라도 하는 거 아니겠어?"

혜주가 술에 취해 발갛게 달아오른 얼굴로 말하자 서연이 술잔을 만지작거리다가 고개를 들었다.

"그런 생각을 했어……? 내가 언니 얼마나 의지했는데. 알잖아. 나 주위에 의지할 수 있는 사람이 언니밖에 없는 거."

"어이구, 그렇게 말해 주니 황송하다, 야."

혜주가 술잔을 든 채로 킥킥 웃었다. 서연도 따라 웃다가 얼마 못 가 지우개로 지운 듯 얼굴에서 미소가 지워져 갔다.

"그 사람한테도…… 좀 더 빨리 말했어야 했을까?"

"네가?"

되묻는 혜주에게 서연이 고개를 끄덕였다. 그러자 혜주가 더 말할 것도 없다는 듯 인상을 팍 썼다.

"아니야. 어차피 그런 남자 말했어도 뭐가 달라졌겠어?"

"그래도…… 어쩌면, 이렇게 되기 전에 힘들다고 말했더라면…… 내가 괜찮은 게 아니라는 걸 말했더라면…… 그 사람도 조금쯤은 날 생각해 주지 않았을까……?"

살짝 풀린 눈으로 작은 목소리로 말하는 서연을 혜주가 인상을 쓴 채로 바라봤다.

"서연아."

"알아, 나도. 이런 생각 다 부질없다는 거……. 그 사람 바뀔 사람 아니라는 거 누구보다 내가 잘 알아. 그런데 언니, 그걸 알면서도 난 자꾸 그런 생각이 들어. 아니라는 거 알면서도 자꾸 그런 생각이……."

물기가 맺힌 서연의 눈을 바라보며 혜주가 한숨을 내쉬고 티슈를 뽑아 서연에게 내밀었다.

"그렇게 울어 놓고 아직도 눈물이 나와? 징하다, 너도."

혜주의 걱정을 담은 핀잔에 서연이 눈물을 닦으며 배시시 웃었다.

"그러게. 내가 왜 이럴까 정말……."

"걱정 마. 시간이 지나면 다 나아지게 되어 있다니까. 언니 말 믿고 조금만 버텨 봐. 아주 나중에는 그땐 왜 그렇게 아팠을까 하고 생각하게 될 때가 올 거야."

"……응."

티슈로 눈가를 찍으며 얌전히 고개를 끄덕이는 서연의 술잔에 혜주가 소주를 따라 줬다.

"자! 마셔. 마시고 잊자. 응?"

"고마워. 언니."

"아, 일단 마시라니까?"

부어라 마셔라 혜주가 따라 주는 술을 받아 마시던 서연은 얼마 안 가 곧 쓰러지듯 누워 잠들었다. 눈물을 닦던 티슈를 손에 꼭 말아 쥐고 퉁퉁 부은 눈으로 잠든 서연을 보던 혜주가 착잡한 얼굴로 일어났다.

책상 앞에 놓인 노트북을 켜고 머리를 북북 긁적이던 혜주가 모니터를 보며 혼잣말처럼 중얼거렸다.

"바다……. 예쁜 바다라. 어디가 나오려나?"

정욱이 제주행 비행기를 탄 건 서연이 제주로 향했다는 정보를 입수한 지 반나절도 채 지나지 않아서였다. 제주에 도착한 후 미술을 하는 친한 언니가 산다는 별장까지 단숨에 도착했다. 차에서 내린 그는 망설임 없이 혜주의 작업실 초인종을 눌렀다.

"누구세요?"

낯선 남자의 방문에 의아한 표정을 지은 혜주가 작업복 차림으로 문을 열고 나왔다.

"여기 이서연 씨 있습니까?"

혜주는 한눈에 봐도 위압적인 분위기를 풍겨 내는 이 조각같이 생긴 남자가 문제의 그 남자인 것을 알아챘다. 남자는 어찌나 급하게 왔는지 머리며 옷이며 흐트러진 채로 초조한 눈빛으로 그녀를 쳐다보고 있었다.

"누군데 서연이를 찾아요?"

혜주가 팔짱을 낀 채 정욱을 빤히 바라봤다.

"있는지 없는지부터 말해 주시죠."

남자는 냉랭한 눈빛을 하고 있었지만 그 안에 고스란히 드러나는 다급함을 숨기지 못하고 있었다. 그 얼굴을 보자 혜주는 조금 이상한 기분이 들었다.

왠지 서연이 말한 남자와는 좀 다른 느낌인데?

“내가 당신한테 그걸 말해 줄 의무는 없는 것 같지 않아요? 다짜고짜 찾아와서 이 무슨 무례예요? 누군지 모르지만 돌아가요.”

혜주는 일부러 더 쌀쌀맞은 말투로 쏘아붙이고는 뒤돌아섰다.

“이혜주 씨.”

뒤에서 정욱이 부르는 목소리를 들은 체도 하지 않고 작업실 안으로 들어온 혜주는 고개를 갸웃거렸다.

이상하네…….

작업실 2층으로 올라온 혜주는 블라인드 사이로 창문 밖의 남자를 슬쩍 지켜봤다. 여기까지 서연을 찾아왔다는 건 적어도 서연이 말했던 대로 아무 감정도 없는 남자는 아니란 뜻이다.

“뭐 이대로 돌아가면 거기까지겠지만.”

아래를 내려다보며 중얼거린 혜주의 눈빛이 흥미롭게 빛났다.

회사에서 바로 왔는지 완벽한 비즈니스 슈트 차림의 남자는 초조한지 연신 결 좋은 머리칼을 쓸어 넘기고 있었다. 깊게 한숨을 내쉰 그 남자가 일순 고개를 들고 창문 쪽을 바라보자 혜주가 얼른 커튼 뒤로 몸을 숨겼다.

서연이 있는지를 찾는 듯한 필사적인 눈동자가 한참을 창문들을 헤매다 다시 내려갔다. 그 때 차 안에 있던 비서로 보이는 남자가 내리더니 그 남자에게 다가갔다. 짧게 대화를 나누던 남자가 비서와 함께 차가 있는 쪽으로 몸을 돌리자 혜주는 한숨을 내쉬었다.

돌아가려나?

그 때 차를 타는 줄 알았던 남자가 비서가 전해 준 코트를 걸쳐 입더니 다시 건물을 바라봤다. 멀리서 봐도 키가 훤칠하고 몸매가 좋은 남자가 그림같이 서서 이쪽을 바라보고 있는 모습을 보니 정말 그림으로 그리고 싶은 기분이었다. 더구나 저 필사적이고 초조한 눈빛이라니…….

예술적인 본능이 끓어오르는 것을 가까스로 참아 낸 혜주는 유심히 그를 바라봤다.

다행히 남자는 돌아가지 않고 바다를 향해 몸을 돌리고 그 자리에 못 박힌 듯 서 있었다. 망부석이 된 듯 서 있는 남자의 뒷모습을 보다 보니 혜주는 자신의 입장이 난처해진 것을 깨달았다.

어쩌지? 서연이에게 말해 줘야 하나?

아니면 이대로 모르는 척해야 해?

서연의 말대로라면 저 남자가 비록 그녀를 찾아왔다고 하더라도 틀림없는 나쁜 남자다. 저 남자를 끊어 내려고 여기까지 도망쳐 온 서연을 위해서 아무 말 않고 있어야 하는 건지, 아니면 말을 해 줘야 할지, 도대체 뭘 어떻게 해야 서연을 위하는 일인지 도무지 감이 오지 않았다.

한참 고민만 하던 혜주가 다시 슬쩍 밖을 내다보니 그 남자는 아직도 그 자리에 꼼짝도 하지 않고 서 있었다. 저 남자가 진짜 망부석이라도 되려고 저러나?

"아, 이거 미치겠네. 대체 어떻게 해야 돼?"

혜주가 난감한 표정으로 뒷머리를 엉망으로 헝클였다.

정욱은 바다를 향한 채로 서서 일렁이는 파도를 말없이 바라봤다.

이곳에 서연이 있다는 걸 안 이상, 기다릴 것이다. 그것이 언제까지가 됐든, 그녀 마음이 풀릴 때까지…….

정욱의 눈이 안타깝게 일그러졌다.

"용서하고 나를 봐. 이서연. 내가 널 잡을 수 있게 해 줘."

간절한 그의 목소리가 차가운 바람에 실려 허공에 흩어졌다. 낮게 한숨을 내쉰 그가 코트 주머니에서 작은 케이스를 꺼냈다. 짙은 보랏빛의 반지 케이스를 내려다보는 그의 눈빛이 고통스러운 빛을 띠었다.

눈 내리던 날, 술에 취해 차 안에서 라임색 코트를 입고 거리에서 있던 그녀를 발견했었다. 쇼윈도 앞에 서서 무언가를 바라보고 있는 그 모습을 무던히 스쳐 지나갔지만 곧 차를 돌려 그녀가 있던 곳으로 돌아갔다.

서연은 이미 사라지고 없었지만 그녀가 보고 있던 것이 무언지는 확인할 수 있었다.

반지……?

그것이 작은 날개가 달린 화이트골드 반지인 것을 확인하자 정욱은 이상한 기분에 휩싸였다. 서연이 왜 이 반지를 바라보고 있었는지 그 이유가 궁금했고, 그 이유를 생각하다 보니 어느새 반지를 사서 매장을 나오고 있었다.

전해 줄 수 없는 반지를 왜 샀는지 스스로를 이해할 수 없었지만 그 반지는 줄곧 그의 서랍 안에 들어 있었다.

그래. 이해할 수 없었다.

적어도 그때까진.

하지만 지금은 분명히 이해하고 있었다. 그녀가 원하던 반지를 내 손으로 끼워 주고 싶은 강한 충동으로 그 반지를 샀던 것이다. 그녀에 대한 감정을 스스로 인정하지 않고 있었을 그때조차 그 충동을 이겨 내기 힘들 정도로 그녀에게 이끌리고 있었다는 증거였다.

왜 좀 더 일찍 전해 주지 못했을까.

그녀가 그리도 상처를 받으면서 아직 나를 믿고 기다려 주던 그때, 왜 그녀의 그 가느다란 하얀 손가락에 이 반지 하나 끼워 주지 못한 걸까.

"제발, 기회를 줘. 서연아."

정욱의 낮은 목소리가 짓눌린 듯 흘러나와 광포한 바닷바람에 휩싸여 사라졌다.

10

서연은 혜주가 알려 준 지중해의 카프리 섬을 거닐고 있었다. 이태리 남부에 위치한 이 작은 섬은 혜주의 말대로 지중해의 보석이라 불릴 만한 아름다운 곳이었다.

깎아지른 듯한 절벽과 에메랄드빛 바다, 그리고 눈부신 햇살이 환하게 부서지는 풍경은 매일 봐도 질리지가 않을 정도로 장관이었다.

서연은 그곳에서 매일 햇살이 담뿍 쏟아지는 높은 언덕에 앉아 새하얀 바다포말과 옥빛 바다를 한참 바라보고 있기도 했고, 잘 정돈된 해안가를 따라 천천히 걷다 보면 사위가 금방 어두워져 그때가 되어서야 돌아가곤 했다.

그렇게 며칠이 지났다.

그날도 서연은 챙이 넓은 모자를 쓰고 언덕 위에 앉아 눈이 먹먹해질 정도로 시린 바다를 바라봤다.

이방인으로 이렇게 아름다운 곳에 있다 보면 그 기억도 모두 잊혀질까…….

끈질겼던 집착도,

이 오래된 애증도. 모두 다.

서연은 오랫동안 언덕 위에서 바다를 보고 있다가 천천히 항구로 내려와 오고 가는 배를 구경하며 해안가를 걸었다. 타인들 속에 몸을 섞어 이리저리 돌아다니다 들어오는 배를 한참 바라보기도 했다.

그녀 스스로도 자신이 무언가를 기다리고 있다는 것을 눈치채지 못했다. 자신도 모르게 그녀의 시선은 섬에 도착하는 여행객들을 유심히 살폈고 그중 키가 큰 동양 남자가 보이면 숨을 멈추고 한참 바라보고 있곤 했다. 그 남자가 전혀 모르는 타인이라는 것을 알게 될 때까지 계속.

그 때 문득 뒷모습이 아주 익숙한 동양 남자를 발견하고 멈춰섰다.

정욱 씨……?

순간 심장으로 쿵 바닥으로 내려앉는 충격에 서연의 눈이 크게 흔들렸다. 잠시 멈췄던 심장이 가파르게 뛰기 시작하고 손바닥에 땀이 배어났다.

저 키가 크고 날렵한 뒤태를 가진 남자는…… 설마?

아니, 아니야.

그 남자가 왜 여기…….

아닐 거라고 생각하면서도 그녀의 눈빛은 그 남자를 주시했다.

그가 정욱일지도 모른다는 생각이 들자 숨도 쉬지 못할 정도로 심장이 쿵쾅거렸다. 서연이 창백하게 굳어진 얼굴로 그 남자의 뒷모습을 바라보고 있는데 그가 뒤돌아봤다.

"……!"

남자와 눈이 마주치자 서연의 표정이 당황스럽게 변했다.

그는 정욱이 아니었다. 뒷모습만 닮았을 뿐 전혀 다른 사람이었다. 정욱이 아니라는 것을 확인하자 서연의 다리에 힘이 풀렸다. 터져 버릴 듯 뛰던 심장이 뜀박질을 멈추더니 가슴이 와르르 무너져 내렸다.

그 사람이 여길 왜 와……. 바보같이.

서연과 눈이 마주친 남자가 미소를 지으며 다가오려는데 서연은 못난 기대를 한 자신이 싫어 휘청거리며 뒤돌아섰다. 자신에 대한 실망보다 저 남자가 정욱이 아니라는 사실에 더욱 커다란 실망이 느껴져 서연은 당혹스러웠다.

여기까지 와서도 결국 제자리야?

그런 게 어디 있어.

고개를 저으며 걷던 서연의 귀에 익숙한 목소리가 들려왔다.

"이서연."

"……!"

등 뒤에서 들려온 목소리에 흠칫 놀란 서연이 그 자리에 굳은 듯 멈춰 섰다.

설마……. 아니겠지.

비슷한 사람을 봤다고 해서 환청까지 들리다니. 미쳤어.

환청이라 치부하면서도 그것이 정말 환청인 것을 확인하기가 두려워 뒤를 돌아보지 못하고 멈춰서 있었다. 그 때 좀 더 가까운 곳에서 다시 부르는 소리가 들렸다.

"이서연!"

바로 뒤까지 다가온 목소리에 놀란 순간 그녀의 몸이 거칠게 잡아 돌려졌다.

"……저, 정욱 씨……?"

서연이 혼란스러운 눈빛으로 그를 올려다봤다. 야위어서 한층 더 날렵해진 턱선이 가늘게 떨리고 있었고 핏발이 선 눈이 그녀를 똑바로 내려다보고 있었다.

이건 환상인가? 이 남자가 찾아오길 너무나 바란 내 마음이 만들어 낸 환상? 눈앞에서 그의 얼굴을 보면서도 정말 이 남자가 그가 맞는지 믿기지 않았다.

"여긴 어떻게…… 온 거예요?"

서연이 겨우 묻자 정욱이 충혈된 눈으로 강렬하게 노려봤다.

"고작 여기야?"

꽉 잠긴 그의 목소리가 억눌린 듯 흘러나왔다.

"도망치려면 아예 내 손이 닿지 않는 곳으로 갔었어야지!"

버럭 소리친 그의 눈에 부옇게 눈물이 맺혔다. 그 눈동자에 맺힌 물기를 보자 서연은 숨이 턱 막히는 기분이었다. 이 남자가 이런 표정을 짓는 남자인 줄 몰랐다. 이 남자가 이런 식으로 날 붙잡을 줄은 정말 몰랐다.

"정욱 씨……."

서연이 숨을 삼키고 그를 바라보자 정욱이 그녀를 끌어당겨 힘주어 껴안았다. 단단한 품 안에 그녀를 가둔 그가 서연의 귓가에 거친 숨을 쏟아 냈다.

"내 손에 잡힌 이상 이제 도망 못 가. 포기해."

"날…… 찾으러 온 거예요?"

아직도 믿기지 않는지 떨리는 목소리로 서연이 말했다. 이 남자가 정말 여기까지 찾아올 줄은 몰랐다. 바라는 마음이 있었어도 그는 절대 오지 않을 사람이라는 걸 알고 있었기에, 그 바람은 그저 꿈일 뿐이었다. 그에게서 도망치면 이 모든 것이 끝나는 줄만 알았는데…….

"내가 얼마나 미친놈처럼 찾아다녔는지 알아? 네가 어디 있는지, 어디로 사라진 건지 알지도 못하는 끔찍한 공포 속에서 네가 갈 만한 곳은 모조리 다 찾아다니면서 내가 무슨 생각을 했는지 알기나 하냐고!"

잔뜩 쉰 듯한 허스키한 목소리가 괴롭게 흘러나오며 그녀를 힘껏 껴안는 강한 힘에 서연의 가슴이 뜨거워졌다. 맞닿은 그의 가슴에서 터질 듯한 심장의 고동이 느껴졌다. 그 심장의 고동에서 안타까우리만치 필사적인 그의 감정이 고스란히 느껴졌다.

정욱 씨…….

그녀의 커다란 눈망울이 뜨겁게 치받치는 어떤 감정으로 촉촉이 젖어 들었다. 정욱이 깊게 숨을 내쉬고 말을 이었다.

"네가 사라진 순간, 모든 지옥이 시작됐어."

네가 없는 지옥.

네가 내 인생에서 완전히 사라져 버렸다는 그 끔찍한 고통과 후회에 몸서리치던 나날들을 네가 알까.

"처음엔 널 놓으면 그만이라 생각했어. 그런데 막상 그러고 나니 곁에 없는 너 때문에 불안해서 미칠 것 같고, 네가 다른 남자와 함께 있는 모습만 봐도 속에서 화가 치밀었어."

서연을 움켜잡고 있는 정욱의 손끝이 떨리고 있었다.

"네가 없는 동안 시도 때도 없이 네 환영에 시달렸고, 심지어 꿈속에서마저 미친놈처럼 네 환영을 끌어안고 있었어. 이서연이 없는 나에겐 고통밖에 남지 않는다는 것을 철저히 느꼈다. 지독하게 아프게."

느끼지 못하는 사이 서연의 눈에 가득 차오른 눈물이 뺨을 타고 흘러내리고 있었다. 정욱이 몸을 떼어 내고 그녀의 어깨를 잡은 채로 내려다봤다. 붉게 충혈된 그의 눈이 그녀의 물먹은 투명한 눈동자를 강하게 응시했다.

"……이유가 필요하다고 했지. 내가 널 잡아야 하는 이유."

그의 시선에 포박당한 채 서연이 그를 올려다보고 있었다. 그의 눈동자 안에도 그녀가 가득했다. 겨우 담은 그 모습에 정욱의 목이 메어 왔다. 꽉 잠긴 목소리로 그가 말했다.

"이런 내 모습이, 이 설명할 수 없는 감정이 이유가 될 수 있는 거라면. 그리고 이런 게 사랑이라고 한다면……. 나, 아무래도 널 사랑하는 거 같다."

"……!"

서연이 떨리는 눈동자로 그를 바라봤다. 그의 눈동자에 차오른 눈물이 금방이라도 후드득 떨어질 듯 고여 있었다.

"인정하고 싶지 않았어. 내가 그런 감정을 품었다는 걸."

채워지지 않는 그녀를 향한 갈증에 대해 설명할 수 없다면.

인정할 수밖에 없었다.

"……그래. 이서연, 내가 너를 사랑해."

서연의 눈에서 뜨거운 눈물이 넘쳐흘렀다. 천천히 고개를 숙인 정욱이 그 눈물을 입술 안에 머금고 깊게 한숨을 내쉬며 속삭였다.

"미치도록 사랑해."

그가 서연을 다시 힘껏 껴안았다. 꿈에서조차 그립던 체취가 훅 풍겨 오자 서연이 떨리는 손으로 그를 마주 안았다.

"흐윽……."

그녀의 작은 흐느낌에 정욱이 그녀를 안은 팔에 더욱 힘을 줘 꽉 껴안았다.

서연이 머물고 있는 호텔로 돌아오자마자 두 사람은 누가 먼저랄 것도 없이 급박하게 서로의 입술을 빼앗았다.

현관문에 부딪혀 쿵 소리가 날 정도로 강하게 키스를 퍼붓던 정욱이 거친 숨을 몰아쉬며 입술을 떼어 냈다.

"하아, 하아."

타액이 번들거리는 입술에서 거친 숨결이 터져 나왔다. 서연의 얼굴에 바짝 얼굴을 갖다 대고 엄지로 보풀아 오른 그녀의 입술을 매만지는 정욱의 눈동자가 뜨겁게 타올랐다.

"다신 도망치지 않는다고 약속해."

낮은 목소리로 정욱이 으르자 서연이 촉촉한 눈빛으로 그를 바라보며 대답했다.

"약속할게요."

그걸로 만족이 안 되는지 정욱이 그녀의 몸을 단단히 움켜잡고 다시 물었다.

"죽어도 날 떠나지 않는다고도. 절대 날 포기하지 않는다고 약속해."

"……약속해요."

서연이 대답하자 그가 거친 숨을 몰아쉬며 그녀의 말캉한 입술을 폭염처럼 뜨거운 입술로 집어삼켰다. 한껏 벌어진 입술 안으로 축축한 혀를 깊게 집어넣고 다급하게 그녀의 작은 혀를 끌어당겼다. 거칠게 뒤엉킨 혀에서 아찔한 쾌감이 솟아올랐다.

서로의 몸을 힘껏 끌어안은 채로 급박한 키스를 나누자 연신 현관문에 부딪히며 쿵쿵대는 소리가 울렸다.

정욱이 몸을 떼고 그녀를 번쩍 들어 올렸다.

"앗……."

몸이 갑자기 공중으로 둥실 떠오르자 서연이 짧게 탄성을 터뜨렸다. 침대로 걸어가면서도 정욱의 입술은 집요하게 서연의 입술을 물고 빨아들이기를 멈추지 않았다. 도톰하게 부어오른 붉은 입술을 아무리 탐해도 그의 내부를 넘실거리는 갈증은 잦아들지 않았다. 점차 심해지는 갈증이 그의 몸을 뒤흔들고 머리를 어지럽게 만들었다. 온전히 그녀를 품에 안았다는 더 확실한 증거가 필요했다.

이 미칠 듯한 소유욕을 충족시킬 만한 완벽한 충족감이.

두 사람의 몸이 푹신한 침대 위로 쓰러지자 매트리스가 크게 출렁이며 요동쳤다. 서연의 몸 위로 올라와 발갛게 상기된 그녀의 얼굴을 정욱이 똑바로 바라봤다. 반짝이는 그녀의 눈동자가 그를 올려다보고 있었다. 오로지 그를. 정욱이 벅찬 느낌을 느끼며 다시 그녀의 입술을 삼키려는데 서연이 입을 열었다.

"믿기지 않아요."

그녀의 입술에 향하고 있던 정욱의 시선이 천천히 헤이즐넛빛 눈동자로 올라갔다.

"당신이…… 나를 사랑한다고 말하는 꿈을 꿀 때마다 깨고 나면 극심한 허기가 지곤 했어요. 꿈이 행복했던 만큼 잔인한 현실은 그만큼 날 더 아프게 했죠……. 또 그런 꿈일까 봐, 깨 버리고 혼자 남게 될까 봐 두려워요."

서연의 불안한 듯한 눈동자를 바라보며 정욱이 낮게 한숨을 내쉬었다.

"솔직히 말하자면."

그녀의 아랫입술을 살짝 물었다 놔주고는 말했다.

"나 역시 불안해. 네가 내 품 안에 있다는 게 현실이 아닌 것 같아. 아직도 네가 어디에 있는지, 어디로 사라졌는지를 알지 못해 불안해 미칠 것 같은 그때가 현실일까 봐 두려워."

그가 말을 할 때마다 타액에 젖은 촉촉한 입술이 살짝살짝 닿았다 떨어졌다. 길고 짙은 속눈썹이 닿을 듯 가까운 거리에서 정욱이 말을 이었다.

"내가 이렇게까지 한 여자에게 빠질 수 있다는 데에 스스로 많이 혼란스러웠어. 그래서 널 잡기까지 그렇게 오래 걸렸던 거고……. 그 감정은 나와 지독히도 어울리지 않는 감정이라 인정하기가 힘이 들었어."

"……."

이 사람도 혼란스러웠던 거구나…….

서연이 그의 진심을 담은 눈동자를 마주 봤다. 정욱이 어떤 사람인지 누구보다 잘 아는 그녀는 그가 말하는 것이 어떤 뜻인지 이해할 수 있었다. 지금 그는 필사적으로 자신의 감정을 표현하고 있는 것이다. 그녀에게 설명하고 있는 것이다. 최선을 다해.

"네가 떠나지 않았다면 어쩌면 지금까지도 몰랐을지도 모르겠어. 네가 완전히 떠나 버리고 나서야 알게 됐지. 네가 얼마나 나에게…… 그러니까, 어떻게 말해야 할지 모르겠지만 내 말은……."

감정을 설명하는 데 익숙하지 않은 정욱이 나지막한 목소리로 말하며 미간을 찌푸렸다.

"괜찮으니 얘기해요. 당신 생각이 항상 궁금했으니까 어떤 말이든 괜찮아요."

서연이 다독거리듯 부드러운 목소리로 말했다. 깊은 한숨을 내쉰 정욱이 그녀의 입술에 입을 맞추고 다시 입을 열었다.

"그 정도로 사랑이라는 건 나에게 인정하기 힘든 감정이야. 그래서 그렇게 널 힘들게 하고 지치게 했던 건 정말 미안하게 생각하고 있어. 그건…… 정말이야."

"알아요."

서연이 대답했다. 그의 긴장된 표정에서 이 말을 하는 게 얼마나 힘이 드는지 전해져 그가 안쓰럽게 느껴졌다.

"당장 바뀌진 않겠지만 약속할게. 널 위해 변할 거고 그 약속 무슨 일이 있어도 지킬 거다."

"……."

서연의 볼에 어느새가 투명한 눈물이 흘러내렸다. 대답을 하려 했지만 울컥 차오른 눈물 때문에 서연은 입을 열 수가 없었다. 그녀의 동그란 콧방울에 키스하며 정욱이 다짐하듯 말했다.

"그러니까 날 믿어."

"……네."

목 메인 목소리로 겨우 대답한 서연이 팔을 뻗어 그의 목을 껴안았다. 품 안에 가득 차는 단단한 그의 몸이, 체향이, 숨결이 그녀의 가슴속을 뜨겁게 벅차오르게 만들었다.

그토록 갖고 싶었던 사람.

온전히, 이 팔로 끌어안고 싶었던 사람…… 그 사람이 지금 내 품 안에 있었다.

침대 위에서 서로의 몸을 애타게 쓸던 손길이 점차 급박해졌다. 그가 그녀를 안고 그녀가 그를 안았다. 너른 침대 위와 천장이 여러 번 뒤집히며 입술이 퉁퉁 부르트도록 키스를 나눴다.

키스를 나누며 자신의 재킷을 벗어 던진 정욱이 서연의 원피스를 벗겨 냈다. 그가 그녀의 목덜미를 진하게 빨아 당기자 서연이 뜨거운 탄성을 터뜨리며 정욱의 몸을 껴안고 매달렸다.

"하아, 하아."

침대 위에서 한 덩어리로 뒤엉켜 엎치락뒤치락하다가 어느새 그를 깔고 앉은 서연이 숨을 몰아쉬며 정욱의 얼굴을 내려다봤다.

그녀의 머리칼이 커튼처럼 내려오자 정욱이 한 움큼을 집어 키스하며 그녀에게 진하게 눈을 맞췄다.

서연은 시야에 열기에 가득 찬 정욱의 뜨거운 눈동자가 들어오자 숨이 가빠 왔다. 깔고 앉은 엉덩이 아래에 묵직하게 곤두선 남성이 느껴지자 더욱 참을 수가 없었다. 서연은 다급한 손길로 정욱의 와이셔츠 단추를 풀었다.

커튼을 친 한낮의 룸 안, 침대 위를 비추는 어두운 조명에 그의 탄탄한 근육질 상체가 완전히 드러났다. 서연이 숨을 삼키고 고개를 숙여 짙은 고동빛의 관능적인 돌기를 입술 안에 머금었다.

"……아."

그녀의 말캉한 혀가 돌기를 휘어감은 순간 정욱의 입술에서 억눌린 신음성이 터져 나왔다. 서연은 넓고 단단한 그의 가슴을 손바닥으로 짚은 채로 점차 팽팽하게 곤두서는 돌기를 담뿍 빨고 핥았다.

그녀의 작은 혀가 아찔하게 그의 가슴 위 돌기를 빨아 당길 때마다 정욱의 턱에 단단하게 힘이 들어갔다. 거칠어진 숨결로 위아래로 오르락내리락거리는 넓은 가슴과 조린 복근을 지나 서연의 입술이 점점 아래로 내려갔다.

"후우, 후…… 읏."

그녀의 입술이 닿는 곳마다 정욱의 바짝 긴장된 근육이 흠칫거렸다. 뜨겁게 달아오른 흥분에 정욱의 얼굴이 관능적으로 일그러졌다.

가느다란 손가락이 그의 벨트를 풀고 지퍼를 내리자 타이트한 드로즈 아래 한껏 팽창된 거대한 남성이 드러났다. 그녀의 시선이 닿자 그것은 더욱 거대하게 발기했다. 서연이 잠시 망설이는 듯하다가 숨을 몰아쉬고 드로즈를 잡아 내렸다. 그리고 무섭게 발기한 검붉은 남성의 뿌리를 양손으로 잡고 입술을 크게 벌려 머금었다.

"……헉."

정욱이 거친 숨을 내쉬며 고개를 젖혔다. 그의 남성적인 목울대가 위아래로 크게 꿈틀거렸다. 흥분으로 한껏 발기한 페니스가 뜨거운 입술 안에 삼켜지자 척추를 타고 머리끝까지 강렬한 쾌감이 치솟아 올랐다.

서연이 맨들맨들한 귀두 끝에서부터 힘줄 솟은 두꺼운 기둥을 천천히 집어삼켰다.

"아, ……웃."

짓눌린 낮은 목소리를 흘리는 그의 몸이 바짝 힘이 들어갔다. 조금씩 그를 먹어 치우던 서연의 입술이 최대한으로 힘껏 삼키자 정욱은 머리칼이 모조리 곤두설 것 같은 미칠 듯한 쾌감을 느꼈다.

"크읏, 이서연……!"

서연이 고개를 위아래로 노골적으로 움직이며 그의 남성을 입술로 물고 빨자 정욱이 으르렁거리며 허리를 움직였다. 관능적인 움직임에 맞춰 서연이 좀 더 빠르게 그를 빨아올렸다.

흥분으로 가득 찬 정욱이 이를 악물고 그녀의 뒷머리를 강하게 움켜잡았다. 그대로 근육이 꿈틀거리는 탄력적인 엉덩이를 앞뒤로 강하게 움직이자 서연이 그의 엉덩이를 힘껏 움켜잡고 빨아 댔다.

"……헉."

정욱이 아찔한 쾌감을 느끼며 허리를 빳빳이 굳히자 서연이 입술을 떼어 내고 숨을 터뜨렸다.

"하아. 하아."

그녀가 거친 숨을 몰아쉬며 발갛게 상기된 얼굴로 정욱을 바라봤다. 사정감을 참아 내는 정욱의 미치도록 섹시하게 일그러진 표정이 보였다.

죽을힘을 다해 사정감을 참아 낸 정욱이 크게 숨을 내쉬며 서연의 얼굴을 끌어당겼다.

"아, 정말 미치는 줄 알았어."

그녀를 자신의 무릎 위에 앉히고 마주 보며 정욱이 관능적인 미소를 지었다. 그러고는 그녀의 부어오른 입술에 살짝 키스했다.

"미치게 하고 싶었어요."

서연이 그에게 키스를 돌려주며 생긋 웃었다. 그 미소를 삼키고 싶다는 듯 뜨겁게 일렁이는 눈빛으로 바라보던 정욱이 그녀의 목덜미를 강하게 빨아 당겼다. 그녀의 고개가 젖혀지고 정욱이 손을 뒤로 뻗어 브래지어 후크를 풀었다. 브래지어를 벗겨 내자 탱글한 가슴이 유혹적으로 드러났다. 정욱이 그 가슴을 크게 베어 물고 얇은 브리프 위를 손바닥으로 덮었다.

"하!"

순식간에 성감대를 동시에 점령당하자 서연의 허리가 뒤로 확 젖혀졌다. 그의 더운 입술 안에 갇힌 분홍빛 유두가 쾌감으로 바짝 곤두서고 그의 강한 손바닥에 문질러지는 여성이 달큰한 애액을 흘려보냈다.

"아, 아아. 정욱 씨……!"

그의 손길이 거칠어지자 손바닥 아래 마찰 소리가 찔꺽거리며 커져 갔다. 그녀의 몸이 요동칠수록 그의 뜨거운 입술 안에 갇힌 유두가 강한 쾌감에 진저리 쳤다. 음탕하게 젖은 음핵이 애액에 젖어 미끄덩거렸다. 흥분으로 팽팽하게 부푼 그 예민한 돌기를 정욱이 엄지와 검지로 잡고 세게 비틀자 서연의 입술이 크게 벌어졌다.

"아흣!"

터져 나온 교성과 함께 정욱이 그녀의 몸을 뒤로 확 밀었다. 침대 위로 등이 닿은 채 쓰러진 서연의 몸이 출렁였다.

우지직!

정욱이 그녀의 젖은 브리프를 양손으로 잡고 찢어발겼다. 그러더니 날씬한 두 다리를 잡아 최대치로 벌리고 한껏 뜨거워진 속살 안으로 단번에 짓쳐 들어갔다.

"……헉!"

온몸을 가르고 쑤셔 들어온 강한 충격에 서연의 몸이 위아래로 크게 요동쳤다. 그녀의 깊은 곳까지 단숨에 밀고 들어가자 촉촉한 속살이 뜨겁게 그의 단단한 페니스를 움켜잡았다.

"크읏!"

그 미칠 듯한 쾌감에 정욱이 으르렁거리며 허리를 세우고 사정없이 허리를 튕겨 올렸다.

"아! 핫! 아흣! 정욱 씨!"

숨도 쉬지 못할 정도로 몰아치는 강한 치받침에 서연이 정신없이 신음을 터뜨렸다. 그녀의 위아래로 출렁이는 탱글한 가슴을 노려보며 정욱이 이를 악물고 그녀의 다리를 더욱 넓게 벌리며 더욱 깊숙이 찔러 들어갔다.

"아흐읏!"

치골까지 닿을 듯 깊숙이 찔러 들어오자 서연이 참을 수 없다는 듯 비명 섞인 신음을 내질렀다. 온전히 마음이 통한 직후의 섹스는 지금까지와는 전혀 다른 것이었다. 그가 질 안을 가득 채우고 있다는 사실만으로도 서연은 믿기지 않을 정도의 쾌감을 느졌다.

"후욱, 후욱. 제길, 이건 너무……!"

정욱도 빡빡한 여성 안을 파고드는 순간 지금까지와는 비교도 되지 않을 벼락같은 쾌감이 느껴지자 이를 사리물었다. 한 번 허리를 튕길 때마다 당장이라도 사정할 것 같은 강한 자극이 온몸을 뒤흔들었다.

"아! 아아!"

정욱이 방만하게 흔들리며 열락에 신음을 흘리는 서연을 이글거리는 뜨거운 눈동자로 내려다봤다. 아름다운 하얀 나신이 그가 강하게 내질러 들어갈 때마다 관능적으로 출렁거렸다.

"크읏."

이를 악문 채로 서연의 발목을 움켜잡고 정욱이 빠른 속도로 강하게 짓쳐 들어갔다.

"아핫! 아! 아읏! 정욱 씨!"

서연의 고개가 뒤로 확 젖혀졌다. 시트를 움켜잡은 그녀의 손가락에 퍼런 힘줄이 돋아났다. 열락에 일그러진 그녀의 얼굴을 정욱이 삼킬 듯 노려보며 탄탄한 엉덩이를 더욱 강하게 밀어 올렸다.

퍽! 퍼억, 퍽!

"아하악!"

세차게 들이치며 그녀의 예민한 스팟을 강하게 찌르자 서연이 자지러지듯 교성을 내질렀다.

"흐, 흐아앗……."

절정의 끔찍한 쾌감 속에 짓찧어진 그녀가 이리저리 몸을 비틀며 그의 것을 부러뜨릴 듯 조여 댔다. 그녀의 촘촘한 속살이 파르르 떨리며 오르가슴의 여운이 정욱에게까지 전해졌다. 그 때 정욱이 이를 악물고 그녀의 안에서 힘껏 분출했다.

"아……아아……."

서연은 그를 꽉 끌어안은 채 그의 모든 것을 받아 냈다. 그 순간의 터질 듯한 충족감에 서연의 눈꼬리를 타고 투명한 눈물이 흘러내렸다.

정욱이 거친 숨을 몰아쉬며 서연의 도홧빛으로 물든 뺨에 입을 맞췄다.

"사랑해. 이서연."

그의 달콤한 목소리가 믿기지 않아 서연은 물기 젖은 눈동자로 그를 응시했다. 행위가 끝난 뒤 늘 차갑게 몸을 돌리던 그가 해주는 달콤한 고백에 가슴 속이 뜨겁게 벅차올랐다.

아무 말 못 하고 눈물만 흘리는 서연을 뜨거운 눈길로 바라보던 정욱이 그녀의 입술에 입을 맞추고 다시 속삭였다.

"사랑해."

"……저도 사랑해요."

서연이 땀에 젖은 그의 단단한 몸을 껴안으며 물기 젖은 목소리로 대답했다.

"하, 하아……."

정욱의 탄탄한 허벅지 위에 마주 보며 앉은 자세로 서연의 몸이 위아래로 정신없이 흔들렸다. 관능적으로 흔들리는 그녀의 하얀 나신이 땀으로 흠뻑 젖어 있었다.

"아!"

정욱이 욕망으로 어둡게 가라앉은 눈동자로 그녀를 똑바로 노려보며 거칠게 허리를 퉁겨 올리자 서연의 몸이 부서질 듯 흔들렸다. 쉴 새 없이 밀려드는 쾌락에 서연이 고개를 저으며 가쁜 숨을 내쉬었다.

"저……정욱 씨……."

그가 힘이 바짝 들어간 둥근 엉덩이를 강하게 퉁겨 올릴 때마다 서연은 머릿속이 아찔해졌다. 탄탄한 그의 근육질 몸에 송골송골 맺힌 땀이 번들거렸다.

서연은 그의 단단한 어깨를 움켜잡은 채로 허리를 한껏 젖혔다. 아래에서 뚫고 들어오는 굵고 두꺼운 기둥에 도저히 정신을 차릴 수가 없었다. 흥건히 젖은 속살이 치대는 소리가 찰싹거리며 울릴 때마다 그녀의 터질 듯 부풀어 오른 젖꼭지가 음란하게 흔들렸다.

눈앞에서 흔들리는 핑크빛 젖꼭지를 정욱이 뜨거운 입술로 삼켰다.

"아하악!"

그가 바짝 곤두선 유두를 삼키고 말캉한 혀로 휘감자 서연이 비명 같은 교성을 내질렀다. 고개를 확 젖힌 서연의 머리칼이 공중에서 물결처럼 출렁거렸다.

"서연아. 이서연."

정욱이 낮게 잠긴 목소리로 그녀의 이름을 부르며 탱글한 엉덩이를 움켜잡았다. 그대로 제 몸에 가까이 끌어당기며 강하게 허리를 퉁겨 올리자 서연이 고개를 저어 댔다.

"아, 아읏, 정욱 씨!"

벌써 몇 번이나 절정에 오른 몸을 그가 멈추지 않고 재촉하고 있었다.

"허리를 좀 더 움직여 봐."

정욱이 부푼 유두를 물고 웅얼대듯 말하자 서연이 신음을 흘리며 허리를 한껏 비틀었다.

"……읏."

"아……!"

질 안을 가득 채운 그의 두꺼운 페니스를 꽉 문 채 서연이 크게 허리를 돌리자 두 사람의 입술에서 동시에 탄성이 터져 나왔다.

"아주…… 좋아. 계속해. 그대로."

흥분에 찬 목소리로 말하며 정욱이 그녀의 가슴을 세차게 빨아당겼다. 아찔아찔한 쾌감에 몸을 부르르 떨던 서연이 숨을 몰아쉬며 다시 힘껏 허리를 비틀어 댔다. 그러자 관능적으로 얼굴을 일그러뜨린 정욱이 낮게 신음을 흘리더니 그대로 서연의 몸을 뒤로 눕혔다.

서연의 땀에 젖은 등이 침대 위에 닿자 그녀의 한쪽 다리를 들어 올린 정욱이 좁은 여성 속으로 깊숙이 찔러 들어갔다.

"아흑."

자궁까지 치고 들어올 듯한 강한 치받침에 서연의 고개가 뒤로 확 휘어졌다.

"전부 다 줘. 다 가질 거야."

낮게 으른 정욱이 그녀의 날씬한 다리를 어깨에 걸치고 거칠게 밀어붙이기 시작했다.

"아! 아흣! 정, 정욱 씨!"

힘껏 파고 들어온 단단한 페니스가 깊숙한 곳까지 푹푹 찔러 들어오자 서연의 몸이 격렬하게 흔들렸다. 그녀의 성감대를 모조리 파악하고 있는 정욱이 그녀의 하얀 엉덩이를 살짝 들어 올려 아찔한 스팟을 집중적으로 찔러 대기 시작했다.

"아악!"

서연이 교성을 내지르며 그의 근육이 꿈틀대는 팔에 날카로운 손톱을 박았다. 절정에 가까워질 때마다 점차 선명해지는 쾌락에 서연은 미칠 것 같았다. 마침내 그녀는 비명을 내지르며 완벽한 절정으로 치솟아 올랐다. 머릿속이 텅 비어 버릴 듯한 격정적인 오르가슴에 전율하는 그녀의 입술이 색정적으로 벌어졌다.

멀건 애액이 흥건한 그녀의 속살 사이로 팽팽히 곤두선 검붉은 남성이 뿌리까지 깊숙이 들이쳤다.

"아……아흐읏……."

숨이 턱턱 막히는 쾌감에 몸부림치며 서연이 고개를 저어 댔다. 그녀를 몇 번씩이나 미치게 만드는 정욱이 그녀의 부서질 듯 흔들리는 몸을 움켜잡고 상체를 숙였다.

"이서연."

정욱이 그녀의 안으로 깊게 들이치며 속삭였다.

"흣, 정욱…… 씨…… 아, 아흣."

"사랑해."

"아아……!"

뭐라 대답할 수도 없게 정욱이 무섭게 들이치며 속도를 올렸다. 좁은 여성 안을 가득 메우고 있는 굵은 남성이 그 상태에서 무섭게 발기하자 서연이 쾌감에 진저리 치듯 몸을 떨었다.

"사랑한다."

그녀의 열락에 일그러진 얼굴을 입술로 누르며 속삭인 정욱이 땀에 젖은 둥근 엉덩이를 거칠게 밀어 올렸다. 그의 거친 움직임에 맞붙은 두 사람의 몸이 격렬하게 흔들렸다.

"정욱 씨, 정욱 씨……."

좁은 속살을 뚫고 들이치는 힘이 강해질수록 서연이 정신없이 그를 불러 댔다. 그녀의 목소리에 상체를 바짝 세운 정욱이 미친 듯이 허리를 밀어붙였다.

"이서연!"

포효하듯 그녀의 이름을 부르는 순간 정욱의 온몸에 힘이 빳빳하게 들어갔다. 그녀의 엉덩이를 움켜잡고 잔뜩 달아오른 여성 안으로 뜨거운 정액을 분출했다.

"으아앗……."

질 안에 뿜어지는 뜨거운 사정액을 느낀 서연의 몸이 파르르 떨렸다. 그녀의 온몸에 여자로서의 온전한 만족감이 차올랐다. 그 충족감에 서연이 낮게 신음을 흘리자 정욱이 땀에 젖은 그녀의 몸으로 쓰러져 거친 숨을 몰아쉬었다.

"이제 다신 놓치지 않아."

정욱이 그녀를 껴안고 입을 맞추자 서연도 그를 힘껏 껴안으며 속삭였다.

"……응. 그래 줘요."

내가 당신을 놓지 않도록.

서연의 눈에서 순수한 행복의 눈물이 왈칵 차올랐다.

11

카프리 섬에서 며칠간 재회의 기쁨을 누린 그들은 함께 한국으로 돌아왔다. 서연이 사라진 후로 그녀를 찾는 내내 미뤄 뒀던 일을 처리하느라 정욱은 한동안 정신없이 바쁜 스케줄을 소화해 내야만 했다. 그 일이 무사히 정리될 무렵 정욱은 서연과 함께 연후의 바를 찾았다.

"처음 뵙겠습니다. 김연후입니다."

"반가워요. 이서연이에요."

환한 얼굴로 손을 내미는 연후와 악수를 나누며 서연도 생긋 웃었다.

"농담이 아니라, 정말 반가워요. 서연 씨 정말 뵙고 싶었거든요."

"저를요?"

서연이 눈을 동그랗게 뜨고 묻자 연후가 씨익 웃으며 정욱을 힐끗 쳐다봤다.

"저 녀석이 여자 문제로 그렇게 술을 퍼마시고 괴로워하는 건 처음 봤거든요. 이놈을 이렇게 만든 게 대체 어떤 미녀일까 했죠."

"어머, 그럼 실망하셨겠어요."

서연이 민망한 듯 웃으며 볼을 붉히자 연후가 손을 내저었다.

"실망은요. 역시 이 정도 미모는 되어야 저놈 사람같이 만드는구나 싶은데요? 하하."

"그만하고 술이나 가져와."

정욱이 눈썹을 추켜올리며 서연을 끌어와 자신의 옆에 앉혔다. 그러자 연후가 싱글거리며 뒤돌아서며 말했다.

"특별한 날이니 제일 비싼 술로 가져오겠어! 기대해라."

연후가 멀어지자 정욱이 서연을 못마땅하게 쳐다봤다.

"내 앞에서 다른 남자한테 그렇게 웃어 주지 마. 얼굴 붉히지도 말고. 기분 나쁘니까."

정욱의 말에 서연이 눈을 깜빡이다가 웃었다.

"정욱 씨 친구잖아요."

"친구는 남자 아니야?"

시니컬한 표정으로 쏘아붙이며 말도 안 되는 질투를 하는 이 남자가 귀엽게 느껴져 서연이 웃음을 삼켰다. 요즘 정욱의 이런 모습을 보면 과연 그동안 알고 있던 그 남자가 맞는지 의심이 들 정도였다. 이 남자를 귀엽다고 생각하게 될 날이 올 줄이야…….

"자, 오래 기다리셨습니다."

연후가 술을 세팅해 와서 자리에 앉았다. 술잔을 나누는 사이 직원이 안주를 하나씩 서빙해 와 테이블 위가 금세 가득 찼다.

능숙한 말재주를 가진 연후 덕분에 화기애애한 술자리가 이어졌다. 그 때 정욱이 진동을 울리는 전화를 꺼내더니 액정을 보곤 인상을 찡그렸다.

"잠깐 얘기하고 있어."

정욱이 전화를 들고 나가자 연후가 슬쩍 그가 나가는 모습을 확인한 뒤에 서연에게 고개를 돌렸다.

"서연 씨. 그동안 저놈 때문에 솔직히 많이 힘들었죠?"

"네? 아뇨. 그런 건……."

서연이 조금 난처한 얼굴로 말하자 연후가 부드러운 미소를 지었다.

"솔직히 말해도 돼요. 저놈이 여자한테 얼마나 나쁜 놈이었는지는 내가 제일 잘 아니까."

"아……."

뭐라 말해야 할지 몰라 서연이 고개를 숙이고 자신의 술잔만 매만졌다. 그런 그녀의 얼굴을 가만히 보던 연후가 망설이다가 입을 열었다.

"정욱이 어머니 얘기 알아요?"

그의 말에 서연이 고개를 들어 올려 연후를 바라봤다.

"어머니요……? 아뇨. 자세한 사연은 잘 모르고 예전에 돌아가셨다는 것만 들었어요."

서연이 대답하자 연후가 그럴 줄 알았다는 듯 미간을 찡그리고 한숨을 내쉬었다.

"그럴 줄 알았어. 하긴 정욱이 녀석이 자기 입으로 그런 말을 할 리가 없긴 하지만……. 음, 이 얘기 아마 앞으로도 저 녀석은 절대 안 할 것 같으니 내가 할게요. 내가 생각할 때는 서연 씨도 알아 둬야 할 얘기니까."

자신이 모르는 정욱의 이야기에 서연의 눈빛이 진지해졌다. 이곳으로 올 때 정욱은 연후를 자신의 유일한 친구라고 소개했다. 처음 그 말을 듣고 깜짝 놀랐다. 정욱에게 친구라 부를 수 있는 사람이 있다는 건 5년 동안 들은 바가 없었다. 그저 자주 가는 단골 바가 있다는 것 정도였다. 그가 친구라는 말로 지칭할 정도인 사람이 하는 말이라면 분명 자신이 알아 둬야 할 이야기이리라.

그녀의 눈빛을 똑바로 마주 보며 연후도 아까와는 달리 웃음을 지운 얼굴로 말했다.

"정욱이 어머니는 의부증이 심했어요. 히스테리도 상당해서 결혼생활 동안 남편을 들들 볶은 모양이에요. 어느 정도냐면, 밥 먹으러 식당에 갔다가 정욱이 아버지가 서빙하는 여자와 눈만 마주쳐도 발작하듯 화를 낼 정도였대요."

"그 정도로요……?"

그러고 보니 사내에서 떠도는 도 회장 전 부인의 의부증에 대한 소문을 언뜻 들은 기억이 났다. 소문은 어디까지나 소문인 경우가 많아 귀담아듣지는 않았지만 사실이었던 걸까?

"그런데 문제는 어머니의 그런 면을 못 참았는지 결국엔 정욱의 아버지가 진짜로 회사 직원과 바람이 났다는 거예요. 그게 불행의 씨앗이었죠."

"아……."

"그 무렵 정욱의 어머니는 수시로 정신병원에 들락날락할 정도로 증세가 심했는데 그 일로 완전히 정신 붕괴가 와 버리고야 만 거죠. 그때 정욱의 나이가 아마 열 살 정도였을 거예요."

착잡한 얼굴의 연후를 보자 서연은 왠지 심장이 뛸 정도로 불안해졌다.

"그때 정욱 씨에게 무슨 일이 있었나요?"

서연이 최대한 차분한 목소리로 물으려 했지만 목소리 끝이 가늘게 떨렸다. 연후는 술을 입에 털어 넣고 말했다.

"결국 정욱이 어머니가, 저 녀석 보는 앞에서 일을 저지르셨어요."

"일을 저질렀……."

"네, 자살하셨어요."

"……!"

서연의 눈이 충격으로 크게 흔들렸다.

"끔찍한 얘기죠. 그것만도 끔찍한데 더 끔찍한 건 어머니가 죽기 전에 저 녀석에게 한 말이, 넌 절대 사랑 따위 하지 말라는 저주였다는 거고."

"그럴 수가……. 어린 아들이 무슨 죄가 있다고 그런……."

서연은 황망한 표정으로 말을 잇지 못했다.

정욱이 왜 그렇게까지 여자에게 차가웠는지, 사랑에 혐오감을 느꼈는지 이제야 알 수 있었다. 세상에 어떤 사람이 그런 끔찍한 저주 앞에서 평범하게 사랑을 꿈꿀 수 있을까.

"저놈이 저렇게 차가운 놈이 된 건 그 이유가 가장 커요. 트라우마죠. 그 나이면 아직 미성숙한 나이라 어머니의 정신적 불안정함을 제대로 인식하지 못했을 테니 충격이 컸을 거예요."

"그럴 수밖에 없었겠죠. 누구라도 그랬을 것 같아요."

서연이 어두운 얼굴로 고개를 끄덕이자 연후가 무겁게 가라앉았던 표정을 풀고 말했다.

"그러니까 서연 씨가 그 점을 조금 이해해 줬으면 좋겠어요. 내가 진작 서연 씨를 만났더라면 이 말부터 해 주었을 텐데. 그럼 저 녀석을 이해하는 데에 조금이라도 도움이 될 수 있었을 텐데 말이죠. 하지만 이제라도 말해 줄 수 있어서 속이 시원하네요. 친구라서 하는 말이긴 하지만 난 저 녀석이 정말 행복해졌으면 좋겠거든요."

"네. 정말…… 힘든 이야기 해 줘서 고마워요. 연후 씨."

서연이 진심을 담아 감사를 표하자 연후가 빙긋 웃었다.

"고맙긴요. 정욱이한텐 비밀입니다? 저놈 알면 이 가게 없애 버릴지도 몰라요. 그 정도 재력과 욱하는 성질 있는 놈인 거 서연 씨도 잘 알 테니 꼭 비밀로 해 주셔야 해요. 알았죠?"

"네. 그럴게요."

연후에게 웃어 주면서도 서연은 끔찍한 일을 겪고 충격에 빠진 어린 그의 모습이 상상이 되어 마음이 아려 왔다.

그런 줄도 모르고 사랑할 줄 모르는 사람이라고 다그쳤다니…….

자신이 정욱에게 한 행동이 얼마나 잔인했는지 이제야 깨닫게 된 서연의 얼굴이 어두워졌다.

연후의 가게에서 나온 정욱과 서연은 1층으로 내려왔다. 기사를 부르려고 전화기를 꺼내 드는 정욱에게 서연이 살짝 미소 지으며 말했다.

“조금 걸어요, 우리. 술을 마셨더니 머리가 뜨거워서 찬 공기가 필요한 것 같아요.”

전화를 걸려던 정욱이 서연을 내려다봤다.

“춥지 않겠어?”

“이제 날도 많이 풀렸잖아요.”

그녀가 그의 팔을 잡아끌자 정욱이 전화기를 코트 주머니에 집어넣고 따라갔다.

서연의 말대로 3월이 되자 매서운 추위도 많이 누그러져 있었다. 그래도 아직은 쌀쌀한 기운이 묻어나는 거리를 정욱의 팔짱을 낀 채 천천히 걸었다. 그 때 정욱이 문득 멈춰 섰다.

“잠깐만.”

서연이 걸음을 멈추고 그를 올려다보자 정욱이 자신의 코트를 벗어 그녀의 어깨에 덮어 줬다.

“난 괜찮아요. 정욱 씨 입어요.”

“입고 있어. 그래도 아직 밤은 추워.”

서연이 다시 벗어 주려는 코트를 정욱이 그대로 손으로 지그시 눌렀다.

“고마워요.”

입술 끝을 부드럽게 올린 서연이 그의 코트 자락을 여몄다. 그녀의 허리에 팔을 두른 정욱이 천천히 걷기 시작했다. 싸늘한 밤공기를 가르며 거리를 걷다가 서연이 조심스럽게 물었다.

“궁금한 게 있는데요.”

“뭔데?”

정욱이 그녀를 내려다봤다.

"정욱 씨 회장님과 사이가 그리 좋지 않죠?"

서연의 물음에 정욱이 미간을 슬쩍 좁혔다.

"……아버지와의 관계를 묻는 건가?"

"네. 실은 예전부터 묻고 싶었는데……. 그럴 기회가 없었어요. 정욱 씨가 회장님을 만나게 될 일이 생길 때마다 항상 표정이 안 좋았거든요. 그래서 혹시 사이가 좋지 않은 건가 하고……."

서연이 그의 얼굴을 바라보며 물었다. 도 회장의 이야기가 나와서인지 그의 표정이 조금 차갑게 굳었다. 그가 잠시 생각하더니 말했다.

"일반적인 부자 관계와는 조금 다른 건 사실이야. 아버지는…… 조금 불편해."

"불편해요?"

그를 올려다보는 서연의 투명한 눈동자를 마주 보며 정욱이 말했다.

"사실 예전에 있던 어떤 일 때문에 아버지와의 사이에 거리감이 생겼어."

그가 말하는 것이 연후가 말해 준 그 일이라는 걸 알았다. 서연은 그가 말을 해 주길 기다렸다. 정욱은 잠시 입을 다물고 있다가 다시 말을 이었다.

"이건 아버지의 책임은 아니야. 말하자면 내 쪽에서만 느끼는 일방적인 거리감일 뿐이지……. 그 일이 아버지 때문이 아니라는 건 알고 있지만 아직은 그걸 받아들이기가 힘들어."

정욱의 얼굴이 굳는 것이 느껴지자 서연이 부드럽게 웃으며 말했다.

“힘들면 나중에 말해 줘도 돼요. 지금은 안 물어볼게요.”

“그래……. 그건 나중에.”

서연이 그의 팔짱을 낀 채 다시 걸어갔다. 그제야 딱딱하게 굳어져 있던 그의 표정이 조금 풀어졌다. 그의 안에서 그 일은 아직 너무나 깊은 상처인 것이다. 아버지를 용서하기 힘들 정도로……. 그의 고통을 이해할 수는 없었지만 그의 태도는 충분히 이해가 됐다.

“음……. 언젠가 나아졌으면 좋겠어요. 식구잖아요.”

서연이 미소를 지으며 말하자 정욱이 살짝 얼굴을 찡그린 채로 웃어 보였다.

“그래.”

그의 표정에서 아직 정리되지 않은 상처가 느껴져 서연은 조금 마음이 아팠다. 지나간 일은 어쩔 수 없지만 그 모든 상처를 그가 이겨 낼 수 있도록 도움이 되고 싶다고 생각하며 서연이 그의 품으로 파고들었다.

“꼭 그럴 거예요.”

정욱이 대답 없이 그녀의 몸을 제 쪽으로 바짝 끌어당겼다. 아직은 차가운 바람이 두 사람의 몸을 더욱 가깝게 마주 닿도록 만들었다.

◆

정욱은 도 회장과 약속을 잡고 한식당에 마주 앉았다.

지금껏 도 회장이 억지로 불러내는 일 외에 정욱이 먼저 그를 찾은 일은 없기에 도 회장은 조금 의아스러운 기분으로 나온 참이었다. 식사가 다 끝날 때까지 별다른 이야기를 하지 않은 정욱을 유심히 지켜보던 도 회장이 먼저 입을 열었다.

"네가 먼저 보자고 하다니 별일이구나."

"드릴 말씀이 있습니다."

도 회장이 찻잔을 들고 정욱을 바라봤다.

"무슨 일이기에 그리 표정이 진지한 게냐? 해 봐라."

차를 한 모금 마신 도 회장이 찻잔을 내려놓고 흥미로운 눈빛을 빛냈다. 정욱이 정중한 자세로 앉은 채 도 회장의 얼굴을 똑바로 바라보며 말했다.

"결혼하고 싶은 여자가 있습니다."

정욱의 진지한 목소리에 도 회장이 놀란 듯한 표정을 지었다.

"……그게 정말이냐?"

"네. 당장은 아니지만 전 이 여자와 결혼할 겁니다. 그러니 앞으로는 저번 같은 강제적 선 자리는 없었으면 합니다."

강경한 정욱의 표정을 본 도 회장이 눈을 크게 떴다.

평생 진지하게 만나는 여자는 하나도 없어서 걱정하게 만들더니 이렇게 갑자기 결혼 얘기를 꺼낸다? 그러고 보니 얼마 전 갑작스럽게 일정을 모두 미루고 휴가를 냈다더니, 그 일과 관계가 있는 건가?

도 회장이 호기심을 억누르며 느긋한 목소리로 말했다.

"몰랐는데 사람 놀래키는 재주가 있구나. 누구냐? 그 대단한 아가씨가."

"얼마 전까지 제 비서였던 여잡니다."

정욱의 말에 도 회장이 눈을 가늘게 뜨고 기억을 더듬었다.

"네 비서라고 하면……. 혹시 예전 금 전무 비서였던 아가씨 말이냐?"

"맞습니다."

호오, 이놈 봐라?

도 회장의 얼굴에 의외감이 스쳐 지났다.

"그 아이라면 나도 오래 봐 왔던 아이지. 금 전무 칭찬이 아주 자자했어. 그래서 이야기도 몇 번 나눈 기억이 있는데……. 그래, 그 아이와 결혼을 할 생각이라는 말이냐?"

"네."

자신을 똑바로 바라보는 정욱의 강한 눈빛을 마주 보던 도 회장이 찻잔을 들어 차를 단숨에 비워 냈다.

"네가 내 허락을 받으려고 말한 건 아닐 테고, 통보쯤 되는 거군."

도 회장이 차를 따르며 중얼거리듯 말하자 정욱이 고개를 숙였다.

"그런 건 아닙니다."

"아니긴 뭐가 아니야. 뭐 나도 반대할 생각은 없다. 결혼 때문에 속 썩이는 네놈에게 더 이상 그 문제로 잔소리 안 해서 좋고, 그 아이라면 나도 멀리서 봤지만 괜찮다고 생각했던 아이니까 말이다."

"……."

"그리고 오래 네 비서를 해 왔던 아이니 누구보다 널 잘 알

테지."

차를 쭈욱 들이켜고 찻잔을 내려놓은 도 회장의 얼굴에 은근한 미소가 퍼져 있었다. 그가 찻잔을 내려다보며 혼잣말하듯 말했다.

"……부전자전이라더니 이런 걸 보고 하는 말인가 보구나. 그 사람도 이 얘기를 들으면 좋아하겠어."

도 회장의 말에 정욱의 고개를 들어 그를 바라봤다.

정욱의 어머니가 죽은 후 주위의 반대를 뚫고 불륜 상대였던 비서와 재혼한 도 회장은 지금까지 금슬이 좋기로 유명했다. 아직도 처를 말할 때 표정이 부드러워질 정도로 잉꼬부부였다.

정욱은 당시엔 아버지를 이해할 수 없었다.

늘 히스테리를 부리며 아버지를 옭아맬 상대로만 자신을 생각한 어머니에 대한 애착은 없었지만 그런 어머니가 자살했음에도 불륜 상대와 결혼했던 아버지를 이해하기란 힘들었다. 그래서 도 회장이 재혼하기 전 미국으로 유학을 갔고 해외를 여기저기 떠돌다 돌아왔을 땐 자립할 나이가 되어 있었다. 그들을 부부로는 인정하지만 도 회장이 결혼한 상대를 자신의 새어머니로 인정할 수는 없었다.

하지만 서연을 사랑하게 된 이후로, 그 사랑을 인정한 이후로 절대 이해할 수 없었던 아버지가 조금씩 이해가 가기 시작했다.

자기 처를 죽이고도 바람 난 여자와 산다는 무성한 뒷말에도 끝끝내 새어머니를 놓지 않았던 건, 아버지에겐 새어머니가 유일하게 버틸 수 있게 만드는 존재였기 때문이라는 것도 근래에 와서야 어느 정도 이해할 수 있게 되었다.

잠시 과거를 회상하듯 노회한 얼굴로 창밖을 응시하고 있던 도 회장이 정욱에게 천천히 시선을 돌렸다.

"닮은 건 좋지만, 넌 나 같은 실수는 하지 않았으면 좋겠구나."

"안 할 겁니다. 걱정하지 마십시오."

정욱의 망설임 없는 대답에 도 회장이 미소를 지었다.

"그래. 그렇겠지. 넌 어릴 때부터 영리한 녀석이었으니까 말이다."

그렇게 말한 도 회장이 자리에서 몸을 일으키자 정욱도 따라 일어섰다. 문을 열려던 도 회장이 뒤돌아보며 말했다.

"다음에 그 아이와 식사라도 같이 하자. 결혼식 전에 서먹하지 않도록 만나 두는 것이 좋겠지. 평생 결혼 못 할 것 같은 네놈을 바꿔 준 아이니 내가 그 사람에게 말해서 특별히 거하게 한 상 차려 놓을 테니 집에 한번 데려오려무나."

"……알겠습니다."

정욱이 대답하자 얼굴에 주름을 지으며 빙그레 웃은 도 회장이 문을 열고 밖으로 나갔다.

그 시간 서연은 인도요리 전문점에 혜주와 마주 앉아 있었다. 또 커다란 여행 가방을 들고 나타난 혜주는 출국 전에 밥이나 같이 먹자고 그녀를 불러낸 참이었다.

"한국 들어온 지 얼마나 됐다고 또 여행 병이 도졌어?"

서연이 혜주 옆에 턱하니 놓여 있는 묵직한 트렁크를 보며 말했다.

"아무래도 내 사주에 역마가 열댓 개는 들어와 있지 싶다. 어쩌겠어? 팔자가 그런 걸.”

혜주가 어깨를 으쓱이며 너스레를 떨자 서연이 어이없다는 듯 웃었다.

“그래서 이번엔 어디로 갈 건데.”

“인도. 지금 완전 인도병 도졌어. 인도로 떠나는 마당에도 인도 음식 먹고 있는 거 보면 모르겠어?”

눈앞에 놓인 인도식 커리와 탄두리 치킨을 가리키며 혜주가 말했다.

“인도는 한 번 가면 두 번 다신 안 가게 되거나 계속 가게 된다더니 그 말이 맞나 봐.”

서연이 스푼으로 커리를 뒤적이며 말하자 혜주가 눈을 반짝였다.

“정말 처음부터 끝까지 언빌리버블한 나라거든. 세상에 그렇게 극단적인 나라는 또 없을 거야. 내가 장담한다.”

혜주의 잔뜩 상기된 얼굴을 바라보던 서연이 서운한 듯 한숨을 내쉬었다.

“그 얼굴 보니까 언니 또 한참 안 돌아올 생각이구나?”

“아니야. 올해 안에 전시회 있어서 어차피 돌아와야 돼. 적어도 한 반년은 안 돌아올 것 같긴 하지만…….”

“서운하게.”

어두운 표정의 서연을 보고 혜주가 빙긋 웃었다.

“서운하긴. 한창 불탈 때 아냐? 너랑 도정욱 씨.”

“아…….”

혜주가 정욱의 이름을 꺼내자 서연이 슬몃 얼굴을 붉혔다.

"안 싸우고 잘 지내지? 그 남자랑."

"응. 언니, 그땐…… 미안했어. 내가 내 정신이 아니어서 언니에게 너무 민폐만 끼친 것 같아."

그때의 엉망이었던 자신을 생각하면 아직도 부끄러웠다. 혜주가 아니었더라면 그 어두운 터널을 어떻게 빠져나올 수 있었을까…….

서연의 미안해하는 얼굴을 보며 혜주가 시원하게 웃었다.

"아이고, 미안할 것도 많다. 네 덕분에 쓸쓸한 제주도에서 한동안 외롭지 않게 잘 보냈으니 내가 더 고맙지. 창작도 좋지만 그렇게 박혀서 혼자 지내다 보면 가끔 뼈가 시리도록 외로울 때가 있거든."

"그렇게 말해 주면 고맙고."

서연이 입가에 가느다랗게 미소를 띠웠다. 자신이 부담 가지지 않게 하기 위한 혜주의 배려인 것을 알아 더 고마웠다.

"아, 그러고 보니 그 남자 다음에 내 모델 좀 해 달라고 해 줘. 얼굴이고 몸이고 아주 그냥 조각이 따로 없더라. 살아 있는 예술품이던데? 그 남자 무슨 재벌 아들이라며? 너 어떻게 그런 남자를 잡았냐?"

"언니도 참."

혜주가 오버하며 말하자 서연의 뺨이 장밋빛으로 물들었다. 혜주가 장난치듯 은근한 목소리로 말했다.

"그 남자가 어떤 표정으로 널 기다렸는지 네가 봤었어야 되는 건데. 혼자 보기 아까울 정도였다니까?"

"……그랬어?"

"그럼. 그랬으니까 내가 너 있는 데 불었지. 안 그랬으면 어림도 없었어."

서연의 얼굴이 더욱 붉어지자 혜주가 싱글거렸다.

"나도 다음에 애인 사귀면 그 남자보고 찾으라고 하고 어딘가에 꽁꽁 숨어 버려야겠다. 숨은 다음에 그 남자가 어떤 얼굴로 날 찾아오는지 몰래 지켜봐야지."

"언니는 그러면 안 돼."

서연이 정색하자 혜주가 눈을 둥그렇게 떴다.

"어어? 그런 게 어디 있어. 너는 되고 난 안 되냐? 왜, 난 비주얼이 안 돼서?"

가자미눈을 하고 발끈하는 혜주에게 서연이 웃음기 섞인 목소리로 말했다.

"아니 그게 아니라, 언니는 정말 숨겠다고 작정하면 아프리카 오지 같은 데 숨을 것 같아서 그래. 그런 데로 숨은 사람을 누가 찾을 수 있겠어?"

"음……. 그러고 보니 그것도 그러네."

혜주가 인정한다는 듯 고개를 주억거리며 웃음을 터뜨리자 서연도 같이 웃었다. 웃음이 잦아지자 혜주가 당부하듯 말했다.

"나 없는 새에 홀랑 결혼해 버리면 안 된다? 다른 사람은 안 불러도 결혼식에 나는 꼭 불러."

"결혼이라니. 아직 그런 계획은 없어."

서연이 당황스러운 표정으로 손을 내저었다.

"결혼 계획이 없다니, 둘이 그런 드라마를 찍어 놓고 연애만 하다 끝낼 거야?"

"그런 건 아니지만…… 아직 모르겠어. 솔직히 결혼이 쉬운 문제는 아니니까. 그 사람 배경도 나와 많이 다르기도 하고."

"그거야 네 생각이고. 그 남자는 안 그럴걸? 생각해 봐. 멀쩡한 남자가 그만한 각오도 없이 그런 데까지 날아갔겠냐?"

혜주의 말에 서연이 고개를 숙이고 음료수 잔을 매만졌다.

"그냥 지금은 그 사람 옆에 있을 수 있다는 것만 생각하고 싶어. 제대로 된 연애도 못 해 봤으니까 지금은 그것만으로도 충분한 것 같아. 다른 건 바라지도 않고……. 언니 말이 무슨 뜻인지는 알아. 앞으로 천천히 생각해 볼게."

"그래. 잘 생각해 봐."

"응."

서연이 고개를 들고 생긋 웃었다. 그 얼굴이 제주에 찾아왔을 때와는 비교도 되지 않을 만큼 환해 보여 혜주는 내심 안도했다. 혹여 그때 자신이 쓸데없는 오지랖을 부린 게 아닐까 하고 불안했는데 서연의 행복한 모습을 보니 역시 그런 결정을 하길 잘했다는 확신이 들었다.

잘됐다. 이서연.

흐뭇한 얼굴로 서연을 바라보던 혜주가 부드럽게 미소 지었다.

혜주를 공항까지 바래다주고 나오는 길에 서연의 전화벨이 울렸다. 백에서 전화기를 찾아 든 서연이 액정을 보고 입술 끝을 둥글게 휘어 올렸다. 웃음기가 퍼진 얼굴로 서연이 전화를 받았다.

"네. 정욱 씨."

— 지금 퇴근할 거야. 어디야?

그의 울림 좋은 낮은 목소리가 귓가를 간지럽혔다.

"혜주 언니 잠깐 만나고 헤어지는 길이에요."

— ……이혜주 씨?

"네. 오늘 인도로 여행을 간다고 해서요."

— 그러고 보니 제대로 인사도 못 했군. 다음에 자리 한번 만들어 줘. 갚아야 할 게 있으니까.

이미 혜주에게 일단의 사건을 전해 들은 서연이 입술 끝을 부드럽게 올리며 대답했다.

"알았어요. 언니 돌아오면 얘기할게요. 언니도 정욱 씨 만나 보고 싶다던데요? 모델 삼고 싶다고."

— 모델?

"네. 정욱 씨 모델로 그리고 싶다고."

수화기 저편에서 끙, 하는 정욱의 신음 소리가 들렸다.

— 그건…… 고려해 보지. 일단 지금 있는 곳을 말해. 그쪽으로 데리러 갈 테니까.

"아니에요. 그럴 거 없어요. 제가 정욱 씨 집으로 바로 갈게요."

— 내가 못 기다려. 말해.

낮게 채근하는 목소리에 서연의 입가에 떠오른 미소가 더욱 깊어졌다.

"그럼 기다릴게요. 여기 인천공항 근처예요."

— 도착하면 전화할 테니까 밖에 있지 말고 카페에 들어가 있어. 날씨 춥다.

"그럴게요."

전화를 끊은 서연이 가만히 전화기를 쳐다보다가 크게 숨을 내쉬었다.

이 남자의 다정함에 아직도 일일이 감동받기도 바쁜데, 결혼이라는 커다란 일을 어떻게 감당할 수 있을까?

입술 끝에 녹인 설탕처럼 달콤한 미소를 매단 서연이 맞은편에 보이는 카페 쪽으로 걸어갔다.

카페에 앉아 창밖을 내다보던 서연은 갑자기 카페 안으로 성큼 들어선 정욱을 보고 깜짝 놀랐다. 클래식한 비즈니스 슈트를 입은 훤칠한 남자가 카페 안으로 들어오자 카페 안의 모든 시선이 일제히 그에게로 쏠렸다.

당당한 걸음걸이로 똑바로 걸어온 정욱이 그녀의 옆자리에 털썩 앉는 모습을 서연이 눈을 동그랗게 뜨고 보고 있었다.

"나 여기 있는 거 어떻게 알았어요?"

정욱이 서연이 마시던 커피를 들고 태연하게 입술로 가져가며 대답했다.

"차 안에서 봤어. 창가에 앉아 있는 거."

그녀를 바라보며 매력적인 눈웃음을 짓는 정욱의 얼굴을 서연이 홀린 듯 바라봤다.

"기다리는 데 지루하지 않았어?"

정욱이 커피 잔을 내려놓고 서연에게 부드러운 목소리로 물었다.

"전혀요."

서연이 그를 올려다보며 미소 짓자 그가 그녀의 휘어 올라간 입술에 기습적으로 입을 맞췄다. 순간적으로 닿았다 떨어진 그의 입술에 서연이 놀란 눈을 했다.

"어머."

"가자."

당황스러운 표정으로 눈을 깜빡이는 그녀의 손을 잡고 정욱이 자리에서 일어섰다. 크고 따뜻한 손에 잡힌 채 걸어가는 서연의 하얀 피부가 붉게 달아올랐다.

레스토랑에서 저녁식사를 하고 정욱의 펜트하우스에 올라온 서연은 난감한 상황에 빠져 있었다.

"이제 놔줘요."

그녀의 난처한 목소리에 정욱이 입술 끝을 휘어 올렸다.

"싫은데."

"정욱 씨…… 아."

커다란 월풀 욕조에 앉은 채로 서연은 그에게 양손이 잡혀 있었다. 정욱은 그녀의 등 뒤에 바짝 붙어 앉아 가느다란 뒷목에 자잘하게 키스했다.

그의 혀가 둥근 어깨를 굴리듯 핥다가 입술로 살짝 빨아올리자 서연이 흠칫 몸을 떨었다. 정욱은 그녀의 매끈한 살결을 따라 키스하며 점차 등 아래로 내려가다가 툭 불거진 척추 뼈에 입을 맞췄다.

"으응."

서연이 야트막한 신음을 흘렸다. 그의 뜨거운 입김이 예민한 피부에 닿을 때마다 어깨가 절로 움츠러들었다.

"그거 알아?"

"네……?"

입술을 보드라운 등에 댄 채 정욱이 낮은 목소리로 묻자 서연이 가느다랗게 대답했다. 등 뒤로 돌려 잡고 있는 그녀의 팔에 힘을 주며 정욱이 그녀의 귓가에 낮게 속삭였다.

"널 가질 때, 네가 내 이름을 부를 때마다 갈 뻔했다는 거."

"흣."

정욱이 한 손을 뒤에서 뻗어 서연의 탐스러운 가슴을 움켜쥐었다. 말랑한 가슴이 그의 손아귀 힘에 짓눌리자 서연이 거친 숨을 몰아쉬었다. 정욱은 그대로 큼직하게 잡고 주무르기 시작했다.

"하아, 정욱 씨가 이름…… 부르지 말라고……."

"나도 이유는 모르겠어."

정욱이 가슴을 주무르던 손을 아래로 내려 다리 사이의 은밀한 곳으로 파고들었다. 따뜻한 물속에서 미끈한 속살 속으로 손가락을 밀어 넣자 서연의 허리가 비틀리며 고개가 뒤로 젖혀졌다.

"아, 아읏……."

좁은 여성 안으로 빽빽하게 손가락을 밀어 넣어 쑤걱거리자 서연이 신음을 터뜨렸다. 정욱이 고개를 젖힌 그녀의 하얀 목덜미에 진하게 키스하며 뒤로 잡고 있던 서연의 손을 자신의 불끈 솟은 남성으로 가져갔다.

"아……."

빳빳하게 솟구친 거대한 그의 것이 손에 느껴지자 서연의 몸이 흠칫거렸다. 그가 그녀의 손으로 단단한 페니스를 잡게 했다. 그 상태로 뒤로 확 젖힌 그녀의 귓가에 그가 허스키한 목소리로 속삭였다.

“네가 내 이름을 부를 때마다 온몸의 피가 여기로 몰리는 기분이었어.”

“하아, 하아.”

두 손에 꽉 들어찬 거대한 기둥에 서연의 숨이 가빠 왔다.

“이렇게…… 말이야. 느껴져?”

“아, 너무 커요…….”

낮게 귓속을 파고드는 정욱의 목소리에 서연이 숨을 몰아쉬며 헐떡였다. 손바닥으로 느껴지는 그의 욕망이 온몸을 뜨겁게 달아오르게 만들었다.

“네가, 그렇게 만드는 거야. 오직 너만이.”

한 손으로 그녀의 촘촘한 여성 안을 헤집으며 다른 한 손으로 가슴 위의 툭 불거진 분홍빛 유실을 비틀어 튕기자 서연이 헉, 하며 허리를 꺾었다. 밀려드는 쾌감을 못 버틴 서연이 손아귀에 힘이 들어가 저절로 그의 페니스를 힘껏 움켜잡게 되었다.

“으읏……. 아, 제길.”

거친 신음을 흘린 정욱이 얼굴을 일그러뜨리며 그녀의 엉덩이를 확 잡아 올렸다. 자신의 허벅지 위로 그녀의 엉덩이를 올리고 주름진 속살 안으로 거칠게 쑤셔 들어가자 서연의 몸이 위아래로 크게 흔들렸다.

“아학……!”

거친 그의 움직임에 욕조 안의 물이 출렁이며 넘쳐흘렀다. 철썩거리는 물소리와 함께 정욱이 빠르게 허리를 퉁겨 올렸다.

“아, 하, 저, 정욱 씨…….”

질 안을 꽉 채우고 휘젓는 단단한 남성의 감각에 서연의 머릿속이 아찔해졌다. 욕조 난간을 움켜잡은 채 서연이 헐떡였다.

"네 안은 언제나 날 난폭하게 만들어."

정욱이 거세게 허리를 튕겨 올리며 서연의 귓가에 대고 허스키한 음성으로 속삭였다.

"늘 데일 것처럼 뜨겁고…… 좁아."

근육이 불끈거리는 둥근 엉덩이를 거칠게 퉁겨 올리자 욕조 난간을 움켜잡은 서연의 손가락에 바짝 힘이 들어갔다.

"아아, 아아아!"

격하게 짓찧어 올리는 강렬한 움직임에 서연의 하얀 가슴이 위아래로 정신없이 흔들렸다. 그 가슴을 뒤에서 손을 뻗어 터뜨릴 듯 움켜잡은 정욱이 좁은 여성을 사정없이 들쑤셔 댔다.

"정욱 씨…… 정욱 씨……."

폭군처럼 몰아치는 그의 거친 움직임을 받아 내며 서연이 연신 그의 이름을 불러 댔다. 그 때 정욱이 그녀의 몸을 앞으로 돌렸다. 쾌락에 한껏 물든 촉촉한 눈망울을 올려다보며 정욱이 그녀의 뒷목을 잡아 자신 쪽으로 끌어당겨 길게 입을 맞췄다.

"으음……."

달뜬 숨결과 달콤한 타액이 서로의 입술 안으로 흘러 들어갔다.

마주 보고 앉아 그를 내려다본 채로 서연이 부드럽게 허리를 움직이기 시작했다. 그녀의 몸이 부드럽게 솟아올랐다 내려갈 때마다 정욱의 얼굴이 관능적으로 일그러졌다.

"후우."

정욱이 거친 숨을 몰아쉬자 서연이 유혹적인 움직임으로 그를 힘껏 먹어 치워 갔다. 동그란 엉덩이를 크게 비틀자 정욱이 눈앞에서 출렁이는 그녀의 탱탱한 젖가슴을 입술 안에 삼켰다. 뜨거운 입술이 바짝 곤두선 유두를 힘차게 빨아 대자 서연이 그의 탄탄한 몸을 움켜잡고 빠르게 움직였다.

"아, 하, 아앗……."

욕조 안의 물이 서연의 움직임에 맞춰 크게 철썩였다. 이를 악문 정욱이 그녀의 엉덩이를 짜부라뜨릴 듯 움켜잡고 무서운 힘으로 들이치기 시작했다.

"으흣! 으! 아, 아아!"

그의 움직임이 믿을 수 없을 정도로 빨라졌다. 온몸이 뒤흔들릴 정도로 퍽퍽거리며 쑤셔 올라오는 힘에 서연이 순식간에 절정으로 치솟아 올랐다.

"으하앗……."

머리칼이 바짝 곤두설 것 같은 쾌감에 서연은 입술을 아찔하게 벌리고 한껏 열락에 취했다. 쾌감의 여운에 부르르 떠는 그녀를 정욱이 안아 올렸다. 욕조에서 빠져나와 넓은 욕실 안의 푹신한 러그가 깔린 대리석 위에 그녀를 앉혔다.

서연의 붉게 상기된 도홧빛 뺨에 입을 맞춘 그가 커다란 타월을 꺼내 젖은 몸을 닦아 줬다. 부드럽게 몸을 닦아 주는 자상한 손길에 서연이 숨을 몰아쉬며 그를 바라봤다.

"춥지 않아?"

정욱이 그녀와 시선을 맞추고 묻자 서연이 고개를 저었다.

"괜찮아요."

정욱이 빙긋 웃고는 그녀를 다시 안아 올렸다. 욕실을 빠져나간 그가 서연을 안은 채로 걸을 때마다 그녀의 날씬한 종아리가 흔들렸다. 뜨거운 열기에 젖어 있던 몸이 마치 구름 위를 걷는 것 같았다.

서연을 안은 채 욕실과 이어진 침실로 걸어온 정욱이 거대한 침대 위에 그녀를 눕혔다.

"하아."

침대 위 보드라운 감촉에 몸이 닿자 서연이 몸을 떨었다. 침대 위로 올라와 그녀의 몸 위를 덮은 정욱이 탐스러운 붉은 입술에 입을 맞췄다. 애틋하게 입술을 쓸던 그가 고개를 들고 서연의 눈을 똑바로 바라봤다. 깊은 빛깔의 검은 눈동자가 그녀를 내려다보고 있었다.

"……미안해."

나지막한 그의 목소리에 서연이 열기에 젖은 눈을 깜박였다.

"미안하다니…… 뭐가요?"

"너무 늦게 깨달아서. 그동안 많이…… 힘들게 해서."

정욱의 진지한 눈을 올려다보며 서연이 천천히 말했다.

"힘들지 않았다면 거짓말이겠지만…… 그래도 지금은 이렇게 같이 있으니까 괜찮아요."

"너무 쉽게 용서해 주지 마."

"그래서, 싫어요?"

서연이 미소를 머금고 말하자 정욱이 미간을 좁혔다.

"어. 마음에 안 들어. 너무 무르잖아."

인상을 쓴 정욱의 높은 콧날에 서연이 자신의 코를 부드럽게 비볐다.

"사실이 그런걸요. 그땐 내가 이렇게 행복해질 수 있는 건 상상도 못 했는데……. 물론 속으로 기대하기는 했지만 절대 그럴 수 없을 거라고 생각했어요."

그때의 괴로움을 떠올린 듯 서연의 눈빛이 잦아지자 정욱이 미안한 얼굴로 그녀의 뺨을 쓸었다.

"……앞으로 천천히 다 갚아 줄게. 그때 내가 잘못한 것들, 힘들게 한 것들 전부 다."

정욱의 나지막한 목소리에 서연이 미소를 지으며 그의 목에 팔을 감았다. 정욱이 그녀를 껴안고 실크 같은 맨살결을 어루만졌다.

"사랑해."

"응. 나도 사랑해요."

서연의 몸을 안은 채로 정욱이 그녀의 촉촉한 내부로 부드럽게 파고들었다.

"아……!"

서연이 탄성을 터뜨리며 날씬한 다리로 그의 허리를 휘감았다. 침대 안에 몸이 푹 파묻히도록 깊게 서연을 껴안은 정욱이 탄력 있는 단단한 엉덩이를 천천히 밀어 올렸다.

"서연아……."

"하아, 정욱 씨……."

틈새 없이 찰싹 맞닿은 몸이 위아래로 부드럽게 흔들렸다. 그의 굵은 남성이 애액으로 흥건한 그녀의 좁은 내부를 깊숙이 밀고 들어갔다 빠져나올 때마다 서연은 온몸이 가득 차오르는 충만감을 느꼈다.

유영하듯 깊고 부드럽게 그녀를 가지면서 정욱이 달콤하게 벌어진 서연의 입술에 진하게 입을 맞췄다. 혀가 뜨겁게 뒤엉키며 거칠어진 신음이 뒤섞였다. 촉촉한 소리를 내며 입술이 떨어지고 서로의 얼굴을 마주 봤다. 가까이에서 바라보는 그의 조각 같은 얼굴이 가슴을 뜨겁게 달아오르게 만들었다.

"이서연."

정욱이 이글거리는 눈빛으로 그녀를 바라보며 낮게 불렀다.

"사랑해."

"……아!"

그의 애타는 고백과 함께 움직임이 거칠어지기 시작했다. 그의 근육질 몸에 팽팽히 힘이 들어갔다. 있는 힘껏 파고들 때마다 근육이 불끈거리는 정욱의 땀에 젖은 몸을 움켜잡고 서연이 비명을 내질렀다.

"사랑한다."

온몸이 들썩거릴 정도로 격렬하게 움직이는 정욱의 목소리가 뚝뚝 끊겼다. 거친 숨소리가 귓가에 뿌려지자 서연이 헐떡이며 그의 땀에 젖은 몸을 더욱 세게 껴안았다.

"사랑해……. 사랑해요, 정욱 씨…… 아아!"

퍽퍽 강하게 들이치던 정욱이 야수처럼 거칠게 내달렸다. 그녀의 등 뒤로 손을 밀어 넣어 틈새 없이 몸을 밀착시켜 꽉 껴안은 정욱이 빠르게 허리를 움직였다.

서연의 허리가 한껏 휘어진 채 그를 깊이 받아들였다.

"아, 아흣, 아아……."

질주하는 종마처럼 거칠게 내달리던 정욱이 야수처럼 포효하며 그녀를 움켜 안았다.

"크아앗!"

온몸에 소름이 돋을 정도로 강한 쾌감이 그의 온몸을 번개처럼 훑고 지나갔다. 땀에 젖은 그녀의 몸을 움켜잡은 채로 정욱이 뜨거운 여성 안으로 자신의 것을 남김없이 쏟아부었다.

"흐……읏……."

절정의 쾌감 속에서 파르르 몸을 떠는 서연의 몸을 꽉 껴안은 그가 그녀의 입술을 찾아 진하게 입을 맞췄다.

"내 여자…… 사랑해."

주문처럼 속삭이는 사랑한다는 말을 들으며 서연이 달콤한 잠 속으로 빠져들어 갔다. 아스라하게 점멸하는 의식 속으로 그의 고백이 끊임없이 이어졌다.

나도 사랑해요……. 정욱 씨.

에필로그. 1

모든 걸 얼려 버릴 듯한 매서운 추위가 완전히 물러나고 따스한 봄이 찾아왔다. 바쁜 회사 일에 정신없이 하루하루 보내다 겨우 여유가 생긴 정욱은 서연과 함께 유럽을 항해하는 페리 여행에 올랐다.

정욱이 예약한 페리는 새하얀 몸체에 푸른빛 마크가 찍힌 거대한 규모의 페리였다. 수백 개의 선실을 포함한 레스토랑, 쇼핑센터, 헬스클럽, 카페 등 다양한 편의시설을 갖추고 있었다.

페리 꼭대기 층의 수영장에서 따뜻한 햇살을 담뿍 받으며 비치의자 위에 누워 있던 서연이 옆자리의 정욱에게 말했다.

"이렇게 여유 부려도 되는 건가 몰라요. 정말 괜찮은 거예요?"

서연의 물음에 정욱이 끼고 있던 선글라스를 머리 위로 끌어올리고 그녀를 바라봤다.

"회사를 말하는 건가?"

"네."

몇 년간 그의 스케줄을 관리해 온 경험상 지금까지 이런 긴 휴가는 한 번도 낸 적이 없었기에 서연은 걱정이 됐다.

그녀의 걱정스러운 표정을 보고 정욱이 미소 지었다.

"걱정할 거 없어."

그가 매력적인 미소를 지으며 바라보자 서연이 조심스럽게 말했다.

"혹시 내가 정욱 씨한테 같이 있고 싶다는 말을 했기 때문이면…… 괜히 무리하게 한 것 같아 미안해서 그래요."

일 때문에 정욱이 바쁜 걸 알면서도, 그 와중에도 그녀에게 최대한 시간을 내고 있다는 걸 알면서도 욕심을 부린 게 미안했다.

"정말 괜찮으니까 걱정하지 마. 같이 있고 싶은데 그러지 못해서 힘든 건 내가 더했으니까. 말해 두지만 이건 나를 위한 휴가라고."

정욱이 나지막한 목소리로 말하며 서연을 향해 옆으로 길게 누웠다.

"그렇게 말해 줘서 기뻐요."

서연이 진심으로 기쁜 얼굴로 웃자 정욱이 손에 마티니 잔을 든 채로 망설임 없이 서연에게 키스했다. 살짝 엉켜들었던 혀에서 마티니의 쌉싸름한 맛이 났다. 입술을 떼어 낸 정욱이 느긋하게 미소 지으며 서연의 타액에 젖은 입술을 손가락으로 쓸었다.

멍하니 그를 바라보던 서연이 그제야 정신을 차리고 부끄러운 듯 고개를 돌렸다.

정욱 씨도 참. 이런 데서…….

서연이 겸연쩍은 표정으로 주변을 살피자 문득 다른 여자들의 시선이 느껴졌다. 커다란 비치의자 위에 수영복만 입은 채로 옆으로 누워 있는 정욱의 근육 잡힌 탄탄한 몸에 여기저기서 은밀한 시선이 쏟아지고 있었다.

이 남자가 관능적인 몸매의 서양 여자들의 시선조차 사로잡을 정도로 멋진 남자라는 것을 깨닫자 서연은 조금 질투가 나기도 하고 부담스러운 기분도 들었다. 그의 옆에 있는 자신은 당연히 그와 나란히 비교의 대상으로 놓일 테니까.

그를 향했던 여자들의 시선이 자신에게 옮겨 오는 것이 슬쩍 부담이 되어 그만 안으로 들어가자고 말하기 위해 서연이 그를 바라봤다. 순간 부드러운 미소를 띠고 있던 정욱의 얼굴이 무섭게 굳었다.

"……정욱 씨?"

갑자기 변한 그의 표정에 서연이 의아스러운 눈으로 물었다. 정욱이 화난 듯한 표정으로 몸을 일으켜 옆에 뒀던 커다란 비치타월을 들었다. 그걸로 서연의 몸을 덮어 감싸고는 번쩍 안아 올렸다.

"어머."

그가 갑자기 달랑 들어 올리자 서연이 놀란 목소리를 냈다. 정욱은 그 상태로 계단이 있는 쪽으로 성큼성큼 걸어갔다.

"왜, 왜 그래요?"

표정을 차갑게 굳힌 정욱이 빠르게 걸어 내려가자 서연이 난처한 목소리로 물었다.

"다른 놈이 네 몸을 쳐다보는 게 마음에 안 들어."

서연의 뒤에 있던 백인 남자가 노골적인 시선으로 비키니 수영복을 입은 그녀의 몸을 훑은 게 정욱의 심기를 뒤틀리게 만들었다.

"네에?"

서연이 당황한 표정을 지었다.

자신을 보는 시선이라면 정욱의 옆에 있는 여자에 대한 호기심일 뿐일 텐데……. 아무래도 정욱이 단단히 오해하고 있는 것 같았다.

"저기, 그건 아닐 거예요. 아마."

"지금 내 기분이 아주 더러워졌으니까 그 예쁜 입은 다무는 게 좋을 거야."

정욱이 화가 난 얼굴로 으르자 서연도 할 수 없이 입을 다물었다. 강한 그의 팔에 안겨 선실로 내려가다 보니 탄탄한 그의 가슴과 운동으로 관리된 식스팩 복근이 맨살결에 와 닿았다.

얼굴이 붉어진 서연이 난감하게 그를 쳐다보는 사이 어느새 룸에 도착했다.

초호화 스위트룸을 방불케 하는 선실로 들어온 정욱이 탁 트인 창가 앞 침대에 서연을 내려놨다. 그녀가 창가 쪽을 향해 앉은 자세가 되자 덮어씌우고 있던 비치타월을 벗기고 뒤에서 그녀를 끌어안고 앉았다.

같은 곳을 바라보는 둘의 시야에 쪽빛 너른 바다가 들어왔다.

"바다가 예뻐요."

서연이 그의 품에 안긴 채로 말하자 정욱이 매끄러운 서연의 등에 살짝 입을 맞췄다.

"이런 데 괜히 왔다는 생각이 드는군."

"네?"

"이럴 줄 알았다면 차라리 아무도 없는 무인도에 데려가는 건데. 바다는 실컷 보여 줄 테니까 넌 나만 보고 있으면 되잖아."

진심인지 농담인지 모를 정욱의 나지막한 목소리에 서연이 작게 웃음을 흘렸다.

"이렇게 봐도 바다는 잘 보이니까 좋은데요? 정욱 씨와 더 가까이 붙어 있을 수 있고."

서연이 미소를 지으며 말하자 정욱이 은근한 목소리로 말했다.

"난 밖에서도 이럴 수 있어. 이서연이 허락만 한다면."

"그건 싫어요. 부끄러워."

서연이 얼굴을 붉히며 웃음 지었다. 가느다란 서연의 목덜미에 콧날을 묻은 채로 정욱이 중얼거리듯 말했다.

"밖에서도 이렇게 품 안에 가두고 있으면 다른 놈이 널 못 볼 거 아냐."

"네?"

그녀의 얼굴이 더 수줍게 물드는 것을 보며 정욱이 쿡쿡 웃었다.

정말 그럴 수 있다면 좋을 텐데. 늘 이렇게 품에 안고 어딜 가나 그녀와 함께 있고 그 누구도 그녀를 넘보지 못하도록 늘 내 곁에 뒀으면…….

이뤄지지 않을 불가능할 상상이라는 걸 알면서도 정욱은 진지하게 생각하고 있었다.

찰싹 달라붙은 두 사람이 눈앞에 펼쳐진 에메랄드 빛깔의 바다를 조용히 바라보고 있었다. 한동안 말없이 서로를 품은 채로 바다만 보고 있다가 서연이 입을 열었다.

"우리 엄마가 예전에 병으로 돌아가셨다고 했잖아요."

작은 서연의 목소리에 정욱이 바다에서 시선을 옮겨 그녀를 바라봤다.

"엄마 고향이 섬이셨거든요. 그래서 엄마가 타지에 나와 살면서 늘 바다가 그립다는 말을 입에 달고 사셨어요. 정작 나는 고향이 바다가 아닌데도 엄마의 그 말 때문인지 종종 그런 생각을 하게 돼요. 바다가 보고 싶다고……."

쪽빛 바다를 바라본 채로 조곤조곤 말하는 서연의 목소리에 귀 기울이던 정욱이 물었다.

"그래서 그때도 바닷가로 숨은 건가? 제주도도 섬이고, 카프리도 섬이잖아."

"아…… 생각해 보니 그러네요? 제주도는 언니 때문이긴 하지만…… 그래도 그곳에 있는 동안 매일 바다를 볼 수 있어서 좋았어요."

서연이 잔잔한 웃음을 머금자 정욱이 그녀의 얼굴을 빤히 바라봤다. 자신에게 향하는 시선에 서연이 의아스러운 표정으로 쳐다보자 정욱이 진지한 얼굴로 말했다.

"앞으로 이서연 사라지면 섬이란 섬은 다 뒤지고 다녀야겠군. 분명 어딘가의 섬에 숨어 있을 테니."

"이제 안 사라진다니까요? 내가 왜 사라져요. 정욱 씨가 옆에 있는데."

서연이 콧등을 찡그리며 말하자 정욱이 웃었다.

"내가 지은 죄가 많아서 점점 더 불안해져서 그래. 또 네가 사라져 버릴까 봐."

농담인 듯 진심을 담고 있는 그의 말에 서연이 고개를 돌린 채로 그의 얼굴을 가만히 바라봤다. 불안함을 담고 있는 그의 눈동자를 확인하고 한 손으로 그의 얼굴을 잡고 살짝 베이비키스를 했다.

"정욱 씨. 그렇게 생각하지 말아요. 난 지금 너무 행복하니까……. 진심으로요."

서연이 진지한 눈동자로 그를 응시하며 속삭이자 정욱이 미간을 살짝 찡그리며 미소 지었다.

"자꾸 예쁜 말만 골라서 하면 곤란해. 하루 종일 입만 맞추고 싶어지잖아."

그녀의 입술에 키스하며 정욱이 웃었다. 서연도 따라 웃으며 쪽쪽 소리가 나도록 입을 맞췄다. 그러다 문득 생각났다는 듯 정욱이 일어섰다.

"잠깐만."

그녀를 침대 위에 앉혀 두고 정욱이 걸어 놓은 재킷이 있는 쪽으로 다가갔다. 안주머니에서 무언가를 꺼낸 그가 다시 서연에게 다가왔다.

"받아."

침대 위로 올라온 그가 내미는 것을 보고 그녀의 눈이 흔들렸다.

"이, 이건……."

짙은 보랏빛의 고급스러운 반지케이스 안에 담긴 작은 날개가 달린 반지.

그건 분명 자신이 눈 오던 그날 정처 없이 돌아다니다 홀린 듯 매장 앞에 서서 보고 있던 그 반지였다.

서연이 놀란 눈으로 정욱을 바라봤다.

"정욱 씨. 이걸 어떻게……?"

정욱이 서연의 뺨에 살짝 입을 맞추고 낮게 말했다.

"네가 그걸 보고 있던 걸 우연히 봤어. 그날 사둔 거야."

"그날요?"

외로움에 질식할 것만 같던 그 날.

그 외로움을 준 장본인이 지켜보고 있었다니……?

"세상에. 믿기지 않아요……. 그날 이걸 보면서 당신이 나에게 이 반지를 주는 모습을 상상했지만 그건 말도 안 되는 일이라고 생각했었는데……."

흔들리는 눈동자로 반지를 보던 서연이 혼란스러운 표정으로 정욱을 바라보자 그가 진지한 눈동자로 그녀를 마주 보며 말했다.

"나와 결혼해 주겠어?"

"……!"

정욱의 말에 서연의 눈이 놀라움으로 커졌다.

"내 인생에 결혼은 없을 거라고 생각했어. 사랑은 불행한 것이라고만 생각했었으니까."

그의 매혹적인 눈빛이 그녀를 휘어 감았다.

"하지만 이제 네가 없으면 단 하루도 견딜 수가 없다는 걸 깨달았어. 나와 결혼해 줘. 서연아."

흔들리던 그녀의 눈에 투명한 눈물이 차올랐다. 물기 가득한 눈동자로 그를 바라보며 서연이 대답했다.

"그럴게요……. 결혼해요, 우리."

정욱을 와락 껴안은 그녀의 눈꼬리를 타고 뜨거운 눈물이 흘러내렸다. 그녀를 강하게 껴안은 정욱이 침대 위에 그녀를 눕힌 채 입술을 삼켰다.

"사랑해. 서연아."

정욱이 그녀의 아랫입술을 문 채로 속삭였다.

"……응. 사랑해요."

"사랑한다."

"사랑해요."

"……사랑해."

끝없이 이어지는 그들의 고백이 물결처럼 흔들리는 침대 위를 가득 채웠다. 파도 소리가 그들의 공간을 조용히 스며 들어올 뿐 그 외엔 아무것도 두 사람 사이에 존재하는 건 없었다.

입술과 혀를 간질이는 달콤한 소리가 촉촉해질수록 서로를 쓰다듬는 손길이 진해졌다.

사랑으로 충만한 두 사람의 달콤한 휴가는 이제 막 시작됐을 뿐이었다.

에필로그. 2

한옥식으로 지어진 거대한 규모의 건물 앞에 서연이 긴장된 표정으로 서 있었다.

"긴장할 거 없어."

정욱이 서연의 손을 부드럽게 잡으며 말했다.

"저절로 긴장되는 걸 어떡해요. 정말 나 안 이상해요?"

최대한 단정해 보이는 원피스와 수수하지만 포인트를 살린 리본 장식이 달린 화이트 재킷을 걸쳤는데도 어딘가 마음에 들지 않았다. 서연이 불안한 표정으로 자신의 옷차림을 살피며 묻자 정욱이 그녀의 손을 잡은 손에 힘을 줬다.

"충분히 예뻐. 걱정하지 마."

확고하게 말한 그가 서연과 시선을 맞췄다. 정욱의 진심을 담은 눈동자가 그녀를 안심시켰다.

"고마워요."

정욱이 싱긋 웃으며 그녀의 손을 잡고 현관으로 들어갔다. 대기하고 있던 여집사가 그들을 맞았다.

"기다리고 있었습니다. 회장님께서 기다리고 계시니 이쪽으로 오십시오."

서연은 거실과 이어진 안뜰을 지나 나무로 지어진 회랑을 걸어가며 긴장된 표정을 했다.

그의 여자로서 도 회장을 소개받는 자리였다. 그녀가 오래 몸담았던 회사의 현 총수이기도 하고 정욱의 아버지인 도훈 회장. 도 회장은 특유의 카리스마와 경영 수완으로 도원그룹을 오랜 시간 최상의 기업으로 유지해 온 사람이었다.

임원비서로 수년간 일해 오면서도 감히 대화조차 쉽게 나누지 못했던 도 회장을 이런 사적인 자리에서 만나게 되다니…….

"이 안으로 들어가시면 됩니다."

여집사는 문 앞에서 단정하게 인사하고 뒤로 물러섰다.

"들어가지."

"네."

정욱은 서연을 이끌고 문 안으로 들어갔다.

상쾌한 나무향이 풍기는 넓은 서재 안은 천장이 높고 벽에는 동양화가 걸려 있었다. 안쪽 소파에 도 회장과 그의 부인인 한 여사가 앉아 있었다.

"어서 와요. 먼 길 오느라 정말 수고가 많았어요."

상냥한 인상의 한 여사는 단아한 수국색 한복을 차려입고 그들을 반겼다. 한 여사의 친근한 미소에 서연도 얼른 다가가 고개를 숙였다.

"처음 뵙겠습니다. 이서연입니다."

"아유, 어쩌면 아가씨가 이리 예쁠까. 우리 정욱이가 보여 주기 아까워서 지금까지 꽁꽁 숨기고 있던 모양이네요."

한 여사가 환한 미소를 지으며 말하자 정욱도 단정한 미소로 답했다.

"부인은 못 하겠네요. 그간 안녕하셨습니까."

"우린 잘 지냈으니 일단 앉거라."

도 회장의 말에 서서 인사를 나누던 한 여사와 그들이 자리에 앉았다. 도 회장은 제비색과 먹색이 섞인 개량한복을 입고 있어 회사에서 볼 때와는 다른 분위기를 풍겼다. 표정도 평소보다 너그러워 보였다.

도 회장이 서연을 찬찬히 훑어보며 말했다.

"그래. 골칫덩이 아들 녀석이 드디어 혼인하고 싶은 사람이 있다고 하여 내가 어서 데려오라 우겼는데…… 불편하지 않으신가?"

"아뇨. 마땅히 인사드려야 했는데 먼저 불러 주셔서 감사하죠."

서연이 깍듯이 대답하자 그녀에게 향한 도 회장의 시선이 예리해졌다.

"자네 나 알고 있지?"

"물론입니다. 회장님."

서연이 긴장된 목소리로 말했다. 그러자 도 회장이 껄껄 웃었다.

"지금은 자네 회장이 아니니 긴장할 것 없네. 이 자리는 시아비

될 사람과 며느리 될 사람으로 만난 자리 아닌가."

도 회장의 호탕한 웃음을 보며 서연이 대답했다.

"아…… 네. 그렇게 하겠습니다."

"그래요. 긴장할 거 없어요. 앞으로 한 식구가 될 사이인데 어려워 말고 편하게 생각해요."

한 여사의 다정한 목소리에 서연의 긴장도 한층 누그러졌다.

"네. 감사합니다."

"긴장할 거 없다니까."

옆에 앉은 정욱이 다정하게 말하며 그녀의 손을 잡았다. 서연이 그를 올려다보자 그가 미소를 지으며 그녀와 시선을 맞췄다. 서연을 향한 정욱의 부드러운 미소를 본 도 회장과 한 여사는 놀라운 표정으로 서로 시선을 교환했다. 도 회장은 눈을 가늘게 뜨고 정욱을 바라봤다.

저 녀석이 저런 표정을?

아들이지만 늘 차갑기만 하던 정욱의 미소는 도 회장에게는 아주 낯선 것이었다. 그 표정 하나만으로 정욱이 앞에 앉은 이 여자를 얼마나 사랑하고 있는지 가늠이 됐다.

"이서연 양이라고 했던가?"

"네. 아버님."

서연이 정욱에게서 시선을 돌려 얼른 대답했다.

"4년간 정욱이 비서를 했다고?"

"맞습니다."

그녀를 관찰하듯 쳐다보는 도 회장의 예리한 눈빛에 서연은 허리를 세우고 긴장된 표정으로 회장을 마주 봤다.

"그 전엔 금 전무와 함께 있었다고 들었는데. 금 전무가 소개시켜 준 건가?"

"네. 금 전무님이 건강상의 문제로 일을 그만두셨을 때 저를 정욱 씨에게 소개시켜 주셨습니다."

"저에게는 궁금한 것이 없으십니까."

정욱이 끼어들자 도 회장이 눈살을 찌푸렸다.

"넌 회사에서 늘 보는데 뭐가 궁금한 것이 있다고. 그래, 우리 서연 양은 저놈의 어디가 좋았는가?"

"……네?"

갑자기 난감한 질문이 날아들자 서연은 잠시 눈을 깜빡거리며 정욱을 올려다봤다.

"나도 궁금한데."

정욱이 싱글거리자 서연이 회장에게 고개를 돌리고 차분한 어조로 대답했다.

"어느 부분이라고 명확히 설명드릴 수는 없으나 언제부터인가 제 마음에 들어왔고…… 함께하는 동안 그 마음이 점점 커져 갔습니다."

서연의 대답을 들은 도 회장이 천천히 고개를 끄덕였다.

"흐음……. 하긴 사람이 사람에게 끌리는 데는 이유가 없지. 안 그런가, 자네?"

도 회장이 한 여사를 슥 쳐다보며 묻자 한 여사가 소녀 같은 미소를 지으며 회장을 타박했다.

"회장님도 참. 부끄럽게 왜 이래요?"

"부끄럽다니. 사람과 사람, 그중에 여자와 남자의 일은 부끄러운 것이 아니야.”

완고하게 말한 도 회장이 다시 서연에게 시선을 옮겼다. 그녀를 똑바로 바라보는 도 회장의 눈빛이 형형히 빛났다.

“내 과거에는 힘든 일이 있었지만 이 사람을 만나고 난 뒤 살아갈 힘을 얻었다네. 나 때문에 모진 말도 많이 듣고 살았지만 이 사람은 어떤 일이 있어도 항상 내 옆에 있어 주었어. 그래서 그 시간들을 버틸 수 있었던 거고.”

도 회장의 말에 과거의 힘든 시기가 떠오른 건지 한 여사의 표정이 어두워졌다. 그 일이 어떤 일인지 알고 있는 정욱과 서연의 얼굴도 어둡게 그늘이 졌다.

점차 가라앉는 분위기 속에 도 회장이 한 여사의 손을 잡으며 말했다.

“결국 인생에선 단 한 사람. 죽을 때까지 변하지 않고 곁에 있어 주는 한 사람만 있으면 되네. 그게 나한테는 이 사람이고 정욱이에겐 서연 양이겠지.”

도 회장이 시선을 서연에게서 정욱에게 옮겼다.

“알고 있습니다.”

정욱이 낮게 대답했다. 도 회장이 다시 서연을 바라봤다.

“서연 양도 그렇게 생각하나?”

“네. 아버님.”

서연이 조용한 목소리로 대답했다. 그녀의 차분한 얼굴을 가만히 바라보던 도 회장이 빙긋 웃었다.

“그래. 그거면 되네. 자, 그럼 배가 고프니 식사하러 가지.”

도 회장이 한 여사의 손을 잡은 채로 일어나 나란히 앞서 걸어가기 시작했다. 서연이 당황스러운 표정으로 그들을 바라봤다.

그거면 됐다니?

"가자."

정욱도 서연의 손을 잡고 일어서자 서연이 따라 일어서며 의아스러운 표정으로 물었다.

"아직 개인적인 질문은 아무것도……."

"그건 그리 중요한 게 아니라고 생각하시는 거겠지."

"정말요……?"

서연이 믿기 어렵다는 듯 미간을 모았다. 한 기업의 총수가 외아들의 결혼 상대자에 대한 기준이 없을 리가 없지 않은가?

사실 내심 그 점이 마음에 걸렸었다.

누구보다 그를 사랑하지만, 대외적인 조건으로 보기에 부모님도 일찍 돌아가시고 가진 것도 없는 자신을 회장 내외가 마음에 들어 하실 것 같지가 않았기 때문이다. 그래서 허락을 받기 위해 많은 노력이 필요할 거라 생각했다. 안 되면 몇 번이든 찾아와서 허락을 받기 위해 노력할 생각이었는데…….

"빨리 안 오고 뭐하고 있어? 음식 다 식겠다."

"아, 네. 갈게요."

입구에서 도 회장이 부르는 소리에 서연은 얼른 대답하고 정욱을 따라 서둘러 걸음을 옮겼다.

안채 식당에 차려 놓은 음식들은 보기만 해도 정성이 푸짐하게 들어간 진수성찬이었다. 한옥식 인테리어에 맞춰 오동나무로 거대하게 만들어진 식탁 앞에 회장 내외와 정욱과 서연이 둘러앉았다.

"오늘 전주댁이랑 우리 안사람이 특별히 실력 발휘한 음식들이니까 많이 먹어야 해. 서연 양."

도 회장이 한 여사를 자랑스러운 듯 바라보며 말하자 서연이 눈을 둥글게 떴다.

"어머님께서 직접 만드신 거예요? 너무 수고가 많으셨겠어요."

한 여사가 부끄러운 듯 웃으며 회장의 어깨를 다정하게 때렸다.

"아유, 회장님도. 먹는 사람 불편하게 그런 말은 왜 해요?"

"불편하라고 한 말이 아니라 자네의 특별한 정성을 생각해서 많이 먹으란 뜻인데 뭘 그래? 많이 먹으면 좋은 거지."

"그러니까 불편하다는 거죠. 서연 양. 그런 거 생각하지 말고 천천히 꼭꼭 잘 씹어 먹어요. 이런 자리 불편할 텐데 음식까지 체하면 아주 힘들어지니까 절대 무리하지 말고, 배부르면 얼마든지 남겨도 돼요. 알았죠?"

한 여사의 배려에 서연은 가슴이 무척 따뜻해지는 것을 느꼈다. 한 여사는 타인에 대해 섬세한 배려를 할 줄 아는 사람이었다. 서연의 입가에 둥글게 미소가 퍼져 나갔다.

"그럴게요. 감사합니다."

"정욱이도 많이 먹고."

"그러겠습니다."

도 회장이 먼저 수저를 들면서 식사가 시작되었다. 식탁에는 떡갈비며 생선찜이며 백숙이며 갖가지 나물반찬에 직접 담근 맛깔나 보이는 게장까지 올라와 있었다. 산해진미의 정갈한 한식이 가득 차려져 있는 식탁이 자신에 대한 한 여사의 호감을 보여 주는 것 같아 서연은 내심 가슴속이 따뜻해지는 것을 느꼈다.

"나는 됐으니 자네나 드시게. 그걸 언제 다 발라 주고 식사하려고?"

"금방 해요."

한 여사가 다정스럽게 보얀 생선살을 발라 회장의 밥그릇 위에 놓아줬다. 회장은 못마땅한 듯 말하면서도 얼굴엔 흐뭇한 미소가 어렸다.

정말 서로를 무척 아끼시는구나.

도 회장과 한 여사는 보고만 있어도 서로에 대한 애정이 넘칠 정도라는 것이 느껴졌다. 잠깐 스치는 눈빛에서도, 마주 보며 짓는 자연스러운 미소에서도 서로를 향한 애정이 담뿍 느껴졌다.

정욱 씨는 괜찮을까……?

서연은 옆에 앉은 정욱을 바라봤다.

그는 평소와 다름없이 정갈하게 식사를 하고 있었다. 그가 지금 어떤 생각을 하고 있는지 서연은 문득 궁금해졌다.

다정한 도 회장과 한 여사를 보며 자신의 친어머니에 대한 생각이 나진 않을까? 그에게 그토록 잔인한 상처를 준 친엄마를 그렇게 만든 것이 아버지와 한 여사 때문이라고 생각하진 않을까?

서연이 그런 생각을 하며 정욱을 잠시 바라보자 그녀의 시선을 느꼈는지 그가 시선을 내렸다. 눈이 마주치자 정욱이 의아스러운 표정을 지었다.

"왜 그래?"

마주치는 눈빛에선 다행히 어둠의 그림자는 보이지 않아 서연은 내심 안도했다.

"아무것도 아니에요."

의문을 담은 정욱의 시선에 미소로 답한 서연이 다시 식사를 이어 갔다. 그녀를 위해 준비한 음식들은 하나하나 다 맛이 좋아 평소보다 많이 먹게 됐다. 서연은 감사한 마음으로 밥그릇을 말끔하게 비웠다.

식사가 끝난 후 대청마루에 앉아 간단한 다과와 함께 차를 마셨다. 결 좋은 나무로 만들어진 널찍한 대청마루에 앉아 있으니 청명한 봄의 향기가 났다.

정욱은 말수가 적었지만 도 회장과 한 여사가 자연스럽게 대화를 이끌어 나가서 대화가 끊이지 않고 이어졌다. 화기애애한 분위기 속에 한참 이야기꽃을 피우고 있는데 정욱이 손목시계를 보더니 말했다.

"시간이 늦었네요. 그만 가 봐야겠습니다."

"아, 벌써 그렇게 됐나?"

정욱이 몸을 일으키자 서연도 그를 따라 백을 들고 일어섰다. 한 여사가 아쉬운 표정으로 일어서며 말했다.

"아쉽네. 좀 더 있다 가면 좋을 텐데."

"외로운 늙은이 취급받을 일 있어? 시간도 늦었는데 젊은 애들 잡는 거 아니야. 그래. 더 늦기 전에 어서 가 봐라."

도 회장이 한 여사를 타박하며 말했지만 그의 표정에도 아쉬움이 서려 있었다. 서연이 회장 내외를 바라보며 말했다.

"오늘 너무 맛있게 잘 먹었어요. 어머님. 음식 솜씨가 정말 좋으신 것 같아요. 감사합니다. 아버님도 만나 뵙게 되어 정말 영광이었어요."

"나야 맛있게 먹어 줘서 고맙죠. 다음에 또 놀러올 거죠?"

한 여사가 아쉬운 표정으로 말하자 서연이 진심을 담아 대답했다.

"네. 그럴게요."

"정말이냐?"

회장이 못 미더운 표정으로 정욱에게 묻자 그가 선선히 대답했다.

"그러겠습니다."

정욱이 대답하자 회장은 기다렸다는 듯 한 여사를 향해 말했다.

"자네 이 말 기억해 둬. 이놈이 한 입으로 두말하는지 보게."

"아유, 정욱이가 약속은 잘 지키잖아요. 걱정 마세요."

한 여사가 눈가에 인자한 주름을 잡으며 정욱을 올려다봤다.

"꼭 놀러 와요. 기다릴게요."

"네."

한 여사에게 짧게 대답하는 정욱을 보며 도 회장이 아쉬운 표정으로 입맛을 다셨다. 그나마 이렇게라도 자리를 가질 만큼 가까워진 게 어디냐 싶지만 한편으론 정욱이 한 여사에게 좀 더 살갑게 굴길 바라는 마음도 있었다.

사람 욕심이라는 게 참.

도 회장은 급하게 마음먹지 않기로 하고 정욱에게 말했다.

"식은 우리가 다 알아서 할 테니 둘이 시간이나 잘 맞춰 봐. 회사 일정도 고려해야 될 게다."

"알겠습니다."

회장이 결혼식을 언급하자 서연은 회장을 바라봤다. 회장이 서연의 어깨를 손으로 다정하게 두드리며 말했다.

"이놈이 좀 차가운 구석이 있지만 그건 내 탓도 커. 그러니 이놈을 미워하지 말고 날 미워하게."

"그런…… 그렇지 않아요."

서연이 고개를 젓자 회장이 인자한 미소를 지었다.

"내 아들 잘 부탁하네."

"네. 아버님."

저도 잘 부탁드려요.

서연이 그런 마음을 담아 회장 내외를 바라봤다.

"그만 가지. 가 보겠습니다."

정욱이 그녀의 몸을 잡고 부드럽게 당기며 말했다.

"그래. 잘 가고, 또 놀러 와요."

"네. 자주 찾아뵐게요. 그럼 안녕히 계세요."

몇 마디의 인사말을 더 나눈 뒤 정욱과 뒤돌아선 서연은 그의 차가 있는 곳으로 천천히 걸어갔다.

차가 회장의 저택을 벗어나자 정욱이 한 손을 핸들 위에 올린 채 한 손을 뻗어 서연의 손을 잡았다.

"불편하진 않았어?"

그의 다정한 낮은 목소리에 서연이 미소 지으며 말했다.

"두 분 다 너무 잘 대해 주셔서 황송할 정도였어요."

"다행이군."

정욱이 엄지로 그녀의 손등을 쓸며 안도한 표정을 지었다.

"걱정했어. 이곳으로 오는 내내 네 표정이 어두워서."

아. 알고 있었구나…….

내색하지 않으려 했지만 회장 내외를 소개받는 일에 있어 자신이 긴장하고 있던 걸 정욱이 눈치채고 있던 모양이다.

"솔직히 정욱 씨는 괜찮다고 했지만 난 조금 신경이 쓰였어요. 그분들이 정욱 씨의 상대로서 날 어떻게 보실지 걱정도 많이 됐고……."

"뭐하러 그런 걱정을 해. 너는 내가 선택한 여자야. 그분들 마음에 안 드실 리가 없다고 했잖아."

정욱이 미간을 좁히고 책망하듯 말했다. 진심으로 그렇게 말해주는 그가 한편으로 고마워 서연이 작게 웃었다.

"알아요. 정욱 씨 마음. 그런데 난 알면서도 그게 잘 안 됐어요. 겉으로 보여지는 조건을 아예 무시하기는 힘들다는 생각이 들었거든요."

"그런 분들 아니야. 그리고 설사 너를 마음에 안 들어 하신다 해도 상관없어. 우리 결혼은 그분들이 반대한다 해도 막을 수 없으니까."

정욱이 완강하게 말하며 서연의 손을 잡은 손에 힘을 줬다. 서연은 그의 손을 가만히 내려다보며 말했다.

"정욱 씨. 나요…… 오늘 오랜만에 엄마랑 살았을 때 생각이 났어요."

한 손으로 운전하며 정욱이 그녀를 내려다봤다.

"정말 오래된 기억이지만 아직 많이 아프지 않으셨을 때의 엄마가 아까 어머님처럼, 내가 좋아하는 반찬들을 내 앞으로 밀어놔주며 많이 먹으라고……. 내가 밥을 먹는 모습을 다정한 시선으로 지켜봐 줬거든요."

서연의 목소리가 잦아들었다. 그가 엄지로 그녀의 손가락 관절을 부드럽게 쓸며 말을 잇기를 조용히 기다렸다. 창밖을 보며 생각에 잠겼던 서연이 입을 열었다.

"오늘 어머님 보면서 오랜만에 그때의 엄마 생각이 났어요."

그녀가 아련한 눈빛으로 창밖을 바라봤다. 차가 신호에 멈춰 서자 정욱은 말없이 그녀를 내려다봤다.

서연의 두 눈이 물기로 투명하게 빛나고 있었다.

"그래서 더 감사했어요. 모자란 게 많은데도 날 당신의 여자로 조건 없이 받아 주셔서요."

도 회장과 한 여사는 표면적으로 보이는 조건들은 아무것도 묻지 않고 결혼을 승낙해 줬다. 집안이나 조건을 조금이라도 생각했다면 절대 나올 수 없는 처사였다.

"정욱 씨. 나 잘할게요. 그분들의 배려가 감사한 만큼이요."

서연이 빛나는 눈동자로 그를 바라보며 생긋 미소 짓자 정욱이 진지한 표정으로 말했다.

"넌 나에게만 잘하면 돼."

"진심으로 그러고 싶어요. 그분들께……."

서연이 밝게 웃자 정욱도 입술 끝을 휘어 올렸다.

마침 신호가 바뀌고 그가 전방으로 다시 시선을 돌렸다. 매끄럽게 차를 출발시키며 정욱이 말했다.

"아버지와 그분이 함께 계신 자리에 사적으로 동석한 건 오늘이 처음이었어."

그의 낮은 목소리에 서연이 그를 바라봤다.

"아…… 그래요?"

하긴 불과 얼마 전까지 정욱은 아버지와도 사이가 안 좋았으니…….

전방을 향해 시선을 고정한 채로 정욱이 생각에 잠겼다가 말했다.

"아버지가, 그런 표정을 짓는 건 처음 봤어."

"어떤 표정이요?"

정욱의 목소리가 진지함을 담고 있어 서연도 진지한 눈빛으로 그를 응시했다. 그의 미간이 살짝 좁혀져 있었다.

"어린 시절 아버지는 집에선 늘 굳은 얼굴을 하고 계셨거든. 친어머니와 살던 시절에."

"아아……."

"그래서 놀랐어. 솔직히 아버지가 그런 식으로 여자를 바라보고 그런 식으로 다정한 표정을 지을 줄 아는 분인 줄은 몰랐어. 아예 다른 사람 같더군."

정욱이 미간을 살짝 찡그리며 말했다. 그의 얼굴을 가만히 바라보고 있던 서연이 물었다.

"그래서 내내 그런 표정이었던 거예요? 난 정욱 씨가 기분이 안 좋은 줄 알았어요."

"어째서?"

그가 의아스러운 표정으로 내려다봤다.

"음…… 정욱 씨가 말한 것과 같은 이유로요. 두 분의 그런 모습에 혹 정욱 씨 기분이 상할 수도 있다고 생각했거든요. 예전의 기억 때문에."

서연이 조심스럽게 말하자 정욱이 잠시 생각에 잠겼다. 서연은 생각에 잠긴 그의 반듯한 옆모습을 보며 그의 말을 기다렸다. 한참 뒤 정욱이 입을 열었다.

"말했듯이 분명 의외긴 했지만 딱히 보기 안 좋은 건 아니었어. 오히려 아버지의 그런 모습이 나쁘지 않더군."

"다행이네요."

정욱이 자신의 과거에 비춰 상처받지 않았다면 다행이었다. 서연이 그렇게 생각하며 미소 짓자 정욱도 마주 웃으며 몸을 옆으로 기울여 그녀의 입술에 살짝 입을 맞췄다. 그의 입술이 입술 위에 짧게 닿았다 떨어지자 서연이 놀란 얼굴로 눈을 깜빡였다.

"어머. 위험해요. 이런 데선."

서연이 입술을 가리고 수줍어하자 정욱이 쿡쿡 웃었다.

"나는 운전하면서 꽤 많은 걸 할 줄 아는데, 아직 모르나?"

그가 한 손을 핸들 위에 올린 채로 여유롭게 운전하며 한 손을 뻗어 그녀의 무릎까지 올라오는 원피스 위를 덮었다. 날씬한 허벅지 위에 그의 손바닥 체온이 느껴지자 서연이 당혹스러운 표정으로 그를 바라봤다. 힐끗 내려다보는 그의 눈동자에 진한 열기가 넘실거렸다.

세상에…….

그의 강렬한 시선에 서연의 뺨이 붉게 물들었다.

"그런 표정을 지으면 날 더 자극하는 거라는 것도 아직 모르는 모양이군."

정욱이 낮게 말하며 무릎 위로 살짝 올라간 원피스 자락을 들추고 들어갔다. 갑자기 치마 속으로 들어온 그의 손의 감촉에 서연의 몸이 흠칫거렸다. 얇은 스타킹 위로 관능적인 열기가 느껴졌다.
"정욱 씨……여기선……."
"운전은 걱정하지 마. 널 위험하게 할 생각은 없어."
그의 손이 스타킹 위를 천천히 쓸며 허벅지 위쪽으로 올라가자 서연이 허리를 곧추세우고 숨을 들이켰다. 창밖을 바라보니 지나가는 차들이 어지럽게 시야에 들어왔다.
하아. 정말……여기서 이런…….
정욱이 시선은 전방으로 향한 채 한 손으로 핸들을 부드럽게 움직이며 그녀의 스타킹 위를 은밀히 더듬었다. 그의 손가락이 맞닿은 허벅지 안쪽으로 매끄럽게 타고 들어가자 서연의 숨이 거칠어졌다.
"앗."
차 안의 공기가 일순 바뀌었다. 그의 손길은 지체 없이 깊은 곳으로 파고들었고 그러면서도 한 손으로는 태연히 운전했다. 그 과감함이 서연의 몸을 바짝 긴장시켰다.
창문의 선팅이 짙은 건 알았지만 그래도 정말 괜찮은지 머릿속이 어지러워지고 숨이 가빠왔다. 모든 신경은 그의 손길이 향하는 곳으로 쏠렸다.
이런 모습을 누가 본다면…….
아찔한 상상에 덜컥 겁이 나면서도 다리 사이가 뜨겁게 조여들었다.
"다리를 좀 더 벌려 봐."
어두운 도로를 달리며 그의 움직임은 좀 더 과감해졌다. 그의 손가락이 보드라운 허벅지살에 파묻혀 움직이기 힘들어지자 정욱이 낮게 말했다.

"더."

그의 목소리에서 진한 욕망이 배어났다. 온몸을 뜨겁게 달구는 욕망……. 서연이 숨을 삼키고 모은 다리를 살짝 벌리자 그의 손가락이 거침없이 침투해 들어왔다.

"아, 앗……."

그가 손에 힘을 줘 다리 사이를 더욱 벌리며 얇은 스타킹을 잡아 뜯어냈다.

지이익.

스타킹이 찢기는 소리가 음란하게 공간을 갈랐다. 그가 까슬한 음모와 도톰한 둔덕을 감싼 얇은 브리프 위를 손가락으로 쓸자 서연이 튕기듯 허리를 곧추세웠다. 그의 손가락이 조갯살같이 벌어진 말랑한 살집 아래 숨겨진 둥근 진주알을 건드리자 아찔한 쾌감이 몰려들었다.

"저, 정욱 씨…… 흣."

정욱이 예민한 살덩이가 팽팽하게 보풀아 오르는 것을 느끼며 손가락 끝으로 빠르게 문지렀다. 아찔한 감각에 서연이 의자에 바짝 기대앉은 채로 주먹을 움켜쥐었다. 그의 단단한 손가락에 비벼지는 짜릿한 감각으로 배 안 깊숙한 곳이 흥분으로 바짝 조여들었다.

그의 손가락에서 비벼지는 둥근 구슬에서 강한 쾌감이 터져 나오자 은밀한 곳에서 미끈한 애액이 흘러나왔다.

"아……아……."

축축이 젖은 브리프와 맨살이 마찰을 일으키며 쓸리는 감각이 참기 힘든 쾌감을 불러일으켰다. 머릿속이 하얗게 비워지고 온몸의 감각은 한껏 예민해졌다.

"아주 맛있게 젖었군."

정욱이 욕망으로 탁하게 잠긴 목소리로 말했다. 그의 시선은 전방을 향해 있었지만 눈빛은 야수처럼 이글거렸다. 서연은 의자에 등을 붙인 채 허리를 세우고 앉아 주먹을 움켜쥐고 숨을 몰아쉬었다.

찌걱, 찌걱.

완벽하게 창이 닫힌 조용한 차내에 외설스러운 소리가 울렸다.

"아읏. 아, 하……."

흥분으로 달아오른 속살에 찰싹 달라붙은 실크 브리프를 그의 손가락이 위에서 아래로 훑어 내렸다. 그의 손가락이 점점 아래로 깊이 내려갈수록 서연의 엉덩이가 본능적으로 들려 올라갔다.

그녀가 엉덩이를 살짝 들어주자 정욱의 손가락이 아래쪽으로 깊숙이 파고들며 브리프를 들추고 들어갔다.

"핫!"

그의 손가락이 흠뻑 젖은 입구 안으로 단번에 밀고 들어왔다. 강한 압박감에 서연이 고개를 옆으로 돌리며 입술을 깨물었다.

"으, 읏, 흣……."

확 조여드는 뜨거운 속살 안을 들락날락거리는 정욱의 손가락에 우윳빛 애액이 담뿍 묻어났다. 허리를 바짝 세운 그녀의 엉덩이가 그의 강한 팔 힘에 따라 앞뒤로 튕겨졌다.

"으아, 앗!"

이런 위험한 상황에서 이러면 안 된다는 경각심과 쾌감 앞에 속수무책으로 무너지는 본능이 그녀의 안을 어지럽혔다. 쿵쿵대는 심장 소리만이 귓가를 어지럽게 울려 댔다.

본능대로 움직이는 그녀의 엉덩이는 이 순간 오로지 그녀를 헤집는 강한 쾌감에만 매달렸다.

"뜨거워. 아주."

그는 아무 일도 없다는 듯 능숙하게 핸들을 움직이며 태연하고 완벽하게 운전했다.

정욱이 한쪽 손으로 그녀의 안을 헤집으며 쾌감에 일그러진 그녀의 얼굴을 힐끗 내려다봤다. 저절로 벌어지는 유혹적인 붉은 입술과 아찔하게 일그러지는 얼굴이 그의 위험한 욕망을 꿈틀거리게 만들었다.

"이 안이 흠뻑 젖었어. 미치도록 뜨겁고 부드러워."

"흐……읏…… 저, 정욱 씨……."

찔꺽찔꺽찔꺽.

그의 손가락이 도홧빛 속살 사이를 빠르게 들락거렸다. 그녀의 엉덩이가 관능적으로 움직이며 그의 손가락을 거침없이 먹어 치웠다.

"정말 미치겠군."

정욱이 으르렁거리며 힘을 주어 깊숙이 쑤셔 들어가자 서연의 허리가 확 휘어졌다.

"아읏!"

하얀 엉덩이가 의자로 바짝 밀쳐지고 탐스러운 입술이 벌어져 단말마의 신음이 터져 나왔다.

"물어."

그의 명령에 서연은 본능적으로 그를 물고 있는 속살을 꽉 조였다. 운전대를 잡은 채로 정욱이 깊이 숨을 들이켰다.

"꽉 물어."

그가 으르듯 말하자 서연이 더욱 힘을 줬다. 그녀가 힘껏 조여대자 그의 매끈한 이마가 일그러졌다.

"하……."

정욱의 입술에서 거친 숨이 터져 나왔다. 그가 그대로 손가락을 확 빼낸 뒤 다시 강하게 푹 찔러 넣었다.

"아읏!"

서연의 얼굴이 쾌감으로 일그러지는 것을 보며 그가 다시 빼낸 뒤 반복해서 찔러 넣었다. 한 번. 또 한 번. 깊게.

"하! 아앗!"

강하게 푹푹 찔러 올릴 때마다 그녀의 몸이 위아래로 튕겨지며 다리가 점점 더 벌어졌다. 서연은 어깨를 바짝 움츠리고 헐떡이며 아래를 내려다봤다. 흐트러져 올라간 스커트 아래 벌어진 다리와 찢어진 스타킹, 그 사이를 음란하게 드나드는 그의 굵은 팔이 시야에 들어왔다.

아아. 맙소사……!

그 너무도 외설적인 광경에 서연의 눈이 커졌다. 이렇게 그녀를 미치게 만들면서도 정욱은 놀라울 정도로 태연하게 운전하고 있었다. 그녀의 당혹감으로 붉게 물드는 얼굴을 힐끗 내려다본 정욱이 단단한 팔에 힘을 주어 그녀의 안으로 깊숙이 박혀 있던 손가락을 확 빼냈다.

"으읏."

손가락이 갑자기 빠져나가자 서연의 몸이 크게 출렁거렸다. 동시에 그가 손가락 두 개를 동시에 밀어 넣었다.

"아윽!"

단단하게 밀려들어오는 감각에 서연의 입술이 크게 벌어졌다. 온몸이 저릿저릿해지는 강렬한 쾌감이 그가 강하게 찔러 올릴 때마다 사정없이 몰아쳤다. 그녀의 헐떡이는 숨소리가 거칠어질수록 끝이 바짝 곤두선 팽창된 가슴이 어지럽게 위아래로 출렁거렸다.

"으, 응, 으응. 아, 핫."

정신없이 쏟아지는 그녀의 신음을 들으며 그가 낮게 말했다.

"날 느껴. 네 안에 깊이 들어가 있는 날."

"아흑!"

그가 손가락을 밀어넣은 채로 윗벽을 긁어내듯 구부리자 벼락 같은 쾌감이 서연의 등줄기를 타고 올라왔다. 예민한 스팟을 그가 연속적으로 자극했다. 서연의 몸에 바짝 힘이 들어가고 그를 꽉 물고 있는 속살이 한껏 조여들었다.

"아, 더, 더는……!"

서연이 비명을 지르며 고개를 확 젖혔다.

"아아아—!"

깊숙한 속살 안쪽부터 뜨겁게 진동하자 정욱이 손가락을 빼내고 팽창된 음핵을 미끈한 애액이 듬뿍 묻은 손바닥으로 덮어 빠르게 문질렀다.

"아! 으, 으아아!"

절정의 순간 밀어닥친 또 하나의 쾌감에 서연이 자지러졌다. 그녀의 흐릿한 시야에 창밖의 어둠에 싸인 도로와 차의 불빛들이 번지듯 보였다.

이런 곳에서 이렇게 느껴 버리다니…….

온몸을 한껏 팽창시키는 오르가슴 앞에 무너지는 그녀의 귓가에 그가 속삭였다.

"예뻤어. 아주."

그는 만족스러워 보였지만 서연은 그를 향해 눈을 흘길 힘조차 남아 있지 않아 억울한 마음이 들었다.

"……나빴어."

색색거리며 중얼거린 서연은 그에게 쓰러지듯 기대었다.

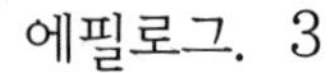

에필로그. 3

결혼식은 날씨가 무척 화창한 날 야외 결혼식으로 진행됐다.

부모가 안 계신 서연을 배려해 복잡한 절차를 없애고 도 회장의 저택 정원에서 가든파티 형식으로 치러졌다. 온갖 꽃으로 화려하게 장식한 정원을 칵테일과 와인 잔을 든 사람들의 맑은 웃음소리와 오케스트라의 경쾌한 연주가 가득 채웠다.

서연은 종아리까지 핏을 살리며 내려오다가 아래에서 넓게 퍼지는 디자인의 새하얀 드레스를 입고 있어 가냘픈 몸매가 더욱 부각되었다. 눈꽃처럼 하얀 드레스와 싱그러운 연둣빛깔이 섞인 순백의 화관이 그날의 주인공인 그녀를 꽃처럼 돋보이게 만들었다.

눈부신 햇살 아래에서 여신처럼 환하게 빛나는 그녀의 옆에 모든 사람들의 시선을 빼앗을 정도로 근사한 정욱이 턱시도를 입은 채 그림처럼 나란히 서 있었다.

"와 주셔서 감사합니다."

"결혼 축하하네. 부사장."

"축하해요. 서연 씨."

"감사합니다."

여기저기서 쏟아지는 인사를 받으며 그들은 환한 미소를 지은 채 정원을 거닐었다. 수많은 사람들이 왔기에 간단한 인사만 나누기도 쉬운 일이 아니었지만 그들의 표정은 누구보다 밝았다.

도 회장과 한 여사는 차양이 쳐진 테이블에 앉아 샴페인을 마시며 흐뭇한 눈빛으로 정욱과 서연을 바라봤다.

"참 그림 같은 부부네요. 그렇죠?"

고운 한복을 차려입은 한 여사가 부드러운 눈빛으로 그들을 바라보며 말하자 도 회장이 샴페인 잔을 든 채로 입술 끝을 말아 올렸다.

"그럼. 누구 자식들인데."

영 결혼할 생각이 없어 보이는 아들에게 썩은 속이 시커매질 지경이었는데 어디서 저런 복덩이가 굴러왔는지.

도 회장이 정욱과 나란히 서 있는 서연을 흡족한 표정으로 보고 있는데 한 무리의 양복을 입은 남자들이 회장에게 다가왔다.

"회장님, 정말 경사스러운 날입니다. 축하드립니다."

"아. 그래그래. 고맙네."

"회장님 손주 인물이 기대되는데요. 아마 보통 인물은 아니지 싶습니다."

"허헛. 그렇지? 나도 아주 기대가 되네."

손주 소리에 회장이 벙긋 웃으며 대답했다. 안 그래도 아들놈 결혼한다는 소리에 가장 먼저 생긴 게 손주 욕심이었는데 이제 막 결혼하는 애들에게 손주부터 갖는 게 어떠냐고 말을 꺼낼 수도 없고. 이제나저제나 기다려는지고, 회장은 나름 난감한 상황에 봉착해 있었다.

"때가 되면 다 이루어지겠지요. 너무 성급하게 생각하지 말아요."

한 여사가 상냥하게 말하자 회장이 속마음을 들킨 듯 큼큼 헛기침을 했다.

"당장 바란다는 뜻은 아니야. 앞으로를 말하는 거네."

"그래요."

한 여사는 눈가에 자잘한 주름을 만들며 미소를 지었다. 그녀의 시선이 꽃처럼 아름다운 서연에게 향했다.

비서의 신분으로 회장을 사랑하게 된 그녀에게 서연은 여러 가지로 자신과 닮은 부분을 느끼게 했다. 이런 거대한 회사를 짊어지고 가는 남자와 전혀 다른 생활을 해 온 여자가 함께 살아가는 것은 생각보다 많은 희생과 노력을 요구했다.

남들에게 손가락질받던 시기도 있었다.

그 시기를 무사히 넘어온 것은 오로지 자신을 향한 도 회장의 애정과, 그를 향한 자신의 사랑 덕분이었다. 아마 서연은 앞으로 자신과 비슷한 길을 걸어가게 될 것이다.

잘하겠지. 분명…… 저 아이는 나보다 훨씬 능력 있고 영리한 아이니까.

한 여사는 그렇게 생각하며 정욱 옆에서 환하게 웃고 있는 서연을 바라봤다.

"결혼 축하드려요."

"와 주셔서 감사합니다."

서연은 끊임없이 인사를 걸어오는 하객들을 향해 단정한 모습을 잃지 않고 인사했다. 그녀의 허리에 팔을 감고 있던 정욱이 그녀의 귓가에 속삭였다.

"이쯤하고 들어가서 잠시 쉬다 나오는 게 좋겠어. 이대로 가다간 너 병나."

"괜찮아요. 딱 하루인데요. 뭐."

서연이 그를 올려다보며 미소 짓자 정욱이 미간을 좁혔다.

"그래도 내 말 들어."

"아."

정욱이 그녀의 허리를 끌어당긴 채로 저택을 향해 걸어갔다.

"정말 괜찮은데……."

"서연아!"

그 때 뒤에서 익숙한 목소리가 들렸다. 서연이 고개를 돌리자 혜주가 밝게 웃으며 다가왔다.

"언니! 못 오는 줄 알았는데…… 한국 들어온 거야?"

서연이 반갑게 혜주를 반기며 웃음을 터뜨렸다. 오늘 온 하객 중에서 그녀가 가장 기다렸던 사람이 혜주였으니까.

"네 이메일 확인하자마자 부랴부랴 정리해서 왔지. 어쩐지 갑자기 메일 확인을 하고 싶더라니. 인터넷 되는 데 찾느라 아주 힘들어서 혼났어. 아, 정욱 씨. 오랜만이네요."

혜주가 그제야 옆에 서 있는 정욱에게 인사하자 그가 미소 지으며 고개를 숙였다.

“전에는 정말 감사했습니다.”

“뭘요. 그게 다 운명이니까 그런 거죠.”

혜주가 싱글거리자 정욱이 서연의 어깨에 손을 올리며 말했다.

“아닙니다. 그 일이 아니었으면 전 아마 평생 후회하며 살았을 거니까요. 혜주 씨 덕분에 우리가 이렇게 함께 있을 수 있게 된 겁니다.”

정욱이 진지한 시선으로 서연을 내려다보자 서연도 그를 마주 보며 입술 끝을 둥그렇게 올렸다.

“나도 감사하고 있어. 언니. 정말 언니 덕분이야. 고마워.”

서연도 감사를 표시하자 혜주가 손을 흔들었다.

“아유, 부부가 쌍으로 사람 부끄럽게 하네. 뭐 그때 일로 지금 이 시간이 온 거라면 나도 영광스럽게 생각할 테니까 정욱 씨도 앞으로 얘한테 잘해요. 얘 또 도망가지 않게.”

“명심하겠습니다.”

정욱이 혜주를 향해 싱긋 웃자 그의 얼굴을 가만히 바라보던 혜주가 서연을 쿡 찔렀다.

“서연이 너, 전에 그거 물어봤어?”

“물어보다니?”

서연이 눈을 깜빡이자 혜주가 답답하다는 듯 말했다.

“모델 건 말이야.”

“아, 그거…….”

그제야 생각난 서연이 조금 난감한 표정으로 정욱을 바라봤다. 그는 입가에 미소를 지은 채로 서연의 어깨를 부드럽게 감쌌다.

“좋습니다. 제가 혜주 씨에게 갚아야 할 것도 있으니.”

"정말이죠? 약속한 거예요?"

혜주가 눈을 빛내며 확답을 요구하자 정욱이 고개를 끄덕였다.

"약속하죠."

"와우! 정말 고마워요. 제가 다음에 서연이 쪽으로 시간이랑 장소 잡아서 알려 드릴게요."

"기다리겠습니다."

정욱이 단정한 미소를 짓자 혜주는 만족스런 얼굴로 서연에게 시선을 돌렸다.

"너 오늘 정말 예쁘다. 서연아. 원래도 예뻤지만 오늘은 가히 여신 급이야."

혜주가 서연의 손을 잡고 미소 짓자 서연도 맑게 웃었다. 그녀의 웃음을 바라보며 혜주가 다정스럽게 말했다.

"행복해 보여서 다행이야. 앞으로도 계속계속 행복해서 나 배 아프게 해 줘야 된다. 알았지?"

"응. 그럴게."

"그리고 약속 지켜 줘서 고마워. 오늘 나 정말 기쁘다. 이렇게 기쁜 날은 정말 오랜만인 거 같아."

자신의 손을 다정하게 쓸며 혜주가 말하자 서연은 그만 코끝이 찡해졌다. 결혼식에는 꼭 부르라던 혜주의 말은 네가 행복한 모습을 보고 싶다는 그녀만의 언어였다. 식구가 없던 그녀에게 친언니같이 대해 준 혜주와의 약속을 지키게 되어 서연도 진심으로 기쁜 마음이었다.

"나도 언니가 와 줘서 너무 기뻐. 고마워, 언니."

서연이 물기가 밴 목소리로 말하자 혜주가 밝게 웃었다.

"그럼 난 가 볼게. 너도 주인공이 한곳에만 있으면 안 되니 어서 가 봐. 정욱 씨. 결혼 정말 축하드려요. 약속 잊으면 안 됩니다?"

"알겠습니다."

눈물이 흐르려는 그녀를 배려하듯 혜주는 호탕하게 서연의 팔을 툭툭 두드려 주고는 돌아섰다. 서연은 혜주의 뒷모습을 오래도록 바라봤다. 정욱도 가느다랗게 떨리는 여린 어깨를 감싼 채로 그녀가 다시 자신에게 시선을 돌릴 때까지 그 자리에 조용히 서 있었다.

무사히 결혼식이 끝나고 그들에게는 특별한 장소인 이탈리아의 카프리 섬으로 신혼여행을 떠났다. 카프리 섬은 여전히 아름다운 곳이었다. 하늘은 새파랬고 바다는 눈이 시릴 정도로 아름다운 비취색이었다.

정욱은 푸른빛 바다를 창밖으로 한눈에 바라볼 수 있는 고급 저택을 신혼여행을 오기 전 사들였다. 처음을 잊지 말자는 자신의 다짐을 서연에게 보여 주기 위함이었다.

"세상에, 정말 멋진 곳이네요."

하얀색 넓은 테라스에 나와 탁 트인 바다를 바라보며 서연이 감탄했다. 정욱이 뒤에 서서 그녀의 몸을 부드럽게 감싸 안으며 속삭였다.

"이곳은 나에게 무척 특별한 곳이야."

서연은 미소를 지으며 살짝 고개를 돌렸다.

"나에게도 그래요."

두 사람의 입술이 부드럽게 닿았다 떨어졌다. 살짝 맞물렸던 입술이 떨어지는 순간 벅차오르는 환한 미소가 그들의 얼굴에 가득 넘실거렸다. 뒤에서 끌어안은 그의 팔 위에 자신의 손을 올린 서연이 얼굴이 닿을 듯 가까운 곳에서 그를 올려다보며 말했다.

"당신과 결혼했다는 게 난 아직 믿기지 않아요. 당신도 그래요?"

"음. 아니. 난 이렇게 널 품 안에 안고 있으니까."

그가 진한 시선으로 서연을 응시하며 다시 입술을 맞췄다. 부드럽게 맞닿았던 입술이 촉촉한 소리를 내며 떨어지고 그녀만을 향하고 있는 검은 눈동자에 열기가 번져 갔다.

"고마워. 그날…… 이곳에서 나에게 잡혀 줘서."

서연이 팔을 들어 정욱의 얼굴을 잡고 고개를 옆으로 기울여 그의 입술에 키스했다. 맞물린 입술이 벌어지고 말캉한 혀가 뜨겁게 얽혀 들었다. 달콤한 숨결이 서로의 입술로 오가다가 천천히 떨어졌다.

서연이 빛나는 눈빛으로 그를 응시하며 속삭였다.

"나야말로 고마워요. 당신이 그날 이곳에서 날 잡아 줘서."

그녀의 말을 들은 정욱의 눈동자가 진한 열기로 이글거렸다. 그가 단단한 팔로 그녀를 그대로 안아 올리자 서연이 그의 목에 팔을 감았다.

"이젠 다시 놓치지 않아."

네가 내 손에서 사라진 순간의 공포를 잊지 못할 테니까…… 평생.

정욱이 서연을 안은 채로 테라스와 이어진 침실로 걸어갔다. 서연은 자신에게 강하게 박혀 있는 그의 시선을 투명한 눈동자로 응시하며 대답했다.

"놓지 마요. 절대로."

그가 입술 끝을 말아 올리며 거대한 침대 위에 그녀를 눕혔다.

활짝 열린 테라스 창에 걸린 새하얀 커튼이 바람에 나부끼고 시원한 바람이 스며 들어왔다. 그 감미로운 바람을 느끼며 서연은 정욱과 사랑을 나눴다.

아주 오래도록.

서로를 놓지 않을 것을 다짐하듯 그렇게.

5년 뒤.

정욱과 서연은 그 섬을 다시 찾았다.

다크한 카키색 피켓셔츠와 깔끔한 치노팬츠를 입은 정욱이 화사한 개나리색 원피스를 입고 있는 여자아이를 한 팔로 품에 안고 있었다. 그는 여전히 멋졌고 시간이 흐른 만큼 성숙미를 더해 남자로서 더욱 원숙해진 섹시한 분위기를 풍겼다.

서연은 챙이 넓은 아이보리색 비치 모자를 쓰고 바다와 닮은 하늘하늘한 오팔색 원피스를 입고 있었다. 허리까지 내려오는 긴 머리를 하나로 땋아 옆으로 늘어뜨린 그녀는 누구보다 아름다웠다.

"오랜만이군."

한 팔로 아이를 안고 한 팔로는 서연의 허리를 다정하게 감싼 정욱이 그녀를 내려다보며 미소 지었다.

"응. 너무 오랜만이에요."

서연이 밝은 표정을 지으며 웃자 정욱도 부드러운 표정으로 그녀의 뺨에 살짝 키스했다. 그러자 정욱의 팔에 안긴 네 살배기 여자아이가 발을 동동 굴렀다.

"아빠. 나도."

"그래. 우리 공주님."

정욱이 동그란 아이의 뺨에 입을 맞추자 아이는 환한 웃음꽃을 터뜨리며 까르르 웃었다. 서연을 빼다 닮은 아이의 얼굴을 사랑스러운 눈빛으로 바라보며 정욱이 말했다.

"아빠가 말했지? 여기가 엄마 아빠의 추억의 장소라고."

"응. 말했어."

아이가 얌전히 끄덕였다. 정욱이 아이의 보드라운 머리칼을 쓸어 넘기며 눈을 맞췄다.

"여긴 무척 소중한 곳이야. 우리 유진이도 이곳에서 우리에게 찾아왔거든."

"정말?"

아이가 반짝이는 눈망울로 서연을 바라보자 그녀가 미소 지었다.

"그래. 엄마도 그날 유진이 처음 만났어. 그래서 더 특별한 곳이란다."

"그랬구나……. 난 기억이 잘 안 나는데."

작은 머리통을 갸웃거리는 아이를 바라보며 정욱과 서연이 동시에 웃음을 터뜨렸다.

"예쁜 곳이지? 유진아."

"응. 엄마. 너무 예쁘다. 여기."

아이가 잠자코 고개를 끄덕였다.

정욱이 서연의 둥근 박처럼 소담하게 부푼 배를 부드럽게 쓰다듬으며 말했다.

"다음에 우리 유혁이 태어나면 다시 오자. 유혁이에게도 보여주고 싶어. 이곳을."

"그래요."

서연이 고개를 끄덕이며 미소를 머금고 그를 올려다봤다. 방금 전 유진과 똑같은 표정으로 고개를 끄덕이는 서연의 모습을 내려다보자 정욱은 가슴 한편이 뭉근하게 뻐근해져 왔다.

서연을 잡은 후, 언제나 그의 가슴은 뻐근함을 느꼈다.

온전한 내 여자.

온전한 내 아이…… 내 가정.

사랑하는 여자와 오로지 사랑으로 맺어져 그 여자를 쏙 빼닮은 아이와 함께 사는 것이 이렇게 큰 축복인 줄은 평생 예상하지 못했다. 행복했다. 진심으로…… 이렇게 행복해도 되는지 걱정이 될 만큼.

"사랑해."

정욱이 이제는 습관이 되어 버린 그 말을 낮게 속삭이며 서연의 고개를 들어 입술에 키스했다. 모자가 뒤로 넘어가지 않도록 잡은 채 서연도 부드럽게 입술을 휘며 정욱의 키스를 받았다.

"아빠. 나도. 나도!"

아이의 떼를 쓰는 목소리가 한참을 앵알거렸지만 두 사람의 달콤한 키스는 한동안 끝나지 않았다.

—The end

작가 후기

저의 두 번째 책이 세상에 나오게 됐습니다.

이북으로 나왔던 『전율하다』 종이책 수정 작업을 거치면서 너무 혹독한 시간을 보냈던지라 솔직히 시작도 하기 전에 덜컥 겁이 났습니다. 사랑을 받았던 작품인 만큼 그 사랑을 보여 주신 분들이 실망하지 않게 이 작업을 잘 끝낼 수 있을까, 부족한 부분을 잘 채워 나갈 수 있을까…… 그런 고뇌와 걱정들이 수정 작업 기간 내내 저의 머리를 떠나지 않았었습니다.

그럼에도 힘을 내서 수정 작업을 끝냈고, 완벽하진 않더라도 최선을 다한 작업이었다는 작은 성취감을 얻어 낼 수 있게 되었음에 감사함을 느낍니다.

수정 작업에 있어선 이북 때 많은 분들이 아쉬워하셨던 에필 부분을 보강하고 정욱과 서연의 과거 이야기들을 중점적으로 채

우는 데 신경을 썼습니다. 대사 하나, 지문 하나 꼼꼼히 살피며 수정하다 보니 그들의 이야기에 다시 한 번 빠질 수 있었던 소중한 시간이었던 것 같다는 생각이 드네요.

채워지지 못한 부분도 열심히 만들어 채워 갔습니다. 특히 정욱의 감정 부분을 신경 썼는데 그러는 동안 그가 조금 더 이해가 되기도 했네요. 읽어 주시는 분들도 그런 기분을 조금이라도 느끼신다면 기쁠 것 같습니다.

후기를 쓰니 정말 작업이 끝났다는 실감이 드네요.

여기저기 빈 구멍이 많이 있던 스웨터를 촘촘히 기워 제대로 된 옷으로 만든 것 같은 기분이 들어 옷이 예쁘냐, 아니냐와는 상관없이 스스로는 무척 뿌듯한 기분도 듭니다. 미완성의 원고를 제대로 끝까지 완성해냈다는 생각도 들구요.

이 작업을 지치지 않고 끝낼 수 있도록 도와주신 뽈미디어 분들에게 감사의 마음을 전하고 싶고, 정시연 팀장님께 미안한 마음과 감사한 마음 함께 남기고 싶습니다. 부족한 글 다듬어 주시고 많은 조언 주셔서 감사합니다.

마지막으로 이 책을 읽어 주시고 제 글을 아껴 주시는 분들에게 진심으로 감사의 말씀 전합니다. 제 글을 읽고 잠시나마 사랑의 설렘을 느끼셨다면 기쁠 것 같습니다. 그럼 다음에 또 글로 찾아뵙겠습니다. 늘 평안하시기를.

— 이서한 드림

1판 2쇄 찍음 2014년 10월 27일
1판 2쇄 펴냄 2014년 10월 30일

지은이 | 이서한
펴낸이 | 정 필
펴낸곳 | 도서출판 **뿔미디어**

편집장 | 이재권
기획 · 편집 | 정시연

출판등록 | 2002년 9월 11일 (제1081-1-132호)
주소 | 경기도 부천시 원미구 상동로 117번길 49(상동) 503호
전화 | 032)651-6513 / 팩스 032)651-6094
E-mail | scarlets2012@hanmail.net
블로그 | http://blog.naver.com/dahyangs
홈페이지 | http://bbulmedia.com

값 9,000원

ISBN 979-11-315-3634-6 03810

※파본은 구입하신 서점에서 교환하여 드립니다.

Scarlet
스칼렛
www.bbulmedia.com

Scarlet
스칼렛
www.bbulmedia.com